W0201440

Charles de Montesquieu

Charles Louis de Secondat, baron de Montesquieu (1689-1755).

Né au château de La Brède, près de Bordeaux, Montesquieu découvre la philosophie de Malebranche et finit ses études de droit à Paris, où il fréquente assidûment l'Académie des sciences et les gens de lettres. Devenu avocat, puis président à mortier au parlement de Guyenne (1716), il poursuit des activités scientifiques et littéraires. En 1721, il remporte un vif succès avec ses *Lettres persanes*, une satire de la société et du régime monarchique français à l'humour incisif, aujourd'hui considérée comme l'œuvre emblématique qui marque la naissance de « l'esprit des Lumières ». Pour étudier les différents systèmes de législation, Montesquieu parcourt l'Europe pendant plusieurs années, séjournant notamment en Angleterre et en Italie. Il entre à l'Académie française en 1728. À partir de 1731, partageant sa vie entre la Guyenne et Paris, il entreprend la rédaction de son ouvrage principal, *De l'esprit des lois* (1748), dont il publie un long extrait dès 1734 sous le titre *Considérations sur les causes de la grandeur des Romains et de leur décadence*. Après l'action de ce « père fondateur », les Lumières françaises sont à leur apogée pendant les années 1745-1780, autour des figures les plus célèbres qui constituent une sorte de « confédération philosophique ».

Montesquieu est décédé, en 1755, à Paris.

POCKET CLASSIQUES

collection créée par Claude AZIZA

MONTESQUIEU

LETTRES PERSANES

Préface et commentaires de
Pierre MALANDAIN

POCKET

MIXTE
Papier issu de sources responsables
FSC® C003309

Pocket, une marque d'Univers Poche, est un éditeur qui s'engage pour la préservation de son environnement et qui utilise du papier fabriqué à partir de bois provenant de forêts gérées de manière responsable.

Le Code de la propriété intellectuelle n'autorisant aux termes de l'article L. 122-5, 2e et 3e a, d'une part, que les « copies ou reproductions strictement réservées à l'usage privé du copiste et non destinées à une utilisation collective » et, d'autre part, que les analyses et les courtes citations dans un but d'exemple ou d'illustration, « toute représentation ou reproduction intégrale ou partielle faite sans le consentement de l'auteur ou de ses ayants droit ou ayants cause est illicite » (art. L. 122-4).

Cette représentation ou reproduction, par quelque procédé que ce soit, constituerait donc une contrefaçon sanctionnée par les articles L. 335-2 et suivants du Code de la propriété intellectuelle.

© Pocket, 1989, pour la préface et le dossier historique et littéraire.

© Pocket, 1998, pour « Au fil du texte » *in* « Les clés de l'œuvre ».

ISBN : 978-2-266-19698-7

SOMMAIRE

* Pour approfondir votre lecture, *Au fil du texte* vous propose une sélection commentée :

- de morceaux « classiques » devenus incontournables, signalés par ➺ (droit au but).
- d'extraits représentatifs de l'œuvre, signalés par ⊂⊕ (en flânant).

PRÉFACE

«Quel effet veux-tu que produise l'arrangement de certaines lettres ? »

(Lettre 143)*

Quand Son Éminence le cardinal de Retz nous donne à lire ses *Mémoires,* quand Son Excellence l'ambassadeur Paul Claudel offre son *Soulier de satin* pour la « délivrance des âmes captives », on sait ce qu'ils veulent faire, on sait ce qu'ils veulent dire. Quand nous lisons leur texte, cela ne s'y trouve que trop, et le seul problème est alors peut-être de savoir que faire nous-mêmes de cette abondance, de cette structure en outre, de ce qu'on peut appeler une littérature convexe. Quand le président de Montesquieu donne au public français, sans se nommer, les *Lettres persanes* en 1721, il n'en va pas du tout de même. Le problème n'est pas du trop-plein mais du vide, des espaces énigmatiques qui séparent une lettre de l'autre, les femmes des hommes, l'Occident de l'Orient, l'amusement de l'effroi. Littérature concave, celle-là ; et ce n'est pas l'un des

* Par commodité graphique, et bien qu'elles soient numérotées dans le texte en chiffres romains, les lettres seront, ici et dans le Dossier, référencées en chiffres arabes.

moindres plaisirs procurés par la lecture de ce livre que de se laisser aspirer dans ces creux, d'habiter un moment ces cavernes, comme des Troglodytes, de chercher enfin quelque chose dont les contours ne soient pas d'avance connus, définis par la tradition, balisés par la civilisation, éclairés au rayon familier d'un soleil « clair et distinct ».

Au carrefour de toutes sortes de genres, la correspondance fictive, le journal de voyage, le roman d'apprentissage, la tragédie du sérail, le conte oriental, la galerie satirique, le traité politique, la chronique historique, faisant varier jusqu'au vertige et les instances de son énonciation et les objets de son énoncé, ce texte est proprement inclassable, quoiqu'on ait pu en repérer une foule de sources ou de modèles, et qu'il soit devenu à son tour une référence majeure dans l'histoire de la prose française. Car il ne s'agit pas non plus d'une fiction « utopique », de la fantaisie impertinente d'un homme, jeune encore, qui s'amuserait en toute irresponsabilité à jeter le doute sur toutes les valeurs qui régissent le monde dans lequel il vit — et dans lequel en grande partie nous vivons encore — pour le seul plaisir du scandale et sans autre perspective que ludique.

« Les Moscovites ne peuvent point sortir de l'Empire, fût-ce pour voyager [...] Mais le prince qui règne à présent a voulu tout changer »... (l. 51) : malgré le passage tonitruant, entre lui et nous, de mainte révolution, c'est bien de notre monde que nous parle Montesquieu, et cette annonce inattendue de la *perestroïka* de Mikhaïl Gorbatchev n'en est qu'un indice plaisant, parmi d'autres. Quand Rhédi lui dit son inquiétude à la pensée « qu'on ne parvienne à la fin à découvrir quelque secret qui fournisse une voie plus abrégée pour faire périr les hommes, détruire les peuples et les nations entières » (l. 105), Usbek le rassure en lui parlant de l'ONU et des conférences sur le désarmement atomique et chimique : « Si une si fatale invention venait à se découvrir, elle serait bientôt prohibée par le droit des gens ; et le consentement unanime des nations ensevelirait cette découverte »... (l. 106). A propos de cet impôt sur les grandes fortunes que constitue la Chambre de justice chargée par le Régent, en mars 1716, de taxer les « traitants », financiers partis de rien et douteusement enrichis sous le règne de Louis XIV, Usbek semble ne vouloir tirer qu'une leçon générale sur la roue de la fortune et les « révolutions » qu'elle accomplit, et remercie naïvement la Providence de faire de la richesse matérielle une valeur si instable, donc si méprisable (l. 98) ; mais Montesquieu, lui, sait fort bien que d'autres lois régentent ces choses, que la plupart des spéculateurs enrichis réussirent, en fait, soit en achetant les magistrats enquêteurs, soit en déplaçant leurs capitaux, à cacher leur fortune, à la « blanchir », à la conserver et à la transmettre. On pourrait allonger la liste de ces passages où les *Lettres persanes* rendent un son aussi moderne, en y incluant, par exemple, la lettre 38 où Rica se demande de bonne foi si l'inégalité qui règne entre les hommes et les femmes n'est pas une véritable injustice. « Nous employons toutes sortes de moyens pour leur abattre le courage ; les forces seraient égales si l'éducation l'était aussi. Éprouvons-les dans les talents que l'éducation n'a point affaiblis, et nous verrons si nous sommes si forts. »

Cette aptitude étrange à nous parler de nous à travers la distance, ce texte ne la tient pas d'on ne sait quelle lucidité prophétique, mais de la façon dont il a, justement, traité la distance. L'instrument d'optique qu'il met au point peut fonctionner dans tous les sens : rapprocher, éloigner, ouvrir l'angle, le fermer, éclairer, obscurcir. Comme la contre-épreuve faite par Rica à la fin de la lettre 30 prouvait deux choses — nous ne regardons l'étranger que pour ce qu'il a d'étrange, et nous ne regardons pas le prochain —, cet instrument, à peu près diabolique, nous donne à voir, bien sûr, ce qu'il y a de réel dans le fictif, mais aussi ce qu'il y a de fictif dans le réel ; non seulement comment les autres nous voient autres que nous croyons être, mais comment aussi nous sommes capables de voir autre chose que ce que nous voyons. C'est un livre d'anatomie et de physiologie oculaires. Depuis et grâce à Jean Starobinski, il est devenu banal de parler de « l'œil vivant » pour désigner la manière dont la littérature règle parfois elle-même, pour ainsi dire de l'intérieur, le regard qu'elle veut qu'on porte sur elle. Entre Corneille et Rousseau, le Montesquieu des *Lettres persanes* est sans doute un de ceux qui maîtrisent le mieux cette littérature-là. Ce qui ne veut pas dire que les choses sous sa plume deviennent claires, transparentes, immédiatement déchiffrables. Pour peu qu'on le mette explicitement en jeu, le regard en effet perd cette innocence que nous lui attribuons volontiers quand nous le portons sur le monde. Il se retourne, s'échange, se dédouble, se fait pervers, indirect, multiple. D'instrument de la connaissance et du jugement qu'il était, il devient lui-même l'objet d'un soupçon, et d'une enquête. Cette particularité explique grandement le succès qu'obtint le livre dès qu'il apparut dans le monde, l'éclat dont il y brilla et celui dont il brille encore à nos yeux, malgré l'éloignement apparent des mœurs et des idées dont il offre le spectacle. Elle rend compte aussi de plusieurs de ses caractéristiques, qui ont attiré l'attention des lecteurs et des critiques depuis plus de deux siècles, sans qu'on soit parvenu toujours à en établir, par les considérations de genres, de sources, de modes, de thèmes, de style, voire de biographie, des justifications suffisantes. Parmi ces caractéristiques, celles qui sont le plus largement à l'œuvre dans le livre, pour lui donner son aspect unique et inimitable, sont la présence de nombreux textes rapportés, la multiplication des eunuques, le rôle de Roxane et le dédoublement du personnage de visiteur oriental.

Les textes rapportés sont au nombre de vingt-six. Ils consistent en lettres reproduites dans les lettres (celle de l'actrice de l'Opéra à Rica, l. 28 ; celle d'une Moscovite à sa mère, citée par Nargum, l. 51 ; celle d'un nouvelliste, l. 130 ; celle du savant anticomane, l. 142 ; celle d'un médecin de province à un médecin de Paris, l. 143 ; celle d'un « savant » à un de ses amis, l. 145), en simples propos restitués au style direct (ceux de l'alchimiste, l. 45 ; ceux des deux beaux esprits, surpris par Rica à travers une cloison, l. 54 ; ceux d'un « homme de bon sens » parlant à Usbek de la gloire, l. 89 ; ceux d'« un Européen assez sensé » lui parlant du régicide, l. 103 ; ceux du Père bibliothécaire à Rica, lettres 133 à 137) ou au style indirect (l'histoire racontée à Rica par « un homme qui avait été dans le pays du Mogol », l. 125), en le texte du discours d'un Frondeur (l. 111), ou d'une ordonnance du roi sur les libéralités qu'il entend accorder à certains de ses sujets (l. 124). Tout se passe alors comme si le regard du scripteur avait besoin de la médiation d'un autre regard pour attirer le nôtre sur l'objet qu'il considère, et l'obliger à en faire varier l'angle. Le procédé se manifeste encore plus clairement lorsque ces textes dans le texte en citent eux-mêmes d'autres, construisant une structure de poupées gigognes (comme le nouvelliste recopiant dans sa lettre le texte de deux lettres qu'il avait envoyées au ministre, l. 130, ou l'anticomane faisant suivre sa lettre du « fragment d'un ancien mythologiste », l. 142), et lorsque Rica conclut la citation qu'il a faite de la lettre d'un Français sur les Espagnols en imaginant ce que pourrait être celle d'un Espagnol sur les Français (l. 78). Les plus beaux spécimens de cette série sont, bien sûr, les fameux « contes » qui jalonnent le livre en son début (histoire des Troglodytes racontée par Usbek à Mirza, lettres 11 à 14), son milieu (histoire d'Aphéridon et d'Astarté qu'Ibben fait raconter à « un Guèbre », l. 67) et sa fin (conte d'Anaïs que Rica met dans la bouche de Zulema, sainte femme « du temps de Cheik-Ali-khan », l. 141). Grâce au décalage calculé de leur énonciation, ces contes rompent avec le mode « réaliste » qu'avait instauré la fiction épistolaire, et permettent de jeter sur le champ politique un regard nouveau, soit qu'ils l'inscrivent mythiquement sous le signe d'une loi naturelle, aussi vieille que le monde, où s'impose la Justice, soit qu'ils remettent en question la prohibition de l'inceste comme fondatrice des sociétés, soit qu'ils donnent à imaginer un monde où la femme ne serait plus l'objet mais le sujet du désir et du plaisir. Nous voilà bien loin de La Bruyère comme de Marana, et toute la satire morale, pittoresque, ironique et allègre du Paris contemporain n'est guère que la piste d'envol d'une pensée qui s'exerce à saisir d'un seul regard surplombant les causes profondes qui produisent de tels effets de surface.

« Mais qui m'expliquera tous ces eunuques ? » demandait Paul Valéry. Il est vrai qu'ils pullulent, et même si l'on peut raisonnablement considérer comme un seul et même personnage le « Premier eunuque noir » des lettres 2 et 41, le « Chef des eunuques noirs » de la lettre 64, le « Grand eunuque noir » de la lettre 79, le « Premier eunuque » des lettres 9, 15, 22, 96 et 148, et le « Grand eunuque » de la lettre 147, il n'en reste pas moins environné d'une foule d'autres, dont émergent Jaron (lettres 15, 22), Nadir (l. 20), le Premier eunuque blanc (l. 21), Ismaël (l. 41), Cosrou (l. 53), Narsit (lettres 149, 150, 152) et Solim (lettres 151, 153, 154, 156 à 160). De plus, ils ne se contentent pas de correspondre avec leur maître, pour lui rendre des comptes ou demander ses ordres, mais ils forment une micro-société et se livrent à des confidences mutuelles qui nous font pénétrer, avec des détails dont la précision intrigue, dans l'intimité secrète de leur condition. On a, bien sûr, tenté de répondre à la question de Valéry, et l'on a vu dans ce véritable « corps » des eunuques la représentation symbolique des corps intermédiaires de la monarchie, à la fois investis et frustrés d'un pouvoir qu'ils exercent pour un autre, et d'autant plus rigoureux dans l'exercice de leurs prérogatives qu'ils ne peuvent jouir que de cette rigueur même, compensatrice de leur séparation rédhibitoire. Le plus intéressant, dans cette hypothèse, n'est pas sa simple — et morose — vérification, mais les diverses façons dont le texte de Montesquieu la met en doute en même temps qu'il la développe. D'abord, cette condition n'est pas fatale : on peut la refuser, comme le fait le jeune Pharan qui obtient d'Usbek cette permission, aux lettres 42 et 43 ; ensuite, même après leur mutilation, toute « volupté » n'est pas interdite à certains eunuques, comme le suggère Zélis (l. 53) ; enfin, du fait de la privation où il est réduit, l'eunuque bénéficie, pour ainsi dire, d'une sorte d'hypertrophie du regard qui fait de lui, paradoxalement, un modèle du philosophe en quête de la vérité : c'est lui qui fait « la garde dans le silence de la nuit, comme dans le tumulte du jour » (l. 2), qui a « toujours devant les yeux un homme heureux » (l. 9), qui, devant les femmes confiées à ses soins, lit « leurs pensées et leurs dissimulations », à qui « leurs gestes étudiés, leur visage feint, ne [dérobent] rien », qui sait « toutes leurs actions les plus cachées et leurs paroles les plus secrètes », et qui peut tourner « les yeux de son maître sur celle qu'il [a] en vue » (l. 64) ; qui examine « avec les regards d'un juge » les jeunes esclaves destinées à renouveler le harem (l. 79) ; dont « les yeux ne sont point troublés par les mouvements du cœur » (l. 96) ; et dont la fonction est de mettre « au jour les secrets les plus cachés » (l. 148). Par une sorte de retournement, et dans le jeu d'une dialectique faustienne, il n'est pas impossible de considérer cette délégation du regard qu'a faite Usbek à ses eunuques comme le signe et la cause de son propre aveuglement : si celui qui voit n'est pas celui qui jouit, que vaut donc cette « sagesse » qu'il est venu chercher, au prix de sa propre séparation, en Occident ? Usbek fait lui-même l'aveu de ce risque — qui est celui de la « philosophie » — au début et à la fin de son voyage : « Ce n'est pas, Nessir, que je les aime »... (l. 6), « Une tristesse sombre me saisit ; je tombe dans un accablement affreux : il me semble que je m'anéantis, et je ne me retrouve moi-même que lorsqu'une sombre jalousie vient s'allumer et apporter dans mon âme la crainte, les soupçons, la haine et les regrets » (l. 155).

S'il est un regard, dans les *Lettres persanes,* qui englobe et subsume tous les autres, c'est celui de Roxane. Plus discret, dans tout le livre, que celui des autres femmes, il se révèle, rétrospectivement, dans la dernière lettre et projette sur l'ensemble une sombre clarté. On y apprend qu'elle a exercé sur lui une double maîtrise : elle a su longuement dissimuler à tous les yeux qui l'épiaient sa révolte et sa liberté intérieures, et elle a d'emblée percé à jour les véritables intentions d'Usbek à son égard. Son geste libérateur fait éclater sa double victoire : « tu as eu longtemps l'avantage de croire qu'un cœur comme le mien t'était soumis. Nous étions tous deux heureux : tu me croyais trompée, et je te trompais » (l. 161). La tragédie du sérail à laquelle elle apporte ainsi son dénouement est en effet celle même de toute collectivité dont le destin est soumis à la fatalité du pouvoir, dans la durée. Après avoir remplacé, dans les faveurs du maître, Zachi (l. 20), qui avait elle-même probablement pris la place de Fatmé (l. 3), elle sait devoir être supplantée à son tour, par exemple par cette Circassienne que Montesquieu juxtapose, en plein centre du livre, comme l'objet le plus parfait de la beauté et de la jouissance (l. 79), à l'objet le plus parfait de la connaissance que cherche Usbek : « le gouvernement le plus conforme à la raison » (l. 80). Mais n'étant visiblement pas prise, comme les autres, dans le jeu de l'émulation et de la complaisance (l. 26), Roxane échappe à la simple détermination affective et fait de son suicide une épiphanie : le véritable but de la philosophie n'est pas l'objet mais le sujet, pas la libération mais la liberté, pas la connaissance mais la conscience, pas le regard curieux mais le regard lucide.

Ainsi privé, par l'entrecroisement des points de vue que produisent les textes rapportés, de cette exclusivité du regard dont jouissait, par exemple, « l'Espion turc » de Marana, partageant avec ses eunuques la cruelle séparation du « voir » et du « jouir », ne découvrant que trop tard, dans une ultime lettre dont on ne sait même pas s'il l'a reçue, le point aveugle de toute son enquête, Usbek semble être un héros bien problématique. Montesquieu le met pourtant en position de conscience centrale : c'est lui qui décide le voyage et en expose les motifs (lettres 1 et 8) ; c'est sur lui qu'en retombent les conséquences, et c'est lui qui en éprouve les désillusions, tant en face du monde occidental en pleine débâcle (l. 146) que devant l'écroulement du sérail qu'il avait laissé en Orient ; c'est lui qui envoie et reçoit, de loin, le plus grand nombre de lettres (respectivement soixante-dix-sept et quarante-six, soit cent vingt-trois sur cent soixante-et-une). Mais le trait de génie a été de placer auprès de lui le jeune Rica, son ami, son double, son envers, son complément. Il ne s'agit pas d'une simple distribution des rôles, l'esprit sérieux de l'un s'attaquant aux grands concepts universels — Raison, Justice, Nature —, et l'esprit léger de l'autre se livrant à la satire la plus vive et la plus allègre sur le détail des mœurs. Usbek et Rica sont les deux « côtés » du philosophe Montesquieu, au seuil de la grande aventure des Lumières : le « vieil homme », héritier d'une longue tradition, possédant, engagé comme père, comme maître, comme théoricien, dans un système socioculturel qui l'encombre mais dont il se sent solidaire et responsable, et l'« homme nouveau », libre, disponible, capable de critique et d'assimilation. Plus généralement, tous deux représentent ce qu'il y a d'« oriental » en chacun de nous, soit dans le sens de l'archaïsme — illustré par les nombreux échanges entre Usbek et les dignitaires musulmans —, soit dans le sens du soleil levant. L'un nous montre ce qu'il convient de patiemment reconnaître au fond de soi comme pesanteurs, l'autre ce dont est capable, pour peu qu'on lui donne carrière, la légèreté de l'esprit. L'un veut construire un monde conforme aux plus grands idéaux, mais a le plus grand mal à s'apercevoir que sa propre pratique les bafoue, comme celle du monde auquel il tient ; l'autre excelle à mettre en pièces les vieux préjugés et à précipiter l'autodestruction des vieux ridicules, mais pense alors moins aux ruines qu'il va faire qu'au surgissement d'un monde nouveau auquel il veut assister.

S'il y a de l'autobiographie dans les *Lettres persanes,* c'est là qu'elle est, doublement productrice : d'un grand homme, qui saura conjuguer au lieu de les opposer les deux forces de sa personnalité ; d'une grande œuvre, qui doit à ce dialogisme d'avoir survécu aux conditions particulières dans lesquelles elle vit le jour. L'anonymat est le signe ironique et mobilisateur de cette ascèse exemplaire, que tout lecteur peut faire sienne. Écrire les *Lettres persanes,* ce n'est pas exposer un corps de doctrine, c'est mettre au point une manière d'être et de penser, une éthique intellectuelle, un style dans lequel la fiction donne accès à la réalité de soi, à l'efficacité de son action dans le monde, à l'authenticité et à la productivité de ses discours futurs. Ce pourrait bien être là l'une des significations de cette « chaîne secrète et, en quelque façon, inconnue » dont parle Montesquieu dans ses « Quelques réflexions... », et à laquelle on en a donné tant d'autres. C'est, en tout cas, la manière qu'il a trouvée pour mettre d'accord en lui le descendant des Secondat, propriétaire terrien, parlementaire, académicien, possesseur d'une déjà immense bibliothèque, surveillant de près ses vignes, ses comptes et ses livres, et le jeune provincial que Paris intimide et fascine à la fois, amuse et intrigue, dans ces années où Arouet et Marivaux font entendre des accents manifestement neufs, et où la mort d'un interminable souverain a semblé ouvrir la possibilité d'une ère nouvelle. C'est la manière dont, en cette période des cafés et des salons, de la conversation et de la réflexion, du développement du journalisme et de l'opinion publique, de la position des questions sociales, économiques, politiques et religieuses en termes déjà quasi scientifiques, il a ouvert la voie aux génies contrastés de Voltaire et de Rousseau. C'est sa manière, à lui, à ce moment-là de l'histoire de France, d'être français.

Comment peut-on être français ? Comme la fameuse fin de la lettre 30 qu'elle pastiche, cette question peut être entendue de deux façons, selon qu'on lui fait marquer la surprise devant une chose à laquelle on n'avait pas même pensé, ou l'interrogation sur les moyens susceptibles de la faire exister. Comment en effet peut-on être français en ce début du XVIIIe siècle, dans une société traversée par toutes sortes de contradictions, exagérément grave sur des choses futiles et risiblement futile sur les choses les plus graves, et laissant visiblement s'installer la plus grande incohérence entre ses valeurs officielles et déclarées et la réalité de ses pratiques ? Mais aussi ne peut-on pas trouver la formule qui donnerait à cette expression, « être français », sens, dignité et efficacité ? Telle est la double question que Montesquieu dans un âge qui n'était plus tout à fait celui de la jeunesse sans atteindre encore, pourtant, à la maturité, propose à ses contemporains en 1721, c'est-à-dire au début d'une décennie qui, sans toucher encore à l'époque des grandes contestations de l'ordre établi, a pris une distance suffisante avec le siècle louis-quatorzien pour ne plus s'en laisser éblouir. Et comment peut-on être français en 1990 ? A question double, réponse double. Cette écriture duplice appelle une lecture complice. Dans la mesure où ce texte nous regarde, il faut le regarder à deux fois, et, en s'appuyant sur sa maîtrise, accomplir contre sa propre autorité la plus pacifique et la plus féconde des révolutions, celle qui nous fera libres et capables, après l'avoir admiré, de le relire.

NOTE SUR LE TEXTE

Après leur première publication, au début de 1721, à Cologne chez Pierre Marteau, les *Lettres persanes,* au nombre de cent cinquante, eurent un tel succès que s'en multiplièrent les éditions et les contrefaçons : une trentaine avant que, en 1754, l'auteur n'en contrôle une, toujours chez Pierre Marteau, à laquelle il ajouta un « Supplément » de onze lettres, avec un préambule intitulé : « Quelques réflexions sur les *Lettres persanes* ». On peut comprendre la fonction de ces ajouts dans un ouvrage qui, composé de proche en proche et sans plan préconçu, avait trouvé, en se faisant, une forme de cohérence qu'il convenait de parfaire.

Les onze lettres ajoutées sont les actuelles lettres 15 et 22 (qui étoffent le personnage collectif et symbolique de « l'eunuque »), 77 (qui dédouble la précédente, en faisant de la condamnation du suicide non plus un scrupule d'Usbek, mais une réponse contradictoire d'Ibben), 91 (sur la visite du « faux » ambassadeur de Perse, qu'un Persan présent à Paris en 1715 ne pouvait pas ne pas évoquer), 111 (le discours prétendu de Retz pendant la Fronde) et 124 (sur les libéralités « immenses » de Louis XIV à la fin de son règne : ces deux lettres encadrent pour ainsi dire le fameux règne et entament, des deux côtés, son image), 144 (sur la vanité malséante de ceux qui en savent plus que les autres) et 145 (sur la solitude de l'« homme d'esprit », la mauvaise réputation du « savant », la persécution de l'« auteur » : ces deux lettres présentent, avec ses équivoques et ses dangers mais aussi sa grandeur et sa dignité, le profil même du philosophe Montesquieu), 157, 158 et 160 (qui orchestrent la dramatisation finale des désordres du sérail). Mais la précipitation dans laquelle fut faite cette édition ne permit pas de les intégrer à leur place dans le texte : elles y forment un bloc séparé, à la fin du tome II, après les « Quelques réflexions... » ainsi rejetées elles aussi à la fin alors qu'elles ont plutôt valeur et fonction de préface. C'est donc finalement l'édition de 1758 (*Œuvres*, Amsterdam et Leipzig, Arkstée et Merkus, 3 vol.), donnée après la mort de Montesquieu par son fils et l'avocat Richer, qui, restituant l'ordre, constitue le meilleur état du texte, et que nous suivons ici.

Les notes qui accompagnent le texte soit reproduisent les notes mêmes que Montesquieu y a mises [citées alors ainsi : M : « (...) »], soit apportent les éclaircissements de vocabulaire ou de contexte indispensables à sa lisibilité. Pour le reste, on trouvera dans le Dossier, sous le titre « La bibliothèque du philosophe », un regroupement des diverses sources, références et comparaisons qui font aussi des *Lettres persanes* un miroir de concentration de la culture universelle au début du XVIIIe siècle. Le renvoi à la rubrique concernée de cette partie du Dossier est indiqué dans le texte par son numéro (de 1 à 8). Soit :

1 : La Bible.
2 : Les Anciens.
3 : Moralistes, savants, historiens, critiques.
4 : Philosophes, juristes, politiques ou métaphysiciens.
5 : Voyageurs et informateurs sur les contrées lointaines.
6 : Modèles de l'étranger visiteur.
7 : Écrivains.
8 : La bibliothèque vivante : le grand livre de l'actualité.

LETTRES PERSANES

QUELQUES RÉFLEXIONS SUR LES *LETTRES PERSANES*

Rien n'a plu davantage, dans les Lettres persanes, *que d'y trouver, sans y penser, une espèce de roman. On en voit le commencement, le progrès, la fin. Les divers personnages sont placés dans une chaîne qui les lie. A mesure qu'ils font un plus long séjour en Europe, les mœurs de cette partie du monde prennent dans leur tête un air moins merveilleux et moins bizarre, et ils sont plus ou moins frappés de ce bizarre et de ce merveilleux, suivant la différence de leurs caractères. D'un autre côté, le désordre croît dans le sérail d'Asie à proportion de la longueur de l'absence d'Usbek, c'est-à-dire à mesure que la fureur augmente, et que l'amour diminue.*

D'ailleurs, ces sortes de romans réussissent ordinairement, parce que l'on rend compte soi-même de sa situation actuelle ; ce qui fait plus sentir les passions que tous les récits qu'on en pourrait faire. Et c'est une des causes du succès de quelques ouvrages charmants qui ont paru depuis les Lettres persanes.

Enfin, dans les romans ordinaires, les digressions ne peuvent être permises que lorsqu'elles forment elles-mêmes un nouveau roman. On n'y saurait mêler de raisonnements, parce qu'aucun des personnages n'y ayant été assemblé pour raisonner, cela choquerait le dessein et la nature de l'ouvrage. Mais dans la forme de lettres, où les acteurs ne sont pas choisis, et où les sujets qu'on traite ne sont dépendants d'aucun dessein ou d'aucun plan déjà formé, l'auteur s'est donné l'avantage de pouvoir joindre de la philosophie, de la politique et de la morale à un roman[6]*, et de lier le tout par une chaîne secrète et, en quelque façon, inconnue.*

Les Lettres persanes *eurent d'abord un débit si prodigieux que les libraires mirent tout en usage pour en avoir des suites. Ils allaient tirer par la manche tous ceux qu'ils rencontraient : « Monsieur, disaient-ils, je vous prie, faites-moi des* Lettres persanes. »

Mais ce que je viens de dire suffit pour faire voir qu'elles ne sont susceptibles d'aucune suite, encore moins d'aucun mélange avec des lettres écrites d'une autre main, quelque ingénieuses qu'elles puissent être.

Il y a quelques traits que bien des gens ont trouvés trop hardis : mais ils sont priés de faire attention à la nature de cet ouvrage. Les Persans qui devaient y jouer un si grand rôle se trouvaient tout à coup transplantés en Europe, c'est-à-dire dans un autre univers. Il y avait un temps où il fallait nécessairement les représenter pleins d'ignorance et de préjugés : on n'était attentif qu'à faire voir la génération et le progrès de leurs idées. Leurs premières pensées devaient être singulières : il semblait qu'on n'avait rien à faire qu'à leur donner l'espèce de singularité qui peut compatir avec de l'esprit ; on n'avait à peindre que le sentiment qu'ils avaient eu à chaque chose qui leur avait paru extraordinaire. Bien loin qu'on pensât à intéresser quelque principe de notre religion, on ne soupçonnait pas même d'imprudence. Ces traits se trouvent toujours liés avec le sentiment de surprise et d'étonnement, et point avec l'idée d'examen, et encore moins avec celle de critique. En parlant de notre religion, ces Persans ne devaient pas paraître plus instruits que lorsqu'ils parlaient de nos coutumes et de nos usages ; et, s'ils trouvent quelquefois nos dogmes singuliers, cette singularité est toujours marquée au coin de la parfaite ignorance des liaisons qu'il y a entre ces dogmes et nos autres vérités[6]*.*

On fait cette justification par amour pour ces grandes vérités, indépendamment du respect pour le genre humain, que l'on n'a pas certainement voulu frapper par l'endroit le plus tendre. On prie donc le lecteur de ne pas cesser un moment de regarder les traits dont je parle comme des effets de la surprise de gens qui devaient en avoir, ou comme des paradoxes faits par des hommes qui n'étaient pas même en état d'en faire. Il est prié de faire attention que tout l'agrément consistait dans le contraste éternel entre les choses réelles et la manière singulière, neuve ou bizarre, dont elles étaient aperçues. Certainement la nature et le dessein des Lettres persanes *sont si à découvert qu'elles ne tromperont jamais que ceux qui voudront se tromper eux-mêmes.*

INTRODUCTION

Je ne fais point ici d'Épître dédicatoire, et je ne demande point de protection pour ce livre : on le lira, s'il est bon ; et, s'il est mauvais, je ne me soucie pas qu'on le lise.

J'ai détaché ces premières lettres pour essayer le goût du public ; j'en ai un grand nombre d'autres dans mon portefeuille, que je pourrai lui donner dans la suite.

Mais c'est à condition que je ne serai pas connu : car si l'on vient à savoir mon nom, dès ce moment je me tais. Je connais une femme qui marche assez bien, mais qui boite dès qu'on la regarde. C'est assez des défauts de l'ouvrage sans que je présente encore à la critique ceux de ma personne. Si l'on savait qui je suis, on dirait : « Son livre jure avec son caractère ; il devrait employer son temps à quelque chose de mieux : cela n'est pas digne d'un homme grave. » Les critiques ne manquent jamais ces sortes de réflexions, parce qu'on les peut faire sans essayer beaucoup son esprit.

Les Persans qui écrivent ici étaient logés avec moi ; nous passions notre vie ensemble. Comme ils me regardaient comme un homme d'un autre monde, ils ne me cachaient rien. En effet, des gens transplantés de si loin ne pouvaient plus avoir de secrets. Ils me communiquaient la plupart de leurs lettres ; je les copiai. J'en surpris même quelques-unes dont ils se seraient bien gardés de me faire confidence, tant elles étaient mortifiantes pour la vanité et la jalousie.

Je ne fais donc que l'office de traducteur : toute ma peine a été de mettre l'ouvrage à nos mœurs. J'ai soulagé le lecteur du langage asiatique autant que je l'ai pu, et l'ai sauvé d'une infinité d'expressions sublimes, qui l'auraient envoyé jusque dans les nues[6].

Mais ce n'est pas tout ce que j'ai fait pour lui. J'ai retranché les longs compliments, dont les Orientaux ne sont pas moins prodigues que nous, et j'ai passé un nombre infini de ces minuties qui ont tant de peine à soutenir le grand jour, et qui doivent toujours mourir entre deux amis.

Si la plupart de ceux qui nous ont donné des recueils de lettres avaient fait de même, ils auraient vu leurs ouvrages s'évanouir.

Il y a une chose qui m'a souvent étonné : c'est de voir ces Persans quelquefois aussi instruits que moi-même des mœurs et des manières de la Nation, jusqu'à en connaître les plus fines circonstances, et à remarquer des choses qui, je suis sûr, ont échappé à bien des Allemands qui ont voyagé en France. J'attribue cela au long séjour qu'ils y ont fait ; sans compter qu'il est plus facile à un Asiatique de s'instruire des mœurs des Français dans un an, qu'il ne l'est à un Français de s'instruire des mœurs des Asiatiques dans quatre, parce que les uns se livrent autant que les autres se communiquent peu.

L'usage a permis à tout traducteur, et même au plus barbare commentateur, d'orner la tête de sa version, ou de sa glose, du panégyrique de l'original, et d'en relever l'utilité, le mérite et l'excellence. Je ne l'ai point fait ; on en devinera facilement les raisons[6]. Une des meilleures est que ce serait une chose très ennuyeuse, placée dans un lieu déjà très ennuyeux de lui-même : je veux dire une Préface.

LETTRE PREMIÈRE

USBEK A SON AMI RUSTAN, A ISPAHAN

Nous n'avons séjourné qu'un jour à Com. Lorsque nous eûmes fait nos dévotions sur le tombeau de la Vierge qui a mis au monde douze prophètes [5], nous nous remîmes en chemin, et hier, vingt-cinquième jour de notre départ d'Ispahan, nous arrivâmes à Tauris [5].

Rica et moi sommes peut-être les premiers parmi les Persans que l'envie de savoir ait fait sortir de leur pays, et qui aient renoncé aux douceurs d'une vie tranquille pour aller chercher laborieusement la sagesse [5].

Nous sommes nés dans un royaume florissant ; mais nous n'avons pas cru que ces bornes fussent celles de nos connaissances, et que la lumière orientale dût seule nous éclairer.

Mande-moi ce que l'on dit de notre voyage ; ne me flatte point : je ne compte pas sur un grand nombre d'approbateurs. Adresse ta lettre à Erzeron, où je séjournerai quelque temps.

Adieu, mon cher Rustan ; sois assuré qu'en quelque lieu du monde où je sois tu as un ami fidèle.

De Tauris, le 15 *de la lune de Saphar,* 1711.

LETTRE II

USBEK AU PREMIER EUNUQUE NOIR, A SON SÉRAIL D'ISPAHAN

Tu es le gardien fidèle des plus belles femmes de Perse ; je t'ai confié ce que j'avais dans le monde de plus cher ; tu tiens en tes mains les clefs de ces portes fatales qui ne s'ouvrent que pour moi. Tandis que tu veilles sur ce dépôt précieux de mon cœur, il se repose et jouit d'une sécurité entière. Tu fais la garde dans le silence de la nuit, comme dans le tumulte du jour ; tes soins infatigables soutiennent la vertu lorsqu'elle chancelle. Si les femmes que tu gardes voulaient sortir de leur devoir, tu leur en ferais perdre l'espérance. Tu es le fléau du vice et la colonne de la fidélité.

Tu leur commandes, et leur obéis ; tu exécutes aveuglément toutes leurs volontés et leur fais exécuter de même les lois du sérail. Tu trouves de la gloire à leur rendre les services les plus vils ; tu te soumets avec respect et avec crainte à leurs ordres légitimes ; tu les sers comme l'esclave de leurs esclaves. Mais, par un retour d'empire, tu commandes en maître comme moi-même, quand tu crains le relâchement des lois de la pudeur et de la modestie.

Souviens-toi toujours du néant d'où je t'ai fait sortir [7], lorsque tu étais le dernier de mes esclaves, pour te mettre en cette place et te confier les délices de mon cœur. Tiens-toi dans un profond abaissement auprès de celles qui partagent mon amour ; mais fais-leur en même temps sentir leur extrême dépendance. Procure-leur tous les plaisirs qui peuvent être innocents ; trompe leurs inquiétudes ; amuse-les par la musique, les danses, les boissons délicieuses ; persuade-leur de s'assembler souvent. Si elles veulent aller à la campagne, tu peux les y mener ; mais fais faire main basse sur tous les hommes qui se présenteront devant elles. Exhorteles à la propreté, qui est l'image de la netteté de l'âme. Parle-leur quelquefois de moi. Je voudrais les revoir dans ce lieu charmant qu'elles embellissent.

Adieu [5].

De Tauris, le 18 *de la lune de Saphar,* 1711.

LETTRE III

ZACHI A USBEK, A TAURIS

Nous avons ordonné au chef des eunuques de nous mener à la campagne ; il te dira qu'aucun accident ne nous est arrivé. Quand il fallut traverser la rivière et quitter nos litières, nous nous mîmes, selon la coutume, dans des boîtes : deux esclaves nous portèrent sur leurs épaules, et nous échappâmes à tous les regards [5].

Comment aurais-je pu vivre, cher Usbek, dans ton sérail d'Ispahan, dans ces lieux qui, me rappelant sans cesse mes plaisirs passés, irritaient tous les jours mes désirs avec une nouvelle violence ? J'errais d'appartements en appartements, te cherchant toujours, et ne te trouvant jamais ; mais rencontrant partout un cruel souvenir de ma félicité passée. Tantôt je me voyais en ce lieu où, pour la première fois de ma vie, je te reçus dans mes bras ; tantôt, dans celui où tu décidas cette fameuse querelle entre tes femmes. Chacune de nous se prétendait supérieure aux autres en beauté. Nous nous présentâmes devant toi après avoir épuisé tout ce que l'imagination peut fournir de parures et d'ornements. Tu vis avec plaisir les miracles de notre art ; tu admiras jusques où nous avait emportées l'ardeur de te plaire. Mais tu fis bientôt céder ces charmes empruntés à des grâces plus naturelles : tu détruisis tout notre ouvrage. Il fallut nous dépouiller de ces ornements qui t'étaient devenus incommodes ; il fallut paraître à ta vue dans la simplicité de la nature. Je comptai pour rien la pudeur ; je ne pensai qu'à ma gloire. Heureux Usbek, que de charmes furent étalés à tes yeux ! Nous

Voir *Au fil du texte*, p. XIV.

te vîmes longtemps errer d'enchantements en enchantements : ton âme incertaine demeura longtemps sans se fixer ; chaque grâce nouvelle te demandait un tribut ; nous fûmes en un moment toutes couvertes de tes baisers ; tu portas tes curieux regards dans les lieux les plus secrets ; tu nous fis passer en un instant dans mille situations différentes : toujours de nouveaux commandements et une obéissance toujours nouvelle. Je te l'avoue, Usbek : une passion encore plus vive que l'ambition me fit souhaiter de te plaire. Je me vis insensiblement devenir la maîtresse de ton cœur ; tu me pris ; tu me quittas ; tu revins à moi, et je sus te retenir : le triomphe fut tout pour moi, et le désespoir pour mes rivales. Il nous sembla que nous fussions seuls dans le monde : tout ce qui nous entourait ne fut plus digne de nous occuper. Plût au ciel que mes rivales eussent eu le courage de rester témoins de toutes les marques d'amour que je reçus de toi ! Si elles avaient bien vu mes transports, elles auraient senti la différence qu'il y a de mon amour au leur ; elles auraient vu que, si elles pouvaient disputer avec moi de charmes, elles ne pouvaient pas disputer de sensibilité...

Mais où suis-je ! Où m'emmène ce vain récit ? C'est un malheur de n'être point aimée ; mais c'est un affront de ne l'être plus. Tu nous quittes, Usbek, pour aller errer dans des climats barbares. Quoi ! tu comptes pour rien l'avantage d'être aimé ? Hélas ! tu ne sais même pas ce que tu perds ! Je pousse des soupirs qui ne sont point entendus ; mes larmes coulent, et tu n'en jouis pas ; il semble que l'amour respire dans le sérail, et ton insensibilité t'en éloigne sans cesse ! Ah ! mon cher Usbek, si tu savais être heureux.

Du sérail de Fatmé,
le 21 *de la lune de Maharram,* 1711.

LETTRE IV

ZÉPHIS A USBEK, A ERZERON

Enfin ce monstre noir a résolu de me désespérer : il veut à toute force m'ôter mon esclave Zélide ; Zélide qui me sert avec tant d'affection, et dont les adroites mains portent partout les ornements et les grâces. Il ne lui suffit pas que cette séparation soit douloureuse : il veut encore qu'elle soit déshonorante. Le traître veut regarder comme criminels les motifs de ma confiance, et, parce qu'il s'ennuie derrière la porte, où je le renvoie toujours, il ose supposer qu'il a entendu ou vu des choses que je ne sais pas même imaginer [5]. Je suis bien malheureuse ! Ma retraite ni ma vertu ne sauraient me mettre à l'abri de ses soupçons extravagants : un vil esclave vient m'attaquer jusque dans ton cœur, et il faut que je m'y défende ! Non, j'ai trop de respect pour moi-même pour descendre jusques à des justifications : je ne veux d'autre garant de ma conduite que toi-même, que ton amour, que le mien, et, s'il faut te le dire, cher Usbek, que mes larmes.

Du sérail de Fatmé,
le 29 de la lune de Maharram, 1711.

LETTRE V

RUSTAN A USBEK, A ERZERON

Tu es le sujet de toutes les conversations d'Ispahan : on ne parle que de ton départ. Les uns l'attribuent à une légèreté d'esprit ; les autres, à quelque chagrin. Tes amis seuls te défendent, et ils ne persuadent personne. On ne peut comprendre que tu puisses quitter tes femmes, tes parents, tes amis, ta patrie pour aller dans des climats inconnus aux Persans. La mère de Rica est inconsolable ; elle te demande son fils que tu lui as, dit-elle, enlevé. Pour moi, mon cher Usbek, je me sens naturellement porté à approuver tout ce que tu fais, mais je ne saurais te pardonner ton absence, et, quelques raisons que tu m'en puisses donner, mon cœur ne les goûtera jamais.

Adieu ; aime-moi toujours.

D'Ispahan, le 28 *de la lune de Rebiab* 1, 1711.

LETTRE VI

USBEK A SON AMI NESSIR, A ISPAHAN

A une journée d'Érivan, nous quittâmes la Perse pour entrer dans les terres de l'obéissance des Turcs. Douze jours après, nous arrivâmes à Erzeron[5], où nous séjournerons trois ou quatre mois.

Il faut que je te l'avoue, Nessir : j'ai senti une douleur secrète quand j'ai perdu la Perse de vue, et que je me suis trouvé au milieu des perfides Osmanlins. A mesure que j'entrais dans les pays de ces profanes, il me semblait que je devenais profane moi-même[5].

Ma patrie, ma famille, mes amis se sont présentés à mon esprit ; ma tendresse s'est réveillée ; une certaine inquiétude a achevé de me troubler et m'a fait connaître que, pour mon repos, j'avais trop entrepris.

Mais ce qui afflige le plus mon cœur, ce sont mes femmes : je ne puis penser à elles que je ne sois dévoré de chagrins.

Ce n'est pas, Nessir, que je les aime : je me trouve à cet égard dans une insensibilité qui ne me laisse point de désirs. Dans le nombreux sérail où j'ai vécu, j'ai prévenu l'amour et l'ai détruit par lui-même ; mais, de ma froideur même, il sort une jalousie secrète, qui me dévore. Je vois une troupe de femmes laissées presque à elles-mêmes ; je n'ai que des âmes lâches qui m'en répondent. J'aurais peine à être en sûreté si mes esclaves étaient fidèles. Que sera-ce, s'ils ne le sont pas ?

Quelles tristes nouvelles peuvent m'en venir dans les pays éloignés que je vais parcourir ! C'est un mal où mes amis ne peuvent porter de remède : c'est un lieu dont ils doivent ignorer les tristes secrets. Et qu'y pourraient-ils faire ? N'aimerais-je pas mille fois mieux une obscure impunité qu'une correction éclatante ? Je dépose en ton cœur tous mes chagrins, mon cher Nessir ; c'est la seule consolation qui me reste dans l'état où je suis.

D'Erzeron, le 10 *de la lune de Rebiab* 2, 1711.

LETTRE VII

FATMÉ A USBEK, A ERZERON

Il y a deux mois que tu es parti, mon cher Usbek, et, dans l'abattement où je suis, je ne puis pas me le persuader encore. Je cours tout le sérail, comme si tu y étais ; je ne suis point désabusée. Que veux-tu que devienne une femme qui t'aime ; qui était accoutumée à te tenir dans ses bras ; qui n'était occupée que du soin de te donner des preuves de sa tendresse : libre par l'avantage de sa naissance, esclave par la violence de son amour ?

Quand je t'épousai, mes yeux n'avaient point encore vu le visage d'un homme [5] ; tu es le seul encore dont la vue m'ait été permise* : car je ne mets pas au rang des hommes ces eunuques affreux dont la moindre imperfection est de n'être point hommes [5]. Quand je compare la beauté de ton visage avec la difformité du leur, je ne puis m'empêcher de m'estimer heureuse : mon imagination ne me fournit point d'idée plus ravissante que les charmes enchanteurs de ta personne. Je te le jure, Usbek : quand il me serait permis de sortir de ce lieu où je suis enfermée par la nécessité de ma

* M : « Les femmes persanes sont beaucoup plus étroitement gardées que les femmes turques et les femmes indiennes. »

condition ; quand je pourrais me dérober à la garde qui m'environne ; quand il me serait permis de choisir parmi tous les hommes qui vivent dans cette capitale des nations : Usbek, je te le jure, je ne choisirais que toi. Il ne peut y avoir que toi dans le monde qui mérite d'être aimé.

Ne pense pas que ton absence m'ait fait négliger une beauté qui t'est chère. Quoique je ne doive être vue de personne, et que les ornements dont je me pare soient inutiles à ton bonheur, je cherche cependant à m'entretenir dans l'habitude de plaire. Je ne me couche point que je ne me sois parfumée des essences les plus délicieuses. Je me rappelle ce temps heureux où tu venais dans mes bras ; un songe flatteur, qui me séduit, me montre ce cher objet de mon amour ; mon imagination se perd dans ses désirs, comme elle se flatte dans ses espérances. Je pense quelquefois que, dégoûté d'un pénible voyage, tu vas revenir à nous ; la nuit se passe dans des songes qui n'appartiennent ni à la veille ni au sommeil ; je te cherche à mes côtés, et il me semble que tu me fuis ; enfin le feu qui me dévore dissipe lui-même ces enchantements et rappelle mes esprits. Je me trouve pour lors si animée...

Tu ne le croirais pas, Usbek : il est impossible de vivre dans cet état ; le feu coule dans mes veines. Que ne puis-je t'exprimer ce que je sens si bien ! et comment sens-je si bien ce que je ne puis t'exprimer ! Dans ces moments, Usbek, je donnerais l'empire du monde pour un seul de tes baisers. Qu'une femme est malheureuse d'avoir des désirs si violents, lorsqu'elle est privée de celui qui peut seul les satisfaire ; que, livrée à elle-même, n'ayant rien qui puisse la distraire, il faut qu'elle vive dans l'habitude des soupirs et dans la fureur d'une passion irritée ; que, bien loin d'être heureuse, elle n'a pas même l'avantage de servir à la félicité d'un autre : ornement inutile d'un sérail, gardée pour l'honneur, et non pas pour le bonheur de son époux !

Vous êtes bien cruels, vous autres hommes ! Vous êtes charmés que nous ayons des passions que nous ne puissions satisfaire ; vous nous traitez comme si nous étions insensibles, et vous seriez bien fâchés que nous le fussions ; vous croyez que nos désirs, si longtemps mortifiés, seront irrités à votre vue. Il y a de la peine à se faire aimer ; il est plus court d'obtenir du désespoir de nos sens ce que vous n'osez attendre de votre mérite.

Adieu, mon cher Usbek, adieu. Compte que je ne vis que pour t'adorer ; mon âme est toute pleine de toi ; et ton absence, bien loin de te faire oublier, animerait mon amour, s'il pouvait devenir plus violent.

Du sérail d'Ispahan,
le 12 *de la lune de Rebiab* 1, 1711.

LETTRE VIII

USBEK A SON AMI RUSTAN, A ISPAHAN

Ta lettre m'a été rendue à Erzeron, où je suis. Je m'étais bien douté que mon départ ferait du bruit ; je ne m'en suis point mis en peine. Que veux-tu que je suive, la prudence de mes ennemis ou la mienne ?

Je parus à la Cour dès ma plus tendre jeunesse. Je le puis dire : mon cœur ne s'y corrompit point ; je formai même un grand dessein : j'osai y être vertueux. Dès que je connus le vice, je m'en éloignai ; mais je m'en approchai ensuite pour le démasquer. Je portai la vérité jusques au pied du trône : j'y parlai un langage jusqu'alors inconnu ; je déconcertai la flatterie, et j'étonnai en même temps les adorateurs et l'idole.

Mais, quand je vis que ma sincérité m'avait fait des ennemis ; que je m'étais attiré la jalousie des ministres, sans avoir la faveur du Prince ; que, dans une cour corrompue, je ne me soutenais plus que par une faible vertu : je résolus de la quitter. Je feignis un grand attachement pour les sciences, et, à force de le feindre, il me vint réellement. Je ne me mêlai plus d'aucunes affaires, et je me retirai dans une maison de campagne.

Mais ce parti même avait ses inconvénients : je restais toujours exposé à la malice de mes ennemis, et je m'étais presque ôté les moyens de m'en garantir. Quelques avis secrets me firent penser à moi sérieusement. Je résolus de m'exiler de ma patrie, et ma retraite même de la Cour m'en fournit un prétexte plausible. J'allai au roi ; je lui marquai l'envie que j'avais de m'instruire dans les sciences de l'Occident ; je lui insinuai qu'il pourrait tirer de l'utilité de mes voyages. Je trouvai grâce devant ses yeux ; je partis, et je dérobai une victime à mes ennemis.

Voilà, Rustan, le véritable motif de mon voyage. Laisse parler Ispahan ; ne me défends que devant ceux qui m'aiment ; laisse à mes ennemis leurs interprétations malignes : je suis trop heureux que ce soit le seul mal qu'ils me puissent faire.

On parle de moi à présent. Peut-être ne serai-je que trop oublié, et que mes amis... Non, Rustan, je ne veux point me livrer à cette triste pensée : je leur serai toujours cher ; je compte sur leur fidélité, comme sur la tienne.

D'Erzeron, le 20 *de la lune de Gemmadi* 2, 1711.

LETTRE IX

LE PREMIER EUNUQUE A IBBI, A ERZERON

Tu suis ton ancien maître dans ses voyages ; tu parcours les provinces et les royaumes ; les chagrins ne sauraient faire d'impression sur toi ; chaque instant te montre des choses nouvelles ; tout ce que tu vois te récrée et te fait passer le temps sans le sentir.

Il n'en est pas de même de moi qui, enfermé dans une prison affreuse, suis toujours environné des mêmes objets et dévoré des mêmes chagrins. Je gémis accablé sous le poids des soins et des inquiétudes de cinquante années et, dans le cours d'une longue vie, je ne puis pas dire avoir eu un jour serein et un moment tranquille[5].

Lorsque mon premier maître eut formé le cruel projet de me confier ses femmes et m'eut obligé, par des séductions soutenues de mille menaces, de me séparer pour jamais de moi-même, las de servir dans les emplois les plus pénibles, je comptai sacrifier mes passions à mon repos et à ma fortune. Malheureux que j'étais ! Mon esprit me faisait voir le dédommagement, et non pas la perte : j'espérais que je serais délivré des atteintes de l'amour par l'impuissance de le satisfaire. Hélas ! on éteignit en moi l'effet des passions, sans en éteindre la cause et, bien loin d'en être soulagé, je me trouvai environné d'objets qui les irritaient sans cesse. J'entrai dans le sérail, où tout m'inspirait le regret de ce que j'avais perdu : je me sentais animé à chaque instant ; mille grâces naturelles semblaient ne se découvrir à ma vue que pour me désoler. Pour comble de malheurs, j'avais toujours devant les yeux un homme heureux. Dans ce temps de trouble, je n'ai jamais conduit une femme dans le lit de mon maître, je ne l'ai jamais déshabillée, que je ne sois rentré chez moi la rage dans le cœur et un affreux désespoir dans l'âme.

Voilà comme j'ai passé ma misérable jeunesse. Je n'avais de confident que moi-même ; chargé d'ennuis et de chagrins, il me les fallait dévorer, et ces mêmes femmes, que j'étais tenté de regarder avec des yeux si tendres, je ne les envisageais qu'avec des regards sévères. J'étais perdu si elles m'avaient pénétré. Quel avantage n'en auraient-elles pas pris ?

Je me souviens qu'un jour que je mettais une femme dans le bain, je me sentis si transporté que je perdis entièrement la raison, et que j'osai porter ma main dans un lieu redoutable. Je crus, à la première réflexion, que ce jour était le dernier de mes jours. Je fus pourtant assez heureux pour échapper à mille morts. Mais la beauté que j'avais fait confidente de ma faiblesse me vendit bien cher son silence : je perdis entièrement mon autorité sur elle, et elle m'a obligé depuis à des condescendances qui m'ont exposé mille fois à perdre la vie.

Enfin, les feux de la jeunesse ont passé : je suis vieux, et je me trouve à cet égard dans un état tranquille ; je regarde les femmes avec indifférence, et je leur rends bien tous leurs mépris et tous les tourments qu'elles m'ont fait souffrir. Je me souviens toujours que j'étais né pour les commander, et il me semble que je redeviens homme dans les occasions où je leur commande encore. Je les hais depuis que je les envisage de sens froid, et que ma raison me laisse voir toutes leurs faiblesses. Quoique je les garde pour un autre, le plaisir de me faire obéir me donne une joie secrète : quand je les prive de tout, il me semble que c'est pour moi, et il m'en revient toujours une satisfaction indirecte. Je me trouve dans le sérail comme dans un petit empire, et mon ambition, la seule passion qui me reste, se satisfait un peu. Je vois avec plaisir que tout roule sur moi, et qu'à tous les instants je suis nécessaire. Je me charge volontiers de la haine de toutes ces femmes, qui m'affermit dans le poste où je suis. Aussi n'ont-elles pas affaire à un ingrat : elles me trouvent au-devant de tous leurs plaisirs les plus innocents. Je me présente toujours à elles comme une barrière inébranlable : elles forment des projets, et je les arrête soudain. Je m'arme de refus ; je me hérisse de scrupules ; je n'ai jamais dans la bouche que les mots de devoir, de vertu, de pudeur, de modestie. Je les désespère en leur parlant sans cesse de la faiblesse de leur sexe et de l'autorité du maître. Je me plains ensuite d'être obligé à tant de sévérité et je semble vouloir leur faire entendre que je n'ai d'autre motif que leur propre intérêt et un grand attachement pour elles.

Ce n'est pas qu'à mon tour je n'aie un nombre infini de désagréments, et que tous les jours ces femmes vindicatives ne cherchent à renchérir sur ceux que je leur donne : elles ont des revers* terribles. Il y a entre

* Ici : ripostes, revanches.

nous comme un flux et un reflux d'empire et de soumission. Elles font toujours tomber sur moi les emplois les plus humiliants ; elles affectent un mépris qui n'a point d'exemple ; et, sans égard pour ma vieillesse, elles me font lever la nuit dix fois pour la moindre bagatelle. Je suis accablé sans cesse d'ordres, de commandements, d'emplois, de caprices : il semble qu'elles se relaient pour m'exercer, et que leurs fantaisies se succèdent. Souvent elles se plaisent à me faire redoubler de soins ; elles me font faire de fausses confidences : tantôt on vient me dire qu'il a paru un jeune homme autour de ces murs ; une autre fois, qu'on a entendu du bruit, ou bien qu'on doit rendre une lettre. Tout ceci me trouble, et elles rient de ce trouble : elles sont charmées de me voir ainsi me tourmenter moi-même. Une autre fois elles m'attachent derrière leur porte et m'y enchaînent nuit et jour ; elles savent feindre des maladies, des défaillances, des frayeurs ; elles ne manquent pas de prétexte pour me mener au point où elles veulent. Il faut, dans ces occasions, une obéissance aveugle et une complaisance sans bornes : un refus dans la bouche d'un homme comme moi serait une chose inouïe, et, si je balançais à leur obéir, elles seraient en droit de me châtier. J'aimerais autant perdre la vie, mon cher Ibbi, que de descendre à cette humiliation.

Ce n'est pas tout : je ne suis jamais sûr d'être un instant dans la faveur de mon maître ; j'ai autant d'ennemies dans son cœur, qui ne songent qu'à me perdre. Elles ont des quarts d'heure où je ne suis point écouté, des quarts d'heure où l'on ne refuse rien, des quarts d'heure où j'ai toujours tort. Je mène dans le lit de mon maître des femmes irritées. Crois-tu que l'on y travaille pour moi, et que mon parti soit le plus fort ? J'ai tout à craindre de leurs larmes, de leurs soupirs, de leurs embrassements, et de leurs plaisirs mêmes : elles sont dans le lieu de leurs triomphes ; leurs charmes me deviennent terribles ; les services présents effacent dans un moment tous mes services passés, et rien ne peut me répondre d'un maître qui n'est plus à lui-même.

Combien de fois m'est-il arrivé de me coucher dans la faveur et de me lever dans la disgrâce ? Le jour que je fus fouetté si indignement autour du sérail, qu'avais-je fait ? Je laisse une femme dans les bras de mon maître. Dès qu'elle le vit enflammé, elle versa un torrent de larmes : elle se plaignit et ménagea si bien ses plaintes, qu'elles augmentaient à mesure de l'amour qu'elles faisaient naître. Comment aurais-je pu me soutenir dans un moment si critique ? Je fus perdu lorsque je m'y attendais le moins ; je fus la victime d'une négociation amoureuse et d'un traité que les soupirs avaient fait. Voilà, cher Ibbi, l'état cruel dans lequel j'ai toujours vécu.

Que tu es heureux ! Tes soins se bornent uniquement à la personne d'Usbek. Il t'est facile de lui plaire et de te maintenir dans sa faveur jusques au dernier de tes jours.

Du sérail d'Ispahan,
le dernier de la lune de Saphar, 1711.

LETTRE X

MIRZA A SON AMI USBEK, A ERZERON

Tu étais le seul qui pût me dédommager de l'absence de Rica, et il n'y avait que Rica qui pût me consoler de la tienne. Tu nous manques, Usbek : tu étais l'âme de notre société. Qu'il faut de violence pour rompre les engagements que le cœur et l'esprit ont formés !

Nous disputons ici beaucoup ; nos disputes roulent ordinairement sur la morale. Hier on mit en question si les hommes étaient heureux par les plaisirs et les satisfactions des sens, ou par la pratique de la vertu. Je t'ai souvent ouï dire que les hommes étaient nés pour être vertueux, et que la justice est une qualité qui leur est aussi propre que l'existence [4]. Explique-moi, je te prie, ce que tu veux dire.

J'ai parlé à des mollaks*, qui me désespèrent avec leurs passages de l'Alcoran : car je ne leur parle pas comme vrai croyant, mais comme homme, comme citoyen, comme père de famille[2].

Adieu.

D'Ispahan, le dernier de la lune de Saphar, 1711.

LETTRE XI

USBEK A MIRZA, A ISPAHAN

Tu renonces à ta raison pour essayer la mienne ; tu descends jusqu'à me consulter ; tu me crois capable de t'instruire. Mon cher Mirza, il y a une chose qui me flatte encore plus que la bonne opinion que tu as conçue de moi : c'est ton amitié qui me la procure.

Pour remplir ce que tu me prescris, je n'ai pas cru devoir employer des raisonnements fort abstraits : il y a certaines vérités qu'il ne suffit pas de persuader, mais qu'il faut encore faire sentir. Telles sont les vérités de morale. Peut-être que ce morceau d'histoire te touchera plus qu'une philosophie subtile.

Il y avait en Arabie un petit peuple appelé *Troglodyte,* qui descendait de ces anciens Troglodytes qui, si nous en croyons les historiens, ressemblaient plus à des bêtes qu'à des hommes. Ceux-ci n'étaient point si contrefaits : ils n'étaient point velus comme des ours ; ils ne sifflaient point[2] ; ils avaient deux yeux ; mais ils étaient si méchants et si féroces qu'il n'y avait parmi eux aucun principe d'équité ni de justice.

Ils avaient un roi d'une origine étrangère, qui, voulant corriger la méchanceté de leur naturel, les traitait sévèrement. Mais ils conjurèrent contre lui, le tuèrent et exterminèrent toute la famille royale.

Le coup étant fait, ils s'assemblèrent pour choisir un gouvernement, et, après bien des dissensions, ils

* On dit plutôt « mollah » : docteur de la loi coranique.

Voir *Au fil du texte*, p. XI.

créèrent des magistrats. Mais, à peine les eurent-ils élus, qu'ils leur devinrent insupportables, et ils les massacrèrent encore.

Ce peuple, libre de ce nouveau joug, ne consulta plus que son naturel sauvage ; tous les particuliers convinrent qu'ils n'obéiraient plus à personne ; que chacun veillerait uniquement à ses intérêts, sans consulter ceux des autres.

Cette résolution unanime flattait extrêmement tous les particuliers. Ils disaient : « Qu'ai-je affaire d'aller me tuer à travailler pour des gens dont je ne me soucie point ? Je penserai uniquement à moi ; je vivrai heureux. Que m'importe que les autres le soient ? Je me procurerai tous mes besoins, et, pourvu que je les aie, je ne me soucie point que tous les autres Troglodytes soient misérables. »

On était dans le mois où l'on ensemence les terres. Chacun dit : « Je ne labourerai mon champ que pour qu'il me fournisse le blé qu'il me faut pour me nourrir : une plus grande quantité me serait inutile ; je ne prendrai point de la peine pour rien. »

Les terres de ce petit royaume n'étaient pas de même nature : il y en avait d'arides et de montagneuses, et d'autres qui, dans un terrain bas, étaient arrosées de plusieurs ruisseaux. Cette année, la sécheresse fut très grande, de manière que les terres qui étaient dans les lieux élevés manquèrent absolument, tandis que celles qui purent être arrosées furent très fertiles. Ainsi les peuples des montagnes périrent presque tous de faim par la dureté des autres, qui leur refusèrent de partager la récolte.

L'année d'ensuite fut très pluvieuse ; les lieux élevés se trouvèrent d'une fertilité extraordinaire, et les terres basses furent submergées. La moitié du peuple cria une seconde fois famine ; mais ces misérables trouvèrent des gens aussi durs qu'ils l'avaient été eux-mêmes.

Un des principaux habitants avait une femme fort belle ; son voisin en devint amoureux et l'enleva. Il s'émut* une grande querelle, et, après bien des injures et des coups, ils convinrent de s'en remettre à la décision d'un Troglodyte qui, pendant que la République subsistait, avait eu quelque crédit. Ils allèrent à lui et voulurent lui dire leurs raisons. « Que m'importe, dit cet homme, que cette femme soit à vous ou à vous ? J'ai mon champ à labourer ; je n'irai peut-être pas employer mon temps à terminer vos différends et à travailler à vos affaires, tandis que je négligerai les miennes. Je vous prie de me laisser en repos et de ne m'importuner plus de vos querelles. » Là-dessus il les quitta et s'en alla travailler sa terre. Le ravisseur, qui était le plus fort, jura qu'il mourrait plutôt que de rendre cette femme, et l'autre, pénétré de l'injustice de son voisin et de la dureté du juge, s'en retournait désespéré, lorsqu'il trouva dans son chemin une femme jeune et belle, qui revenait de la fontaine. Il n'avait plus de femme ; celle-là lui plut, et elle lui plut bien davantage lorsqu'il apprit que c'était la femme de celui qu'il avait voulu prendre pour juge, et qui avait été si peu sensible à son malheur. Il l'enleva et l'emmena dans sa maison.

Il y avait un homme qui possédait un champ assez fertile, qu'il cultivait avec grand soin. Deux de ses voisins s'unirent ensemble, le chassèrent de sa maison, occupèrent son champ ; ils firent entre eux une union pour se défendre contre tous ceux qui voudraient l'usurper, et effectivement ils se soutinrent par là pendant plusieurs mois. Mais un des deux, ennuyé de partager ce qu'il pouvait avoir tout seul, tua l'autre et devint seul maître du champ. Son empire ne fut pas long : deux autres Troglodytes vinrent l'attaquer ; il se trouva trop faible pour se défendre, et il fut massacré.

Un Troglodyte presque tout nu vit de la laine qui était à vendre ; il en demanda le prix. Le marchand dit en lui-même : « Naturellement je ne devrais espérer de ma laine qu'autant d'argent qu'il en faut pour acheter deux

* S'éleva.

mesures de blé ; mais je la vais vendre quatre fois davantage, afin d'avoir huit mesures. » Il fallut en passer par là et payer le prix demandé. « Je suis bien aise, dit le marchand ; j'aurai du blé à présent. » — « Que dites-vous ? reprit l'acheteur. Vous avez besoin de blé ? J'en ai à vendre. Il n'y a que le prix qui vous étonnera peut-être : car vous saurez que le blé est extrêmement cher, et que la famine règne presque partout. Mais rendez-moi mon argent, et je vous donnerai une mesure de blé : car je ne veux pas m'en défaire autrement, dussiez-vous crever de faim. »

Cependant une maladie cruelle ravageait la contrée. Un médecin habile y arriva du pays voisin et donna ses remèdes si à propos qu'il guérit tous ceux qui se mirent dans ses mains. Quand la maladie eut cessé, il alla chez tous ceux qu'il avait traités demander son salaire ; mais il ne trouva que des refus. Il retourna dans son pays, et il y arriva accablé des fatigues d'un si long voyage. Mais bientôt après il apprit que la même maladie se faisait sentir de nouveau et affligeait plus que jamais cette terre ingrate. Ils allèrent à lui cette fois et n'attendirent pas qu'il vînt chez eux. « Allez, leur dit-il, hommes injustes ! Vous avez dans l'âme un poison plus mortel que celui dont vous voulez guérir ; vous ne méritez pas d'occuper une place sur la terre, parce que vous n'avez point d'humanité, et que les règles de l'équité vous sont inconnues. Je croirais offenser les Dieux, qui vous punissent, si je m'opposais à la justice de leur colère. »

D'Erzeron, le 3 *de la lune de Gemmadi* 2, 1711.

LETTRE XII

USBEK AU MÊME, A ISPAHAN

Tu as vu, mon cher Mirza, comment les Troglodytes périrent par leur méchanceté même et furent les victimes de leurs propres injustices. De tant de familles, il n'en resta que deux qui échappèrent aux malheurs de la nation. Il y avait dans ce pays deux hommes bien singuliers : ils avaient de l'humanité ; ils connaissaient la justice ; ils aimaient la vertu. Autant liés par la droiture de leur cœur que par la corruption de celui des autres, ils voyaient la désolation générale et ne la ressentaient que par la pitié ; c'était le motif d'une union nouvelle. Ils travaillaient avec une sollicitude commune pour l'intérêt commun ; ils n'avaient de différends que ceux qu'une douce et tendre amitié faisait naître ; et, dans l'endroit du pays le plus écarté, séparés de leurs compatriotes indignes de leur présence, ils menaient une vie heureuse et tranquille. La terre semblait produire d'elle-même, cultivée par ces vertueuses mains[4].

Ils aimaient leurs femmes, et ils en étaient tendrement chéris. Toute leur attention était d'élever leurs enfants à la vertu. Ils leur représentaient sans cesse les malheurs de leurs compatriotes et leur mettaient devant les yeux cet exemple si triste ; ils leur faisaient surtout sentir que l'intérêt des particuliers se trouve toujours dans l'intérêt commun ; que vouloir s'en séparer, c'est vouloir se perdre ; que la vertu n'est point une chose qui doive nous coûter ; qu'il ne faut point la regarder comme un exercice pénible : et que la justice pour autrui est une charité pour nous.

Ils eurent bientôt la consolation des pères vertueux qui est d'avoir des enfants qui leur ressemblent. Le jeune peuple qui s'éleva sous leurs yeux s'accrut par d'heureux mariages : le nombre augmenta ; l'union fut toujours la même, et la vertu, bien loin de s'affaiblir dans la multitude, fut fortifiée, au contraire, par un plus grand nombre d'exemples.

Qui pourrait représenter ici le bonheur de ces Troglodytes ? Un peuple si juste devait être chéri des Dieux. Dès qu'il ouvrit les yeux pour les connaître, il apprit à les craindre, et la religion vint adoucir dans les mœurs ce que la nature y avait laissé de trop rude.

Ils instituèrent des fêtes en l'honneur des Dieux : les jeunes filles, ornées de fleurs, et les jeunes garçons les célébraient par leurs danses et par les accords d'une musique champêtre. On faisait ensuite des festins où la joie ne régnait pas moins que la frugalité. C'était dans ces assemblées que parlait la nature naïve : c'est là qu'on apprenait à donner le cœur et à le recevoir ; c'est là que la pudeur virginale faisait en rougissant un aveu surpris, mais bientôt confirmé par le consentement des pères ; et c'est là que les tendres mères se plaisaient à prévoir de loin une union douce et fidèle.

On allait au temple pour demander les faveurs des Dieux ; ce n'était pas les richesses et une onéreuse abondance : de pareils souhaits étaient indignes des heureux Troglodytes ; ils ne savaient les désirer que pour leurs compatriotes. Ils n'étaient au pied des autels que pour demander la santé de leurs pères, l'union de leurs frères, la tendresse de leurs femmes, l'amour et l'obéissance de leurs enfants. Les filles y venaient apporter le tendre sacrifice de leur cœur et ne leur demandaient d'autre grâce que celle de pouvoir rendre un Troglodyte heureux.

Le soir, lorsque les troupeaux quittaient les prairies, et que les bœufs fatigués avaient ramené la charrue, ils s'assemblaient, et, dans un repas frugal, ils chantaient les injustices des premiers Troglodytes et leurs malheurs, la vertu renaissante avec un nouveau peuple et sa félicité. Ils célébraient les grandeurs des Dieux, leurs faveurs toujours présentes aux hommes qui les implorent, et leur colère inévitable à ceux qui ne les craignent pas ; ils décrivaient ensuite les délices de la vie champêtre et le bonheur d'une condition toujours parée de l'innocence. Bientôt ils s'abandonnaient à un sommeil que les soins et les chagrins n'interrompaient jamais.

La nature ne fournissait pas moins à leurs désirs qu'à leurs besoins. Dans ce pays heureux, la cupidité était étrangère : ils se faisaient des présents où celui qui donnait croyait toujours avoir l'avantage. Le peuple troglodyte se regardait comme une seule famille ; les troupeaux étaient presque toujours confondus ; la seule peine qu'on s'épargnait ordinairement, c'était de les partager.

D'Erzeron, le 6 *de la lune de Gemmadi* 2, 1711.

LETTRE XIII

USBEK AU MÊME

Je ne saurais assez te parler de la vertu des Troglodytes[4]. Un d'eux disait un jour : « Mon père doit demain labourer son champ ; je me lèverai deux heures avant lui, et, quand il ira à son champ, il le trouvera tout labouré. »

Un autre disait en lui-même : « Il me semble que ma sœur a du goût pour un jeune Troglodyte de nos parents ; il faut que je parle à mon père, et que je le détermine à faire ce mariage. »

On vint dire à un autre que des voleurs avaient enlevé son troupeau : « J'en suis bien fâché, dit-il ; car il y avait une génisse toute blanche que je voulais offrir aux Dieux. »

On entendait dire à un autre : « Il faut que j'aille au temple remercier les Dieux : car mon frère que mon père aime tant, et que je chéris si fort, a recouvré la santé. »

Ou bien : « Il y a un champ qui touche celui de mon père, et ceux qui le cultivent sont tous les jours exposés aux ardeurs du soleil ; il faut que j'aille y planter deux arbres, afin que ces pauvres gens puissent aller quelquefois se reposer sous leur ombre. »

Un jour que plusieurs Troglodytes étaient assemblés, un vieillard parla d'un jeune homme qu'il soupçonnait d'avoir commis une mauvaise action, et lui en fit des reproches. « Nous ne croyons pas qu'il ait commis ce crime, dirent les jeunes Troglodytes, mais, s'il l'a fait, puisse-t-il mourir le dernier de sa famille ! »

On vint dire à un Troglodyte que des étrangers avaient pillé sa maison et avaient tout emporté. « S'ils n'étaient pas injustes, répondit-il, je souhaiterais que les Dieux leur en donnassent un plus long usage qu'à moi. »

Tant de prospérités ne furent pas regardées sans envie ; les peuples voisins s'assemblèrent, et, sous un vain prétexte, ils résolurent d'enlever leurs troupeaux. Dès que cette résolution fut connue, les Troglodytes envoyèrent au-devant d'eux des ambassadeurs, qui leur parlèrent ainsi :

« Que vous ont fait les Troglodytes ? Ont-ils enlevé vos femmes, dérobé vos bestiaux, ravagé vos campagnes ? Non : nous sommes justes, et nous craignons les Dieux. Que demandez-vous donc de nous ? Voulez-vous de la laine pour vous faire des habits ? Voulez-vous du lait pour vos troupeaux ou des fruits de nos terres ? Mettez bas les armes ; venez au milieu de nous, et nous vous donnerons de tout cela. Mais nous jurons, par ce qu'il y a de plus sacré, que, si vous entrez dans nos terres comme ennemis, nous vous regarderons comme un peuple injuste, et que nous vous traiterons comme des bêtes farouches. »

Ces paroles furent renvoyées avec mépris : ces peuples sauvages entrèrent armés dans la terre des Troglodytes, qu'ils ne croyaient défendus que par leur innocence.

Mais ils étaient bien disposés à la défense : ils avaient mis leurs femmes et leurs enfants au milieu d'eux. Ils furent étonnés de l'injustice de leurs ennemis, et non pas de leur nombre. Une ardeur nouvelle s'était emparée de leur cœur : l'un voulait mourir pour son père ; un autre, pour sa femme et ses enfants ; celui-ci, pour ses frères ; celui-là, pour ses amis ; tous, pour le peuple troglodyte. La place de celui qui expirait était d'abord prise par un autre, qui, outre la cause commune, avait encore une mort particulière à venger.

Tel fut le combat de l'Injustice et de la Vertu ; ces peuples lâches, qui ne cherchaient que le butin, n'eurent pas honte de fuir, et ils cédèrent à la vertu des Troglodytes, même sans en être touchés.

D'Erzeron, le 9 *de la lune de Gemmadi* 2, 1711.

LETTRE XIV

USBEK AU MÊME

Comme le peuple grossissait tous les jours, les Troglodytes crurent qu'il était à propos de se choisir un roi. Ils convinrent qu'il fallait déférer la couronne à celui qui était le plus juste, et ils jetèrent tous les yeux sur un vieillard vénérable par son âge et par une longue vertu. Il n'avait pas voulu se trouver à cette assemblée ; il s'était retiré dans sa maison, le cœur serré de tristesse.

Lorsqu'on lui envoya des députés pour lui apprendre le choix qu'on avait fait de lui : « A Dieu ne plaise, dit-il, que je fasse ce tort aux Troglodytes, que l'on puisse croire qu'il n'y a personne parmi eux de plus juste que moi ! Vous me déférez la couronne, et, si vous le voulez absolument, il faudra bien que je la prenne. Mais comptez que je mourrai de douleur d'avoir vu en naissant les Troglodytes libres et de les voir aujourd'hui assujettis[4]. » A ces mots, il se mit à répandre un torrent de larmes. « Malheureux jour, disait-il ; et pourquoi ai-je tant vécu ? » Puis il s'écria d'une voix sévère : « Je vois bien ce que c'est, ô Troglodytes ! votre vertu commence à vous peser. Dans l'état où vous êtes, n'ayant point de chef, il faut que vous soyez vertueux malgré vous : sans cela vous ne sauriez subsister, et vous tomberiez dans le malheur de vos premiers pères. Mais ce joug vous paraît trop dur ; vous aimez mieux être soumis à un prince et obéir à ses lois, moins rigides que vos mœurs. Vous savez que, pour lors, vous pourrez contenter votre ambition, acquérir des richesses et languir dans une lâche volupté, et que, pourvu que vous évitiez de tomber dans les grands crimes, vous n'aurez pas besoin de la vertu. » Il s'arrêta un moment, et ses larmes coulèrent plus que jamais. « Et que prétendez-vous que je fasse ? Comment se peut-il que je commande quelque chose à un Troglodyte ? Voulez-vous qu'il fasse une action vertueuse parce que je la lui commande, lui qui la ferait tout de même sans moi et par le seul penchant de la nature ? Ô Troglodytes ! je suis à la fin de mes jours ; mon sang est glacé dans mes veines ; je vais bientôt revoir vos sacrés aïeux. Pourquoi voulez-vous que je les afflige, et que je sois obligé de leur dire que je vous ai laissés sous un autre joug que celui de la vertu ? »

D'Erzeron, le 10 *de la lune de Gemmadi* 2, 1711.

LETTRE XV

LE PREMIER EUNUQUE A JARON [5], EUNUQUE NOIR, A ERZERON

Je prie le Ciel qu'il te ramène dans ces lieux et te dérobe à tous les dangers.

Quoique je n'aie guère jamais connu cet engagement qu'on appelle *amitié*, et que je me sois enveloppé tout entier dans moi-même, tu m'as cependant fait sentir que j'avais encore un cœur, et pendant que j'étais de bronze pour tous ces esclaves qui vivaient sous mes lois, je voyais croître ton enfance avec plaisir.

Le temps vint où mon maître jeta sur toi les yeux. Il s'en fallait bien que la nature eût encore parlé lorsque le fer te sépara de la nature. Je ne te dirai point si je te plaignis, ou si je sentis du plaisir à te voir élevé jusqu'à moi. J'apaisai tes pleurs et tes cris. Je crus te voir prendre une seconde naissance et sortir d'une servitude où tu devais toujours obéir, pour entrer dans une servitude où tu devais commander. Je pris soin de ton éducation. La sévérité, toujours inséparable des instructions, te fit longtemps ignorer que tu m'étais cher. Tu me l'étais pourtant, et je te dirais que je t'aimais comme un père aime son fils, si ces noms de père et de fils pouvaient convenir à notre destinée[5].

Tu vas parcourir les pays habités par les chrétiens, qui n'ont jamais cru ; il est impossible que tu n'y contractes bien des souillures[5]. Comment le Prophète pourrait-il te regarder au milieu de tant de millions de ses ennemis ? Je voudrais que mon maître fît, à son retour, le pèlerinage de La Mecque : vous vous purifieriez tous dans la terre des Anges.

Du sérail d'Ispahan,
le 10 *de la lune de Gemmadi* 2, 1711.

LETTRE XVI

USBEK AU MOLLAK MÉHÉMET-ALI GARDIEN DES TROIS TOMBEAUX, A COM[5]

Pourquoi vis-tu dans les tombeaux, divin Mollak ? Tu es bien plus fait pour le séjour des étoiles. Tu te caches sans doute de peur d'obscurcir le Soleil. Tu n'as point de taches comme cet astre ; mais, comme lui, tu te couvres de nuages[5].

Ta science est un abîme plus profond que l'Océan ; ton esprit est plus perçant que Zufagar, cette épée d'Hali qui avait deux pointes ; tu sais ce qui se passe dans les neuf chœurs des Puissances célestes ; tu lis l'Alcoran sur la poitrine de notre divin prophète ; et, lorsque tu trouves quelque passage obscur, un Ange, par son ordre, déploie ses ailes rapides et descend du trône pour t'en révéler le secret.

Je pourrais par ton moyen avoir avec les Séraphins une intime correspondance : car enfin, treizième Iman, n'es-tu pas le centre où le Ciel et la Terre aboutissent, et le point de communication entre l'Abîme et l'Empyrée ?

Je suis au milieu d'un peuple profane. Permets que je me purifie avec toi[5] ; souffre que je tourne mon visage vers les lieux sacrés que tu habites ; distinguemoi des méchants, comme on distingue au lever de l'aurore le filet blanc d'avec le filet noir[5] ; aide-moi de tes conseils ; prends soin de mon âme ; enivre-la de l'esprit des Prophètes ; nourris-la de la science du Paradis, et permets que je mette ses plaies à tes pieds.

Adresse tes lettres sacrées à Erzeron, où je resterai quelques mois.

D'Erzeron, le 11 *de la lune de Gemmadi* 2, 1711.

LETTRE XVII

USBEK AU MÊME

Je ne puis, divin Mollak, calmer mon impatience ; je ne saurais attendre ta sublime réponse. J'ai des doutes ; il faut les fixer. Je sens que ma raison s'égare ; ramène-la dans le droit chemin. Viens m'éclairer, source de lumière ; foudroie avec ta plume divine les difficultés que je vais te proposer ; fais-moi pitié de moi-même et rougir de la question que je vais te faire.

D'où vient que notre législateur nous prive de la chair de pourceau et de toutes les viandes qu'il appelle *immondes* ? D'où vient qu'il nous défend de toucher un corps mort, et que, pour purifier notre âme, il nous ordonne de nous laver sans cesse le corps ? Il me semble que les choses ne sont en elles-mêmes ni pures ni impures : je ne puis concevoir aucune qualité inhérente au sujet qui puisse les rendre telles. La boue ne nous paraît sale que parce qu'elle blesse notre vue ou quelque autre de nos sens ; mais, en elle-même, elle ne l'est pas plus que l'or et les diamants. L'idée de souillure contractée par l'attouchement d'un cadavre ne nous est venue que d'une certaine répugnance naturelle que nous en avons. Si les corps de ceux qui ne se lavent point ne blessaient ni l'odorat ni la vue, comment aurait-on pu s'imaginer qu'ils fussent impurs[3] ?

Les sens, divin Mollak, doivent donc être les seuls juges de la pureté ou de l'impureté des choses. Mais, comme les objets n'affectent point les hommes de la même manière, que ce qui donne une sensation agréable aux uns en produit une dégoûtante chez les autres, il suit que le témoignage des sens ne peut servir ici de règle, à moins qu'on ne dise que chacun peut, à sa fantaisie, décider ce point et distinguer, pour ce qui le concerne, les choses pures d'avec celles qui ne le sont pas.

Mais cela même, sacré Mollak, ne renverserait-il pas les distinctions établies par notre divin Prophète et les points fondamentaux de la Loi, qui a été écrite de la main des Anges ?

D'Erzeron,
le 20 *de la lune de Gemmadi* 2, 1711.

LETTRE XVIII

MÉHÉMET-ALI, SERVITEUR DES PROPHÈTES, A USBEK, A ERZERON

Vous nous faites toujours des questions qu'on a faites mille fois à notre saint Prophète. Que ne lisez-vous les *Traditions* des Docteurs ? Que n'allez-vous à cette source pure de toute intelligence ? Vous trouveriez tous vos doutes résolus.

Malheureux, qui, toujours embarrassés des choses de la Terre, n'avez jamais regardé d'un œil fixe celles du Ciel, et qui révérez la condition des mollaks, sans oser ni l'embrasser ni la suivre !

Profanes, qui n'entrez jamais dans les secrets de l'Éternel, vos lumières ressemblent aux ténèbres de l'Abîme, et les raisonnements de votre esprit sont comme la poussière que vos pieds font élever lorsque le Soleil est dans son midi, dans le mois ardent de Chahban.

Aussi le zénith de votre esprit ne va pas au nadir [5]

de celui du moindre des immaums*. Votre vaine philosophie est cet éclair qui annonce l'orage et l'obscurité ; vous êtes au milieu de la tempête, et vous errez au gré des vents.

Il est bien facile de répondre à votre difficulté : il ne faut pour cela que vous raconter ce qui arriva un jour à notre saint Prophète, lorsque, tenté par les Chrétiens, éprouvé par les Juifs, il confondit également les uns et les autres.

Le Juif Abdias Ibesalon lui demanda pourquoi Dieu avait défendu de manger de la chair de pourceau. « Ce n'est pas sans raison, répondit Mahomet : c'est un animal immonde, et je vais vous en convaincre[5]. » Il fit sur sa main, avec de la boue, la figure d'un homme ; il la jeta à terre et lui cria : « Levez-vous ! » Sur-le-champ, un homme se leva et dit : « Je suis Japhet, fils de Noé. — Avais-tu les cheveux aussi blancs quand tu es mort ? lui dit le saint Prophète. — Non, répondit-il ; mais, quand tu m'as réveillé, j'ai cru que le jour du Jugement était venu, et j'ai eu une si grande frayeur que mes cheveux ont blanchi tout à coup. »

« Or çà, raconte-moi, lui dit l'Envoyé de Dieu, toute l'histoire de l'arche de Noé. » Japhet obéit et détailla exactement tout ce qui s'était passé les premiers mois. Après quoi il parla ainsi :

« Nous mîmes les ordures de tous les animaux dans un côté de l'Arche ; ce qui la fit si fort pencher, que nous en eûmes une peur mortelle : surtout nos femmes, qui se lamentaient de la belle manière. Notre père Noé ayant été au conseil de Dieu, il lui commanda de prendre l'éléphant et de lui faire tourner la tête vers le côté qui penchait. Ce grand animal fit tant d'ordures qu'il en naquit un cochon. »

Croyez-vous, Usbek, que, depuis ce temps-là, nous nous en soyons abstenus, et que nous l'ayons regardé comme un animal immonde ?

* M : « Ce mot est plus en usage chez les Turcs que chez les Persans. » On dit aujourd'hui : « iman » ou « imam » (cf. p. 49).

Mais, comme le cochon remuait tous les jours ces ordures, il s'éleva une telle puanteur dans l'Arche, qu'il ne put lui-même s'empêcher d'éternuer, et il sortit de son nez un rat, qui allait rongeant tout ce qui se trouvait devant lui : ce qui devint si insupportable à Noé, qu'il crut qu'il était à propos de consulter Dieu encore. Il lui ordonna de donner au lion un grand coup sur le front, qui éternua aussi et fit sortir de son nez un chat. Croyez-vous que ces animaux soient encore immondes ? Que vous en semble ?

Quand donc vous n'apercevez pas la raison de l'impureté de certaines choses, c'est que vous en ignorez beaucoup d'autres, et que vous n'avez pas la connaissance de ce qui s'est passé entre Dieu, les Anges et les Hommes. Vous ne savez pas l'histoire de l'éternité. Vous n'avez point lu les livres qui sont écrits au Ciel : ce qui vous en a été révélé n'est qu'une petite partie de la bibliothèque divine ; et ceux qui, comme nous, en approchent de plus près tandis qu'ils sont en cette vie, sont encore dans l'obscurité et les ténèbres*.

Adieu ; Mahomet soit dans votre cœur.

De Com, le dernier de la lune de Chahban, 1711.

LETTRE XIX

USBEK A SON AMI RUSTAN A ISPAHAN

Nous n'avons séjourné que huit jours à Tocat ; après trente-cinq jours de marche, nous sommes arrivés à Smyrne [5].

De Tocat à Smyrne, on ne trouve pas une seule ville qui mérite qu'on la nomme. J'ai vu avec étonnement la faiblesse de l'empire des Osmanlins. Ce corps malade ne se soutient pas par un régime doux et tempéré, mais par des remèdes violents, qui l'épuisent et le minent sans cesse [5].

* M : « Tradition mahométane. »

Les bachas, qui n'obtiennent leurs emplois qu'à force d'argent, entrent ruinés dans les provinces et les ravagent comme des pays de conquête. Une milice insolente n'est soumise qu'à ses caprices. Les places sont démantelées ; les villes, désertes ; les campagnes, désolées, la culture des terres et le commerce, entièrement abandonnés.

L'impunité règne dans ce gouvernement sévère : les Chrétiens qui cultivent les terres, les Juifs qui lèvent les tributs, sont exposés à mille violences.

La propriété des terres est incertaine, et, par conséquent, l'ardeur de les faire valoir, ralentie : il n'y a ni titre ni possession qui vaille contre le caprice de ceux qui gouvernent.

Ces barbares ont tellement abandonné les arts, qu'ils ont négligé jusques à l'art militaire[5]. Pendant que les nations d'Europe se raffinent tous les jours, ils restent dans leur ancienne ignorance, et ils ne s'avisent de prendre leurs nouvelles inventions qu'après qu'elles s'en sont servies mille fois contre eux.

Ils n'ont aucune expérience sur la mer, point d'habileté dans la manœuvre. On dit qu'une poignée de Chrétiens sortis d'un rocher* font suer les Ottomans et fatiguent leur empire[6].

Incapables de faire le commerce, ils souffrent presque avec peine que les Européens, toujours laborieux et entreprenants, viennent le faire : ils croient faire grâce à ces étrangers de permettre qu'ils les enrichissent.

Dans toute cette vaste étendue de pays que j'ai traversée, je n'ai trouvé que Smyrne qu'on puisse regarder comme une ville riche et puissante. Ce sont les Européens qui la rendent telle, et il ne tient pas aux Turcs qu'elle ne ressemble à toutes les autres.

Voilà, cher Rustan, une juste idée de cet empire, qui,

* M : « Ce sont apparemment les chevaliers de Malte. »

avant deux siècles, sera le théâtre des triomphes de quelque conquérant.

De Smyrne, le 2 de la lune de Rhamazan, 1711.

LETTRE XX

USBEK A ZACHI, SA FEMME, AU SÉRAIL D'ISPAHAN

Vous m'avez offensé, Zachi, et je sens dans mon cœur des mouvements que vous devriez craindre, si mon éloignement ne vous laissait le temps de changer de conduite et d'apaiser la violente jalousie dont je suis tourmenté.

J'apprends qu'on vous a trouvée seule avec Nadir, eunuque blanc, qui payera de sa tête son infidélité et sa perfidie. Comment vous êtes-vous oubliée jusqu'à ne pas sentir qu'il ne vous est pas permis de recevoir dans votre chambre un eunuque blanc, tandis que vous en avez de noirs destinés à vous servir [5] ? Vous avez beau me dire que des eunuques ne sont pas des hommes, et que votre vertu vous met au-dessus des pensées que pourrait faire naître en vous une ressemblance imparfaite. Cela ne suffit ni pour vous ni pour moi : pour vous, parce que vous faites une chose que les lois du sérail vous défendent ; pour moi, en ce que vous m'ôtez l'honneur, en vous exposant à des regards... Que dis-je, à des regards ? Peut-être aux entreprises d'un perfide qui vous aura souillée par ses crimes, et plus encore par ses regrets et le désespoir de son impuissance.

Vous me direz peut-être que vous m'avez été toujours fidèle. Eh ! pouviez-vous ne l'être pas ? Comment auriez-vous trompé la vigilance des eunuques noirs qui sont si surpris de la vie que vous menez ? Comment auriez-vous pu briser ces verrous et ces portes qui vous tiennent enfermée ? Vous vous vantez d'une vertu qui n'est pas libre, et peut-être que vos désirs impurs vous ont ôté mille fois le mérite et le prix de cette fidélité que vous vantez tant.

Je veux que vous n'ayez point fait tout ce que j'ai lieu de soupçonner ; que ce perfide n'ait point porté sur vous ses mains sacrilèges ; que vous ayez refusé de prodiguer à sa vue les délices de son maître ; que, couverte de vos habits, vous ayez laissé cette faible barrière entre lui et vous ; que, frappé lui-même d'un saint respect, il ait baissé les yeux ; que, manquant à sa hardiesse, il ait tremblé sur les châtiments qu'il se prépare. Quand tout cela serait vrai, il ne l'est pas moins que vous avez fait une chose qui est contre votre devoir. Et, si vous l'avez violé gratuitement, sans remplir vos inclinations déréglées, qu'eussiez-vous fait pour les satisfaire ? Que feriez-vous encore si vous pouviez sortir de ce lieu sacré, qui est pour vous une dure prison, comme il est pour vos compagnes un asile favorable contre les atteintes du vice, un temple sacré, où votre sexe perd sa faiblesse et se trouve invincible malgré tous les désavantages de la nature ? Que feriez-vous, si, laissée à vous-même, vous n'aviez pour vous défendre que votre amour pour moi, qui est si grièvement offensé, et votre devoir que vous avez si indignement trahi ? Que les mœurs du pays où vous vivez sont saintes, qui vous arrachent aux attentats des plus vils esclaves ! Vous devez me rendre grâce de la gêne où je vous fais vivre, puisque ce n'est que par là que vous méritez encore de vivre.

Vous ne pouvez souffrir le chef des eunuques, parce qu'il a toujours les yeux sur votre conduite, et qu'il vous donne ses sages conseils. Sa laideur, dites-vous, est si grande que vous ne pouvez le voir sans peine ; comme si, dans ces sortes de postes, on mettait de plus beaux objets [5]. Ce qui vous afflige est de n'avoir pas à sa place l'eunuque blanc qui vous déshonore.

Mais que vous a fait votre première esclave ? Elle vous a dit que les familiarités que vous preniez avec la jeune Zélide étaient contre la bienséance. Voilà la raison de votre haine.

Je devrais être, Zachi, un juge sévère ; je ne suis qu'un époux qui cherche à vous trouver innocente.

L'amour que j'ai pour Roxane [7], ma nouvelle épouse, m'a laissé toute la tendresse que je dois avoir pour vous, qui n'êtes pas moins belle. Je partage mon amour entre vous deux, et Roxane n'a d'autre avantage que celui que la vertu peut ajouter à la beauté.

De Smyrne, le 12 *de la lune de Zilcadé,* 1711.

LETTRE XXI

USBEK AU PREMIER EUNUQUE BLANC

Vous devez trembler à l'ouverture de cette lettre, ou plutôt vous le deviez lorsque vous souffrîtes la perfidie de Nadir. Vous, qui, dans une vieillesse froide et languissante, ne pouvez sans crime lever les yeux sur les redoutables objets de mon amour ; vous, à qui il n'est jamais permis de mettre un pied sacrilège sur la porte du lieu terrible qui les dérobe à tous les regards : vous souffrez que ceux dont la conduite vous est confiée aient fait ce que vous n'auriez pas la témérité de faire, et vous n'apercevez pas la foudre toute prête à tomber sur eux et sur vous ?

Et qui êtes-vous, que de vils instruments que je puis briser à ma fantaisie ; qui n'existez qu'autant que vous savez obéir ; qui n'êtes dans le monde que pour vivre sous mes lois ou pour mourir dès que je l'ordonne ; qui ne respirez qu'autant que mon bonheur, mon amour, ma jalousie même, ont besoin de votre bassesse ; et enfin, qui ne pouvez avoir d'autre partage que la soumission, d'autre âme que mes volontés, d'autre espérance que ma félicité ?

Je sais que quelques-unes de mes femmes souffrent impatiemment les lois austères du devoir ; que la présence continuelle d'un eunuque noir les ennuie ; qu'elles sont fatiguées de ces objets affreux, qui leur sont donnés pour les ramener à leur époux ; je le sais. Mais vous, qui vous prêtez à ce désordre, vous serez puni d'une manière à faire trembler tous ceux qui abusent de ma confiance.

Je jure par tous les prophètes du Ciel, et par Hali, le plus grand de tous, que, si vous vous écartez de votre devoir, je regarderai votre vie comme celle des insectes que je trouve sous mes pieds.

De Smyrne, le 12 *de la lune de Zilcadé,* 1711.

LETTRE XXII

JARON [5] AU PREMIER EUNUQUE

A mesure qu'Usbek s'éloigne du sérail, il tourne sa tête vers ses femmes sacrées ; il soupire, il verse des larmes ; sa douleur s'aigrit, ses soupçons se fortifient. Il veut augmenter le nombre de leurs gardiens. Il va me renvoyer avec tous les noirs qui l'accompagnent. Il ne craint plus pour lui : il craint pour ce qui lui est mille fois plus cher que lui-même.

Je vais donc vivre sous tes lois et partager tes soins. Grand Dieu ! qu'il faut de choses pour rendre un seul homme heureux !

La nature semblait avoir mis les femmes dans la dépendance et les en avoir retirées. Le désordre naissait entre les deux sexes, parce que leurs droits étaient réciproques. Nous sommes entrés dans le plan d'une nouvelle harmonie : nous avons mis entre les femmes et nous la haine, et entre les hommes et les femmes l'amour.

Mon front va devenir sévère. Je laisserai tomber des regards sombres. La joie fuira de mes lèvres. Le dehors sera tranquille, et l'esprit, inquiet. Je n'attendrai point les rides de la vieillesse pour en montrer les chagrins.

J'aurais eu du plaisir à suivre mon maître dans l'Occident ; mais ma volonté est son bien. Il veut que je garde ses femmes ; je les garderai avec fidélité. Je sais comment je dois me conduire avec ce sexe, qui, quand on ne lui permet pas d'être vain, commence à devenir superbe, et qu'il est moins aisé d'humilier que d'anéantir [5].

Je tombe sous tes regards.

De Smyrne, le 12 *de la lune de Zilcadé,* 1711.

LETTRE XXIII

USBEK A SON AMI IBBEN, A SMYRNE

Nous sommes arrivés à Livourne dans quarante jours de navigation [5]. C'est une ville nouvelle ; elle est un témoignage du génie des ducs de Toscane, qui ont fait d'un village marécageux la ville d'Italie la plus florissante.

Les femmes y jouissent d'une grande liberté. Elles peuvent voir les hommes à travers certaines fenêtres qu'on nomme *jalousies* ; elles peuvent sortir tous les jours avec quelques vieilles qui les accompagnent ; elles n'ont qu'un voile*. Leurs beaux-frères, leurs oncles, leurs neveux peuvent les voir sans que le mari s'en formalise presque jamais.

C'est un grand spectacle pour un mahométan de voir pour la première fois une ville chrétienne. Je ne parle pas des choses qui frappent d'abord tous les yeux, comme la différence des édifices, des habits, des principales coutumes. Il y a jusque dans les moindres bagatelles, quelque chose de singulier que je sens, et que je ne sais pas dire.

Nous partirons demain pour Marseille ; notre séjour n'y sera pas long. Le dessein de Rica et le mien est de nous rendre incessamment à Paris, qui est le siège de l'empire d'Europe. Les voyageurs cherchent toujours les grandes villes, qui sont une espèce de patrie commune à tous les étrangers.

Adieu ; sois persuadé que je t'aimerai toujours.

De Livourne, le 12 *de la lune de Saphar,* 1712.

* M : « Les Persanes en ont quatre. »

LETTRE XXIV

RICA A IBBEN, A SMYRNE

Nous sommes à Paris depuis un mois, et nous avons toujours été dans un mouvement continuel. Il faut bien des affaires avant qu'on soit logé, qu'on ait trouvé les gens à qui on est adressé, et qu'on se soit pourvu des choses nécessaires, qui manquent toutes à la fois.

Paris est aussi grand qu'Ispahan [5]. Les maisons y sont si hautes qu'on jugerait qu'elles ne sont habitées que par des astrologues. Tu juges bien qu'une ville bâtie en l'air, qui a six ou sept maisons les unes sur les autres, est extrêmement peuplée, et que, quand tout le monde est descendu dans la rue, il s'y fait un bel embarras [6].

Tu ne le croirais pas peut-être : depuis un mois que je suis ici, je n'y ai encore vu marcher personne. Il n'y a point de gens au monde qui tirent mieux parti de leur machine que les Français : ils courent ; ils volent [6]. Les voitures lentes d'Asie, le pas réglé de nos chameaux, les feraient tomber en syncope. Pour moi, qui ne suis point fait à ce train, et qui vais souvent à pied sans changer d'allure, j'enrage quelquefois comme un chrétien : car encore passe qu'on m'éclabousse depuis les pieds jusqu'à la tête ; mais je ne puis pardonner les coups de coude que je reçois régulièrement et périodiquement. Un homme qui vient après moi, et qui me passe, me fait faire un demi-tour, et un autre, qui me croise de l'autre côté, me remet soudain où le premier m'avait pris : et je n'ai pas fait cent pas, que je suis plus brisé que si j'avais fait dix lieues [7].

Ne crois pas que je puisse, quant à présent, te parler à fond des mœurs et des coutumes européennes : je n'en ai moi-même qu'une légère idée, et je n'ai eu à peine que le temps de m'étonner.

Le roi de France est le plus puissant prince de l'Europe. Il n'a point de mines d'or comme le roi

Voir *Au fil du texte*, p. XII.

d'Espagne, son voisin ; mais il a plus de richesses que lui, parce qu'il les tire de la vanité de ses sujets, plus inépuisable que les mines. On lui a vu entreprendre ou soutenir de grandes guerres, n'ayant d'autres fonds que des titres d'honneur à vendre, et, par un prodige de l'orgueil humain, ses troupes se trouvaient payées, ses places, munies, et ses flottes, équipées.

D'ailleurs ce roi est un grand magicien : il exerce son empire sur l'esprit même de ses sujets ; il les fait penser comme il veut. S'il n'a qu'un million d'écus dans son trésor, et qu'il en ait besoin de deux, il n'a qu'à leur persuader qu'un écu en vaut deux, et ils le croient. S'il a une guerre difficile à soutenir, et qu'il n'ait point d'argent, il n'a qu'à leur mettre dans la tête qu'un morceau de papier est de l'argent, et ils en sont aussitôt convaincus. Il va même jusqu'à leur faire croire qu'il les guérit de toutes sortes de maux en les touchant, tant est grande la force et la puissance qu'il a sur les esprits [6].

Ce que je te dis de ce prince ne doit pas t'étonner : il y a un autre magicien, plus fort que lui, qui n'est pas moins maître de son esprit qu'il l'est lui-même de celui des autres. Ce magicien s'appelle *le Pape*. Tantôt il lui fait croire que trois ne sont qu'un, que le pain qu'on mange n'est pas du pain, ou que le vin qu'on boit n'est pas du vin, et mille autres choses de cette espèce [6].

Et pour le tenir toujours en haleine et ne point lui laisser perdre l'habitude de croire, il lui donne de temps en temps, pour l'exercer, de certains articles de croyance. Il y a deux ans qu'il lui envoya un grand écrit, qu'il appela *Constitution* [8], et voulut obliger, sous de grandes peines, ce prince et ses sujets de croire tout ce qui y était contenu. Il réussit à l'égard du prince, qui se soumit aussitôt et donna l'exemple à ses sujets. Mais quelques-uns d'entre eux se révoltèrent et dirent qu'ils ne voulaient rien croire de tout ce qui était dans cet écrit. Ce sont les femmes qui ont été les motrices de toute cette révolte, qui divise toute la Cour, tout le royaume et toutes les familles. Cette Constitution leur défend de lire un livre que tous les chrétiens disent avoir été apporté du Ciel : c'est proprement leur Alcoran. Les femmes, indignées de l'outrage fait à leur sexe, soulèvent tout contre la Constitution : elles ont mis les hommes de leur parti, qui, dans cette occasion, ne veulent point avoir de privilège. On doit pourtant avouer que ce moufti ne raisonne pas mal, et, par le grand Hali, il faut qu'il ait été instruit des principes de notre sainte loi. Car, puisque les femmes sont d'une création inférieure à la nôtre, et que nos prophètes nous disent qu'elles n'entreront point dans le Paradis [5], pourquoi faut-il qu'elles se mêlent de lire un livre qui n'est fait que pour apprendre le chemin du Paradis ?

J'ai ouï raconter du roi des choses qui tiennent du prodige, et je ne doute pas que tu ne balances à les croire.

On dit que, pendant qu'il faisait la guerre à ses voisins, qui s'étaient tous ligués contre lui, il avait dans son royaume un nombre innombrable d'ennemis invisibles* qui l'entouraient. On ajoute qu'il les a cherchés pendant plus de trente ans, et que, malgré les soins infatigables de certains dervis** qui ont sa confiance, il n'en a pu trouver un seul. Ils vivent avec lui : ils sont à sa cour, dans sa capitale, dans ses troupes, dans ses tribunaux ; et cependant on dit qu'il aura le chagrin de mourir sans les avoir trouvés. On dirait qu'ils existent en général, et qu'ils ne sont plus rien en particulier : c'est un corps, mais point de membres. Sans doute que le Ciel veut punir ce prince de n'avoir pas été assez modéré envers les ennemis qu'il a vaincus, puisqu'il lui en donne d'invisibles, et dont le génie et le destin sont au-dessus du sien.

Je continuerai à t'écrire, et je t'apprendrai des choses bien éloignées du caractère et du génie persan. C'est bien la même terre qui nous porte tous deux ; mais les

* Les jansénistes.
** Les jésuites.

hommes du pays où je vis, et ceux du pays où tu es, sont des hommes bien différents.

De Paris, le 4 *de la lune de Rebiab* 2, 1712.

LETTRE XXV

USBEK A IBBEN, A SMYRNE

J'ai reçu une lettre de ton neveu Rhédi : il me mande qu'il quitte Smyrne dans le dessein de voir l'Italie ; que l'unique but de son voyage est de s'instruire et de se rendre par là plus digne de toi. Je te félicite d'avoir un neveu qui sera quelque jour la consolation de ta vieillesse.

Rica t'écrit une longue lettre ; il m'a dit qu'il te parlait beaucoup de ce pays-ci. La vivacité de son esprit fait qu'il saisit tout avec promptitude. Pour moi, qui pense plus lentement, je ne suis en état de te rien dire.

Tu es le sujet de nos conversations les plus tendres : nous ne pouvons assez parler du bon accueil que tu nous as fait à Smyrne, et des services que ton amitié nous rend tous les jours.

Puisses-tu, généreux Ibben, trouver partout des amis aussi reconnaissants et aussi fidèles que nous ! Puissé-je te revoir bientôt et retrouver avec toi ces jours heureux qui coulent si doucement entre deux amis ! Adieu.

De Paris, le 4 *de la lune de Rebiab* 2, 1712.

LETTRE XXVI

USBEK A ROXANE AU SÉRAIL D'ISPAHAN

Que vous êtes heureuse, Roxane, d'être dans le doux pays de Perse, et non pas dans ces climats empoisonnés où l'on ne connaît ni la pudeur ni la vertu ! Que vous êtes heureuse ! Vous vivez dans mon sérail [5] comme dans le séjour de l'innocence, inaccessible aux attentats de tous les humains ; vous vous trouvez avec joie dans une heureuse impuissance de faillir : jamais homme ne vous a souillée de ses regards lascifs ; votre beau-père même, dans la liberté des festins, n'a jamais vu votre belle bouche : vous n'avez jamais manqué de vous attacher un bandeau sacré pour la couvrir. Heureuse Roxane ! Quand vous avez été à la campagne, vous avez toujours eu des eunuques qui ont marché devant vous pour donner la mort à tous les téméraires qui n'ont pas fui à votre vue. Moi-même, à qui le Ciel vous a donnée pour faire mon bonheur, quelle peine n'ai-je pas eue pour me rendre maître de ce trésor que vous défendiez avec tant de constance ! Quel chagrin pour moi, dans les premiers jours de notre mariage, de ne pas vous voir ! Et quelle impatience quand je vous eus vue ! Vous ne la satisfaisiez pourtant pas ; vous l'irritiez, au contraire, par les refus obstinés d'une pudeur alarmée : vous me confondiez avec tous ces hommes à qui vous vous cachez sans cesse. Vous souvient-il de ce jour où je vous perdis parmi vos esclaves qui me trahirent et vous dérobèrent à mes recherches ? Vous souvient-il de cet autre où, voyant vos larmes impuissantes, vous employâtes l'autorité de votre mère pour arrêter les fureurs de mon amour ? Vous souvient-il, lorsque toutes les ressources vous manquèrent, de celles que vous trouvâtes dans votre courage ? Vous prîtes un poignard et menaçâtes d'immoler un époux qui vous aimait, s'il continuait à exiger de vous ce que vous chérissiez plus que votre époux même. Deux mois se passèrent dans ce combat de l'Amour et de la Vertu. Vous poussâtes trop loin vos chastes scrupules : vous ne vous rendîtes pas même après avoir été vaincue ; vous défendîtes jusques à la dernière extrémité une virginité mourante ; vous me regardâtes comme un ennemi qui vous avait fait un outrage, non pas comme un époux qui vous avait aimée ; vous fûtes plus de trois mois que vous n'osiez me regarder sans rougir : votre air confus semblait me reprocher l'avantage que j'avais pris. Je n'avais pas même une possession tranquille : vous me dérobiez tout ce que vous pouviez de ces charmes et de ces grâces, et j'étais enivré des plus grandes faveurs sans avoir obtenu les moindres.

Si vous aviez été élevée dans ce pays-ci, vous n'auriez pas été si troublée ; les femmes y ont perdu toute retenue ; elles se présentent devant les hommes à visage découvert, comme si elles voulaient demander leur défaite ; elles les cherchent de leurs regards ; elles les voient dans les mosquées, les promenades, chez elles-mêmes ; l'usage de se faire servir par des eunuques leur est inconnu. Au lieu de cette noble simplicité et de cette aimable pudeur qui règne parmi vous, on voit une impudence brutale, à laquelle il est impossible de s'accoutumer.

Oui, Roxane, si vous étiez ici, vous vous sentiriez outragée dans l'affreuse ignominie où votre sexe est descendu ; vous fuiriez ces abominables lieux, et vous soupireriez pour cette douce retraite, où vous trouvez l'innocence, où vous êtes sûre de vous-même, où nul péril ne vous fait trembler, où enfin vous pouvez m'aimer sans craindre de perdre jamais l'amour que vous me devez.

Quand vous relevez l'éclat de votre teint par les plus belles couleurs ; quand vous vous parfumez tout le corps des essences les plus précieuses ; quand vous vous parez de vos plus beaux habits ; quand vous cherchez à vous distinguer de vos compagnes par les grâces de la danse et par la douceur de votre chant ; que vous combattez gracieusement avec elles de charmes, de douceur et d'enjouement : je ne puis m'imaginer que vous ayez d'autre objet que celui de me plaire ; et, quand je vous vois rougir modestement ; que vos regards cherchent les miens ; que vous vous insinuez dans mon cœur par des paroles douces et flatteuses : je ne saurais, Roxane, douter de votre amour.

Mais que puis-je penser des femmes d'Europe ? L'art de composer leur teint, les ornements dont elles se parent, les soins qu'elles prennent de leur personne, le désir continuel de plaire qui les occupe sont autant de taches faites à leur vertu et d'outrages à leurs époux.

Ce n'est pas, Roxane, que je pense qu'elles poussent l'attentat aussi loin qu'une pareille conduite devrait le faire croire, et qu'elles portent la débauche à cet excès horrible qui fait frémir, de violer absolument la foi conjugale. Il y a bien peu de femmes assez abandonnées pour aller jusque-là : elles portent toutes dans leur cœur un certain caractère de vertu qui y est gravé, que la naissance donne, et que l'éducation affaiblit, mais ne détruit pas. Elles peuvent bien se relâcher des devoirs extérieurs que la pudeur exige ; mais, quand il s'agit de faire les derniers pas, la nature se révolte. Aussi, quand nous vous enfermons si étroitement ; que nous vous faisons garder par tant d'esclaves, que nous gênons si fort vos désirs lorsqu'ils volent trop loin : ce n'est pas que nous craignions la dernière infidélité ; mais c'est que nous savons que la pureté ne saurait être trop grande, et que la moindre tache peut la corrompre.

Je vous plains, Roxane. Votre chasteté, si longtemps éprouvée, méritait un époux qui ne vous eût jamais quittée, et qui pût lui-même réprimer les désirs que votre seule vertu sait soumettre.

De Paris, le 7 de la lune de Rhegeb, 1712.

LETTRE XXVII

USBEK A NESSIR, A ISPAHAN

Nous sommes à présent à Paris, cette superbe rivale de la ville du Soleil*.

Lorsque je partis de Smyrne, je chargeai mon ami Ibben de te faire tenir une boîte où il y avait quelques présents pour toi ; tu recevras cette lettre par la même voie. Quoique éloigné de lui de cinq ou six cents lieues,

* M : « Ispahan. »

je lui donne de mes nouvelles, et je reçois des siennes aussi facilement que s'il était à Ispahan, et moi, à Com. J'envoie mes lettres à Marseille, d'où il part continuellement des vaisseaux pour Smyrne ; de là, il envoie celles qui sont pour la Perse par les caravanes d'Arméniens qui partent tous les jours pour Ispahan.

Rica jouit d'une santé parfaite : la force de sa constitution, sa jeunesse et sa gaieté naturelle le mettent au-dessus de toutes les épreuves.

Mais, pour moi, je ne me porte pas bien : mon corps et mon esprit sont abattus ; je me livre à des réflexions qui deviennent tous les jours plus tristes ; ma santé, qui s'affaiblit, me tourne vers ma patrie et me rend ce pays-ci plus étranger.

Mais, cher Nessir, je te conjure, fais en sorte que mes femmes ignorent l'état où je suis : si elles m'aiment, je veux épargner leurs larmes, et, si elles ne m'aiment pas, je ne veux point augmenter leur hardiesse.

Si mes eunuques me croyaient en danger, s'ils pouvaient espérer l'impunité d'une lâche complaisance, ils cesseraient bientôt d'être sourds à la voix flatteuse de ce sexe qui se fait entendre aux rochers et remue les choses inanimées.

Adieu, Nessir ; j'ai du plaisir à te donner des marques de ma confiance.

De Paris, le 5 de la lune de Chahban, 1712.

LETTRE XXVIII

RICA A ***

Je vis hier une chose assez singulière, quoiqu'elle se passe tous les jours à Paris.

Tout le peuple s'assemble sur la fin de l'après-dînée et va jouer une espèce de scène que j'ai entendu appeler *comédie.* Le grand mouvement est sur une estrade, qu'on nomme le *théâtre.* Aux deux côtés, on voit, dans de petits réduits qu'on nomme *loges*, des hommes et des femmes qui jouent ensemble des scènes muettes, à peu près comme celles qui sont en usage en notre Perse [5].

Ici, c'est une amante affligée qui exprime sa langueur ; une autre, plus animée, dévore des yeux son amant, qui la regarde de même : toutes les passions sont peintes sur les visages et exprimées avec une éloquence qui, pour être muette, n'en est que plus vive. Là, les actrices ne paraissent qu'à demi-corps et ont ordinairement un manchon, par modestie, pour cacher leurs bras. Il y a en bas une troupe de gens debout*, qui se moquent de ceux qui sont en haut sur le théâtre, et ces derniers rient à leur tour de ceux qui sont en bas.

Mais ceux qui prennent le plus de peine sont quelques gens qu'on prend pour cet effet dans un âge peu avancé, pour soutenir la fatigue. Ils sont obligés d'être partout : ils passent par des endroits qu'eux seuls connaissent, montent avec une adresse surprenante d'étage en étage ; ils sont en haut, en bas, dans toutes les loges ; ils plongent, pour ainsi dire ; on les perd, ils reparaissent ; souvent ils quittent le lieu de la scène et vont jouer dans un autre. On en voit même qui, par un prodige qu'on n'aurait osé espérer de leurs béquilles, marchent et vont comme les autres. Enfin on se rend à des salles où l'on joue une comédie particulière : on commence par des révérences ; on continue par des embrassades. On dit que la connaissance la plus légère met un homme en droit d'en étouffer un autre. Il semble que le lieu inspire de la tendresse. En effet, on dit que les princesses qui y règnent ne sont point cruelles, et, si on excepte deux ou trois heures du jour, où elles sont assez sauvages, on peut dire que le reste du temps elles sont traitables, et que c'est une ivresse qui les quitte aisément.

Tout ce que je te dis ici se passe à peu près de même dans un autre endroit, qu'on nomme *l'Opéra* : toute la différence est qu'on parle à l'un, et que l'on chante

* Le parterre.

à l'autre. Un de mes amis me mena l'autre jour dans la loge où se déshabillait une des principales actrices. Nous fîmes si bien connaissance, que le lendemain je reçus d'elle cette lettre :

MONSIEUR,

Je suis la plus malheureuse fille du monde ; j'ai toujours été la plus vertueuse actrice de l'Opéra. Il y a sept ou huit mois que j'étais dans la loge où vous me vîtes hier. Comme je m'habillais en prêtresse de Diane, un jeune abbé vint m'y trouver, et, sans respect pour mon habit blanc, mon voile et mon bandeau, il me ravit mon innocence. J'ai beau lui exagérer le sacrifice que je lui ai fait ; il se met à rire et me soutient qu'il m'a trouvée très profane. Cependant je suis si grosse que je n'ose plus me présenter sur le théâtre : car je suis, sur le chapitre de l'honneur, d'une délicatesse inconcevable, et je soutiens toujours qu'à une fille bien née il est plus facile de faire perdre la vertu que la modestie. Avec cette délicatesse, vous jugez bien que ce jeune abbé n'eût jamais réussi, s'il ne m'avait promis de se marier avec moi : un motif si légitime me fit passer sur les petites formalités ordinaires et commencer par où j'aurais dû finir. Mais, puisque son infidélité m'a déshonorée, je ne veux plus vivre à l'Opéra, où, entre vous et moi, l'on ne me donne guère de quoi vivre : car, à présent que j'avance en âge, et que je perds du côté des charmes, ma pension, qui est toujours la même, semble diminuer tous les jours. J'ai appris, par un homme de votre suite, que l'on faisait un cas infini, dans votre pays, d'une danseuse, et que, si j'étais à Ispahan, ma fortune serait aussitôt faite. Si vous vouliez m'accorder votre protection et m'emmener avec vous dans ce pays-là, vous auriez l'avantage de faire du bien à une fille qui, par sa vertu et sa conduite, ne se rendrait pas indigne de vos bontés. Je suis...

De Paris, le 2 de la lune de Chalval, 1712.

LETTRE XXIX

RICA A IBBEN, A SMYRNE

Le Pape est le chef des chrétiens. C'est une vieille idole qu'on encense par habitude. Il était autrefois redoutable aux princes même : car il les déposait aussi facilement que nos magnifiques sultans déposent les rois d'Irimette* et de Géorgie [6]. Mais on ne le craint plus [6]. Il se dit successeur d'un des premiers chrétiens, qu'on appelle *saint Pierre,* et c'est certainement une riche succession : car il a des trésors immenses et un grand pays sous sa domination.

Les évêques sont des gens de loi qui lui sont subordonnés et ont, sous son autorité, deux fonctions bien différentes : quand ils sont assemblés, ils font, comme lui, des articles de foi ; quand ils sont en particulier, ils n'ont guère d'autre fonction que de dispenser d'accomplir la Loi. Car tu sauras que la religion chrétienne est chargée d'une infinité de pratiques très difficiles, et, comme on a jugé qu'il est moins aisé de remplir ses devoirs que d'avoir des évêques qui en dispensent, on a pris ce dernier parti pour l'utilité publique. De sorte que si l'on ne veut pas faire le rhamazan** ; si on ne veut pas s'assujettir aux formalités des mariages ; si on veut rompre ses vœux ; si on veut se marier contre les défenses de la Loi ; quelquefois même, si on veut revenir contre son serment : on va à l'Evêque ou au Pape, qui donne aussitôt la dispense.

Les évêques ne font pas des articles de foi de leur propre mouvement. Il y a un nombre infini de docteurs,

* Il s'agit, en fait, de l'Imirette, petit royaume caucasien, comme la Géorgie.

** Mois de jeûne et d'abstinence, correspondant au carême chrétien.

la plupart dervis*, qui soulèvent entre eux mille questions nouvelles sur la religion. On les laisse disputer longtemps et la guerre dure jusqu'à ce qu'une décision vienne la terminer.

Aussi puis-je t'assurer qu'il n'y a jamais eu de royaume où il y ait eu tant de guerres civiles que dans celui du Christ.

Ceux qui mettent au jour quelque proposition nouvelle sont d'abord appelés *hérétiques*. Chaque hérésie a son nom, qui est, pour ceux qui y sont engagés, comme le nom de ralliement. Mais n'est hérétique qui ne veut : il n'y a qu'à partager le différend par la moitié et donner une distinction à ceux qui accusent d'hérésie, et, quelle que soit la distinction, intelligible ou non, elle rend un homme blanc comme de la neige, et il peut se faire appeler *orthodoxe*.

Ce que je te dis est bon pour la France et l'Allemagne : car j'ai ouï dire qu'en Espagne et en Portugal il y a de certains dervis qui n'entendent point raillerie, et qui font brûler un homme comme de la paille. Quand on tombe entre les mains de ces gens-là, heureux celui qui a toujours prié Dieu avec de petits grains de bois à la main, qui a porté sur lui deux morceaux de drap attachés à deux rubans**, et qui a été quelquefois dans une province qu'on appelle *la Galice**** ! Sans cela un pauvre diable est bien embarrassé. Quand il jurerait comme un païen qu'il est orthodoxe, on pourrait bien ne pas demeurer d'accord des qualités et le brûler comme hérétique : il aurait beau donner sa distinction. Point de distinction ! Il serait en cendres avant que l'on eût seulement pensé à l'écouter.

Les autres juges présument qu'un accusé est innocent ; ceux-ci le présument toujours coupable : dans le doute, ils tiennent pour règle de se déterminer du côté de la rigueur ; apparemment parce qu'ils croient les

* Théologiens et casuistes.
** Le chapelet et le scapulaire.
*** A Saint-Jacques-de-Compostelle.

hommes mauvais. Mais, d'un autre côté, ils en ont si bonne opinion, qu'ils ne les jugent jamais capables de mentir : car ils reçoivent le témoignage des ennemis capitaux, des femmes de mauvaise vie, de ceux qui exercent une profession infâme. Ils font dans leur sentence un petit compliment à ceux qui sont revêtus d'une chemise de soufre, et leur disent qu'ils sont bien fâchés de les voir si mal habillés, qu'ils sont doux, qu'ils abhorrent le sang et sont au désespoir de les avoir condamnés. Mais, pour se consoler, ils confisquent tous les biens de ces malheureux à leur profit[6].

Heureuse la terre qui est habitée par les enfants des Prophètes ! Ces tristes spectacles y sont inconnus*. La sainte religion que les Anges y ont apportée se défend par sa vérité même : elle n'a point besoin de ces moyens violents pour se maintenir[5].

De Paris, le 4 de la lune de Chalval, 1712.

LETTRE XXX

RICA AU MÊME, A SMYRNE

Les habitants de Paris sont d'une curiosité[6] qui va jusqu'à l'extravagance. Lorsque j'arrivai, je fus regardé comme si j'avais été envoyé du Ciel : vieillards, hommes, femmes, enfants, tous voulaient me voir. Si je sortais, tout le monde se mettait aux fenêtres ; si j'étais aux Tuileries, je voyais aussitôt un cercle se former autour de moi : les femmes mêmes faisaient un arc-en-ciel, nuancé de mille couleurs, qui m'entourait ; si j'étais aux spectacles, je trouvais d'abord cent lorgnettes dressées contre ma figure : enfin jamais homme n'a tant été vu que moi[6]. Je souriais quelquefois d'entendre des gens qui n'étaient presque jamais sortis de leur chambre, qui disaient entre eux : « Il faut avouer qu'il

* M : « Les Persans sont les plus tolérants de tous les Mahométans. »

Voir *Au fil du texte*, p. XII.

a l'air bien persan. » Chose admirable ! je trouvais de mes portraits partout ; je me voyais multiplié dans toutes les boutiques, sur toutes les cheminées : tant on craignait de ne m'avoir pas assez vu.

Tant d'honneurs ne laissent pas d'être à charge : je ne me croyais pas un homme si curieux et si rare ; et, quoique j'aie très bonne opinion de moi, je ne me serais jamais imaginé que je dusse troubler le repos d'une grande ville où je n'étais point connu. Cela me fit résoudre à quitter l'habit persan et à en endosser un à l'européenne, pour voir s'il resterait encore dans ma physionomie quelque chose d'admirable. Cet essai me fit connaître ce que je valais réellement : libre de tous les ornements étrangers, je me vis apprécié au plus juste. J'eus sujet de me plaindre de mon tailleur, qui m'avait fait perdre en un instant l'attention et l'estime publique : car j'entrai tout à coup dans un néant affreux. Je demeurais quelquefois une heure dans une compagnie sans qu'on m'eût regardé, et qu'on m'eût mis en occasion d'ouvrir la bouche[6]. Mais, si quelqu'un, par hasard, apprenait à la compagnie que j'étais Persan, j'entendais aussitôt autour de moi un bourdonnement : « Ah ! ah ! Monsieur est Persan ? c'est une chose bien extraordinaire ! Comment peut-on être Persan ? »

De Paris, le 6 *de la lune de Chalval,* 1712.

LETTRE XXXI

RHÉDI A USBEK, A PARIS

Je suis à présent à Venise, mon cher Usbek. On peut avoir vu toutes les villes du monde et être surpris en arrivant à Venise : on sera toujours étonné de voir une ville, des tours et des mosquées sortir de dessous l'eau, et de trouver un peuple innombrable dans un endroit où il ne devrait y avoir que des poissons.

Mais cette ville profane manque du trésor le plus

précieux qui soit au monde, c'est-à-dire d'eau vive ; il est impossible d'y accomplir une seule ablution légale[5]. Elle est en abomination à notre saint Prophète ; il ne la regarde jamais, du haut du Ciel, qu'avec colère.

Sans cela, mon cher Usbek, je serais charmé de vivre dans une ville où mon esprit se forme tous les jours. Je m'instruis des secrets du commerce, des intérêts des princes, de la forme de leur gouvernement ; je ne néglige pas même les superstitions européennes ; je m'applique à la médecine, à la physique, à l'astronomie ; j'étudie les arts ; enfin je sors des nuages qui couvraient mes yeux dans le pays de ma naissance.

De Venise, le 16 *de la lune de Chalval,* 1712.

LETTRE XXXII

RICA A ***

J'allai l'autre jour voir une maison où l'on entretient environ trois cents personnes assez pauvrement. J'eus bientôt fait : car l'église et les bâtiments ne méritent pas d'être regardés. Ceux qui sont dans cette maison étaient assez gais : plusieurs d'entre eux jouaient aux cartes ou à d'autres jeux que je ne connais point. Comme je sortais, un de ces hommes sortait aussi, et, m'ayant entendu demander le chemin du Marais, qui est le quartier le plus éloigné de Paris : « J'y vais, me dit-il, et je vous conduirai ; suivez-moi. » Il me mena à merveille, me tira de tous les embarras et me sauva adroitement des carrosses et des voitures. Nous étions prêts d'arriver, quand la curiosité me prit. « Mon bon ami, lui dis-je, ne pourrais-je savoir qui vous êtes ? — Je suis aveugle, Monsieur, me répondit-il. — Comment ! lui dis-je, vous êtes aveugle ! Et que ne priiez-vous cet honnête homme qui jouait aux cartes avec vous de nous conduire ? — Il est aveugle aussi, me répondit-il. Il y a quatre cents ans que nous sommes trois cents aveugles dans cette maison où vous m'avez trouvé. Mais il faut que je vous quitte. Voilà la rue que vous demandiez. Je vais me mettre dans la foule ; j'entre dans cette église, où, je vous jure, j'embarrasserai plus les gens qu'ils ne m'embarrasseront [6]. »

De Paris, le 17 *de la lune de Chalval,* 1712.

LETTRE XXXIII

USBEK A RHÉDI, A VENISE

Le vin est si cher à Paris, par les impôts que l'on y met [6], qu'il semble qu'on ait entrepris d'y faire exécuter les préceptes du divin Alcoran qui défend d'en boire [6].

Lorsque je pense aux funestes effets de cette liqueur, je ne puis m'empêcher de la regarder comme le présent le plus redoutable que la nature ait fait aux hommes. Si quelque chose a flétri la vie et la réputation de nos monarques, ç'a été leur intempérance : c'est la source la plus empoisonnée de leurs injustices et de leurs cruautés.

Je le dirai, à la honte des hommes : la Loi interdit à nos princes l'usage du vin, et ils en boivent avec un excès qui les dégrade de l'humanité même ; cet usage, au contraire, est permis aux princes chrétiens, et on ne remarque pas qu'il leur fasse faire aucune faute. L'esprit humain est la contradiction même : dans une débauche licencieuse, on se révolte avec fureur contre les préceptes, et la Loi, faite pour nous rendre plus justes, ne sert souvent qu'à nous rendre plus coupables.

Mais, quand je désapprouve l'usage de cette liqueur qui fait perdre la raison, je ne condamne pas de même ces boissons qui l'égaient. C'est la sagesse des Orientaux de chercher des remèdes contre la tristesse avec autant de soin que contre les maladies les plus dangereuses. Lorsqu'il arrive quelque malheur à un Européen, il n'a d'autre ressource que la lecture d'un philosophe qu'on appelle *Sénèque* ; mais les Asiatiques, plus sensés qu'eux, et meilleurs physiciens en cela, prennent des breuvages capables de rendre l'homme gai et de charmer le souvenir de ses peines [6].

Il n'y a rien de si affligeant que les consolations tirées de la nécessité du mal, de l'inutilité des remèdes, de la fatalité du destin, de l'ordre de la Providence, et du malheur de la condition humaine. C'est se moquer de vouloir adoucir un mal par la considération que l'on est né misérable. Il vaut bien mieux enlever l'esprit hors de ses réflexions, et traiter l'homme comme sensible, au lieu de le traiter comme raisonnable.

L'âme, unie avec le corps, en est sans cesse tyrannisée. Si le mouvement du sang est trop lent ; si les esprits ne sont pas assez épurés ; s'ils ne sont pas en quantité suffisante : nous tombons dans l'accablement et dans la tristesse. Mais, si nous prenons des breuvages qui puissent changer cette disposition de notre corps, notre âme redevient capable de recevoir des impressions qui l'égaient, et elle sent un plaisir secret de voir sa machine reprendre, pour ainsi dire, son mouvement et sa vie.

De Paris, le 25 *de la lune de Zilcadé,* 1713.

LETTRE XXXIV

USBEK A IBBEN, A SMYRNE

Les femmes de Perse sont plus belles que celles de France ; mais celles de France sont plus jolies. Il est difficile de ne point aimer les premières, et de ne se point plaire avec les secondes : les unes sont plus tendres et plus modestes ; les autres sont plus gaies et plus enjouées.

Ce qui rend le sang si beau en Perse, c'est la vie réglée que les femmes y mènent : elles ne jouent ni ne veillent ; elles ne boivent point de vin et ne s'exposent presque jamais à l'air [5]. Il faut avouer que le sérail est plutôt fait pour la santé que pour les plaisirs : c'est une vie unie, qui ne pique point ; tout s'y ressent de la subordination et du devoir ; les plaisirs mêmes y sont graves, et les joies, sévères ; et on ne les goûte presque jamais que comme des marques d'autorité et de dépendance.

Les hommes mêmes n'ont pas en Perse la gaieté qu'ont les Français : on ne leur voit point cette liberté d'esprit et cet air content que je trouve ici dans tous les états et dans toutes les conditions.

C'est bien pis en Turquie, où l'on pourrait trouver des familles où, de père en fils, personne n'a ri depuis la fondation de la monarchie.

Cette gravité des Asiatiques vient du peu de commerce qu'il y a entre eux : ils ne se voient que lorsqu'ils y sont forcés par la cérémonie. L'amitié, ce doux engagement du cœur, qui fait ici la douceur de la vie, leur est presque inconnue. Ils se retirent dans leurs maisons, où ils trouvent toujours une compagnie qui les attend ; de manière que chaque famille est, pour ainsi dire, isolée.

Un jour que je m'entretenais là-dessus avec un homme de ce pays-ci, il me dit : « Ce qui me choque le plus de vos mœurs, c'est que vous êtes obligés de vivre avec des esclaves, dont le cœur et l'esprit se sentent toujours de la bassesse de leur condition. Ces gens lâches affaiblissent en vous les sentiments de la vertu que l'on tient de la nature, et ils les ruinent depuis l'enfance, qu'ils vous obsèdent. Car, enfin, défaites-vous des préjugés. Que peut-on attendre de l'éducation qu'on reçoit d'un misérable qui fait consister son honneur à garder les femmes d'un autre et s'enorgueillit du plus vil emploi qui soit parmi les humains ; qui est méprisable par sa fidélité même (qui est la seule de ses vertus), parce qu'il y est porté par envie, par jalousie et par désespoir ; qui, brûlant de se venger des deux sexes dont il est le rebut, consent à être tyrannisé par le plus fort, pourvu qu'il puisse désoler le plus faible ; qui, tirant de son imperfection, de sa laideur et de sa difformité, tout l'éclat de sa condition, n'est estimé que parce qu'il est indigne de l'être ; qui, enfin, rivé pour jamais à la porte où il est attaché, plus dur que les gonds et les verrous qui la tiennent, se vante de cinquante ans de vie dans ce poste indigne, où, chargé de la jalousie de son maître, il a exercé toute sa bassesse ? »

De Paris, le 14 *de la lune de Zilhagé,* 1713.

LETTRE XXXV

USBEK A GEMCHID [5], SON COUSIN, DERVIS DU BRILLANT MONASTÈRE DE TAURIS [5]

Que penses-tu des Chrétiens, sublime dervis ? Crois-tu qu'au jour du Jugement ils seront comme les infidèles Turcs, qui serviront d'ânes aux Juifs et les mèneront au grand trot en Enfer [5] ? Je sais bien qu'ils n'iront point dans le séjour des Prophètes, et que le grand Hali n'est point venu pour eux. Mais, parce qu'ils n'ont pas été assez heureux pour trouver des mosquées dans leur pays, crois-tu qu'ils soient condamnés à des châtiments éternels, et que Dieu les punisse pour n'avoir pas pratiqué une religion qu'il ne leur a pas fait connaître ? Je puis te le dire : j'ai souvent examiné ces Chrétiens ; je les ai interrogés pour voir s'ils avaient quelque idée du grand Hali, qui était le plus beau de tous les hommes : j'ai trouvé qu'ils n'en avaient jamais ouï parler.

Ils ne ressemblent point à ces infidèles que nos saints prophètes faisaient passer au fil de l'épée, parce qu'ils refusaient de croire aux miracles du Ciel : ils sont plutôt comme ces malheureux qui vivaient dans les ténèbres de l'idôlatrie avant que la divine lumière vînt éclairer le visage de notre grand Prophète.

D'ailleurs, si l'on examine de près leur religion, on y trouvera comme une semence de nos dogmes. J'ai souvent admiré les secrets de la Providence, qui semble les avoir voulu préparer par là à la conversion générale. J'ai ouï parler d'un livre de leurs docteurs, intitulé *la Polygamie triomphante*[4], dans lequel il est prouvé que la polygamie est ordonnée aux Chrétiens. Leur baptême est l'image de nos ablutions légales, et les Chrétiens n'errent que dans l'efficacité qu'ils donnent à cette première ablution, qu'ils croient devoir suffire pour toutes les autres. Leurs prêtres et leurs moines prient comme nous sept fois[5] le jour. Ils espèrent de jouir d'un paradis où ils goûteront mille délices par le moyen de la résurrection des corps. Ils ont, comme nous, des jeûnes marqués, des mortifications avec lesquelles ils espèrent fléchir la miséricorde divine. Ils rendent un culte aux bons Anges et se méfient des mauvais. Ils ont une sainte crédulité pour les miracles que Dieu opère par le ministère de ses serviteurs. Ils reconnaissent, comme nous, l'insuffisance de leurs mérites et le besoin qu'ils ont d'un intercesseur auprès de Dieu. Je vois partout le mahométisme, quoique je n'y trouve point Mahomet. On a beau faire, la vérité s'échappe et perce toujours les ténèbres qui l'environnent. Il viendra un jour où l'Éternel ne verra sur la terre que des vrais croyants : le temps, qui consume tout, détruira les erreurs mêmes ; tous les hommes seront étonnés de se voir sous le même étendard ; tout, jusques à la Loi, sera consommé : les divins exemplaires seront enlevés de la terre et portés dans les célestes Archives.

De Paris, le 20 *de la lune de Zilhagé,* 1713.

LETTRE XXXVI

USBEK A RHÉDI, A VENISE

Le café est très en usage à Paris : il y a un grand nombre de maisons publiques où on le distribue. Dans quelques-unes de ces maisons, on dit des nouvelles ; dans d'autres, on joue aux échecs[8]. Il y en a une, où l'on apprête le café de telle manière qu'il donne de l'esprit à ceux qui en prennent : au moins, de tous ceux qui en sortent, il n'y a personne qui ne croie qu'il en a quatre fois plus que lorsqu'il y est entré [6].

Mais ce qui me choque de ces beaux esprits, c'est qu'ils ne se rendent pas utiles à leur patrie, et qu'ils amusent leurs talents à des choses puériles. Par exemple, lorsque j'arrivai à Paris, je les trouvai échauffés sur une dispute, la plus mince qu'il se puisse imaginer : il s'agissait de la réputation d'un vieux poète grec dont, depuis deux mille ans, on ignore la patrie, aussi bien que le temps de sa mort [8]. Les deux partis avouaient que c'était un poète excellent ; il n'était question que du plus ou du moins de mérite qu'il fallait lui attribuer. Chacun en voulait donner le taux ; mais, parmi ces distributeurs de réputation, les uns faisaient meilleur poids que les autres. Voilà la querelle ! Elle était bien vive : car on se disait cordialement, de part et d'autre, des injures si grossières, on faisait des plaisanteries si amères, que je n'admirais pas moins la manière de disputer, que le sujet de la dispute. « Si quelqu'un, disais-je en moi-même, était assez étourdi pour aller devant un de ces défenseurs du poète grec attaquer la réputation de quelque honnête citoyen, il ne serait pas mal relevé, et je crois que ce zèle si délicat sur la réputation des morts s'embraserait bien pour défendre celle des vivants ! Mais, quoi qu'il en soit, ajoutais-je, Dieu me garde de m'attirer jamais l'inimitié des censeurs de ce poète, que le séjour de deux mille ans dans le tombeau n'a pu garantir d'une haine si implacable ! Ils frappent à présent des coups en l'air. Mais que serait-ce si leur fureur était animée par la présence d'un ennemi ? »

Ceux dont je te viens de parler disputent en langue vulgaire, et il faut les distinguer d'une autre sorte de disputeurs qui se servent d'une langue barbare* qui semble ajouter quelque chose à la fureur et à l'opiniâtreté des combattants. Il y a des quartiers où l'on voit comme une mêlée noire et épaisse de ces sortes de gens ; ils se nourrissent de distinctions ; ils vivent de raison-

* Le latin scolastique.

nements et de fausses conséquences. Ce métier, où l'on devrait mourir de faim, ne laisse pas de rendre : on a vu une nation entière, chassée de son pays, traverser les mers pour s'établir en France, n'emportant avec elle, pour parer aux nécessités de la vie, qu'un redoutable talent pour la dispute[8].

Adieu.

De Paris, le dernier de la lune de Zilhagé, 1713.

LETTRE XXXVII

USBEK A IBBEN, A SMYRNE

Le roi de France est vieux. Nous n'avons point d'exemple dans nos histoires d'un monarque qui ait si longtemps régné[6]. On dit qu'il possède à un très haut degré le talent de se faire obéir : il gouverne avec le même génie sa famille, sa cour, son état. On lui a souvent entendu dire que, de tous les gouvernements du monde, celui des Turcs ou celui de notre auguste sultan lui plairait le mieux, tant il fait cas de la politique orientale.

J'ai étudié son caractère, et j'y ai trouvé des contradictions qu'il m'est impossible de résoudre. Par exemple : il a un ministre qui n'a que dix-huit ans, et une maîtresse qui en a quatre-vingts ; il aime sa religion, et il ne peut souffrir ceux qui disent qu'il la faut observer à la rigueur ; quoiqu'il fuie le tumulte des villes, et qu'il se communique peu, il n'est occupé, depuis le matin jusques au soir, qu'à faire parler de lui ; il aime les trophées et les victoires, mais il craint autant de voir un bon général à la tête de ses troupes, qu'il aurait sujet de le craindre à la tête d'une armée ennemie. Il n'est, je crois, jamais arrivé qu'à lui d'être, en même temps, comblé de plus de richesses qu'un prince n'en saurait espérer, et accablé d'une pauvreté qu'un particulier ne pourrait soutenir[8].

Il aime à gratifier ceux qui le servent ; mais il paye

aussi libéralement les assiduités ou plutôt l'oisiveté de ses courtisans, que les campagnes laborieuses de ses capitaines. Souvent il préfère un homme qui le déshabille, ou qui lui donne la serviette lorsqu'il se met à table, à un autre qui lui prend des villes ou lui gagne des batailles. Il ne croit pas que la grandeur souveraine doive être dans la distribution des grâces, et, sans examiner si celui qu'il comble de biens est homme de mérite, il croit que son choix va le rendre tel : aussi lui a-t-on vu donner une petite pension à un homme qui avait fui deux lieues, et un beau gouvernement à un autre qui en avait fui quatre.

Il est magnifique, surtout dans ses bâtiments : il y a plus de statues dans les jardins de son palais que de citoyens dans une grande ville. Sa garde est aussi forte que celle du prince devant qui les trônes se renversent. Ses armées sont aussi nombreuses ; ses ressources, aussi grandes ; et ses finances, aussi inépuisables.

De Paris, le 7 de la lune de Maharram, 1713.

LETTRE XXXVIII

RICA A IBBEN, A SMYRNE

C'est une grande question, parmi les hommes, de savoir s'il est plus avantageux d'ôter aux femmes la liberté que de la leur laisser ; il me semble qu'il y a bien des raisons pour et contre. Si les Européens disent qu'il n'y a pas de générosité à rendre malheureuses les personnes que l'on aime, nos Asiatiques répondent qu'il y a de la bassesse aux hommes de renoncer à l'empire que la nature leur a donné sur les femmes. Si on leur dit que le grand nombre de femmes enfermées est embarrassant, ils répondent que dix femmes qui obéissent embarrassent moins qu'une qui n'obéit pas. Que s'ils objectent à leur tour que les Européens ne sauraient être heureux avec des femmes qui ne leur sont pas fidèles, on leur répond que cette fidélité, qu'ils vantent tant, n'empêche point le dégoût qui suit toujours les passions satisfaites ; que nos femmes sont trop à nous ; qu'une possession si tranquille ne nous laisse rien à désirer ni à craindre ; qu'un peu de coquetterie est un sel qui pique et prévient la corruption. Peut-être qu'un homme plus sage que moi serait embarrassé de décider : car, si les Asiatiques font fort bien de chercher des moyens propres à calmer leurs inquiétudes, les Européens font fort bien aussi de n'en point avoir [6].

« Après tout, disent-ils, quand nous serions malheureux en qualité de maris, nous trouverions toujours moyen de nous dédommager en qualité d'amants. Pour qu'un homme pût se plaindre avec raison de l'infidélité de sa femme, il faudrait qu'il n'y eût que trois personnes dans le monde ; ils seront toujours à but quand il y en aura quatre. »

C'est une autre question de savoir si la loi naturelle soumet les femmes aux hommes. « Non, me disait l'autre jour un philosophe très galant : la nature n'a jamais dicté une telle loi. L'empire que nous avons sur elles est une véritable tyrannie ; elles ne nous l'ont laissé prendre que parce qu'elles ont plus de douceur que nous, et par conséquent, plus d'humanité et de raison. Ces avantages qui devaient sans doute leur donner la supériorité, si nous avions été raisonnables, la leur ont fait perdre, parce que nous ne le sommes point. Or, s'il est vrai que nous n'avons sur les femmes qu'un pouvoir tyrannique, il ne l'est pas moins qu'elles ont sur nous un empire naturel : celui de la beauté, à qui rien ne résiste. Le nôtre n'est pas de tous les pays ; mais celui de la beauté est universel. Pourquoi aurions-nous donc un privilège ? Est-ce parce que nous sommes les plus forts ? Mais c'est une véritable injustice. Nous employons toutes sortes de moyens pour leur abattre le courage ; les forces seraient égales si l'éducation l'était aussi. Éprouvons-les dans les talents que l'éducation n'a point affaiblis, et nous verrons si nous sommes si forts [3]. »

Il faut l'avouer, quoique cela choque nos mœurs :

chez les peuples les plus polis les femmes ont toujours eu de l'autorité sur leurs maris. Elle fut établie par une loi chez les Égyptiens, en l'honneur d'Isis, et chez les Babyloniens, en l'honneur de Sémiramis. On disait des Romains qu'ils commandaient à toutes les nations, mais qu'ils obéissaient à leurs femmes. Je ne parle point des Sauromates [2], qui étaient véritablement dans la servitude de ce sexe : ils étaient trop barbares pour que leur exemple puisse être cité.

Tu vois, mon cher Ibben, que j'ai pris le goût de ce pays-ci, où l'on aime à soutenir des opinions extraordinaires et à réduire tout en paradoxe. Le Prophète a décidé la question et a réglé des droits de l'un et de l'autre sexe : « Les femmes, dit-il, doivent honorer leurs maris ; leurs maris les doivent honorer : mais ils ont l'avantage d'un degré sur elles [5]. »

De Paris, le 26 *de la lune de Gemmadi* 2, 1713.

LETTRE XXXIX

HAGI* IBBI AU JUIF BEN JOSUÉ, PROSÉLYTE MAHOMÉTAN [6], A SMYRNE

Il me semble, Ben Josué, qu'il y a toujours des signes éclatants qui préparent à la naissance des hommes extraordinaires, comme si la nature souffrait une espèce de crise, et que la puissance céleste ne produisît qu'avec effort.

Il n'y a rien de si merveilleux que la naissance de Mahomet [5]. Dieu qui, par les décrets de sa providence, avait résolu, dès le commencement, d'envoyer aux hommes ce grand Prophète pour enchaîner Satan, créa une lumière deux mille ans avant Adam, qui, passant d'élu en élu, d'ancêtre en ancêtre de Mahomet, par-

* M : « *Hagi* est un homme qui a fait le pèlerinage de La Mecque. »

vint enfin jusques à lui comme un témoignage authentique qu'il était descendu des Patriarches.

Ce fut aussi à cause de ce même Prophète que Dieu ne voulut pas qu'aucun enfant fût conçu que la femme ne cessât d'être immonde, et que l'homme ne fût livré à la circoncision.

Il vint au monde circoncis [6], et la joie parut sur son visage dès sa naissance [4]. La terre trembla trois fois, comme si elle eût enfanté elle-même ; toutes les idoles se prosternèrent ; les trônes des rois furent renversés. Lucifer fut jeté au fond de la mer, et ce ne fut qu'après avoir nagé pendant quarante jours qu'il sortit de l'Abîme et s'enfuit sur le mont Cabès, d'où, avec une voix terrible, il appela les Anges.

Cette nuit, Dieu posa un terme entre l'homme et la femme, qu'aucun d'eux ne put passer. L'art des magiciens et nécromants se trouva sans vertu. On entendit une voix du Ciel, qui disait ces paroles : « J'ai envoyé au monde mon ami fidèle. »

Selon le témoignage d'Isben Aben, historien arabe, les générations des oiseaux, des nuées, des vents, et tous les escadrons des Anges, se réunirent pour élever cet enfant et se disputèrent cet avantage. Les oiseaux disaient, dans leurs gazouillements, qu'il était plus commode qu'ils l'élevassent, parce qu'ils pouvaient plus facilement rassembler plusieurs fruits de divers lieux. Les vents murmuraient et disaient : « C'est plutôt à nous, parce que nous pouvons lui apporter de tous les endroits les odeurs les plus agréables. » — « Non, non, disaient les nuées, non : c'est à nos soins qu'il sera confié, parce que nous lui ferons part à tous les instants de la fraîcheur des eaux. » Là-dessus les Anges indignés s'écriaient : « Que nous restera-t-il donc à faire ? » Mais une voix du Ciel fut entendue, et termina toutes les disputes : « Il ne sera point ôté d'entre les mains des mortels ; parce que heureuses les mamelles qui l'allaiteront, et les mains qui le toucheront, et la maison qu'il habitera, et le lit où il reposera. »

Après tant de témoignages si éclatants, mon cher

Josué, il faut avoir un cœur de fer pour ne pas croire sa sainte loi. Que pouvait faire davantage le Ciel pour autoriser sa mission divine, à moins de renverser la nature et de faire périr les hommes mêmes qu'il voulait convaincre ?

De Paris, le 20 *de la lune de Rhegeb,* 1713.

LETTRE XL

USBEK A IBBEN, A SMYRNE

Dès qu'un grand est mort, on s'assemble dans une mosquée, et l'on fait une oraison funèbre, qui est un discours à sa louange, avec lequel on serait bien embarrassé de décider au juste du mérite du défunt.

Je voudrais bannir les pompes funèbres : il faut pleurer les hommes à leur naissance, et non pas à leur mort. A quoi servent les cérémonies, et tout l'attirail lugubre qu'on fait paraître à un mourant dans ses derniers moments, les larmes mêmes de sa famille et la douleur de ses amis, qu'à lui exagérer la perte qu'il va faire ?

Nous sommes si aveugles que nous ne savons quand nous devons nous affliger ou nous réjouir : nous n'avons presque jamais que de fausses tristesses ou de fausses joies.

Quand je vois le Mogol qui, toutes les années, va sottement se mettre dans une balance et se faire peser comme un bœuf [5] ; quand je vois les peuples se réjouir de ce que ce prince est devenu plus matériel, c'est-à-dire moins capable de les gouverner, j'ai pitié, Ibben, de l'extravagance humaine.

De Paris, le 20 *de la lune de Rhegeb,* 1713.

LETTRE XLI

LE PREMIER EUNUQUE NOIR A USBEK

Ismaël, un des eunuques noirs, vient de mourir, magnifique Seigneur, et je ne puis m'empêcher de le remplacer. Comme les eunuques sont extrêmement rares à présent, j'avais pensé de me servir d'un esclave noir que tu as à la campagne ; mais je n'ai pu jusqu'ici le porter à souffrir qu'on le consacrât à cet emploi. Comme je vois qu'au bout du compte c'est son avantage, je voulus l'autre jour user à son égard d'un peu de rigueur, et, de concert avec l'intendant de tes jardins, j'ordonnai que, malgré lui, on le mît en état de te rendre les services qui flattent le plus ton cœur, et de vivre comme moi dans ces redoutables lieux qu'il n'ose pas même regarder. Mais il se mit à hurler comme si on avait voulu l'écorcher, et fit tant qu'il échappa de nos mains et évita le fatal couteau. Je viens d'apprendre qu'il veut t'écrire pour te demander grâce, soutenant que je n'ai conçu ce dessein que par un désir insatiable de vengeance sur certaines railleries piquantes qu'il dit avoir faites de moi. Cependant je te jure par les cent mille Prophètes que je n'ai agi que pour le bien de ton service, la seule chose qui me soit chère, et hors laquelle je ne regarde rien.

Je me prosterne à tes pieds.

Du sérail de Fatmé,
le 7 *de la lune de Maharram,* 1713.

LETTRE XLII

PHARAN A USBEK, SON SOUVERAIN SEIGNEUR

Si tu étais ici, magnifique Seigneur, je paraîtrais à ta vue tout couvert de papier blanc, et il n'y en aurait pas assez pour écrire toutes les insultes que ton premier eunuque noir, le plus méchant de tous les hommes, m'a faites depuis ton départ.

Sous prétexte de quelques railleries qu'il prétend que j'ai faites sur le malheur de sa condition, il exerce sur ma tête une vengeance inépuisable : il a animé contre moi le cruel intendant de tes jardins, qui, depuis ton départ, m'oblige à des travaux insurmontables, dans lesquels j'ai pensé mille fois laisser la vie, sans perdre un moment l'ardeur de te servir. Combien de fois ai-je dit en moi-même : « J'ai un maître rempli de douceur, et je suis le plus malheureux esclave qui soit sur la terre. »

Je te l'avoue, magnifique Seigneur, je ne me croyais pas destiné à de plus grandes misères ; mais ce traître d'eunuque a voulu mettre le comble à sa méchanceté. Il y a quelques jours que, de son autorité privée, il me destina à la garde de tes femmes sacrées, c'est-à-dire à une exécution qui serait pour moi mille fois plus cruelle que la mort. Ceux qui, en naissant, ont eu le malheur de recevoir de leurs cruels parents un traitement pareil se consolent peut-être sur ce qu'ils n'ont jamais connu d'autre état que le leur ; mais qu'on me fasse descendre de l'humanité, et qu'on m'en prive, je mourrais de douleur, si je ne mourais pas de cette barbarie.

J'embrasse tes pieds, sublime Seigneur, dans une humilité profonde. Fais en sorte que je sente les effets de cette vertu si respectée, et qu'il ne soit pas dit que, par ton ordre, il y ait sur la terre un malheureux de plus.

Des jardins de Fatmé,
le 7 *de la lune de Maharram,* 1713.

LETTRE XLIII

USBEK A PHARAN, AUX JARDINS DE FATMÉ

Recevez la joie dans votre cœur, et reconnaissez ces sacrés caractères ; faites-les baiser au grand eunuque et à l'intendant de mes jardins. Je leur défends de rien entreprendre contre vous. Dites-leur d'acheter l'eunuque qui me manque. Acquittez-vous de votre devoir comme si vous m'aviez toujours devant les yeux : car sachez que, plus mes bontés sont grandes, plus vous serez puni si vous en abusez.

De Paris, le 25 de la lune de Rhegeb, 1713.

LETTRE XLIV

USBEK A RHÉDI, A VENISE

Il y a en France trois sortes d'états : l'Église, l'Épée et la Robe. Chacun a un mépris souverain pour les deux autres : tel, par exemple, que l'on devrait mépriser parce qu'il est un sot, ne l'est souvent que parce qu'il est homme de robe.

Il n'y a pas jusqu'aux plus vils artisans qui ne disputent sur l'excellence de l'art qu'ils ont choisi : chacun s'élève au-dessus de celui qui est d'une profession différente, à proportion de l'idée qu'il s'est faite de la supériorité de la sienne.

Les hommes ressemblent tous, plus ou moins, à cette femme de la province d'Erivan, qui, ayant reçu quelque grâce d'un de nos monarques, lui souhaita mille fois, dans les bénédictions qu'elle lui donna, que le Ciel le fît gouverneur d'Erivan [5].

J'ai lu, dans une relation, qu'un vaisseau français ayant relâché à la côte de Guinée, quelques hommes de l'équipage voulurent aller à terre acheter quelques moutons. On les mena au roi, qui rendait la justice à ses sujets sous un arbre. Il était sur son trône, c'est-à-dire sur un morceau de bois ; aussi fier que s'il eût été sur celui du Grand Mogol ; il avait trois ou quatre gardes avec des piques de bois ; un parasol en forme de dais le couvrait de l'ardeur du soleil ; tous ses ornements et ceux de la reine, sa femme, consistaient en leur peau noire et quelques bagues. Ce prince, plus vain encore que misérable, demanda à ces étrangers si on parlait beaucoup de lui en France[5]. Il croyait que son nom devait être porté d'un pôle à l'autre ; et, à la différence de ce conquérant de qui on a dit qu'il avait fait taire toute la terre[1], il croyait, lui, qu'il devait faire parler tout l'Univers.

Quand le Khan de Tartarie a dîné, un héraut crie que tous les princes de la terre peuvent aller dîner, si bon leur semble[5], et ce barbare, qui ne mange que du lait, qui n'a pas de maison, qui ne vit que de brigandage, regarde tous les rois du monde comme ses esclaves et les insulte régulièrement deux fois par jour.

De Paris, le 28 *de la lune de Rhegeb,* 1713.

LETTRE XLV

RICA A USBEK, A ***

Hier matin, comme j'étais au lit, j'entendis frapper rudement à ma porte, qui fut soudain ouverte ou enfoncée par un homme avec qui j'avais lié quelque société, et qui me parut tout hors de lui-même[8].

Son habillement était beaucoup plus que modeste ; sa perruque de travers n'avait pas même été peignée ; il n'avait pas eu le temps de faire recoudre son pourpoint noir, et il avait renoncé, pour ce jour-là, aux sages précautions avec lesquelles il avait coutume de déguiser le délabrement de son équipage.

« Levez-vous, me dit-il ; j'ai besoin de vous tout aujourd'hui : j'ai mille emplettes à faire, et je serai bien aise que ce soit avec vous. Il faut premièrement que nous allions à la rue Saint-Honoré parler à un notaire qui est chargé de vendre une terre de cinq cent mille livres ; je veux qu'il m'en donne la préférence. En venant ici, je me suis arrêté un moment au faubourg Saint-Germain, où j'ai loué un hôtel de deux mille écus, et j'espère passer le contrat aujourd'hui. »

Dès que je fus habillé, ou peu s'en fallait, mon homme me fit précipitamment descendre. « Commençons, dit-il, par acheter un carrosse, et établissons l'équipage. » En effet, nous achetâmes non seulement un carrosse, mais encore pour cent mille francs de marchandises en moins d'une heure. Tout cela se fit promptement, parce que mon homme ne marchanda rien et ne compta jamais ; aussi ne déplaça-t-il pas*. Je rêvais sur tout ceci, et, quand j'examinais cet homme, je trouvais en lui une complication singulière de richesses et de pauvreté ; de manière que je ne savais que croire. Mais enfin, je rompis le silence, et, le tirant à part, je lui dis : « Monsieur, qui est-ce qui payera tout cela ? — Moi, dit-il. Venez dans ma chambre : je vous montrerai des trésors immenses et des richesses enviées des plus grands monarques ; mais elles ne le seront pas de vous, qui les partagerez toujours avec moi. » Je le suis. Nous grimpons à son cinquième étage, et, par une échelle, nous nous guindons à un sixième, qui était un cabinet ouvert aux quatre vents, dans lequel il n'y avait que deux ou trois douzaines de bassins de terre remplis de diverses liqueurs. « Je me suis levé de grand matin, me dit-il, et j'ai fait d'abord ce que je fais depuis vingt-cinq ans, qui est d'aller visiter mon œuvre. J'ai vu que le grand jour était venu, qui devait me rendre plus riche qu'homme qui soit sur la terre. Voyez-vous cette liqueur vermeille ? Elle a à présent toutes les qualités que les philosophes demandent pour faire la transmutation des métaux. J'en ai tiré ces grains que vous voyez, qui sont de vrai or par leur couleur, quoiqu'un peu imparfaits par leur pesanteur. Ce secret, que Nicolas Flamel trouva, mais que Raymond Lulle et un million d'autres cherchèrent toujours, est venu jusques à moi, et je me trouve aujourd'hui un heureux adepte. Fasse le Ciel que je ne me serve de tant de trésors qu'il m'a communiqués, que pour sa gloire ! »

Je sortis, et je descendis, ou plutôt je me précipitai par cet escalier transporté de colère, et laissai cet homme si riche dans son hôpital[6].

* N'alla-t-il pas en plusieurs endroits.

Adieu, mon cher Usbek. J'irai te voir demain, et, si tu veux, nous reviendrons ensemble à Paris.

De Paris, le dernier de la lune de Rhegeb, 1713.

LETTRE XLVI

USBEK A RHÉDI, A VENISE

Je vois ici des gens qui disputent sans fin sur la religion ; mais il me semble qu'ils combattent en même temps à qui l'observera le moins.

Non seulement ils ne sont pas meilleurs chrétiens, mais même meilleurs citoyens, et c'est ce qui me touche : car, dans quelque religion qu'on vive, l'observation des lois, l'amour pour les hommes, la piété envers les parents, sont toujours les premiers actes de religion.

En effet, le premier objet d'un homme religieux ne doit-il pas être de plaire à la Divinité, qui a établi la religion qu'il professe ? Mais le moyen le plus sûr pour y parvenir est sans doute d'observer les règles de la société et les devoirs de l'humanité ; car, en quelque religion qu'on vive, dès qu'on en suppose une, il faut bien que l'on suppose aussi que Dieu aime les hommes, puisqu'il établit une religion pour les rendre heureux ; que s'il aime les hommes, on est assuré de lui plaire en les aimant aussi, c'est-à-dire en exerçant envers eux tous les devoirs de la charité et de l'humanité, et en ne violant point les lois sous lesquelles ils vivent[6].

Par là, on est bien plus sûr de plaire à Dieu qu'en observant telle ou telle cérémonie : car les cérémonies n'ont point un degré de bonté par elles-mêmes ; elles ne sont bonnes qu'avec égards et dans la supposition que Dieu les a commandées. Mais c'est la matière d'une grande discussion ; on peut facilement s'y tromper ; car il faut choisir les cérémonies d'une religion entre celles de deux mille.

Un homme faisait tous les jours à Dieu cette prière : « Seigneur, je n'entends rien dans les disputes que l'on fait sans cesse à votre sujet. Je voudrais vous servir selon votre volonté ; mais chaque homme que je consulte veut que je vous serve à la sienne. Lorsque je veux vous faire ma prière, je ne sais en quelle langue je dois vous parler. Je ne sais pas non plus en quelle posture je dois me mettre : l'un dit que je dois vous prier debout ; l'autre veut que je sois assis ; l'autre exige que mon corps porte sur mes genoux. Ce n'est pas tout : il y en a qui prétendent que je dois me laver tous les matins avec de l'eau froide ; d'autres soutiennent que vous me regarderez avec horreur si je ne me fais pas couper un petit morceau de chair. Il m'arriva l'autre jour de manger un lapin dans un caravansérail. Trois hommes qui étaient auprès de là me firent trembler : ils me soutinrent tous trois que je vous avais grièvement offensé ; l'un*, parce que cet animal était immonde[1] ; l'autre**, parce qu'il était étouffé ; l'autre*** enfin, parce qu'il n'était pas poisson. Un brachmane qui passait par là, et que je pris pour juge, me dit : « Ils ont tort : car apparemment vous n'avez pas tué vous-même cet animal. — Si fait, lui dis-je. — Ah ! vous avez commis une action abominable, et que Dieu ne vous pardonnera jamais, me dit-il d'une voix sévère. Que savez-vous si l'âme de votre père n'était pas passée dans cette bête ? » Toutes ces choses, Seigneur, me jettent dans un embarras inconcevable : je ne puis remuer la tête que je ne sois menacé de vous offenser ; cependant je voudrais vous plaire et employer à cela la vie que je tiens de vous. Je ne sais si je me trompe ; mais je crois que le meilleur moyen pour y parvenir est de vivre en bon citoyen dans la société où vous m'avez fait naître, et en bon père dans la famille que vous m'avez donnée[6]. »

De Paris, le 8 *de la lune de Chahban,* 1713.

* M : « Un Juif. »
** M : « Un Turc. »
*** M : « Un Arménien. »

LETTRE XLVII

ZACHI A USBEK, A PARIS

J'ai une grande nouvelle à t'apprendre : je me suis réconciliée avec Zéphis ; le sérail, partagé entre nous, s'est réuni [5]. Il ne manque que toi dans ces lieux, où la paix règne. Viens, mon cher Usbek, viens y faire triompher l'amour.

Je donnai à Zéphis un grand festin, où ta mère, tes femmes et tes principales concubines furent invitées ; tes tantes et plusieurs de tes cousines s'y trouvèrent aussi ; elles étaient venues à cheval, couvertes du sombre nuage de leurs voiles et de leurs habits.

Le lendemain, nous partîmes pour la campagne, où nous espérions être plus libres. Nous montâmes sur nos chameaux, et nous nous mîmes quatre dans chaque loge. Comme la partie avait été faite brusquement, nous n'eûmes pas le temps d'envoyer à la ronde annoncer le courouc [5] ; mais le premier eunuque, toujours industrieux, prit une autre précaution : car il joignit à la toile qui nous empêchait d'être vues un rideau si épais que nous ne pouvions absolument voir personne.

Quand nous fûmes arrivées à cette rivière qu'il faut traverser, chacune de nous se mit, selon la coutume, dans une boîte et se fit porter dans le bateau : car on nous dit que la rivière était pleine de monde. Un curieux, qui s'approcha trop près du lieu où nous étions enfermées, reçut un coup mortel, qui lui ôta pour jamais la lumière du jour ; un autre, qu'on trouva se baignant tout nu sur le rivage, eut le même sort ; et tes fidèles eunuques sacrifièrent à ton honneur et au nôtre ces deux infortunés.

Mais écoute le reste de nos aventures. Quand nous fûmes au milieu du fleuve, un vent si impétueux s'éleva, et un nuage si affreux couvrit les airs, que nos matelots commencèrent à désespérer. Effrayées de ce péril, nous nous évanouîmes presque toutes. Je me souviens que j'entendis la voix et la dispute de nos eunuques, dont les uns disaient qu'il fallait nous avertir du péril et nous tirer de nos prisons ; mais leur chef soutint toujours qu'il mourrait plutôt que de souffrir que son maître fût ainsi déshonoré, et qu'il enfoncerait un poignard dans le sein de celui qui ferait des propositions si hardies. Une de mes esclaves, toute hors d'elle, courut vers moi déshabillée, pour me secourir, mais un eunuque noir la prit brutalement et la fit entrer dans l'endroit d'où elle était sortie. Pour lors je m'évanouis et ne revins à moi qu'après que le péril fut passé [5].

Que les voyages sont embarrassants pour les femmes ! Les hommes ne sont exposés qu'aux dangers qui menacent leur vie, et nous sommes, à tous les instants, dans la crainte de perdre notre vie ou notre vertu.

Adieu, mon cher Usbek. Je t'adorerai toujours.

Du sérail de Fatmé,
le 2 de la lune de Rhamazan, 1713.

LETTRE XLVIII

USBEK A RHÉDI, A VENISE

Ceux qui aiment à s'instruire ne sont jamais oisifs : quoique je ne sois chargé d'aucune affaire importante, je suis cependant dans une occupation continuelle. Je passe ma vie à examiner, j'écris le soir ce que j'ai remarqué, ce que j'ai vu, ce que j'ai entendu dans la journée. Tout m'intéresse, tout m'étonne : je suis comme un enfant, dont les organes encore tendres sont vivement frappés par les moindres objets.

Tu ne le croirais pas peut-être, nous sommes reçus agréablement dans toutes les compagnies et dans toutes les sociétés ; je crois devoir beaucoup à l'esprit vif et à la gaieté naturelle de Rica, qui fait qu'il recherche tout le monde, et qu'il en est également recherché. Notre air étranger n'offense plus personne ; nous jouissons même de la surprise où l'on est de nous trouver quelque politesse : car les Français n'imaginent pas que notre climat produise des hommes. Cependant, il faut l'avouer, ils valent la peine qu'on les détrompe.

J'ai passé quelques jours dans une maison de campagne auprès de Paris, chez un homme de considération, qui est ravi d'avoir de la compagnie chez lui. Il a une femme fort aimable, et qui joint à une grande modestie une gaieté que la vie retirée ôte toujours à nos dames de Perse.

Étranger que j'étais, je n'avais rien de mieux à faire que d'étudier cette foule de gens qui y abordait sans cesse, et qui me présentait toujours quelque chose de nouveau [7]. Je remarquai d'abord un homme dont la simplicité me plut ; je m'attachai à lui, il s'attacha à moi ; de sorte que nous nous trouvions toujours l'un auprès de l'autre.

Un jour que, dans un grand cercle, nous nous entretenions en particulier, laissant les conversations générales à elles-mêmes : « Vous trouverez peut-être en moi, lui dis-je, plus de curiosité que de politesse ; mais je vous supplie d'agréer que je vous fasse quelques questions : car je m'ennuie de n'être au fait de rien et de vivre avec des gens que je ne saurais démêler. Mon esprit travaille depuis deux jours : il n'y a pas un seul de ces hommes qui ne m'a donné deux cents fois la torture, et je ne les devinerais de mille ans : ils me sont plus invisibles que les femmes de notre grand monarque. — Vous n'avez qu'à dire, me répondit-il, je vous instruirai de tout ce que vous souhaiterez ; d'autant mieux que je vous crois homme discret, et que vous n'abuserez pas de ma confiance [6].

« Qui est cet homme, lui dis-je, qui nous a tant parlé des repas qu'il a donnés aux grands, qui est si familier avec vos ducs, et qui parle si souvent à vos ministres, qu'on me dit d'être d'un accès si difficile ? Il faut bien que ce soit un homme de qualité ; mais il a la physionomie si basse qu'il ne fait guère honneur aux gens de qualité, et, d'ailleurs, je ne lui trouve point d'éducation. Je suis étranger ; mais il me semble qu'il y a en général une certaine politesse commune à toutes les nations ; je ne lui trouve point de celle-là. Est-ce que vos gens de qualité sont plus mal élevés que les autres ? — Cet homme, me répondit-il en riant, est un fermier*. Il est autant au-dessus des autres par ses richesses, qu'il est au-dessous de tout le monde par sa naissance. Il aurait la meilleure table de Paris, s'il pouvait se résoudre à ne manger jamais chez lui. Il est bien impertinent, comme vous le voyez ; mais il excelle par son cuisinier. Aussi n'en est-il pas ingrat : car vous avez entendu qu'il l'a loué tout aujourd'hui. »

« Et ce gros homme vêtu de noir, lui dis-je, que cette dame a fait placer auprès d'elle, comment a-t-il un habit si lugubre avec un air si gai et un teint si fleuri ? Il sourit gracieusement dès qu'on lui parle ; sa parure est plus modeste, mais plus arrangée que celle de vos femmes. — C'est, me répondit-il, un prédicateur, et, qui pis est, un directeur[6]. Tel que vous le voyez, il en sait plus que les maris. Il connaît le faible des femmes ; elles savent aussi qu'il a le sien. — Comment ? dis-je. Il parle toujours de quelque chose qu'il appelle *la grâce*. — Non pas toujours, me répondit-il. A l'oreille d'une jolie femme il parle encore plus volontiers de sa chute. Il foudroie en public ; mais il est doux comme un agneau en particulier. — Il me semble, dis-je, qu'on le distingue beaucoup, et qu'on a de grands égards pour lui. — Comment ? si on le distingue ? C'est un homme nécessaire, il fait la douceur de la vie retirée : petits conseils, soins officieux, visites marquées ; il dissipe un mal de tête mieux qu'homme du monde ; il est excellent[7]. »

« Mais, si je ne vous importune pas, dites-moi qui est celui qui est vis-à-vis de nous, qui est si mal habillé ; qui fait quelquefois des grimaces et a un langage différent des autres ; qui n'a pas d'esprit pour parler, mais qui parle pour avoir de l'esprit ? — C'est, me répondit-

* Collecteur d'impôts.

il, un poète, et le grotesque du genre humain. Ces gens-là disent qu'ils sont nés ce qu'ils sont*. Cela est vrai, et aussi ce qu'ils seront toute leur vie, c'est-à-dire presque toujours les plus ridicules de tous les hommes. Aussi ne les épargne-t-on point : on verse sur eux le mépris à pleines mains. La famine a fait entrer celui-ci dans cette maison, et il y est bien reçu du maître et de la maîtresse, dont la bonté et la politesse ne se démentent à l'égard de personne. Il fit leur épithalame, lorsqu'ils se marièrent. C'est ce qu'il a fait de mieux en sa vie ; car il s'est trouvé que le mariage a été aussi heureux qu'il l'a prédit. »

« Vous ne le croiriez pas peut-être, ajouta-t-il, entêté comme vous l'êtes des préjugés de l'Orient : il y a parmi nous des mariages heureux et des femmes dont la vertu est un gardien sévère. Les gens dont nous parlons goûtent entre eux une paix qui ne peut être troublée ; ils sont aimés et estimés de tout le monde. Il n'y a qu'une chose : c'est que leur bonté naturelle leur fait recevoir chez eux toute sorte de monde ; ce qui fait qu'ils ont quelquefois mauvaise compagnie. Ce n'est pas que je les désapprouve : il faut vivre avec les hommes tels qu'ils sont ; les gens qu'on dit être de si bonne compagnie ne sont souvent que ceux dont les vices sont plus raffinés et peut-être en est-il comme des poisons, dont les plus subtils sont aussi les plus dangereux. »

« Et ce vieux homme, lui dis-je tout bas, qui a l'air si chagrin ? Je l'ai pris d'abord pour un étranger : car, outre qu'il est habillé autrement que les autres, il censure tout ce qui se fait en France et n'approuve pas votre gouvernement. — C'est un vieux guerrier, me dit-il, qui se rend mémorable à tous ses auditeurs par la longueur de ses exploits. Il ne peut souffrir que la France ait gagné des batailles où il ne se soit pas trouvé, ou qu'on vante un siège où il n'ait pas monté à la tranchée. Il se croit si nécessaire à notre histoire, qu'il s'ima-

* Cf. l'adage latin : *Fiunt oratores, nascuntur poetae* : « On devient orateur, mais on naît poète. »

gine qu'elle finit où il a fini : il regarde quelques blessures qu'il a reçues, comme la dissolution de la monarchie, et, à la différence de ces philosophes qui disent qu'on ne jouit que du présent, et que le passé n'est rien, il ne jouit, au contraire, que du passé et n'existe que dans les campagnes qu'il a faites : il respire dans les temps qui se sont écoulés, comme les héros doivent vivre dans ceux qui passeront après eux. — Mais pourquoi, dis-je, a-t-il quitté le service ? — Il ne l'a point quitté, me répondit-il ; mais le service l'a quitté : on l'a employé dans une petite place, où il racontera ses aventures le reste de ses jours ; mais il n'ira jamais plus loin : le chemin des honneurs lui est fermé. — Et pourquoi ? lui dis-je. — Nous avons une maxime en France, me répondit-il : c'est de n'élever jamais les officiers dont la patience a langui dans les emplois subalternes. Nous les regardons comme des gens dont l'esprit s'est rétréci dans les détails, et qui, par l'habitude des petites choses, sont devenus incapables des plus grandes. Nous croyons qu'un homme qui n'a pas les qualités d'un général à trente ans ne les aura jamais ; que celui qui n'a pas ce coup d'œil qui montre tout d'un coup un terrain de plusieurs lieues dans toutes ses situations différentes, cette présence d'esprit qui fait que, dans une victoire, on se sert de tous ses avantages, et, dans un échec, de toutes ses ressources, n'acquerra jamais ces talents. C'est pour cela que nous avons des emplois brillants pour ces hommes grands et sublimes que le Ciel a partagés non seulement d'un cœur, mais aussi d'un génie héroïque, et des emplois subalternes pour ceux dont les talents le sont aussi. De ce nombre sont ces gens qui ont vieilli dans une guerre obscure : ils ne réussissent tout au plus qu'à faire ce qu'ils ont fait toute leur vie ; et il ne faut point commencer à les charger dans le temps qu'ils s'affaiblissent. »

Un moment après, la curiosité me reprit, et je lui dis : « Je m'engage à ne vous plus faire de questions, si vous voulez encore souffrir celle-ci. Qui est ce grand jeune homme qui a des cheveux, peu d'esprit et tant d'impertinence ? D'où vient qu'il parle plus haut que les autres et se sait si bon gré d'être au monde ? — C'est un homme à bonnes fortunes », me répondit-il. A ces mots, des gens entrèrent, d'autres sortirent, on se leva ; quelqu'un vint parler à mon gentilhomme, et je restai aussi peu instruit qu'auparavant. Mais, un moment après, je ne sais par quel hasard, ce jeune homme se trouva auprès de moi, et, m'adressant la parole : « Il fait beau. Voudriez-vous, Monsieur, faire un tour dans le parterre ? » Je lui répondis le plus civilement qu'il me fut possible, et nous sortîmes ensemble. « Je suis venu à la campagne, me dit-il, pour faire plaisir à la maîtresse de maison, avec laquelle je ne suis pas mal. Il y a bien certaine femme dans le monde qui ne sera pas de bonne humeur. Mais qu'y faire ? Je vois les plus jolies femmes de Paris ; mais je ne me fixe pas à une, et je leur en donne bien à garder* : car entre vous et moi, je ne vaux pas grand-chose[8]. — Apparemment, Monsieur, lui dis-je, que vous avez quelque charge ou quelque emploi qui vous empêche d'être plus assidu auprès d'elles. — Non, Monsieur, je n'ai d'autre emploi que de faire enrager un mari ou désespérer un père ; j'aime à alarmer une femme qui croit me tenir, et la mettre à deux doigts de ma perte. Nous sommes quelques jeunes gens qui partageons ainsi tout Paris et l'intéressons à nos moindres démarches. — A ce que je comprends, lui dis-je, vous faites plus de bruit que le guerrier le plus valeureux, et vous êtes plus considéré qu'un grave magistrat. Si vous étiez en Perse, vous ne jouiriez pas de tous ces avantages : vous deviendriez plus propre à garder nos dames qu'à leur plaire. » Le feu me monta au visage, et je crois que pour peu que j'eusse parlé, je n'aurais pu m'empêcher de le brusquer.

Que dis-tu d'un pays où l'on tolère de pareilles gens, et où l'on laisse vivre un homme qui fait un tel métier ? où l'infidélité, la trahison, le rapt, la perfidie et l'injustice conduisent à la considération ? où l'on estime un

* Je leur en fais accroire.

homme parce qu'il ôte une fille à son père, une femme à son mari, et trouble les sociétés les plus douces et les plus saintes ? Heureux les enfants d'Hali, qui défendent leurs familles de l'opprobre et de la séduction. La lumière du jour n'est pas plus pure que le feu qui brûle dans le cœur de nos femmes ; nos filles ne pensent qu'en tremblant au jour qui doit les priver de cette vertu qui les rend semblables aux Anges et aux Puissances incorporelles. Terre natale et chérie, sur qui le soleil jette ses premiers regards, tu n'es point souillée par les crimes horribles qui obligent cet astre à se cacher dès qu'il paraît dans le noir Occident !

De Paris, le 5 de la lune de Rhamazan, 1713.

LETTRE XLIX

RICA A USBEK, A ***

Étant l'autre jour dans ma chambre, je vis entrer un dervis extraordinairement habillé : sa barbe descendait jusques à sa ceinture de corde ; il avait les pieds nus ; son habit était gris, grossier et, en quelques endroits, pointu. Le tout me parut si bizarre que ma première idée fut d'envoyer chercher un peintre pour en faire une fantaisie.

Il me fit d'abord un grand compliment, dans lequel il m'apprit qu'il était homme de mérite, et de plus capucin. « On m'a dit, ajouta-t-il, Monsieur, que vous retournez bientôt à la cour de Perse, où vous tenez un rang distingué ; je viens vous demander votre protection et vous prier de nous obtenir du roi une petite habitation, auprès de Casbin, pour deux ou trois religieux. — Mon père, lui dis-je, vous voulez donc aller en Perse ? — Moi, Monsieur ! me dit-il ; je m'en donnerai bien de garde. Je suis ici provincial, et je ne troquerais pas ma condition contre celle de tous les capucins du monde. — Et que diable me demandez-vous donc ? — C'est, me répondit-il, que, si nous avions cet hospice, nos pères d'Italie y enverraient deux ou trois de leurs religieux. — Vous les connaissez apparemment, lui dis-je, ces religieux ? — Non, Monsieur, je ne les connais pas. — Eh morbleu ! que vous importe donc qu'ils aillent en Perse ? C'est un beau projet de faire respirer l'air de Casbin à deux capucins ; cela sera très utile et à l'Europe et à l'Asie ; il est fort nécessaire d'intéresser là-dedans les monarques. Voilà ce qui s'appelle de belles colonies ! Allez ! Vous et vos semblables n'êtes point faits pour être transplantés, et vous ferez bien de continuer à ramper dans les endroits où vous vous êtes engendrés. »

De Paris, le 15 *de la lune de Rhamazan,* 1713.

LETTRE L

RICA A ***

J'ai vu des gens chez qui la vertu était si naturelle qu'elle ne se faisait pas même sentir : ils s'attachaient à leur devoir sans s'y plier et s'y portaient comme par instinct. Bien loin de relever par leurs discours leurs rares qualités, il semblait qu'elles n'avaient pas percé jusques à eux. Voilà les gens que j'aime ; non pas ces hommes vertueux qui semblent être étonnés de l'être et qui regardent une bonne action comme un prodige, dont le récit doit surprendre.

Si la modestie est une vertu nécessaire à ceux à qui le Ciel a donné de grands talents, que peut-on dire de ces insectes qui osent faire paraître un orgueil qui déshonorerait les plus grands hommes ?

Je vois de tous côtés des gens qui parlent sans cesse d'eux-mêmes : leurs conversations sont un miroir qui présente toujours leur impertinente figure. Ils vous parleront des moindres choses qui leur sont arrivées, et ils veulent que l'intérêt qu'ils y prennent les grossisse à vos yeux ; ils ont tout fait, tout vu, tout dit, tout pensé ; ils sont un modèle universel, un sujet de comparaison inépuisable, une source d'exemples qui ne tarit jamais. Oh ! que la louange est fade lorsqu'elle réfléchit vers le lieu d'où elle part !

Il y a quelques jours qu'un homme de ce caractère nous accabla pendant deux heures de lui, de son mérite et de ses talents. Mais, comme il n'y a point de mouvement perpétuel dans le monde, il cessa de parler ; la conversation nous revint donc, et nous la prîmes.

Un homme qui paraissait assez chagrin commença par se plaindre de l'ennui répandu dans les conversations. « Quoi ! toujours des sots qui se peignent eux-mêmes, et qui ramènent tout à eux ? — Vous avez raison, reprit brusquement notre discoureur. Il n'y a qu'à faire comme moi : je ne me loue jamais ; j'ai du bien, de la naissance ; je fais de la dépense ; mes amis disent que j'ai quelque esprit ; mais je ne parle jamais de tout cela. Si j'ai quelques bonnes qualités, celle dont je fais le plus de cas, c'est ma modestie. »

J'admirais cet impertinent, et, pendant qu'il parlait tout haut, je disais tout bas : « Heureux celui qui a assez de vanité pour ne dire jamais de bien de lui, qui craint ceux qui l'écoutent, et ne compromet point son mérite avec l'orgueil des autres [7] ! »

De Paris, le 20 *de la lune de Rhamazan,* 1713.

LETTRE LI

NARGUM, ENVOYÉ DE PERSE EN MOSCOVIE, A USBEK, A PARIS

On m'a écrit d'Ispahan que tu avais quitté la Perse, et que tu étais actuellement à Paris. Pourquoi faut-il que j'apprenne de tes nouvelles par d'autres que par toi ?

Les ordres du Roi des Rois me retiennent depuis cinq ans dans ce pays-ci, où j'ai terminé plusieurs négociations importantes.

Tu sais que le Czar est le seul des princes chrétiens

dont les intérêts soient mêlés avec ceux de la Perse, parce qu'il est ennemi des Turcs comme nous.

Son empire est plus grand que le nôtre : car on compte mille lieues depuis Moscou jusqu'à la dernière place de ses états du côté de la Chine.

Il est le maître absolu de la vie et des biens de ses sujets, qui sont tous esclaves, à la réserve de quatre familles. Le lieutenant des Prophètes, le Roi des Rois, qui a le Ciel pour marchepied, ne fait pas un exercice plus redoutable de sa puissance.

A voir le climat affreux de la Moscovie, on ne croirait jamais que ce fût une peine d'en être exilé ; cependant, dès qu'un grand est disgracié, on le relègue en Sibérie.

Comme la loi de notre prophète nous défend de boire du vin, celle du prince le défend aux Moscovites.

Ils ont une manière de recevoir leurs hôtes qui n'est point du tout persane. Dès qu'un étranger entre dans une maison, le mari lui présente sa femme ; l'étranger la baise ; et cela passe pour une politesse faite au mari.

Quoique les pères, au contrat de mariage de leurs filles, stipulent ordinairement que le mari ne les fouettera pas, cependant on ne saurait croire combien les femmes moscovites aiment à être battues* : elles ne peuvent comprendre qu'elles possèdent le cœur de leur mari s'il ne les bat comme il faut : une conduite opposée, de sa part, est une marque d'indifférence impardonnable[6].

Voici une lettre qu'une d'elles écrivit dernièrement à sa mère :

MA CHÈRE MÈRE,

Je suis la plus malheureuse femme du monde ! Il n'y a rien que je n'aie fait pour me faire aimer de mon mari, et je n'ai jamais pu y réussir. Hier j'avais mille affaires dans la maison ; je sortis, et je demeurai tout le jour

* M : « Ces mœurs sont changées. »

dehors. Je crus, à mon retour, qu'il me battrait bien fort ; mais il ne me dit pas un seul mot. Ma sœur est bien autrement traitée : son mari la bat tous les jours ; elle ne peut pas regarder un homme, qu'il ne l'assomme soudain. Ils s'aiment beaucoup aussi, et ils vivent de la meilleure intelligence du monde.

C'est ce qui la rend si fière. Mais je ne lui donnerai pas longtemps sujet de me mépriser. J'ai résolu de me faire aimer de mon mari, à quelque prix que ce soit ; je le ferai si bien enrager qu'il faudra bien qu'il me donne des marques d'amitié. Il ne sera pas dit que je ne serai pas battue, et que je vivrai dans la maison sans que l'on pense à moi. La moindre chiquenaude qu'il me donnera, je crierai de toute ma force, afin qu'on s'imagine qu'il y va tout de bon, et je crois que, si quelque voisin venait au secours, je l'étranglerais. Je vous supplie, ma chère mère, de vouloir bien représenter à mon mari qu'il me traite d'une manière indigne. Mon père, qui est un si honnête homme, n'agissait pas de même, et il me souvient, lorsque j'étais petite fille, qu'il me semblait quelquefois qu'il vous aimait trop.

Je vous embrasse, ma chère mère.

Les Moscovites ne peuvent point sortir de l'Empire, fût-ce pour voyager [5]. Ainsi, séparés des autres nations par les lois du pays, ils ont conservé leurs anciennes coutumes avec d'autant plus d'attachement qu'ils ne croyaient pas qu'il fût possible d'en avoir d'autres.

Mais le prince qui règne à présent [3] a voulu tout changer : il a eu de grands démêlés avec eux au sujet de leur barbe ; le clergé et les moines n'ont pas moins combattu en faveur de leur ignorance.

Il s'attache à faire fleurir les arts et ne néglige rien pour porter dans l'Europe et l'Asie la gloire de sa nation, oubliée jusques ici et presque uniquement connue d'elle-même.

Inquiet et sans cesse agité, il erre dans ses vastes états, laissant partout des marques de sa sévérité naturelle.

Il les quitte, comme s'ils ne pouvaient le contenir, et va chercher dans l'Europe d'autres provinces et de nouveaux royaumes [8].

Je t'embrasse, mon cher Usbek. Donne-moi de tes nouvelles, je te conjure.

De Moscou, le 2 *de la lune de Chalval,* 1713.

LETTRE LII

RICA A USBEK, A ***

J'étais l'autre jour dans une société où je me divertis assez bien. Il y avait là des femmes de tous les âges : une de quatre-vingts ans, une de soixante, une de quarante, qui avait une nièce de vingt à vingt-deux. Un certain instinct me fit approcher de cette dernière, et elle me dit à l'oreille : « Que dites-vous de ma tante, qui, à son âge, veut avoir des amants et fait encore la jolie ? — Elle a tort, lui dis-je : c'est un dessein qui ne convient qu'à vous. » Un moment après, je me trouvai auprès de sa tante, qui me dit : « Que dites-vous de cette femme, qui a pour le moins soixante ans, qui a passé aujourd'hui plus d'une heure à sa toilette ? — C'est du temps perdu, lui dis-je, et il faut avoir vos charmes pour devoir y songer. » J'allai à cette malheureuse femme de soixante ans et la plaignais dans mon âme, lorsqu'elle me dit à l'oreille : « Y a-t-il rien de si ridicule ? Voyez cette femme qui a quatre-vingts ans, et qui met des rubans couleur de feu ; elle veut faire la jeune, et elle y réussit : car cela approche de l'enfance. » — « Ah ! bon Dieu, dis-je en moi-même, ne sentirons-nous jamais que le ridicule des autres ? — C'est peut-être un bonheur, disais-je ensuite, que nous trouvions de la consolation dans les faiblesses d'autrui. » Cependant j'étais en train de me divertir, et je dis : « Nous avons assez monté ; descendons à présent, et commençons par la vieille qui est au sommet. » — « Madame, vous vous ressemblez si fort, cette dame à qui je viens de parler et vous, qu'il me semble que vous soyez deux sœurs, et je vous crois à peu près du même âge. — Vraiment, Monsieur, me dit-elle, lorsque l'une mourra, l'autre devra avoir grand-peur : je ne crois pas qu'il y ait d'elle à moi deux jours de différence. » Quand je tins cette femme décrépite, j'allai à celle de soixante ans. « Il faut, Madame, que vous décidiez un pari que j'ai fait : j'ai gagé que cette dame et vous — lui montrant la femme de quarante ans — étiez de même âge. — Ma foi, dit-elle, je ne crois pas qu'il y ait six mois de différence. — Bon, m'y voilà ; continuons. » Je descendis encore, et j'allai à la femme de quarante ans. « Madame, faites-moi la grâce de me dire si c'est pour rire que vous appelez cette demoiselle, qui est à l'autre table, votre nièce ? Vous êtes aussi jeune qu'elle ; elle a même quelque chose dans le visage de passé, que vous n'avez certainement pas, et ces couleurs vives qui paraissent sur votre teint... — Attendez, me dit-elle : je suis sa tante ; mais sa mère avait pour le moins vingt-cinq ans de plus que moi : nous n'étions pas de même lit ; j'ai ouï dire à feu ma sœur que sa fille et moi naquîmes la même année. — Je le disais bien, Madame, et je n'avais pas tort d'être étonné. »

Mon cher Usbek, les femmes qui se sentent finir d'avance par la perte de leurs agréments voudraient reculer vers la jeunesse[7]. Eh ! comment ne chercheraient-elles pas à tromper les autres ? Elles font tous leurs efforts pour se tromper elles-mêmes et se dérober à la plus affligeante de toutes les idées.

De Paris, le 3 *de la lune de Chalval,* 1713.

LETTRE LIII

ZÉLIS A USBEK, A PARIS

Jamais passion n'a été plus forte et plus vive que celle de Cosrou, eunuque blanc, pour mon esclave Zélide : il la demande en mariage avec tant de fureur que je ne puis la lui refuser. Et pourquoi ferais-je de la résistance, lorsque sa mère n'en fait pas, et que Zélide elle-même paraît satisfaite de l'idée de ce mariage imposteur et de l'ombre vaine qu'on lui présente ?

Que veut-elle faire de cet infortuné, qui n'aura d'un mari que la jalousie, qui ne sortira de sa froideur que pour entrer dans un désespoir inutile ; qui se rappellera toujours la mémoire de ce qu'il a été, pour la faire souvenir de ce qu'il n'est plus ; qui, toujours prêt à se donner, et ne se donnant jamais, se trompera, la trompera sans cesse et lui fera essuyer à chaque instant tous les malheurs de sa condition ?

Et quoi ? être toujours dans les images et dans les fantômes ! ne vivre que pour imaginer ! se trouver toujours auprès des plaisirs, et jamais dans les plaisirs ! languissante dans les bras d'un malheureux, au lieu de répondre à ses soupirs, ne répondre qu'à ses regrets !

Quel mépris ne doit-on pas avoir pour un homme de cette espèce, fait uniquement pour garder, et jamais pour posséder ? Je cherche l'amour, et je ne le vois pas [3].

Je te parle librement, parce que tu aimes ma naïveté, et que tu préfères mon air libre et ma sensibilité pour les plaisirs, à la pudeur feinte de mes compagnes.

Je t'ai ouï dire mille fois que les eunuques goûtent avec les femmes une sorte de volupté qui nous est inconnue [5] ; que la nature se dédommage de ses pertes ; qu'elle a des ressources qui réparent le désavantage de leur condition ; qu'on peut bien cesser d'être homme, mais non pas d'être sensible ; et que, dans cet état, on est comme dans un troisième sens, où l'on ne fait, pour ainsi dire, que changer de plaisirs.

Si cela était, je trouverais Zélide moins à plaindre : c'est quelque chose de vivre avec des gens moins malheureux.

Donne-moi tes ordres là-dessus, et fais-moi savoir si tu veux que le mariage s'accomplisse dans le sérail.

Adieu.

Du sérail d'Ispahan,
le 5 de la lune de Chalval, 1713.

LETTRE LIV

RICA A USBEK, A ***

J'étais ce matin dans ma chambre, qui, comme tu sais, n'est séparée des autres que par une cloison fort mince et percée en plusieurs endroits ; de sorte qu'on entend tout ce qui se dit dans la chambre voisine. Un homme, qui se promenait à grands pas, disait à un autre : « Je ne sais ce que c'est, mais tout tourne contre moi : il y a plus de trois jours que je n'ai rien dit qui m'ait fait honneur, et je me suis trouvé confondu pêle-mêle dans toutes les conversations, sans qu'on ait fait la moindre attention à moi, et qu'on m'ait deux fois adressé la parole. J'avais préparé quelques saillies pour relever mon discours ; jamais on n'a voulu souffrir que je les fisse venir. J'avais un conte fort joli à faire ; mais, à mesure que j'ai voulu l'approcher, on l'a esquivé comme si on l'avait fait exprès. J'ai quelques bons mots, qui, depuis quatre jours, vieillissent dans ma tête, sans que j'en aie pu faire le moindre usage. Si cela continue, je crois qu'à la fin je serai un sot : il semble que ce soit mon étoile, et que je ne puisse m'en dispenser. Hier, j'avais espéré de briller avec trois ou quatre vieilles femmes qui certainement ne m'en imposent point, et je devais dire les plus jolies choses du monde : je fus plus d'un quart d'heure à diriger ma conversation ; mais elles ne tinrent jamais un propos suivi, et elles coupèrent, comme des Parques fatales, le fil de tous mes discours. Veux-tu que je te dise ? La réputation de bel esprit coûte bien à soutenir. Je ne sais comment tu as fait pour y parvenir. — Il me vient une pensée, reprit l'autre : travaillons de concert à nous donner de l'esprit ; associons-nous pour cela. Chaque jour, nous nous dirons de quoi nous devons parler, et nous nous secouerons si bien que, si quelqu'un vient nous interrompre au milieu de nos idées, nous l'attirerons nous-mêmes, et, s'il ne veut pas venir de bon gré, nous lui ferons violence. Nous conviendrons des endroits où il faudra approuver, de ceux où il faudra sourire, des autres où il faudra rire tout à fait et à gorge déployée. Tu verras que nous donnerons le ton à toutes les conversations, et qu'on admirera la vivacité de notre esprit et le bonheur de nos reparties. Nous nous protégerons par des signes de tête mutuels. Tu brilleras aujourd'hui ; demain tu seras mon second. J'entrerai avec toi dans une maison, et je m'écrierai en te montrant : « Il faut que je vous dise une réponse bien plaisante que Monsieur vient de faire à un homme que nous avons trouvé dans la rue. » Et je me tournerai vers toi : « Il ne s'y attendait pas ; il a été bien étonné. » Je réciterai quelques-uns de mes vers, et tu diras : « J'y étais quand il les fit ; c'était dans un souper, et il ne rêva pas un moment. » Souvent même nous nous raillerons, toi et moi, et l'on dira : « Voyez comme ils s'attaquent, comme ils se défendent ! Ils ne s'épargnent pas. Voyons comment il sortira de là. A merveille ! Quelle présence d'esprit ! Voilà une véritable bataille. » Mais on ne dira pas que nous nous étions escarmouchés la veille. Il faudra acheter de certains livres qui sont des recueils de bons mots composés à l'usage de ceux qui n'ont point d'esprit, et qui en veulent contrefaire : tout dépend d'avoir des modèles. Je veux qu'avant six mois nous soyons en état de tenir une conversation d'une heure toute remplie de bons mots. Mais il faudra avoir une attention : c'est de soutenir leur fortune. Ce n'est pas assez de dire un bon mot ; il faut le répandre et le semer partout. Sans cela, autant de perdu ; et je t'avoue qu'il n'y a rien de si désolant que de voir une jolie chose qu'on a dite mourir dans l'oreille d'un sot qui l'entend. Il est vrai que souvent il y a une compensation, et que nous disons aussi bien des sottises qui passent *incognito* ; et c'est la seule chose qui peut nous consoler dans cette occasion. Voilà, mon cher, le parti qu'il nous faut prendre. Fais ce que je te dirai, et je te promets avant six mois une place à l'Académie. C'est pour te dire que le travail ne sera pas long : car pour lors tu pourras renoncer à ton art ; tu seras homme d'esprit malgré que tu en aies. On remarque en France, que dès qu'un homme entre dans une compagnie, il prend d'abord ce qu'on appelle *l'esprit du corps*. Tu seras de même, et je ne crains pour toi que l'embarras des applaudissements [7]. »

De Paris, le 6 *de la lune de Zilcadé,* 1714.

LETTRE LV

RICA A IBBEN, A SMYRNE

Chez les peuples d'Europe, le premier quart d'heure du mariage aplanit toutes les difficultés : les dernières faveurs sont toujours de même date que la bénédiction nuptiale ; les femmes n'y font point comme nos Persanes, qui disputent le terrain quelquefois des mois entiers ; il n'y a rien de si plénier* : si elles ne perdent rien, c'est qu'elles n'ont rien à perdre ; mais on sait toujours, chose honteuse ! le moment de leur défaite, et, sans consulter les astres, on peut prédire au juste l'heure de la naissance de leurs enfants.

Les Français ne parlent presque jamais de leurs femmes ; c'est qu'ils ont peur d'en parler devant des gens qui les connaissent mieux qu'eux.

Il y a parmi eux des hommes très malheureux que personne ne console : ce sont les maris jaloux. Il y en a que tout le monde hait : ce sont les maris jaloux. Il y en a que tous les hommes méprisent : ce sont encore les maris jaloux.

Aussi n'y a-t-il point de pays où ils soient en si petit nombre que chez les Français. Leur tranquillité n'est pas fondée sur la confiance qu'ils ont en leurs femmes ; c'est, au contraire, sur la mauvaise opinion qu'ils en ont. Toutes les sages précautions des Asiatiques, les

* Facile.

voiles qui les couvrent, les prisons où elles sont détenues, la vigilance des eunuques [5], leur paraissent des moyens plus propres à exercer l'industrie de ce sexe qu'à la lasser. Ici les maris prennent leur parti de bonne grâce et regardent les infidélités comme des coups d'une étoile inévitable. Un mari qui voudrait seul posséder sa femme [7] serait regardé comme un perturbateur de la joie publique et comme un insensé qui voudrait jouir de la lumière du soleil à l'exclusion des autres hommes [6].

Ici un mari qui aime sa femme est un homme qui n'a pas assez de mérite pour se faire aimer d'une autre ; qui abuse de la nécessité de la loi pour suppléer aux agréments qui lui manquent ; qui se sert de tous ses avantages au préjudice d'une société entière ; qui s'approprie ce qui ne lui avait été donné qu'en engagement, et qui agit autant qu'il est en lui pour renverser une convention tacite qui fait le bonheur de l'un et de l'autre sexe. Ce titre de mari d'une jolie femme, qui se cache en Asie avec tant de soin, se porte ici sans inquiétude : on se sent en état de faire diversion partout. Un prince se console de la perte d'une place par la prise d'une autre. Dans le temps que le Turc nous prenait Bagdat, n'enlevions-nous pas au Mogol la forteresse de Candahor [5, 6] ?

Un homme qui, en général, souffre les infidélités de sa femme n'est point désapprouvé ; au contraire, on le loue de sa prudence : il n'y a que les cas particuliers qui déshonorent.

Ce n'est pas qu'il n'y ait des dames vertueuses, et on peut dire qu'elles sont distinguées : mon conducteur me les faisait toujours remarquer. Mais elles étaient toutes si laides qu'il faut être un saint pour ne pas haïr la vertu.

Après ce que je t'ai dit des mœurs de ce pays-ci, tu t'imagines facilement que les Français ne s'y piquent guère de constance. Ils croient qu'il est aussi ridicule de jurer à une femme qu'on l'aimera toujours, que de soutenir qu'on se portera toujours bien, ou qu'on sera toujours heureux. Quand ils promettent à une femme qu'ils l'aimeront toujours, ils supposent qu'elle, de son côté, leur promet d'être toujours aimable, et, si elle manque à sa parole, ils ne se croient plus engagés à la leur.

De Paris, le 7 de la lune de Zilcadé, 1714.

LETTRE LVI

USBEK A IBBEN, A SMYRNE

Le jeu est très en usage en Europe[7] : c'est un état que d'être joueur. Ce seul titre tient lieu de naissance, de bien, de probité[6] : il met tout homme qui le porte au rang des honnêtes gens, sans examen, quoiqu'il n'y ait personne qui ne sache qu'en jugeant ainsi il s'est trompé très souvent ; mais on est convenu d'être incorrigible[7].

Les femmes y sont surtout très adonnées. Il est vrai qu'elles ne s'y livrent guère dans leur jeunesse que pour favoriser une passion plus chère ; mais, à mesure qu'elles vieillissent, leur passion pour le jeu semble rajeunir, et cette passion remplit tout le vide des autres.

Elles veulent ruiner leurs maris, et, pour y parvenir, elles ont des moyens pour tous les âges, depuis la plus tendre jeunesse jusques à la vieillesse la plus décrépite : les habits et les équipages commencent le dérangement ; la coquetterie l'augmente ; le jeu l'achève.

J'ai vu souvent neuf ou dix femmes, ou plutôt neuf ou dix siècles rangés autour d'une table ; je les ai vues dans leurs espérances, dans leurs craintes, dans leurs joies, surtout dans leurs fureurs. Tu aurais dit qu'elles n'auraient jamais le temps de s'apaiser, et que la vie allait les quitter avant leur désespoir ; tu aurais été en doute si ceux qu'elles payaient étaient leurs créanciers ou leurs légataires.

Il semble que notre saint prophète ait eu principalement en vue de nous priver de tout ce qui peut troubler notre raison : il nous a interdit l'usage du vin, qui la tient ensevelie ; il nous a, par un précepte exprès, défendu les jeux de hasard[5] ; et, quand il lui a été impossible d'ôter la cause des passions, il les a amorties. L'amour, parmi nous, ne porte ni trouble ni fureur ; c'est une passion languissante, qui laisse notre âme dans le calme : la pluralité des femmes nous sauve de leur empire ; elle tempère la violence de nos désirs.

De Paris, le 10 *de la lune de Zilhagé,* 1714.

LETTRE LVII

USBEK A RHÉDI, A VENISE

Les libertins entretiennent ici un nombre infini de filles de joie, et les dévots, un nombre innombrable de dervis. Ces dervis font trois vœux : d'obéissance, de pauvreté et de chasteté. On dit que le premier est le mieux observé de tous ; quant au second, je te réponds qu'il ne l'est point ; je te laisse à juger du troisième[5].

Mais, quelque riches que soient ces dervis, ils ne quittent jamais la qualité de pauvres ; notre glorieux sultan renoncerait plutôt à ses magnifiques et sublimes titres. Ils ont raison : car ce titre de pauvre les empêche de l'être.

Les médecins et quelques-uns de ces dervis qu'on appelle *confesseurs* sont toujours ici ou trop estimés ou trop méprisés ; cependant on dit que les héritiers s'accommodent mieux des médecins que des confesseurs.

Je fus l'autre jour dans un couvent de ces dervis. Un d'entre eux, vénérable par ses cheveux blancs, m'accueillit fort honnêtement ; il me fit voir toute la maison ; nous entrâmes dans le jardin, et nous nous mîmes à discourir. « Mon père, lui dis-je, quel emploi avez-vous dans la communauté ? — Monsieur, me répondit-il avec un air très content de ma question, je suis casuiste. — Casuiste ? repris-je : depuis que je suis en France, je n'ai pas ouï parler de cette charge. — Quoi ! vous ne savez pas ce que c'est qu'un casuiste ? Eh bien ! écoutez : je vais vous en donner une idée qui ne vous laissera rien à désirer. Il y a deux sortes de péchés : de mortels, qui excluent absolument du Paradis ; et de véniels, qui offensent Dieu à la vérité, mais ne l'irritent pas au point de nous priver de la béatitude. Or tout notre art consiste à bien distinguer ces deux sortes de péchés : car, à la réserve de quelques libertins, tous les chrétiens veulent gagner le Paradis ; mais il n'y a guère personne qui ne le veuille gagner à meilleur marché qu'il est possible. Quand on connaît bien les péchés mortels, on tâche de ne pas commettre de ceux-là, et l'on fait son affaire. Il y a des hommes qui n'aspirent pas à une si grande perfection, et, comme ils n'ont point d'ambition, ils ne se soucient pas des premières places. Aussi entrent-ils en Paradis le plus juste qu'ils peuvent ; pourvu qu'ils y soient, cela leur suffit : leur but est de n'en faire ni plus ni moins. Ce sont des gens qui ravissent le Ciel [1], plutôt qu'ils ne l'obtiennent, et qui disent à Dieu : « Seigneur, j'ai accompli les conditions à la rigueur ; vous ne pouvez vous empêcher de tenir vos promesses : comme je n'en ai pas fait plus que vous n'en avez demandé, je vous dispense de m'en accorder plus que vous n'en avez promis. » Nous sommes donc des gens nécessaires, Monsieur. Ce n'est pas tout pourtant ; vous allez bien voir autre chose. L'action ne fait pas le crime, c'est la connaissance de celui qui la commet : celui qui fait un mal, tandis qu'il peut croire que ce n'en est pas un, est en sûreté de conscience [7] ; et comme il y a un nombre infini d'actions équivoques, un casuiste peut leur donner un degré de bonté qu'elles n'ont point, en les déclarant bonnes ; et, pourvu qu'il puisse persuader qu'elles n'ont pas de venin, il le leur ôte tout entier. Je vous dis ici le secret d'un métier où j'ai vieilli ; je vous en fais voir les raffinements : il y a un tour à donner à tout, même aux choses qui en paraissent les moins susceptibles [6]. — Mon père, lui dis-je, cela est fort bon ;

mais comment vous accommodez-vous avec le Ciel ? Si le Sophi* avait à sa cour un homme qui fît à son égard ce que vous faites contre votre Dieu, qui mît de la différence entre ses ordres, et qui apprît à ses sujets dans quel cas ils doivent les exécuter, et dans quel autre ils peuvent les violer, il le ferait empaler sur l'heure. » Je saluai mon dervis et le quittai sans attendre sa réponse.

De Paris, le 25 de la lune de Maharram, 1714.

LETTRE LVIII

RICA A RHÉDI, A VENISE

A Paris, mon cher Rhédi, il y a bien des métiers. Là un homme obligeant vient, pour un peu d'argent, vous offrir le secret de faire de l'or.

Un autre vous promet de vous faire coucher avec les Esprits aériens, pourvu que vous soyez seulement trente ans sans voir de femmes.

Vous trouverez encore des devins si habiles qu'ils vous diront toute votre vie, pourvu qu'ils aient seulement eu un quart d'heure de conversation avec vos domestiques.

Des femmes adroites font de la virginité une fleur qui fleurit et renaît tous les jours, et se cueille la centième fois plus douloureusement que la première.

Il y en a d'autres qui, réparant par la force de leur art toutes les injures du temps, savent rétablir sur un visage une beauté qui chancelle, et même rappeler une femme du sommet de la vieillesse pour la faire redescendre jusqu'à la jeunesse la plus tendre.

Tous ces gens-là vivent ou cherchent à vivre dans une ville qui est la mère de l'invention.

Les revenus des citoyens ne s'y afferment point : ils

* Titre du roi de Perse.

ne consistent qu'en esprit et en industrie ; chacun a la sienne, qu'il fait valoir de son mieux.

Qui voudrait nombrer tous les gens de loi qui poursuivent le revenu de quelque mosquée, aurait aussi tôt compté les sables de la mer et les esclaves de notre monarque.

Un nombre infini de maîtres de langues, d'arts et de sciences, enseignent ce qu'ils ne savent pas, et ce talent est bien considérable : car il ne faut pas beaucoup d'esprit pour montrer ce qu'on sait ; mais il en faut infiniment pour enseigner ce qu'on ignore.

On ne peut mourir ici que subitement ; la mort ne saurait autrement exercer son empire : car il y a dans tous les coins des gens qui ont des remèdes infaillibles contre toutes les maladies imaginables.

Toutes les boutiques sont tendues de fils invisibles où se vont prendre tous les acheteurs. L'on en sort pourtant quelquefois à bon marché : une jeune marchande cajole un homme une heure entière pour lui faire acheter un paquet de cure-dents [6].

Il n'y a personne qui ne sorte de cette ville plus précautionné qu'il n'y est entré ; à force de faire part de son bien aux autres, on apprend à le conserver ; seul avantage des étrangers dans cette ville enchanteresse.

De Paris, le 10 *de la lune de Saphar,* 1714.

LETTRE LIX

RICA A USBEK, A ***

J'étais l'autre jour dans une maison où il y avait un cercle de gens de toute espèce : je trouvai la conversation occupée par des vieilles femmes, qui avaient en vain travaillé tout le matin à se rajeunir. « Il faut avouer, disait une d'entre elles, que les hommes d'aujourd'hui sont bien différents de ceux que nous voyions dans notre jeunesse : ils étaient polis, gracieux, complaisants. Mais, à présent, je les trouve d'une brutalité insupportable. — Tout est changé, dit pour lors un homme qui paraissait accablé de goutte. Le temps n'est plus comme il était : il y a quarante ans, tout le monde se portait bien ; on marchait ; on était gai ; on ne demandait qu'à rire et à danser. A présent, tout le monde est d'une tristesse insupportable. » Un moment après, la conversation tourna du côté de la politique. « Morbleu ! dit un vieux seigneur, l'État n'est plus gouverné : trouvez-moi à présent un ministre comme M. Colbert. Je le connaissais beaucoup, ce M. Colbert : il était de mes amis ; il me faisait toujours payer de mes pensions avant qui que ce fût. Le bel ordre qu'il y avait dans les finances ! Tout le monde était à son aise. Mais aujourd'hui je suis ruiné. — Monsieur, dit pour lors un ecclésiastique, vous parlez là du temps le plus miraculeux de notre invincible monarque. Y a-t-il rien de si grand que ce qu'il faisait alors pour détruire l'hérésie ? — Et comptez-vous pour rien l'abolition des duels ? dit, d'un air content, un autre homme qui n'avait point encore parlé. — La remarque est judicieuse, me dit quelqu'un à l'oreille : cet homme est charmé de l'édit, et il l'observe si bien qu'il y a six mois qu'il reçut cent coups de bâton pour ne le pas violer. »

Il me semble, Usbek, que nous ne jugeons jamais des choses que par un retour secret que nous faisons sur nous-mêmes. Je ne suis pas surpris que les Nègres peignent le diable d'une blancheur éblouissante et leurs dieux noirs comme du charbon ; que la Vénus de certains peuples ait des mamelles qui lui pendent jusques aux cuisses ; et qu'enfin tous les idolâtres [6] aient représenté leurs dieux avec une figure humaine et leur aient fait part de toutes leurs inclinations [4]. On a dit fort bien que, si les triangles faisaient un dieu, ils lui donneraient trois côtés [3].

Mon cher Usbek, quand je vois des hommes qui rampent sur un atome, c'est-à-dire la terre, qui n'est qu'un point de l'univers, se proposer directement pour modèles de la Providence, je ne sais comment accorder tant d'extravagance avec tant de petitesse.

De Paris, le 14 *de la lune de Saphar,* 1714.

LETTRE LX

USBEK A IBBEN, A SMYRNE

Tu me demandes s'il y a des Juifs en France ? Sache que, partout où il y a de l'argent, il y a des Juifs. Tu me demandes ce qu'ils y font ? Précisément ce qu'ils font en Perse : rien ne ressemble plus à un Juif d'Asie qu'un Juif européen.

Ils font paraître chez les chrétiens, comme parmi nous, une obstination invincible pour leur religion, qui va jusques à la folie.

La religion juive est un vieux tronc qui a produit deux branches qui ont couvert toute la terre : je veux dire le mahométisme et le christianisme ; ou plutôt c'est une mère qui a engendré deux filles, qui l'ont accablée de mille plaies : car, en fait de religion, les plus proches sont les plus grandes ennemies. Mais, quelque mauvais traitements qu'elle en ait reçus, elle ne laisse pas de se glorifier de les avoir mises au monde ; elle se sert de l'une et de l'autre pour embrasser le monde entier, tandis que, d'un autre côté, sa vieillesse vénérable embrasse tous les temps.

Les Juifs se regardent donc comme la source de toute sainteté et l'origine de toute religion. Ils nous regardent, au contraire, comme des hérétiques, qui ont changé la Loi, ou plutôt comme des Juifs rebelles.

Si le changement s'était fait insensiblement, ils croient qu'ils auraient été facilement séduits ; mais, comme il s'est fait tout à coup et d'une manière violente, comme ils peuvent marquer le jour et l'heure de l'une et de l'autre naissance, ils se scandalisent de trouver en nous des âges et se tiennent fermes à une religion que le monde même n'a pas précédée.

Ils n'ont jamais eu dans l'Europe un calme pareil à celui dont ils jouissent. On commence à se défaire parmi les chrétiens de cet esprit d'intolérance qui les animait. On s'est mal trouvé, en Espagne, de les avoir chassés, et, en France, d'avoir fatigué des chrétiens dont la croyance différait un peu de celle du prince. On s'est aperçu que le zèle pour les progrès de la religion est différent de l'attachement qu'on doit avoir pour elle, et que, pour l'aimer et l'observer, il n'est pas nécessaire de haïr et de persécuter ceux qui ne l'observent pas.

Il serait à souhaiter que nos musulmans pensassent aussi sensément sur cet article que les chrétiens ; que l'on pût, une bonne fois, faire la paix entre Hali et Abubeker [6] et laisser à Dieu le soin de décider des mérites de ces saints prophètes. Je voudrais qu'on les honorât par des actes de vénération et de respect, et non pas par de vaines préférences ; et qu'on cherchât à mériter leur faveur, quelque place que Dieu leur ait marquée, soit à sa droite, ou bien sous le marchepied de son trône.

De Paris, le 18 *de la lune de Saphar,* 1714.

LETTRE LXI

USBEK A RHÉDI, A VENISE

J'entrai l'autre jour dans une église fameuse qu'on appelle *Notre-Dame*. Pendant que j'admirais ce superbe édifice, j'eus occasion de m'entretenir avec un ecclésiastique que la curiosité y avait attiré comme moi. La conversation tomba sur la tranquillité de sa profession.

« La plupart des gens, me dit-il, envient le bonheur de notre état, et ils ont raison. Cependant, il a ses désagréments. Nous ne sommes point si séparés du monde que nous n'y soyons appelés en mille occasions ; là, nous avons un rôle très difficile à soutenir.

« Les gens du monde sont étonnants : ils ne peuvent

souffrir notre approbation, ni nos censures : si nous les voulons corriger, ils nous trouvent ridicules ; si nous les approuvons, ils nous regardent comme des gens au-dessous de notre caractère. Il n'y a rien de si humiliant que de penser qu'on a scandalisé les impies mêmes. Nous sommes donc obligés de tenir une conduite équivoque et d'en imposer aux libertins, non pas par un caractère décidé, mais par l'incertitude où nous les mettons de la manière dont nous recevons leurs discours. Il faut avoir beaucoup d'esprit pour cela : cet état de neutralité est difficile. Les gens du monde, qui hasardent tout, qui se livrent à toutes leurs saillies, qui, selon le succès, les poussent ou les abandonnent, réussissent bien mieux.

« Ce n'est pas tout : cet état si heureux et si tranquille, que l'on vante tant, nous ne le conservons pas dans le monde. Dès que nous y paraissons, on nous fait disputer ; on nous fait entreprendre, par exemple, de prouver l'utilité de la prière à un homme qui ne croit pas en Dieu, la nécessité du jeûne à un autre qui a nié toute sa vie l'immortalité de l'âme : l'entreprise est laborieuse, et les rieurs ne sont pas pour nous. Il y a plus : une certaine envie d'attirer les autres dans nos opinions nous tourmente sans cesse et est, pour ainsi dire, attachée à notre profession. Cela est aussi ridicule que si on voyait les Européens travailler, en faveur de la nature humaine, à blanchir le visage des Africains. Nous troublons l'État, nous nous tourmentons nous-mêmes pour faire recevoir des points de religion qui ne sont point fondamentaux, et nous ressemblons à ce conquérant de la Chine qui poussa ses sujets à une révolte générale pour les avoir voulu obliger à se rogner les cheveux ou les ongles [5].

« Le zèle même que nous avons pour faire remplir à ceux dont nous sommes chargés les devoirs de notre sainte religion, est souvent dangereux, et il ne saurait être accompagné de trop de prudence. Un empereur nommé *Théodose* fit passer au fil de l'épée tous les habitants d'une ville, même les femmes et les enfants ;

s'étant ensuite présenté pour entrer dans une église, un évêque nommé *Ambroise* lui fit fermer les portes, comme à un meurtrier et un sacrilège ; et, en cela, il fit une action héroïque. Cet empereur, ayant ensuite fait la pénitence qu'un tel crime exigeait, étant admis dans l'église, alla se placer parmi les prêtres ; le même évêque l'en fit sortir, et, en cela, il fit l'action d'un fanatique : tant il est vrai que l'on doit se défier de son zèle[4]. Qu'importait à la religion ou à l'État que ce prince eût ou n'eût pas une place parmi les prêtres ? »

De Paris,
le premier de la lune de Rebiab 1, 1714.

LETTRE LXII

ZÉLIS A USBEK, A PARIS

Ta fille ayant atteint sa septième année, j'ai cru qu'il était temps de la faire passer dans les appartements intérieurs du sérail et de ne point attendre qu'elle ait dix ans pour la confier aux eunuques noirs. On ne saurait de trop bonne heure priver une jeune personne des libertés de l'enfance et lui donner une éducation sainte dans les sacrés murs où la pudeur habite[5].

Car je ne puis être de l'avis de ces mères qui ne renferment leurs filles que lorsqu'elles sont sur le point de leur donner un époux ; qui, les condamnant au sérail plutôt qu'elles ne les y consacrent, leur font embrasser violemment une manière de vie qu'elles auraient dû leur inspirer. Faut-il tout attendre de la force de la raison, et rien de la douceur de l'habitude ?

C'est en vain que l'on nous parle de la subordination où la nature nous a mises. Ce n'est pas assez de nous la faire sentir : il faut nous la faire pratiquer, afin qu'elle nous soutienne dans ce temps critique où les passions commencent à naître et à nous encourager à l'indépendance.

Si nous n'étions attachées à vous que par le devoir,

nous pourrions quelquefois l'oublier. Si nous n'y étions entraînées que par le penchant, peut-être un penchant plus fort pourrait l'affaiblir. Mais, quand les lois nous donnent à un homme, elles nous dérobent à tous les autres et nous mettent aussi loin d'eux que si nous en étions à cent mille lieues.

La nature, industrieuse en faveur des hommes, ne s'est pas bornée à leur donner des désirs : elle a voulu que nous en eussions nous-mêmes, et que nous fussions des instruments animés de leur félicité ; elle nous a mises dans le feu des passions, pour les faire vivre tranquilles ; s'ils sortent de leur insensibilité, elle nous a destinées à les y faire rentrer, sans que nous puissions jamais goûter cet heureux état où nous les mettons.

Cependant, Usbek, ne t'imagine pas que ta situation soit plus heureuse que la mienne : j'ai goûté ici mille plaisirs que tu ne connais pas ; mon imagination a travaillé sans cesse à m'en faire connaître le prix ; j'ai vécu, et tu n'as fait que languir.

Dans la prison même où tu me retiens, je suis plus libre que toi : tu ne saurais redoubler tes attentions pour me faire garder, que je ne jouisse de tes inquiétudes ; et tes soupçons, ta jalousie, tes chagrins sont autant de marques de ta dépendance.

Continue, cher Usbek : fais veiller sur moi nuit et jour ; ne te fie pas même aux précautions ordinaires ; augmente mon bonheur en assurant le tien ; et sache que je ne redoute rien que ton indifférence.

Du sérail d'Ispahan,
le 2 de la lune de Rebiab 1, 1714.

LETTRE LXIII

RICA A USBEK, A ***

Je crois que tu veux passer ta vie à la campagne : je ne te perdais au commencement que pour deux ou trois jours, et en voilà quinze que je ne t'ai vu. Il est vrai que tu es dans une maison charmante, que tu y trouves une société qui te convient, que tu y raisonnes tout à ton aise : il n'en faut pas davantage pour te faire oublier tout l'univers.

Pour moi, je mène à peu près la même vie que tu m'as vu mener : je me répands dans le monde, et je cherche à le connaître. Mon esprit perd insensiblement tout ce qui lui reste d'asiatique, et se plie sans effort aux mœurs européennes. Je ne suis plus si étonné de voir dans une maison cinq ou six femmes avec cinq ou six hommes, et je trouve que cela n'est pas mal imaginé.

Je le puis dire : je ne connais les femmes que depuis que je suis ici ; j'en ai plus appris dans un mois que je n'aurais fait en trente ans dans un sérail.

Chez nous, les caractères sont tous uniformes, parce qu'ils sont forcés : on ne voit point les gens tels qu'ils sont, mais tels qu'on les oblige d'être. Dans cette servitude du cœur et de l'esprit, on n'entend parler que la crainte, qui n'a qu'un langage, et non pas la nature, qui s'exprime si différemment, et qui paraît sous tant de formes.

La dissimulation, cet art parmi nous si pratiqué et si nécessaire, est ici inconnue : tout parle, tout se voit, tout s'entend ; le cœur se montre comme le visage ; dans les mœurs, dans la vertu, dans le vice même, on aperçoit toujours quelque chose de naïf.

Il faut, pour plaire aux femmes, un certain talent différent de celui qui leur plaît encore davantage : il consiste dans une espèce de badinage dans l'esprit qui les amuse en ce qu'il semble leur promettre à chaque instant ce qu'on ne peut tenir que dans de trop longs intervalles.

Ce badinage, naturellement fait pour les toilettes*, semble être parvenu à former le caractère général de la nation : on badine au Conseil ; on badine à la tête d'une armée ; on badine avec un ambassadeur. Les pro-

* Les lieux et les moments où les femmes reçoivent leurs amis, en achevant de se coiffer.

fessions ne paraissent ridicules qu'à proportion du sérieux qu'on y met : un médecin ne le serait plus si ses habits étaient moins lugubres, et s'il tuait ses malades en badinant.

De Paris, le 10 *de la lune de Rebiab* 1, 1714.

LETTRE LXIV

LE CHEF DES EUNUQUES NOIRS A USBEK, A PARIS

Je suis dans un embarras que je ne saurais t'exprimer, magnifique seigneur : le sérail est dans un désordre et une confusion épouvantables ; la guerre règne entre tes femmes ; tes eunuques sont partagés ; on n'entend que plaintes, que murmures, que reproches ; mes remontrances sont méprisées : tout semble permis dans ce temps de licence, et je n'ai plus qu'un vain titre dans le sérail [5].

Il n'y a aucune de tes femmes qui ne se juge au-dessus des autres par sa naissance, par sa beauté, par ses richesses, par son esprit, par ton amour, et qui ne fasse valoir quelques-uns de ces titres pour avoir toutes les préférences. — Je perds à chaque instant cette longue patience avec laquelle, néanmoins, j'ai eu le malheur de les mécontenter toutes : ma prudence, ma complaisance même (vertu si rare et si étrangère dans le poste que j'occupe), ont été inutiles.

Veux-tu que je te découvre, magnifique seigneur, la cause de tous ces désordres ? Elle est toute dans ton cœur et dans les tendres égards que tu as pour elles. Si tu ne me retenais pas la main ; si, au lieu de la voie des remontrances, tu me laissais celle des châtiments ; si, sans te laisser attendrir à leurs plaintes et à leurs larmes, tu les envoyais pleurer devant moi, qui ne m'attendris jamais : je les façonnerais bientôt au joug qu'elles doivent porter, et je lasserais leur humeur impérieuse et indépendante.

Enlevé dès l'âge de quinze ans du fond de l'Afrique,

ma patrie, je fus d'abord vendu à un maître qui avait plus de vingt femmes ou concubines. Ayant jugé à mon air grave et taciturne que j'étais propre au sérail, il ordonna que l'on achevât de me rendre tel, et me fit faire une opération pénible dans les commencements, mais qui me fut heureuse dans la suite, parce qu'elle m'approcha de l'oreille et de la confiance de mes maîtres. J'entrai dans ce sérail, qui fut pour moi un nouveau monde. Le premier eunuque, l'homme le plus sévère que j'aie vu de ma vie, y gouvernait avec un empire absolu. On n'y entendait parler ni de divisions ni de querelles : un silence profond régnait partout ; toutes ces femmes étaient couchées à la même heure, d'un bout de l'année à l'autre, et levées à la même heure ; elles entraient dans le bain tour à tour ; elles en sortaient au moindre signe que nous leur en faisions ; le reste du temps, elles étaient presque toujours enfermées dans leurs chambres. Il avait une règle, qui était de les faire tenir dans une grande propreté, et il avait pour cela des attentions inexprimables : le moindre refus d'obéir était puni sans miséricorde. « Je suis, disait-il, esclave ; mais je le suis d'un homme qui est votre maître et le mien, et j'use du pouvoir qu'il m'a donné sur vous : c'est lui qui vous châtie, et non pas moi, qui ne fais que prêter ma main. » Ces femmes n'entraient jamais dans la chambre de mon maître qu'elles n'y fussent appelées ; elles recevaient cette grâce avec joie et s'en voyaient privées sans se plaindre. Enfin, moi, qui étais le dernier des noirs dans ce sérail tranquille, j'étais mille fois plus respecté que je ne le suis dans le tien, où je les commande tous.

Dès que ce grand eunuque eut connu mon génie, il tourna les yeux de mon côté ; il parla de moi à mon maître, comme d'un homme capable de travailler selon ses vues et de lui succéder dans le poste qu'il remplissait. Il ne fut point étonné de ma grande jeunesse : il crut que mon attention me tiendrait lieu d'expérience. Que te dirai-je ? Je fis tant de progrès dans sa confiance qu'il ne faisait plus difficulté de mettre dans mes mains les clefs des lieux terribles qu'il gardait depuis si longtemps. C'est sous ce grand maître que j'appris l'art difficile de commander, et que je me formai aux maximes d'un gouvernement inflexible. J'étudiai sous lui le cœur des femmes ; il m'apprit à profiter de leurs faiblesses et à ne point m'étonner de leurs hauteurs. Souvent il se plaisait à me les voir conduire jusqu'au dernier retranchement de l'obéissance ; il les faisait ensuite revenir insensiblement et voulait que je parusse pour quelque temps plier moi-même. Mais il fallait le voir dans ces moments où il les trouvait tout près du désespoir, entre les prières et les reproches : il soutenait leurs larmes sans s'émouvoir et se sentait flatté de cette espèce de triomphe. « Voilà, disait-il d'un air content, comment il faut gouverner les femmes. Leur nombre ne m'embarrasse pas : je conduirais de même toutes celles de notre grand monarque. Comment un homme peut-il espérer de captiver leur cœur si ses fidèles eunuques n'ont commencé par soumettre leur esprit ? »

Il avait non seulement de la fermeté, mais aussi de la pénétration : il lisait leurs pensées et leurs dissimulations ; leurs gestes étudiés, leur visage feint, ne lui dérobaient rien ; il savait toutes leurs actions les plus cachées et leurs paroles les plus secrètes ; il se servait des unes pour connaître les autres, et il se plaisait à récompenser la moindre confidence. Comme elles n'abordaient leur mari que lorsqu'elles étaient averties, l'eunuque y appelait qui il voulait, et tournait les yeux de son maître sur celle qu'il avait en vue ; et cette distinction était la récompense de quelque secret révélé. Il avait persuadé son maître qu'il était du bon ordre qu'il lui laissât ce choix, afin de lui donner une autorité plus grande. Voilà comme on gouvernait, magnifique seigneur, dans un sérail qui était, je crois, le mieux réglé qu'il y eût en Perse.

Laisse-moi les mains libres ; permets que je me fasse obéir. Huit jours remettront l'ordre dans le sein de la confusion. C'est ce que ta gloire demande, et que ta sûreté exige.

De ton sérail d'Ispahan,
le 9 de la lune de Rebiab 1, 1714.

LETTRE LXV

USBEK A SES FEMMES, AU SÉRAIL D'ISPAHAN

J'apprends que le sérail est dans le désordre, et qu'il est rempli de querelles et de divisions intestines. Que vous recommandai-je en partant, que la paix et la bonne intelligence ? Vous me le promîtes. Était-ce pour me tromper ?

C'est vous qui seriez trompées si je voulais suivre les conseils que me donne le grand eunuque, si je voulais employer mon autorité pour vous faire vivre comme mes exhortations le demandaient de vous.

Je ne sais me servir de ces moyens violents que lorsque j'ai tenté tous les autres. Faites donc en votre considération ce que vous n'avez pas voulu faire à la mienne.

Le premier eunuque a grand sujet de se plaindre : il dit que vous n'avez aucun égard pour lui. Comment pouvez-vous accorder cette conduite avec la modestie de votre état ? N'est-ce pas à lui que, pendant mon absence, votre vertu est confiée ? C'est un trésor sacré, dont il est le dépositaire. Mais ces mépris que vous lui témoignez font voir que ceux qui sont chargés de vous faire vivre dans les lois de l'honneur vous sont à charge.

Changez donc de conduite, je vous prie, et faites en sorte que je puisse, une autre fois, rejeter les propositions que l'on me fait contre votre liberté et votre repos.

Car je voudrais vous faire oublier que je suis votre maître, pour me souvenir seulement que je suis votre époux.

De Paris, le 5 de la lune de Chahban, 1714.

LETTRE LXVI

RICA A ***

On s'attache ici beaucoup aux sciences ; mais je ne sais si on est fort savant. Celui qui doute de tout comme philosophe n'ose rien nier comme théologien[4]. Cet homme contradictoire est toujours content de lui, pourvu qu'on convienne des qualités.

La fureur de la plupart des Français, c'est d'avoir de l'esprit, et la fureur de ceux qui veulent avoir de l'esprit, c'est de faire des livres.

Cependant il n'y a rien de si mal imaginé : la nature semblait avoir sagement pourvu à ce que les sottises des hommes fussent passagères, et les livres les immortalisent. Un sot devrait être content d'avoir ennuyé tous ceux qui ont vécu avec lui : il veut encore tourmenter les races futures, il veut que sa sottise triomphe de l'oubli, dont il aurait pu jouir comme du tombeau ; il veut que la postérité soit informée qu'il a vécu, et qu'elle sache à jamais qu'il a été un sot.

De tous les auteurs, il n'y en a point que je méprise plus que les compilateurs, qui vont, de tous côtés, chercher des lambeaux des ouvrages des autres, qu'ils plaquent dans les leurs, comme des pièces de gazon dans un parterre[7]. Ils ne sont point au-dessus de ces ouvriers d'imprimerie qui rangent des caractères qui, combinés ensemble, font un livre où ils n'ont fourni que la main. Je voudrais qu'on respectât les livres originaux, et il me semble que c'est une espèce de profanation de tirer les pièces qui les composent du sanctuaire où elles sont, pour les exposer à un mépris qu'elles ne méritent point.

Quand un homme n'a rien à dire de nouveau, que ne se tait-il ? Qu'a-t-on affaire de ces doubles emplois ? « Mais je veux donner un nouvel ordre. — Vous êtes un habile homme : vous venez dans ma bibliothèque, et vous mettez en bas les livres qui sont en haut, et en haut ceux qui sont en bas. C'est un beau chef-d'œuvre ! »

Je t'écris sur ce sujet, ***, parce que je suis outré d'un livre que je viens de quitter, qui est si gros qu'il semblait contenir la science universelle ; mais il m'a rompu la tête sans m'avoir rien appris.

Adieu.

De Paris, le 8 *de la lune de Chahban*, 1714.

LETTRE LXVII

IBBEN A USBEK, A PARIS

Trois vaisseaux sont arrivés ici sans m'avoir apporté de tes nouvelles. Es-tu malade ? ou te plais-tu à m'inquiéter ?

Si tu ne m'aimes pas dans un pays où tu n'es lié à rien, que sera-ce au milieu de la Perse et dans le sein de ta famille ? Mais peut-être que je me trompe : tu es assez aimable pour trouver partout des amis. Le cœur est citoyen de tous les pays. Comment une âme bien faite peut-elle s'empêcher de former des engagements ? Je te l'avoue : je respecte les anciennes amitiés ; mais je ne suis pas fâché d'en faire partout de nouvelles.

En quelque pays que j'aie été, j'y ai vécu comme si j'avais dû y passer ma vie : j'ai eu le même empressement pour les gens vertueux, la même compassion ou plutôt la même tendresse pour les malheureux, la même estime pour ceux que la prospérité n'a point aveuglés. C'est mon caractère, Usbek : partout où je trouverai des hommes, je me choisirai des amis.

Il y a ici un Guèbre[5] qui, après toi, a, je crois, la première place dans mon cœur : c'est l'âme de la probité même. Des raisons particulières l'ont obligé de se retirer dans cette ville où il vit tranquillement du produit d'un trafic honnête, avec une femme qu'il aime.

Sa vie est toute marquée d'actions généreuses, et, quoiqu'il cherche la vie obscure, il y a plus d'héroïsme dans son cœur que dans celui des plus grands monarques.

Je lui ai parlé mille fois de toi ; je lui montre toutes tes lettres ; je remarque que cela lui fait plaisir ; et je vois déjà que tu as un ami qui t'est inconnu.

Tu trouveras ici ses principales aventures : quelque répugnance qu'il eût à les écrire, il n'a pu les refuser à mon amitié, et je les confie à la tienne.

HISTOIRE D'APHÉRIDON ET D'ASTARTÉ

Je suis né parmi les Guèbres, d'une religion qui est peut-être la plus ancienne qui soit au monde. Je fus si malheureux que l'amour me vint avant la raison : j'avais à peine six ans, que je ne pouvais vivre qu'avec ma sœur ; mes yeux s'attachaient toujours sur elle, et, lorsqu'elle me quittait un moment, elle les retrouvait baignés de larmes ; chaque jour n'augmentait pas plus mon âge que mon amour. Mon père, étonné d'une si forte sympathie, aurait bien souhaité de nous marier ensemble, selon l'ancien usage des Guèbres, introduit par Cambyse ; mais la crainte des mahométans, sous le joug desquels nous vivons, empêche ceux de notre nation de penser à ces alliances saintes, que notre religion ordonne plutôt qu'elle ne permet, et qui sont des images si naïves de l'union déjà formée par la nature.

Mon père, voyant donc qu'il aurait été dangereux de suivre mon inclination et la sienne, résolut d'éteindre une flamme qu'il croyait naissante, mais qui était déjà à sa dernière période. Il prétexta un voyage et m'emmena avec lui, laissant ma sœur entre les mains d'une de ses parentes : car ma mère était morte depuis deux ans. Je ne vous dirai point quel fut le désespoir de cette séparation : j'embrassai ma sœur toute baignée de larmes ; mais je n'en versai point : car la douleur m'avait rendu comme insensible. Nous arrivâmes à Tefflis, et mon père, ayant confié mon éducation à un de nos parents, m'y laissa et s'en retourna chez lui.

Quelque temps après, j'appris que, par le crédit d'un de ses amis, il avait fait entrer ma sœur dans le beiram* du roi, où elle était au service d'une sultane. Si l'on m'avait appris sa mort, je n'en aurais pas été plus frappé : car, outre que je n'espérais plus de la revoir, son entrée dans le beiram l'avait rendue mahométane, et elle ne pouvait plus, suivant le préjugé de cette religion, me regarder qu'avec horreur. Cependant, ne pouvant plus vivre à Tefflis, las de moi-même et de la vie, je retournai à Ispahan. Mes premières paroles furent amères à mon père : je lui reprochai d'avoir mis sa fille en un lieu où l'on ne peut entrer qu'en changeant de religion : « Vous avez attiré sur votre famille, lui dis-je, la colère de Dieu et du Soleil, qui vous éclaire ; vous avez plus fait que si vous aviez souillé les Éléments, puisque vous avez souillé l'âme de votre fille, qui n'est pas moins pure : j'en mourrai de douleur et d'amour ; mais puisse ma mort être la seule peine que Dieu vous fasse sentir ! » A ces mots, je sortis, et, pendant deux ans, je passai ma vie à aller regarder les murailles du beiram et considérer le lieu où ma sœur pouvait être, m'exposant tous les jours mille fois à être égorgé par les eunuques qui font la ronde autour de ces redoutables lieux.

Enfin, mon père mourut, et la sultane que ma sœur servait, la voyant tous les jours croître en beauté, en devint jalouse et la maria avec un eunuque qui la souhaitait avec passion. Par ce moyen, ma sœur sortit du sérail et prit avec son eunuque une maison à Ispahan.

Je fus plus de trois mois sans pouvoir lui parler : l'eunuque, le plus jaloux de tous les hommes, me remettant toujours, sous divers prétextes. Enfin j'entrai dans son beiram, et il me lui fit parler au travers d'une jalousie. Des yeux de lynx ne l'auraient pas pu découvrir,

* Nom d'une fête musulmane, curieusement confondu, ici, avec le *harem*, ou *haram*, quartier des femmes dans le palais.

tant elle était enveloppée d'habits et de voiles, et je ne pus la reconnaître qu'au son de sa voix. Quelle fut mon émotion quand je me vis si près et si éloigné d'elle ! Je me contraignis : car j'étais examiné. Quant à elle, il me parut qu'elle versa quelques larmes. Son mari voulut me faire quelques mauvaises excuses ; mais je le traitai comme le dernier des esclaves. Il fut bien embarrassé quand il vit que je parlais à ma sœur une langue qui lui était inconnue : c'était l'ancien persan, qui est notre langue sacrée. « Quoi ! ma sœur, lui dis-je, est-il vrai que vous avez quitté la religion de vos pères ? Je sais qu'en entrant au beiram vous avez dû faire profession du mahométisme. Mais, dites-moi, votre cœur a-t-il pu consentir, comme votre bouche, à quitter une religion qui me permet de vous aimer ? Et pour qui la quittez-vous, cette religion, qui nous doit être si chère ? Pour un misérable encore flétri des fers qu'il a portés ; qui, s'il était homme, serait le dernier de tous ! — Mon frère, dit-elle, cet homme dont vous parlez est mon mari ; il faut que je l'honore, tout indigne qu'il vous paraît ; et je serais aussi la dernière des femmes si... — Ah ! ma sœur, lui dis-je, vous êtes guèbre ; il n'est ni votre époux, ni ne peut l'être. Si vous êtes fidèle comme vos pères, vous ne devez le regarder que comme un monstre. — Hélas ! dit-elle, que cette religion se montre à moi de loin ! A peine en savais-je les préceptes qu'il les fallut oublier. Vous voyez que cette langue que je vous parle ne m'est plus familière, et que j'ai toutes les peines du monde à m'exprimer. Mais comptez que le souvenir de notre enfance me charme toujours ; que, depuis ce temps-là, je n'ai eu que de fausses joies ; qu'il ne s'est pas passé de jour que je n'aie pensé à vous ; que vous avez eu plus de part que vous ne croyez à mon mariage ; et que je n'y ai été déterminée que par l'espérance de vous revoir. Mais que ce jour, qui m'a tant coûté, va me coûter encore ! Je vous vois tout hors de vous-même ; mon mari frémit de rage et de jalousie. Je ne vous verrai plus ; je vous parle sans doute pour la dernière fois de ma vie. Si cela était, mon frère, elle ne serait pas longue. » A ces mots, elle s'attendrit, et se voyant hors d'état de tenir la conversation, elle me quitta le plus désolé des hommes.

Trois ou quatre jours après, je demandai à voir ma sœur. Le barbare eunuque aurait bien voulu m'en empêcher ; mais, outre que ces sortes de maris n'ont pas sur leurs femmes la même autorité que les autres, il aimait si éperdument ma sœur qu'il ne savait rien lui refuser. Je la vis encore dans le même lieu et sous les mêmes voiles, accompagnée de deux esclaves ; ce qui me fit avoir recours à notre langue particulière : « Ma sœur, lui dis-je, d'où vient que je ne puis vous voir sans me trouver dans une situation affreuse ? Les murailles qui vous tiennent enfermée, ces verrous et ces grilles, ces misérables gardiens qui vous observent, me mettent en fureur. Comment avez-vous perdu la douce liberté dont jouissaient vos ancêtres ? Votre mère, qui était si chaste, ne donnait à son mari, pour garant de sa vertu, que sa vertu même. Ils vivaient heureux, l'un et l'autre, dans une confiance mutuelle, et la simplicité de leurs mœurs était pour eux une richesse plus précieuse mille fois que le faux éclat dont vous semblez jouir dans cette maison somptueuse. En perdant votre religion, vous avez perdu votre liberté, votre bonheur et cette précieuse égalité qui fait l'honneur de votre sexe. Mais ce qu'il y a de pis encore, c'est que vous êtes, non pas la femme (car vous ne pouvez l'être), mais l'esclave d'un esclave qui a été dégradé de l'humanité. — Ah ! mon frère, dit-elle, respectez mon époux, respectez la religion que j'ai embrassée. Selon cette religion, je n'ai pu vous entendre ni vous parler sans crime. — Quoi ! ma sœur, lui dis-je tout transporté, vous la croyez donc véritable, cette religion ? — Ah ! dit-elle, qu'il me serait avantageux qu'elle ne le fût pas ! Je fais pour elle un trop grand sacrifice pour que je puisse ne la pas croire ; et si mes doutes… » A ces mots, elle se tut. « Oui, vos doutes, ma sœur, sont bien fondés, quels qu'ils soient. Qu'attendez-vous d'une religion qui vous rend malheureuse pour ce monde-ci et ne vous laisse point d'espérance pour l'autre ? Songez que la nôtre est la plus ancienne qui soit au monde ; qu'elle a toujours fleuri dans la Perse et n'a pas d'autre origine que cet empire, dont les commencements ne sont point connus ; que ce n'est que le hasard qui y a introduit le mahométisme ; que cette secte y a été établie, non par la voie de la persuasion, mais de la conquête. Si nos princes naturels n'avaient pas été faibles, vous verriez régner encore le culte de ces anciens mages. Transportez-vous dans ces siècles reculés : tout vous parlera du magisme et rien de la secte mahométane, qui, plusieurs milliers d'années après, n'était pas même dans son enfance. — Mais, dit-elle, quand ma religion serait plus moderne que la vôtre, elle est au moins plus pure, puisqu'elle n'adore que Dieu ; au lieu que vous adorez encore le Soleil, les Étoiles, le Feu, et même les Éléments. — Je vois, ma sœur, que vous avez appris parmi les musulmans à calomnier notre sainte religion. Nous n'adorons ni les Astres ni les Éléments, et nos pères ne les ont jamais adorés : jamais ils ne leur ont élevé des temples ; jamais ils ne leur ont offert des sacrifices ; ils leur ont seulement rendu un culte religieux, mais inférieur, comme à des ouvrages et des manifestations de la Divinité. Mais, ma sœur, au nom de Dieu, qui nous éclaire, recevez ce livre sacré que je vous porte ; c'est le livre de notre législateur Zoroastre [5] ; lisez-le sans prévention ; recevez dans votre cœur les rayons de lumière qui vous éclaireront en le lisant ; souvenez-vous de vos pères qui ont si longtemps honoré le Soleil dans la ville sainte de Balk ; et, enfin, souvenez-vous de moi, qui n'espère de repos, de fortune, de vie, que de votre changement. » Je la quittai tout transporté et la laissai seule décider la plus grande affaire que je pusse avoir de ma vie.

J'y retournai deux jours après ; je ne lui parlai point : j'attendis dans le silence l'arrêt de ma vie ou de ma mort. « Vous êtes aimé, mon frère, me dit-elle, et par une Guèbre. J'ai longtemps combattu. Mais, Dieux ! que l'amour lève de difficultés ! que je suis soulagée ! Je ne crains plus de vous trop aimer ; je puis ne mettre point de bornes à mon amour ; l'excès même en est légitime. Ah ! que ceci convient bien à l'état de mon cœur ! Mais vous, qui avez su rompre les chaînes que mon esprit s'était forgées, quand romprez-vous celles qui me lient les mains ? Dès ce moment, je me donne à vous. Faites voir, par la promptitude avec laquelle vous m'accepterez, combien ce présent vous est cher. Mon frère, la première fois que je pourrai vous embrasser, je crois que je mourrai dans vos bras. » Je n'exprimerais jamais bien la joie que je sentis à ces paroles : je me crus et je me vis, en effet, en un instant, le plus heureux de tous les hommes ; je vis presque accomplir tous les désirs que j'avais formés en vingt-cinq ans de vie, et évanouir tous les chagrins qui me l'avaient rendue si laborieuse. Mais, quand je me fus un peu accoutumé à ces douces idées, je trouvai que je n'étais pas si près de mon bonheur que je me l'étais figuré tout à coup, quoique j'eusse surmonté le plus grand de tous les obstacles. Il fallait surprendre la vigilance de ses gardiens. Je n'osais confier à personne le secret de ma vie. Je n'avais que ma sœur ; elle n'avait que moi. Si je manquais mon coup, je courais le risque d'être empalé ; mais je ne voyais pas de peine plus cruelle que de le manquer. Nous convînmes qu'elle m'enverrait demander une horloge que son père lui avait laissée, et que j'y mettrais dedans une lime pour scier les jalousies d'une fenêtre qui donnait sur la rue, et une corde nouée pour descendre ; que je ne la verrais plus dorénavant ; mais que j'irais toutes les nuits sous cette fenêtre attendre qu'elle pût exécuter son dessein. Je passai quinze nuits entières sans voir personne, parce qu'elle n'avait pas trouvé le temps favorable. Enfin la seizième, j'entendis une scie qui travaillait. De temps en temps, l'ouvrage était interrompu, et, dans ces intervalles, ma frayeur était inexprimable. Après une heure de travail, je la vis qui attachait la corde ; elle se laissa aller et glissa dans mes bras. Je ne connus plus le danger, et je restai longtemps sans bouger de là. Je la conduisis hors de la ville, où j'avais un cheval tout prêt ; je la mis en croupe derrière moi et m'éloignai, avec toute la promptitude imaginable, d'un lieu qui pouvait nous être si funeste. Nous arrivâmes avant le jour chez un Guèbre, dans un lieu désert où il était retiré, vivant frugalement du travail de ses mains ; nous ne jugeâmes pas à propos de rester chez lui, et, par son conseil, nous entrâmes dans une épaisse forêt, et nous nous mîmes dans le creux d'un vieux chêne, jusques à ce que le bruit de notre évasion se fût dissipé. Nous vivions tous deux dans ce séjour écarté, sans témoins, nous répétant sans cesse que nous nous aimerions toujours, attendant l'occasion que quelque prêtre guèbre pût faire la cérémonie du mariage prescrite par nos livres sacrés. « Ma sœur, lui disais-je, que cette union est sainte ! La nature nous avait unis ; notre sainte loi va nous unir encore. » Enfin un prêtre vint calmer notre impatience amoureuse. Il fit, dans la maison du paysan, toutes les cérémonies du mariage ; il nous bénit et nous souhaita mille fois toute la vigueur de Gustaspe et la sainteté de l'Hohoraspe [5]. Bientôt après, nous quittâmes la Perse, où nous n'étions pas en sûreté, et nous nous retirâmes en Géorgie. Nous y vécûmes un an, tous les jours plus charmés l'un de l'autre ; mais, comme mon argent allait finir, et que je craignais la misère pour ma sœur, non pas pour moi, je la quittai pour aller chercher quelque secours chez nos parents. Jamais adieu ne fut plus tendre. Mais mon voyage me fut non seulement inutile, mais funeste : car, ayant trouvé, d'un côté, tous nos biens confisqués, de l'autre, mes parents presque dans l'impuissance de me secourir, je ne rapportai d'argent précisément que ce qu'il fallait pour mon retour. Mais quel fut mon désespoir ! Je ne trouvai plus ma sœur. Quelques jours avant mon arrivée, des Tartares avaient fait une incursion dans la ville où elle était, et, comme ils la trouvèrent belle, ils la prirent, et la vendirent à des Juifs qui allaient en Turquie, et ne laissèrent qu'une petite fille dont elle était accouchée quelques mois auparavant. Je suivis ces Juifs et les joignis à trois lieues de là. Mes prières, mes larmes, furent vaines : ils me demandèrent toujours trente tomans* et ne se relâchèrent jamais d'un seul. Après m'être adressé à tout le monde, avoir imploré la protection des prêtres turcs et chrétiens, je m'adressai à un marchand arménien, je lui vendis ma fille, et me vendis aussi pour trente-cinq tomans. J'allai aux Juifs, je leur donnai trente tomans et portai les cinq autres à ma sœur, que je n'avais pas encore vue : « Vous êtes libre, lui dis-je, ma sœur, et je puis vous embrasser. Voilà cinq tomans que je vous porte. J'ai du regret qu'on ne m'ait pas acheté davantage. — Quoi ! dit-elle, vous vous êtes vendu ? — Oui, lui dis-je. — Ah ! malheureux ; qu'avez-vous fait ? N'étais-je pas assez infortunée, sans que vous travaillassiez à me le rendre davantage ? Votre liberté me consolait, et votre esclavage va me mettre au tombeau. Ah ! mon frère, que votre amour est cruel ! Et ma fille ? Je ne la vois point. — Je l'ai vendue aussi », lui dis-je. Nous fondîmes tous deux en larmes et n'eûmes pas la force de nous rien dire. Enfin j'allai trouver mon maître, et ma sœur y arriva presque aussitôt que moi. Elle se jeta à ses genoux. « Je vous demande, dit-elle, la servitude, comme les autres vous demandent la liberté. Prenez-moi. Vous me vendrez plus cher que mon mari. » Ce fut alors qu'il se fit un combat qui arracha les larmes des yeux de mon maître. « Malheureux ! dit-elle, as-tu pensé que je pusse accepter ma liberté aux dépens de la tienne ? Seigneur, vous voyez deux infortunés qui mourront si vous nous séparez. Je me donne à vous. Payez-moi. Peut-être que cet argent et mes services pourront quelque jour obtenir de vous ce que je n'ose vous demander. Il est de votre intérêt de ne nous point séparer : comptez que je dispose de ma vie. » L'Arménien était un homme doux, qui fut touché de nos malheurs. « Servez-moi, l'un et l'autre, avec fidélité et avec zèle, et je vous promets que, dans un an, je vous donnerai votre liberté.

* Monnaie persane, d'une valeur considérable.

Je vois que vous ne méritez, ni l'un ni l'autre, les malheurs de votre condition. Si, lorsque vous serez libres, vous êtes aussi heureux que vous le méritez, si la fortune vous rit, je suis certain que vous me satisferez de la perte que je souffrirai. » Nous embrassâmes tous deux ses genoux et le suivîmes dans son voyage. Nous nous soulagions, l'un et l'autre dans les travaux de la servitude, et j'étais charmé lorsque j'avais pu faire l'ouvrage qui était tombé à ma sœur.

La fin de l'année arriva ; notre maître tint sa parole et nous délivra. Nous retournâmes à Tefflis. Là je trouvai un ancien ami de mon père, qui exerçait avec succès la médecine dans cette ville ; il me prêta quelque argent avec lequel je fis quelque négoce. Quelques affaires m'appelèrent ensuite à Smyrne, où je m'établis. J'y vis depuis six ans, et j'y jouis de la plus aimable et de la plus douce société du monde : l'union règne dans ma famille, et je ne changerais pas ma condition pour celle de tous les rois du monde. J'ai été assez heureux pour retrouver le marchand arménien à qui je dois tout, et je lui ai rendu des services signalés.

De Smyrne,
le 27 *de la lune de Gemmadi* 2, 1714.

LETTRE LXVIII

RICA A USBEK, A ***

J'allai l'autre jour dîner chez un homme de robe, qui m'en avait prié plusieurs fois. Après avoir parlé de bien des choses, je lui dis : « Monsieur, il me paraît que votre métier est bien pénible. — Pas tant que vous vous l'imaginez, répondit-il : de la manière dont nous le faisons, ce n'est qu'un amusement. — Mais quoi ? n'avez-vous pas toujours la tête remplie des affaires d'autrui ? N'êtes-vous pas toujours occupé de choses qui ne sont point intéressantes ? — Vous avez raison ; ces choses ne sont point intéressantes : car nous nous y intéressons si peu que rien, et cela même fait que le métier n'est pas si fatigant que vous dites. » Quand je vis qu'il prenait la chose d'une manière si dégagée, je continuai et lui dis : « Monsieur, je n'ai point vu votre cabinet. — Je le crois : car je n'en ai point. Quand je pris cette charge, j'eus besoin d'argent pour la payer ; je vendis ma bibliothèque, et le libraire qui la prit, d'un nombre prodigieux de volumes, ne me laissa que mon livre de raison*. Ce n'est pas que je les regrette : nous autres juges ne nous enflons point d'une vaine science. Qu'avons-nous à faire de tous ces volumes de lois ? Presque tous les cas sont hypothétiques et sortent de la règle générale. — Mais ne serait-ce pas, Monsieur, lui dis-je, parce que vous les en faites sortir ? Car, enfin, pourquoi chez tous les peuples du monde y aurait-il des lois si elles n'avaient pas leur application ? et comment peut-on les appliquer si on ne les sait pas ? — Si vous connaissiez le Palais, reprit le magistrat, vous ne parleriez pas comme vous faites : nous avons des livres vivants, qui sont les avocats ; ils travaillent pour nous et se chargent de nous instruire. — Et ne se chargent-ils pas aussi quelquefois de vous tromper ? lui repartis-je. Vous ne feriez donc pas mal de vous garantir de leurs embûches : ils ont des armes avec lesquelles ils attaquent votre équité ; il serait bon que vous en eussiez aussi pour la défendre, et que vous n'allassiez pas vous mettre dans la mêlée, habillés à la légère, parmi des gens cuirassés jusques aux dents. »

De Paris, le 13 *de la lune de Chahban*, 1714.

LETTRE LXIX

USBEK A RHÉDI, A VENISE

Tu ne te serais jamais imaginé que je fusse devenu plus métaphysicien que je ne l'étais : cela est pourtant,

* Livre de comptes.

et tu en seras convaincu quand tu auras essuyé ce débordement de ma philosophie.

Les philosophes les plus sensés qui ont réfléchi sur la nature de Dieu ont dit qu'il était un être souverainement parfait ; mais ils ont extrêmement abusé de cette idée : ils ont fait une énumération de toutes les perfections différentes que l'homme est capable d'avoir et d'imaginer, et en ont chargé l'idée de la Divinité, sans songer que souvent ces attributs s'entr'empêchent, et qu'ils ne peuvent subsister dans un même sujet sans se détruire[1].

Les poètes d'Occident disent qu'un peintre, ayant voulu faire le portrait de la déesse de la beauté, assembla les plus belles Grecques et prit de chacune ce qu'elle avait de plus agréable, dont il fit un tout pour ressembler à la plus belle de toutes les déesses[2]. Si un homme en avait conclu qu'elle était blonde et brune, qu'elle avait les yeux noirs et bleus, qu'elle était douce et fière, il aurait passé pour ridicule.

Souvent Dieu manque d'une perfection qui pourrait lui donner une grande imperfection ; mais il n'est jamais limité que par lui-même : il est lui-même sa nécessité. Ainsi, quoique Dieu soit tout-puissant, il ne peut pas violer ses promesses, ni tromper les hommes. Souvent même l'impuissance n'est pas dans lui, mais dans les choses relatives ; et c'est la raison pourquoi il ne peut pas changer l'essence des choses.

Ainsi il n'y a pas sujet de s'étonner que quelques-uns de nos docteurs aient osé nier la prescience infinie de Dieu sur ce fondement qu'elle est incompatible avec sa justice.

Quelque hardie que soit cette idée, la métaphysique s'y prête merveilleusement. Selon ses principes, il n'est pas possible que Dieu prévoie les choses qui dépendent de la détermination des causes libres, parce que ce qui n'est point arrivé n'est point et, par conséquent, ne peut être connu : car le rien, qui n'a point de propriétés, ne peut être aperçu. Dieu ne peut pas lire dans une volonté qui n'est point, et voir dans l'âme une chose qui n'existe point en elle : car, jusques à ce qu'elle soit déterminée, cette action qui la détermine n'est point en elle.

L'âme est l'ouvrière de sa détermination ; mais il y a des occasions où elle est tellement indéterminée qu'elle ne sait pas même de quel côté se déterminer. Souvent même elle ne le fait que pour faire usage de sa liberté ; de manière que Dieu ne peut voir cette détermination par avance, ni dans l'action de l'âme, ni dans l'action que les objets font sur elle.

Comment Dieu pourrait-il prévoir les choses qui dépendent de la détermination des causes libres ? Il ne pourrait les voir que de deux manières : par conjecture, ce qui est contradictoire avec la prescience infinie ; ou bien il les verrait comme des effets nécessaires qui suivraient infailliblement d'une cause qui les produirait de même ; ce qui est encore plus contradictoire : car l'âme serait libre par la supposition, et, dans le fait, elle ne le serait pas plus qu'une boule de billard n'est libre de se remuer, lorsqu'elle est poussée par une autre.

Ne crois pas pourtant que je veuille borner la science de Dieu. Comme il fait agir les créatures à sa fantaisie, il connaît tout ce qu'il veut connaître. Mais, quoiqu'il puisse voir tout, il ne se sert pas toujours de cette faculté : il laisse ordinairement à la créature la faculté d'agir ou de ne pas agir, pour lui laisser celle de mériter ou de démériter ; c'est pour lors qu'il renonce au droit qu'il a d'agir sur elle et de la déterminer. Mais, quand il veut savoir quelque chose, il le sait toujours, parce qu'il n'a qu'à vouloir qu'elle arrive comme il la voit, et déterminer les créatures conformément à sa volonté. C'est ainsi qu'il tire ce qui doit arriver du nombre des choses purement possibles, en fixant par ses décrets les déterminations futures des esprits, et les privant de la puissance qu'il leur a donnée, d'agir ou de ne pas agir [4].

Si l'on peut se servir d'une comparaison dans une chose qui est au-dessus des comparaisons : un monarque ignore ce que son ambassadeur fera dans une affaire importante ; s'il le veut savoir, il n'a qu'à lui ordonner de se comporter d'une telle manière, et il pourra assurer que la chose arrivera comme il la projette.

L'Alcoran et les livres des Juifs s'élèvent sans cesse contre le dogme de la prescience absolue : Dieu y paraît partout ignorer la détermination future des esprits, et il semble que ce soit la première vérité que Moïse ait enseignée aux hommes.

Dieu met Adam dans le Paradis terrestre, à condition qu'il ne mangera point d'un certain fruit : précepte absurde dans un être qui connaîtrait les déterminations futures des âmes ; car enfin un tel être peut-il mettre des conditions à ses grâces sans les rendre dérisoires[4] ? C'est comme si un homme qui aurait su la prise de Bagdat disait à un autre : « Je vous donne cent tomans si Bagdat n'est pas pris. » Ne ferait-il pas là une bien mauvaise plaisanterie ?

Mon cher Rhédi, pourquoi tant de philosophie ? Dieu est si haut que nous n'apercevons pas même ses nuages. Nous ne le connaissons bien que dans ses préceptes. Il est immense, spirituel, infini. Que sa grandeur nous ramène à notre faiblesse. S'humilier toujours, c'est l'adorer toujours.

De Paris,
le dernier de la lune de Chahban, 1714.

LETTRE LXX

ZÉLIS A USBEK, A PARIS

Soliman, que tu aimes, est désespéré d'un affront qu'il vient de recevoir. Un jeune étourdi, nommé *Suphis,* recherchait depuis trois mois sa fille en mariage ; il paraissait content de la figure de la fille, sur le rapport et la peinture que lui en avaient faits les femmes qui l'avaient vue dans son enfance ; on était convenu de la dot, et tout s'était passé sans aucun incident. Hier, après les premières cérémonies, la fille sortit à cheval, accompagnée de son eunuque et couverte, selon la coutume, depuis la tête jusques aux pieds [5]. Mais, dès qu'elle fut arrivée devant la maison de son mari prétendu, il lui fit fermer la porte, et il jura qu'il ne la recevrait jamais si on n'augmentait la dot. Les parents accoururent, de côté et d'autre, pour accommoder l'affaire, et, après bien de la résistance, Soliman convint de faire un petit présent à son gendre. Les cérémonies du mariage s'accomplirent et l'on conduisit la fillette dans le lit avec assez de violence ; mais, une heure après, cet étourdi se leva furieux, lui coupa le visage en plusieurs endroits, soutenant qu'elle n'était pas vierge, et la renvoya à son père. On ne peut pas être plus frappé qu'il l'est de cette injure. Il y a des personnes qui soutiennent que cette fille est innocente. Les pères sont bien malheureux d'être exposés à de tels affronts. Si ma fille recevait un pareil traitement, je crois que j'en mourrais de douleur.

Adieu.

Du sérail de Fatmé,
le 9 *de la lune de Gemmadi* 1, 1714.

LETTRE LXXI

USBEK A ZÉLIS

Je plains Soliman, d'autant plus que le mal est sans remède, et que son gendre n'a fait que se servir de la liberté de la loi. Je trouve cette loi bien dure d'exposer ainsi l'honneur d'une famille aux caprices d'un fou. On a beau dire que l'on a des indices certains pour connaître la vérité, c'est une vieille erreur dont on est aujourd'hui revenu parmi nous ; et nos médecins donnent des raisons invincibles de l'incertitude de ces preuves. Il n'y a pas jusqu'aux chrétiens qui ne les regardent comme chimériques, quoiqu'elles soient clairement établies par leurs livres sacrés et que leur ancien législateur en ait fait dépendre l'innocence ou la condamnation de toutes les filles [1].

J'apprends avec plaisir le soin que tu te donnes de l'éducation de la tienne. Dieu veuille que son mari la trouve aussi belle et aussi pure que Fatima*. Qu'elle ait dix eunuques pour la garder ; qu'elle soit l'honneur et l'ornement du sérail où elle est destinée ; qu'elle n'ait sur sa tête que des lambris dorés et ne marche que sur des tapis superbes ; et, pour comble de souhaits, puissent mes yeux la voir dans toute sa gloire !

De Paris, le 5 *de la lune de Chalval*, 1714.

LETTRE LXXII

RICA A IBBEN, A ***

Je me trouvai l'autre jour dans une compagnie où je vis un homme bien content de lui. Dans un quart d'heure, il décida trois questions de morale, quatre problèmes historiques et cinq points de physique. Je n'ai jamais vu un décisionnaire si universel [6] : son esprit ne fut jamais suspendu par le moindre doute. On laissa les sciences ; on parla des nouvelles du temps : il décida sur les nouvelles du temps. Je voulus l'attraper, et je dis en moi-même : « Il faut que je me mette dans mon fort ; je vais me réfugier dans mon pays. » Je lui parlai de la Perse. Mais, à peine lui eus-je dit quatre mots, qu'il me donna deux démentis, fondés sur l'autorité de MM. Tavernier et Chardin. « Ah ! bon Dieu ! dis-je en moi-même, quel homme est-ce là ? Il connaîtra tout à l'heure les rues d'Ispahan mieux que moi ! » Mon parti fut bientôt pris : je me tus, je le laissai parler, et il décide encore [7].

De Paris, le 8 *de la lune de Zilcadé*, 1715.

* Fille de Mahomet, épouse d'Ali.

LETTRE LXXIII

RICA A ***

J'ai ouï parler d'une espèce de tribunal qu'on appelle l'*Académie française*. Il n'y en a point de moins respecté dans le monde : car on dit qu'aussitôt qu'il a décidé, le peuple casse ses arrêts et lui impose des lois qu'il est obligé de suivre.

Il y a quelque temps que, pour fixer son autorité, il donna un code de ses jugements. Cet enfant de tant de pères était presque vieux quand il naquit, et, quoiqu'il fût légitime, un bâtard, qui avait déjà paru, l'avait presque étouffé dans sa naissance[8].

Ceux qui le composent n'ont d'autre fonction que de jaser sans cesse ; l'éloge va se placer comme de lui-même dans leur babil éternel, et, sitôt qu'ils sont initiés dans ses mystères, la fureur du panégyrique vient les saisir et ne les quitte plus[8].

Ce corps a quarante têtes toutes remplies de figures, de métaphores et d'antithèses ; tant de bouches ne parlent que par exclamation ; ses oreilles veulent toujours être frappées par la cadence et l'harmonie. Pour les yeux, il n'en est pas question : il semble qu'il soit fait pour parler, et non pas pour voir. Il n'est point ferme sur ses pieds : car le temps, qui est son fléau, l'ébranle à tous les instants et détruit tout ce qu'il a fait. On a dit autrefois que ses mains étaient avides. Je ne t'en dirai rien, et je laisse décider à ceux qui le savent mieux que moi.

Voilà des bizarreries, ***, que l'on ne voit point dans notre Perse. Nous n'avons point l'esprit porté à ces établissements singuliers et bizarres ; nous cherchons toujours la nature dans nos coutumes simples et nos manières naïves.

De Paris, le 27 de la lune de Zilhagé, 1715.

LETTRE LXXIV

USBEK A RICA, A ***

Il y a quelques jours qu'un homme de ma connaissance me dit : « Je vous ai promis de vous produire dans les bonnes maisons de Paris : je vous mène à présent chez un grand seigneur qui est un des hommes du royaume qui représente le mieux. »

« Que veut dire cela, Monsieur ? Est-ce qu'il est plus poli, plus affable que les autres ? — Non, me dit-il. — Ah ! j'entends ! il fait sentir à tous les instants la supériorité qu'il a sur tous ceux qui l'approchent. Si cela est, je n'ai que faire d'y aller : je la lui passe tout entière et je prends condamnation. »

Il fallut pourtant marcher, et je vis un petit homme si fier, il prit une prise de tabac avec tant de hauteur, il se moucha si impitoyablement, il cracha avec tant de flegme, il caressa ses chiens d'une manière si offensante pour les hommes, que je ne pouvais me lasser de l'admirer. « Ah ! bon Dieu ! dis-je en moi-même, si, lorsque j'étais à la cour de Perse, je représentais ainsi, je représentais un grand sot ! » Il aurait fallu, Rica, que nous eussions eu un bien mauvais naturel pour aller faire cent petites insultes à des gens qui venaient tous les jours chez nous nous témoigner leur bienveillance : ils savaient bien que nous étions au-dessus d'eux, et, s'ils l'avaient ignoré, nos bienfaits le leur auraient appris chaque jour. N'ayant rien à faire pour nous faire respecter, nous faisions tout pour nous rendre aimables : nous nous communiquions aux plus petits ; au milieu des grandeurs, qui endurcissent toujours, ils nous trouvaient sensibles ; ils ne voyaient que notre cœur au-dessus d'eux : nous descendions jusqu'à leurs besoins. Mais, lorsqu'il fallait soutenir la majesté du prince dans les cérémonies publiques ; lorsqu'il fallait faire respecter la nation aux étrangers ; lorsque, enfin, dans les occasions périlleuses, il fallait animer les soldats, nous remontions cent fois plus haut que nous n'étions descendus : nous ramenions la fierté sur notre visage, et l'on trouvait quelquefois que nous représentions assez bien.

De Paris, le 10 *de la lune de Saphar*, 1715.

LETTRE LXXV

USBEK A RHÉDI, A VENISE

Il faut que je te l'avoue : je n'ai point remarqué chez les chrétiens cette persuasion vive de leur religion qui se trouve parmi les musulmans. Il y a bien loin chez eux de la profession à la croyance, de la croyance à la conviction, de la conviction à la pratique. La religion est moins un sujet de sanctification qu'un sujet de disputes qui appartient à tout le monde : les gens de cour, les gens de guerre, les femmes mêmes s'élèvent contre les ecclésiastiques, et leur demandent de leur prouver ce qu'ils sont résolus de ne pas croire. Ce n'est pas qu'ils se soient déterminés par raison et qu'ils aient pris la peine d'examiner la vérité ou la fausseté de cette religion qu'ils rejettent : ce sont des rebelles qui ont senti le joug et l'ont secoué avant de l'avoir connu. Aussi ne sont-ils pas plus fermes dans leur incrédulité que dans leur foi ; ils vivent dans un flux et reflux qui les porte sans cesse de l'un à l'autre. Un d'eux me disait un jour : « Je crois l'immortalité de l'âme par semestre ; mes opinions dépendent absolument de la constitution de mon corps : selon que j'ai plus ou moins d'esprits animaux, que mon estomac digère bien ou mal, que l'air que je respire est subtil ou grossier, que les viandes dont je me nourris sont légères ou solides, je suis spinoziste, socinien, catholique, impie ou dévot. Quand le médecin est auprès de mon lit, le confesseur me trouve à mon avantage. Je sais bien empêcher la religion de m'affliger quand je me porte bien ; mais je lui permets de me consoler quand je suis malade : lorsque je n'ai plus rien à espérer d'un côté, la religion se présente et me gagne par ses promesses ; je veux bien m'y livrer et mourir du côté de l'espérance. »

Il y a longtemps que les princes chrétiens affranchirent tous les esclaves de leurs états, parce que, disaient-ils, le christianisme rend tous les hommes égaux. Il est vrai que cet acte de religion leur était très utile : ils abaissaient par là les seigneurs, de la puissance desquels ils retiraient le bas peuple. Ils ont ensuite fait des conquêtes dans des pays où ils ont vu qu'il leur était avantageux d'avoir des esclaves ; ils ont permis d'en acheter et d'en vendre, oubliant ce principe de religion qui les touchait tant. Que veux-tu que je te dise ? Vérité dans un temps, erreur dans un autre. Que ne faisons-nous comme les chrétiens ? Nous sommes bien simples de refuser des établissements et des conquêtes faciles dans des climats heureux*, parce que l'eau n'y est pas assez pure pour nous laver selon les principes du saint Alcoran[5] !

Je rends grâces au Dieu tout-puissant, qui a envoyé Hali, son grand prophète, de ce que je professe une religion qui se fait préférer à tous les intérêts humains, et qui est pure comme le Ciel dont elle est descendue.

De Paris, le 13 *de la lune de Saphar*, 1715.

LETTRE LXXVI

USBEK A SON AMI IBBEN, A SMYRNE

Les lois sont furieuses en Europe contre ceux qui se tuent eux-mêmes : on les fait mourir, pour ainsi dire, une seconde fois ; ils sont traînés indignement par les rues ; on les note d'infamie ; on confisque leurs biens.

Il me paraît, Ibben, que ces lois sont bien injustes.

* M : « Les mahométans ne se soucient point de prendre Venise, parce qu'ils n'y trouveraient point d'eau pour leurs purifications. »

Quand je suis accablé de douleur, de misère, de mépris, pourquoi veut-on m'empêcher de mettre fin à mes peines, et me priver cruellement d'un remède qui est en mes mains ?

Pourquoi veut-on que je travaille pour une société, dont je consens de n'être plus ? que je tienne, malgré moi, une convention qui s'est faite sans moi ? La société est fondée sur un avantage mutuel. Mais lorsqu'elle me devient onéreuse, qui m'empêche de renoncer ? La vie m'a été donnée comme une faveur ; je puis donc la rendre lorsqu'elle ne l'est plus : la cause cesse ; l'effet doit donc cesser aussi.

Le prince veut-il que je sois son sujet quand je ne retire point les avantages de la sujétion ? Mes concitoyens peuvent-ils demander ce partage inique de leur utilité et de mon désespoir ? Dieu, différent de tous les bienfaiteurs, veut-il me condamner à recevoir des grâces qui m'accablent ?

Je suis obligé de suivre les lois, quand je vis sous les lois. Mais, quand je n'y vis plus, peuvent-elles me lier encore ?

Mais, dira-t-on, vous troublez l'ordre de la Providence. Dieu a uni votre âme avec votre corps, et vous l'en séparez. Vous vous opposez donc à ses desseins, et vous lui résistez.

Que veut dire cela ? Troublé-je l'ordre de la Providence, lorsque je change les modifications de la matière et que je rends carrée une boule que les premières lois du mouvement, c'est-à-dire les lois de la création et de la conservation, avaient faite ronde ? Non, sans doute : je ne fais qu'user du droit qui m'a été donné, et, en ce sens, je puis troubler à ma fantaisie toute la nature, sans que l'on puisse dire que je m'oppose à la Providence.

Lorsque mon âme sera séparée de mon corps, y aura-t-il moins d'ordre et moins d'arrangement dans l'univers ? Croyez-vous que cette nouvelle combinaison soit moins parfaite et moins dépendante des lois générales ? que le monde y ait perdu quelque chose ? et que les ouvrages de Dieu soient moins grands, ou plutôt moins immenses[4] ?

Pensez-vous que mon corps, devenu un épi de blé, un ver, un gazon, soit changé en un ouvrage de la nature moins digne d'elle ? et que mon âme, dégagée de tout ce qu'elle avait de terrestre, soit devenue moins sublime ?

Toutes ces idées, mon cher Ibben, n'ont d'autre source que notre orgueil : nous ne sentons point notre petitesse, et, malgré qu'on en ait, nous voulons être comptés dans l'univers, y figurer et y être un objet important. Nous nous imaginons que l'anéantissement d'un être aussi parfait que nous dégraderait toute la nature, et nous ne convenons pas qu'un homme de plus ou de moins dans le monde — que dis-je ? — tous les hommes ensemble, cent millions de têtes comme la nôtre, ne sont qu'un atome subtil et délié, que Dieu n'aperçoit qu'à cause de l'immensité de ses connaissances.

De Paris, le 15 *de la lune de Saphar*, 1715.

LETTRE LXXVII

IBBEN A USBEK, A PARIS

Mon cher Usbek, il me semble que, pour un vrai musulman, les malheurs sont moins des châtiments que des menaces. Ce sont des jours bien précieux que ceux qui nous portent à expier les offenses. C'est le temps des prospérités qu'il faudrait abréger. Que servent toutes ces impatiences, qu'à faire voir que nous voudrions être heureux indépendamment de Celui qui donne les félicités, parce qu'il est la félicité même ?

Si un être est composé de deux êtres, et que la nécessité de conserver l'union marque plus la soumission aux ordres du Créateur, on en a pu faire une loi religieuse. Si cette nécessité de conserver l'union est un meilleur garant des actions des hommes, on en a pu faire une loi civile.

De Smyrne,
le dernier jour de la lune de Saphar, 1715.

LETTRE LXXVIII

RICA A USBEK, A ***

Je t'envoie la copie d'une lettre qu'un Français qui est en Espagne a écrite ici : je crois que tu seras bien aise de la voir.

Je parcours depuis six mois l'Espagne et le Portugal et je vis parmi des peuples qui, méprisant tous les autres, font aux seuls Français l'honneur de les haïr [5].

La gravité est le caractère brillant des deux nations ; elle se manifeste principalement de deux manières : par les lunettes et par la moustache.

Les lunettes font voir démonstrativement que celui qui les porte est un homme consommé dans les sciences et enseveli dans de profondes lectures, à un tel point que sa vue en est affaiblie ; et tout nez qui en est orné ou chargé peut passer, sans contredit, pour le nez d'un savant.

Quant à la moustache, elle est respectable par elle-même, et indépendamment des conséquences ; quoiqu'on ne laisse pas quelquefois d'en tirer de grandes utilités pour le service du Prince et l'honneur de la nation, comme le fit bien voir un fameux général portugais dans les Indes* : car, se trouvant avoir besoin d'argent, il coupa une de ses moustaches et envoya demander aux habitants de Goa vingt mille pistoles sur ce gage ; elles lui furent prêtées d'abord, et, dans la suite, il retira sa moustache avec honneur [5].

On conçoit aisément que des peuples graves et fleg-

* M : « Jean de Castro. »

matiques comme ceux-là peuvent avoir de l'orgueil : aussi en ont-ils. Ils le fondent ordinairement sur deux choses bien considérables. Ceux qui vivent dans le continent de l'Espagne et du Portugal se sentent le cœur extrêmement élevé, lorsqu'ils sont ce qu'ils appellent *des vieux chrétiens*, c'est-à-dire qu'ils ne sont pas originaires de ceux à qui l'Inquisition a persuadé dans ces derniers siècles d'embrasser la religion chrétienne. Ceux qui sont dans les Indes ne sont pas moins flattés lorsqu'ils considèrent qu'ils ont le sublime mérite d'être, comme ils disent, *hommes de chair blanche.* Il n'y a jamais eu, dans le sérail du Grand Seigneur, de sultane si orgueilleuse de sa beauté que le plus vieux et le plus vilain mâtin ne l'est de la blancheur olivâtre de son teint, lorsqu'il est dans une ville du Mexique, assis sur sa porte, les bras croisés. Un homme de cette conséquence, une créature si parfaite, ne travaillerait pas pour tous les trésors du monde et ne se résoudrait jamais, par une vile et mécanique industrie, de compromettre l'honneur et la dignité de sa peau [5].

Car il faut savoir que, lorsqu'un homme a un certain mérite en Espagne, comme, par exemple, quand il peut ajouter aux qualités dont je viens de parler celle d'être le propriétaire d'une grande épée, ou d'avoir appris de son père l'art de faire jouer une discordante guitare, il ne travaille plus [5] : son honneur s'intéresse au repos de ses membres. Celui qui reste assis dix heures par jour obtient précisément la moitié plus de considération qu'un autre qui n'en reste que cinq, parce que c'est sur les chaises que la noblesse s'acquiert.

Mais, quoique ces invincibles ennemis du travail fassent parade d'une tranquillité philosophique, ils ne l'ont pourtant pas dans le cœur : car ils sont toujours amoureux. Ils sont les premiers hommes du monde pour mourir de langueur sous la fenêtre de leurs maîtresses, et tout Espagnol qui n'est pas enrhumé ne saurait passer pour galant [7].

Ils sont premièrement dévots, et secondement jaloux.

Ils se garderont bien d'exposer leurs femmes aux entreprises d'un soldat criblé de coups ou d'un magistrat décrépit ; mais ils les enfermeront avec un novice fervent, qui baisse les yeux, ou un robuste franciscain, qui les élève.

Ils permettent à leurs femmes de paraître avec le sein découvert ; mais ils ne veulent pas qu'on leur voie le talon, et qu'on les surprenne par le bout des pieds[5].

On dit partout que les rigueurs de l'amour sont cruelles. Elles le sont encore plus pour les Espagnols : les femmes les guérissent de leurs peines ; mais elles ne font que leur en faire changer, et il leur reste souvent un long et fâcheux souvenir d'une passion éteinte[5].

Ils ont de petites politesses qui, en France, paraîtraient mal placées : par exemple, un capitaine ne bat jamais son soldat sans lui en demander la permission, et l'Inquisition ne fait jamais brûler un Juif sans lui faire ses excuses.

Les Espagnols qu'on ne brûle pas paraissent si attachés à l'Inquisition, qu'il y aurait de la mauvaise humeur de la leur ôter. Je voudrais seulement qu'on en établît une autre, non pas contre les hérétiques, mais contre les hérésiarques qui attribuent à de petites pratiques monacales la même efficacité qu'aux sept sacrements, qui adorent tout ce qu'ils vénèrent, et qui sont si dévots qu'ils sont à peine chrétiens.

Vous pourrez trouver de l'esprit et du bon sens chez les Espagnols ; mais n'en cherchez point dans leurs livres. Voyez une de leurs bibliothèques : les romans, d'un côté, et les scolastiques, de l'autre. Vous diriez que les parties en ont été faites, et le tout rassemblé, par quelque ennemi secret de la raison humaine.

Le seul de leurs livres qui soit bon est celui qui a fait voir le ridicule de tous les autres[7].

Ils ont fait des découvertes immenses dans le Nouveau Monde, et ils ne connaissent pas encore leur propre continent[5] : il y a sur leurs rivières tel pont qui n'a pas encore été découvert, et dans leurs montagnes des nations qui leur sont inconnues*.

Ils disent que le soleil se lève et se couche dans leur pays[6] ; mais il faut dire aussi qu'en faisant sa course, il ne rencontre que des campagnes ruinées et des contrées désertes.

Je ne serais pas fâché, Usbek, de voir une lettre écrite à Madrid par un Espagnol qui voyagerait en France : je crois qu'il vengerait bien sa nation. Quel vaste champ pour un homme flegmatique et pensif ! Je m'imagine qu'il commencerait ainsi la description de Paris :

Il y a ici une maison où l'on met les fous. On croirait d'abord qu'elle est la plus grande de la ville. Non ! Le remède est bien petit pour le mal. Sans doute que les Français, extrêmement décriés chez leurs voisins, enferment quelques fous dans une maison, pour persuader que ceux qui sont dehors ne le sont pas.

Je laisse là mon Espagnol.
Adieu, mon cher Usbek.

De Paris, le 17 *de la lune de Saphar*, 1715.

LETTRE LXXIX

LE GRAND EUNUQUE NOIR A USBEK, A PARIS

Hier des Arméniens menèrent au sérail une jeune esclave de Circassie, qu'ils voulaient vendre[5]. Je la fis entrer dans les appartements secrets, je la déshabillai, je l'examinai avec les regards d'un juge, et plus je l'examinai, plus je lui trouvai de grâces. Une pudeur virginale semblait vouloir les dérober à ma vue : je vis tout ce qu'il lui en coûtait pour obéir : elle rougissait de se voir nue, même devant moi, qui, exempt des passions qui peuvent alarmer la pudeur, suis inanimé sous l'em-

* M : « Les Batuecas. »

pire de ce sexe, et qui, ministre de la modestie, dans les actions les plus libres, ne porte que de chastes regards et ne puis inspirer que l'innocence.

Dès que je l'eus jugée digne de toi, je baissai les yeux ; je lui jetai un manteau d'écarlate ; je lui mis au doigt un anneau d'or ; je me prosternai à ses pieds ; je l'adorai comme la reine de ton cœur ; je payai les Arméniens ; je la dérobai à tous les yeux. Heureux Usbek ! tu possèdes plus de beautés que n'en enferment tous les palais d'Orient. Quel plaisir pour toi de trouver, à ton retour, tout ce que la Perse a de plus ravissant, et de voir dans ton sérail renaître les grâces, à mesure que le temps et la possession travaillent à les détruire[5] !

Du sérail de Fatmé,
le premier de la lune de Rebiab 1, 1715.

LETTRE LXXX

USBEK A RHÉDI, A VENISE

Depuis que je suis en Europe, mon cher Rhédi, j'ai vu bien des gouvernements : ce n'est pas comme en Asie, où les règles de la politique se trouvent partout les mêmes.

J'ai souvent recherché quel était le gouvernement le plus conforme à la raison. Il m'a semblé que le plus parfait est celui qui va à son but à moins de frais ; de sorte que celui qui conduit les hommes de la manière qui convient le plus à leur penchant et à leur inclination est le plus parfait.

Si, dans un gouvernement doux, le peuple est aussi soumis que dans un gouvernement sévère, le premier est préférable, puisqu'il est plus conforme à la raison, et que la sévérité est un motif étranger.

Compte, mon cher Rhédi, que dans un état, les peines plus ou moins cruelles ne font pas que l'on obéisse plus aux lois. Dans les pays où les châtiments sont

Voir *Au fil du texte*, p. XIV.

modérés, on les craint comme dans ceux où ils sont tyranniques et affreux.

Soit que le gouvernement soit doux, soit qu'il soit cruel, on punit toujours par degrés : on inflige un châtiment plus ou moins grand à un crime plus ou moins grand. L'imagination se plie d'elle-même aux mœurs du pays où l'on est : huit jours de prison ou une légère amende frappent autant l'esprit d'un Européen, nourri dans un pays de douceur, que la perte d'un bras intimide un Asiatique. Ils attachent un certain degré de crainte à un certain degré de peine, et chacun le partage à sa façon : le désespoir de l'infamie vient désoler un Français condamné à une peine qui n'ôterait pas un quart d'heure de sommeil à un Turc.

D'ailleurs je ne vois pas que la police, la justice et l'équité soient mieux observées en Turquie, en Perse, chez le Mogol, que dans les républiques de Hollande, de Venise, et dans l'Angleterre même ; je ne vois pas qu'on y commette moins de crimes, et que les hommes, intimidés par la grandeur des châtiments, y soient plus soumis aux lois.

Je remarque, au contraire, une source d'injustice et de vexations au milieu de ces mêmes états.

Je trouve même le prince, qui est la loi même, moins maître que partout ailleurs.

Je vois que, dans ces moments rigoureux, il y a toujours des mouvements tumultueux, où personne n'est le chef, et que, quand une fois l'autorité violente est méprisée, il n'en reste plus assez à personne pour la faire revenir ;

Que le désespoir même de l'impunité confirme le désordre et le rend plus grand ;

Que, dans ces états, il ne se forme point de petite révolte, et qu'il n'y a jamais d'intervalle entre le murmure et la sédition ;

Qu'il ne faut point que les grands événements y soient préparés par de grandes causes ; au contraire, le moindre accident produit une grande révolution, souvent aussi imprévue de ceux qui la font, que de ceux qui la souffrent.

Lorsque Osman, empereur des Turcs, fut déposé, aucun de ceux qui commirent cet attentat ne songeait à le commettre [5] : ils demandaient seulement en suppliant qu'on leur fît justice sur quelque grief ; une voix, qu'on n'a jamais connue, sortit de la foule par hasard, le nom de Mustapha fut prononcé, et soudain Mustapha fut empereur [6].

De Paris, le 2 *de la lune de Rebiab* 1, 1715.

LETTRE LXXXI

NARGUM, ENVOYÉ DE PERSE EN MOSCOVIE, A USBEK, A PARIS

De toutes les nations du monde, mon cher Usbek, il n'y en a pas qui ait surpassé celle des Tartares par la gloire ou par la grandeur des conquêtes. Ce peuple est le vrai dominateur de l'Univers : tous les autres semblent être faits pour le servir ; il est également le fondateur et le destructeur des empires ; dans tous les temps, il a donné sur la terre des marques de sa puissance ; dans tous les âges, il a été le fléau des nations.

Les Tartares ont conquis deux fois la Chine, et ils la tiennent encore sous leur obéissance.

Ils dominent sur les vastes pays qui forment l'empire du Mogol.

Maîtres de la Perse, ils sont assis sur le trône de Cyrus et de Gustaspe. Ils ont soumis la Moscovie. Sous le nom de Turcs, ils ont fait des conquêtes immenses dans l'Europe, l'Asie et l'Afrique, et ils dominent sur ces trois parties de l'Univers.

Et, pour parler de temps plus reculés, c'est d'eux que sont sortis quelques-uns des peuples qui ont renversé l'Empire romain.

Qu'est-ce que les conquêtes d'Alexandre, en comparaison de celles de Genghis Khan ?

Il n'a manqué à cette victorieuse nation que des historiens, pour célébrer la mémoire de ses merveilles.

Que d'actions immortelles ont été ensevelies dans l'oubli ! Que d'empires par eux fondés, dont nous ignorons l'origine ! Cette belliqueuse nation, uniquement occupée de sa gloire présente, sûre de vaincre dans tous les temps, ne songeait point à se signaler dans l'avenir par la mémoire de ses conquêtes passées.

De Moscou, le 4 *de la lune de Rebiab* 1, 1715.

LETTRE LXXXII

RICA A IBBEN, A SMYRNE

Quoique les Français parlent beaucoup, il y a cependant parmi eux une espèce de dervis taciturnes qu'on appelle *chartreux*. On dit qu'ils se coupent la langue en entrant dans le couvent, et on souhaiterait fort que tous les autres dervis se retranchassent de même tout ce que leur profession leur rend inutile.

A propos de gens taciturnes, il y en a de bien plus singuliers que ceux-là, et qui ont un talent bien extraordinaire. Ce sont ceux qui savent parler sans rien dire, et qui amusent une conversation, pendant deux heures de temps, sans qu'il soit possible de les déceler, d'être leur plagiaire, ni de retenir un mot de ce qu'ils ont dit.

Ces sortes de gens sont adorés des femmes ; mais ils ne le sont pas tant que d'autres, qui ont reçu de la nature l'aimable talent de sourire à propos, c'est-à-dire à chaque instant, et qui portent la grâce d'une joyeuse approbation sur tout ce qu'elles disent.

Mais ils sont au comble de l'esprit lorsqu'ils savent entendre finesse à tout et trouver mille petits traits ingénieux dans les choses les plus communes.

J'en connais d'autres, qui se sont bien trouvés d'introduire dans les conversations des choses inanimées et d'y faire parler leur habit brodé, leur perruque blonde, leur tabatière, leur canne et leurs gants. Il est bon de commencer de la rue à se faire écouter par le bruit du carrosse et du marteau, qui frappe rudement la porte : cet avant-propos prévient pour le reste du discours, et, quand l'exorde est beau, il rend supportables toutes les sottises qui viennent ensuite, mais qui, par bonheur, arrivent trop tard.

Je te promets que ces petits talents, dont on ne fait aucun cas chez nous, servent bien ici ceux qui sont assez heureux pour les avoir, et qu'un homme de bon sens ne brille guère devant eux.

De Paris, le 6 *de la lune de Rebiab* 2, 1715.

LETTRE LXXXIII

USBEK A RHÉDI, A VENISE

S'il y a un Dieu, mon cher Rhédi, il faut nécessairement qu'il soit juste : car, s'il ne l'était pas, il serait le plus mauvais et le plus imparfait de tous les êtres [4].

La Justice est un rapport de convenance, qui se trouve réellement entre deux choses [4] ; ce rapport est toujours le même, quelque être qui le considère, soit que ce soit Dieu, soit que ce soit un ange, ou enfin que ce soit un homme.

Il est vrai que les hommes ne voient pas toujours ces rapports ; souvent même, lorsqu'ils les voient, ils s'en éloignent ; et leur intérêt est toujours ce qu'ils voient le mieux. La Justice élève sa voix ; mais elle a peine à se faire entendre dans le tumulte des passions.

Les hommes peuvent faire des injustices, parce qu'ils ont intérêt de les commettre, et qu'ils préfèrent leur propre satisfaction à celle des autres. C'est toujours par un retour sur eux-mêmes qu'ils agissent : nul n'est mauvais gratuitement. Il faut qu'il y ait une raison qui détermine, et cette raison est toujours une raison d'intérêt.

Mais il n'est pas possible que Dieu fasse jamais rien d'injuste ; dès qu'on suppose qu'il voit la Justice, il faut nécessairement qu'il la suive, car, comme il n'a besoin de rien, et qu'il se suffit à lui-même, il serait le plus méchant de tous les êtres, puisqu'il le serait sans intérêt [1].

Ainsi, quand il n'y aurait pas de Dieu, nous devrions toujours aimer la Justice ; c'est-à-dire faire nos efforts pour ressembler à cet être dont nous avons une si belle idée, et qui, s'il existait, serait nécessairement juste. Libres que nous serions du joug de la religion, nous ne devrions pas l'être de celui de l'équité.

Voilà, Rhédi, ce qui m'a fait penser que la Justice est éternelle et ne dépend point des conventions humaines ; et, quand elle en dépendrait, ce serait une vérité terrible, qu'il faudrait se dérober à soi-même [2].

Nous sommes entourés d'hommes plus forts que nous ; ils peuvent nous nuire de mille manières différentes ; les trois quarts du temps ils peuvent le faire impunément. Quel repos pour nous de savoir qu'il y a dans le cœur de tous ces hommes un principe intérieur qui combat en notre faveur et nous met à couvert de leurs entreprises !

Sans cela nous devrions être dans une frayeur continuelle ; nous passerions devant les hommes comme devant les lions, et nous ne serions jamais assurés un moment de notre bien, de notre honneur et de notre vie.

Toutes ces pensées m'animent contre ces docteurs qui représentent Dieu comme un être qui fait un exercice tyrannique de sa puissance ; qui le font agir d'une manière dont nous ne voudrions pas agir nous-mêmes, de peur de l'offenser ; qui le chargent de toutes les imperfections qu'il punit en nous, et, dans leurs opinions contradictoires, le représentent tantôt comme un être mauvais, tantôt comme un être qui hait le mal et le punit.

Quand un homme s'examine, quelle satisfaction pour lui de trouver qu'il a le cœur juste ! Ce plaisir, tout sévère qu'il est, doit le ravir : il voit son être autant au-dessus de ceux qui ne l'ont pas, qu'il se voit au-dessus des tigres et des ours. Oui, Rhédi, si j'étais sûr de suivre toujours inviolablement cette équité que j'ai devant les yeux, je me croirais le premier des hommes.

De Paris,
le premier de la lune de Gemmadi 1, 1715.

LETTRE LXXXIV

RICA A ***

Je fus hier aux Invalides[8]. J'aimerais autant avoir fait cet établissement, si j'étais prince, que d'avoir gagné trois batailles : on y trouve partout la main d'un grand monarque. Je crois que c'est le lieu le plus respectable de la terre.

Quel spectacle de voir rassemblées dans un même lieu toutes ces victimes de la Patrie, qui ne respirent que pour la défendre, et qui, se sentant le même cœur, et non pas la même force, ne se plaignent que de l'impuissance où elles sont de se sacrifier encore pour elle !

Quoi de plus admirable que de voir ces guerriers débiles, dans cette retraite, observer une discipline aussi exacte que s'ils y étaient contraints par la présence d'un ennemi, chercher leur dernière satisfaction dans cette image de la guerre, et partager leur cœur et leur esprit entre les devoirs de la religion et ceux de l'art militaire !

Je voudrais que les noms de ceux qui meurent pour la Patrie fussent conservés dans les temples, et écrits dans des registres qui fussent comme la source de la gloire et de la noblesse.

A Paris, le 15 *de la lune de Gemmadi* 1, 1715.

LETTRE LXXXV

USBEK A MIRZA, A ISPAHAN

Tu sais, Mirza, que quelques ministres de Chah Soliman avaient formé le dessein d'obliger tous les

Arméniens de Perse de quitter le royaume ou de se faire mahométans, dans la pensée que notre empire serait toujours pollué tandis qu'il garderait dans son sein ces infidèles [5].

C'était fait de la grandeur persane, si, dans cette occasion, l'aveugle dévotion avait été écoutée.

On ne sait comment la chose manqua : ni ceux qui firent la proposition, ni ceux qui la rejetèrent, n'en connurent les conséquences ; le hasard fit l'office de la raison et de la politique et sauva l'Empire d'un péril plus grand que celui qu'il aurait pu courir de la perte d'une bataille et de la prise de deux villes.

En proscrivant les Arméniens, on pensa détruire en un seul jour tous les négociants et presque tous les artisans du royaume. Je suis sûr que le grand Chah Abas aurait mieux aimé se faire couper les deux bras que de signer un ordre pareil, et qu'en envoyant au Mogol et aux autres rois des Indes ses sujets les plus industrieux il aurait cru leur donner la moitié de ses états.

Les persécutions que nos mahométans zélés ont faites aux Guèbres les ont obligés de passer en foule dans les Indes et ont privé la Perse de cette nation si appliquée au labourage, et qui seule, par son travail, était en état de vaincre la stérilité de nos terres.

Il ne restait à la dévotion qu'un second coup à faire ; c'était de ruiner l'industrie : moyennant quoi l'Empire tombait de lui-même, et, avec lui, par une suite nécessaire, cette même religion qu'on voulait rendre si florissante.

S'il faut raisonner sans prévention, je ne sais pas, Mirza, s'il n'est pas bon que dans un état il y ait plusieurs religions.

On remarque que ceux qui vivent dans des religions tolérées se rendent ordinairement plus utiles à leur patrie que ceux qui vivent dans la religion dominante ; parce que, éloignés des honneurs, ne pouvant se distinguer que par leur opulence et leurs richesses, ils sont portés à acquérir par leur travail et à embrasser les emplois de la société les plus pénibles.

D'ailleurs, comme toutes les religions contiennent des préceptes utiles à la société, il est bon qu'elles soient observées avec zèle. Or qu'y a-t-il de plus capable d'animer ce zèle que leur multiplicité ?

Ce sont des rivales qui ne se pardonnent rien. La jalousie descend jusqu'aux particuliers : chacun se tient sur ses gardes et craint de faire des choses qui déshonoreraient son parti et l'exposeraient aux mépris et aux censures impardonnables du parti contraire.

Aussi a-t-on toujours remarqué qu'une secte nouvelle introduite dans un état était le moyen le plus sûr pour corriger tous les abus de l'ancienne.

On a beau dire qu'il n'est pas de l'intérêt du prince de souffrir plusieurs religions dans son état. Quand toutes les sectes du monde viendraient s'y rassembler, cela ne lui porterait aucun préjudice, parce qu'il n'y en a aucune qui ne prescrive l'obéissance et ne prêche la soumission [4].

J'avoue que les histoires sont remplies de guerres de religion. Mais, qu'on y prenne bien garde : ce n'est point la multiplicité des religions qui a produit ces guerres, c'est l'esprit d'intolérance, qui animait celle qui se croyait la dominante ; c'est cet esprit de prosélytisme que les Juifs ont pris des Égyptiens, et qui, d'eux, est passé, comme une maladie épidémique et populaire, aux mahométans et aux chrétiens ; c'est, enfin, cet esprit de vertige, dont les progrès ne peuvent être regardés que comme une éclipse entière de la raison humaine.

Car, enfin, quand il n'y aurait pas de l'inhumanité à affliger la conscience des autres ; quand il n'en résulterait aucun des mauvais effets qui en germent à milliers : il faudrait être fou pour s'en aviser. Celui qui veut me faire changer de religion ne le fait sans doute que parce qu'il ne changerait pas la sienne, quand on voudrait l'y forcer : il trouve donc étrange que je ne fasse pas une chose qu'il ne ferait pas lui-même peut-être pour l'empire du monde.

De Paris, le 25 *de la lune de Gemmadi* 1, 1715.

LETTRE LXXXVI

RICA A ***

Il semble ici que les familles se gouvernent toutes seules. Le mari n'a qu'une ombre d'autorité sur sa femme ; le père, sur ses enfants ; le maître, sur ses esclaves. La justice se mêle de tous leurs différends, et sois sûr qu'elle est toujours contre le mari jaloux, le père chagrin, le maître incommode.

J'allai l'autre jour dans le lieu où se rend la justice. Avant d'y arriver, il faut passer sous les armes d'un nombre infini de jeunes marchandes, qui vous appellent d'une voix trompeuse. Ce spectacle, d'abord, est assez riant ; mais il devient lugubre lorsqu'on entre dans les grandes salles, où l'on ne voit que des gens dont l'habit est encore plus grave que la figure. Enfin, on entre dans le lieu sacré où se révèlent tous les secrets des familles, et où les actions les plus cachées sont mises au grand jour [6].

Là, une fille modeste vient avouer les tourments d'une virginité trop longtemps gardée, ses combats et sa douloureuse résistance. Elle est si peu fière de sa victoire, qu'elle menace toujours d'une défaite prochaine, et, pour que son père n'ignore plus ses besoins, elle les expose à tout le peuple.

Une femme effrontée vient, ensuite, exposer les outrages qu'elle a faits à son époux comme une raison d'en être séparée.

Avec une modestie pareille, une autre vient dire qu'elle est lasse de porter le titre de femme sans en jouir : elle vient révéler les mystères cachés dans la nuit du mariage ; elle veut qu'on la livre aux regards des experts les plus habiles, et qu'une sentence la rétablisse dans tous les droits de la virginité. Il y en a même qui osent défier leurs maris et leur demander en public un combat que les témoins rendent si difficile : épreuve aussi flétrissante pour la femme qui la soutient, que pour le mari qui y succombe[8].

Un nombre infini de filles ravies ou séduites font les hommes beaucoup plus mauvais qu'ils ne sont. L'amour fait retentir ce tribunal. On n'y entend parler que de pères irrités, de filles abusées, d'amants infidèles et de maris chagrins.

Par la loi qui y est observée, tout enfant né pendant le mariage est censé d'être au mari. Il a beau avoir de bonnes raisons pour ne pas le croire : la loi le croit pour lui et le soulage de l'examen et des scrupules.

Dans ce tribunal, on prend les voix à la majeure ; mais on dit qu'on a reconnu, par expérience, qu'il vaudrait mieux les recueillir à la mineure. Et cela est assez naturel : car il y a très peu d'esprits justes, et tout le monde convient qu'il y en a une infinité de faux.

De Paris,
le premier de la lune de Gemmadi 2, 1715.

LETTRE LXXXVII

RICA A ***

On dit que l'homme est un animal sociable. Sur ce pied-là, il me paraît qu'un Français est plus homme qu'un autre ; c'est l'homme par excellence, car il semble être fait uniquement pour la société.

Mais j'ai remarqué parmi eux des gens qui non seulement sont sociables, mais sont eux-mêmes la Société universelle. Ils se multiplient dans tous les coins ; ils peuplent en un moment les quatre quartiers d'une ville. Cent hommes de cette espèce abondent plus que deux mille citoyens ; ils pourraient réparer aux yeux des étrangers les ravages de la peste ou de la famine. On demande dans les écoles si un corps peut être en un instant en plusieurs lieux ; ils sont une preuve de ce que les philosophes mettent en question.

Ils sont toujours empressés, parce qu'ils ont l'affaire

importante de demander à tous ceux qu'ils voient, où ils vont, et d'où ils viennent.

On ne leur ôterait jamais de la tête qu'il est de la bienséance de visiter chaque jour le public en détail, sans compter les visites qu'ils font en gros dans les lieux où l'on s'assemble. Mais, comme la voie en est trop abrégée, elles sont comptées pour rien dans les règles de leur cérémonial.

Ils fatiguent plus les portes des maisons à coups de marteau, que les vents et les tempêtes. Si l'on allait examiner la liste de tous les portiers, on y trouverait chaque jour leur nom estropié de mille manières en caractères suisses. Ils passent leur vie à la suite d'un enterrement, dans des compliments de condoléances ou dans des félicitations de mariage. Le roi ne fait point de gratification à quelqu'un de ses sujets qu'il ne leur en coûte une voiture, pour lui en aller témoigner leur joie. Enfin, ils reviennent chez eux, bien fatigués, se reposer pour pouvoir reprendre le lendemain leurs pénibles fonctions.

Un d'eux mourut l'autre jour de lassitude, et on mit cette épitaphe sur son tombeau : « C'est ici que repose celui qui ne s'est jamais reposé. Il s'est promené à cinq cent trente enterrements. Il s'est réjoui de la naissance de deux mille six cent quatre-vingts enfants. Les pensions dont il a félicité ses amis, toujours en des termes différents, montent à deux millions six cent mille livres ; le chemin qu'il a fait sur le pavé à neuf mille six cents stades ; celui qu'il a fait dans la campagne à trente-six. Sa conversation était amusante : il avait un fonds tout fait de trois cent soixante-cinq contes ; il possédait, d'ailleurs, depuis son jeune âge, cent dix-huit apophtegmes tirés des Anciens qu'il employait dans les occasions brillantes. Il est mort enfin à la soixantième année de son âge. Je me tais, Voyageur. Car comment pourrais-je achever de te dire ce qu'il a fait et ce qu'il a vu ? »

De Paris, le 3 *de la lune de Gemmadi* 2, 1715.

LETTRE LXXXVIII

USBEK A RHÉDI, A VENISE

A Paris règnent la liberté et l'égalité. La naissance, la vertu, le mérite même de la guerre, quelque brillant qu'il soit, ne sauve pas un homme de la foule dans laquelle il est confondu. La jalousie des rangs y est inconnue. On dit que le premier de Paris est celui qui a les meilleurs chevaux à son carrosse.

Un grand seigneur est un homme qui voit le roi, qui parle aux ministres, qui a des ancêtres, des dettes et des pensions. S'il peut, avec cela, cacher son oisiveté par un air empressé ou par un feint attachement pour les plaisirs, il croit être le plus heureux de tous les hommes.

En Perse, il n'y a de grand que ceux à qui le monarque donne quelque part au gouvernement. Ici, il y a des gens qui sont grands par leur naissance ; mais ils sont sans crédit. Les rois font comme ces ouvriers habiles qui, pour exécuter leurs ouvrages, se servent toujours des machines les plus simples.

La faveur est la grande divinité des Français. Le ministre est le grand prêtre, qui lui offre bien des victimes. Ceux qui l'entourent ne sont point habillés de blanc ; tantôt sacrificateurs et tantôt sacrifiés, ils se dévouent eux-mêmes à leur idole avec tout le peuple.

De Paris, le 9 *de la lune de Gemmadi* 2, 1715.

LETTRE LXXXIX

USBEK A IBBEN, A SMYRNE

Le désir de la gloire n'est point différent de cet instinct que toutes les créatures ont pour leur conservation. Il semble que nous augmentons notre être lorsque nous pouvons le porter dans la mémoire des autres : c'est une nouvelle vie que nous acquérons, et qui nous devient aussi précieuse que celle que nous avons reçue du Ciel.

Mais, comme tous les hommes ne sont pas également attachés à la vie, ils ne sont pas aussi également sensibles à la gloire. Cette noble passion est bien toujours gravée dans leur cœur ; mais l'imagination et l'éducation la modifient de mille manières.

Cette différence, qui se trouve d'homme à homme, se fait encore plus sentir de peuple à peuple.

On peut poser pour maxime que, dans chaque état, le désir de la gloire croît avec la liberté des sujets et diminue avec elle : la gloire n'est jamais compagne de la servitude.

Un homme de bon sens me disait l'autre jour :

« On est, en France, à bien des égards, plus libre qu'en Perse ; aussi y aime-t-on plus la gloire. Cette heureuse fantaisie fait faire à un Français avec plaisir et avec goût ce que votre sultan n'obtient de ses sujets qu'en leur mettant sans cesse devant les yeux les supplices et les récompenses.

« Aussi, parmi nous, le prince est-il jaloux de l'honneur du dernier de ses sujets. Il y a pour le maintenir des tribunaux respectables : c'est le trésor sacré de la nation, et le seul dont le souverain n'est pas le maître, parce qu'il ne peut l'être, sans choquer ses intérêts. Ainsi, si un sujet se trouve blessé dans son honneur par son prince, soit par quelque préférence, soit par la moindre marque de mépris, il quitte sur-le-champ sa cour, son emploi, son service, et se retire chez lui.

« La différence qu'il y a des troupes françaises aux vôtres, c'est que les unes, composées d'esclaves, naturellement lâches, ne surmontent la crainte de la mort que par celle du châtiment : ce qui produit dans l'âme un nouveau genre de terreur qui la rend comme stupide ; au lieu que les autres se présentent aux coups avec délice et bannissent la crainte par une satisfaction qui lui est supérieure.

« Mais le sanctuaire de l'honneur, de la réputation

et de la vertu, semble être établi dans les républiques et dans les pays où l'on peut prononcer le mot de *Patrie*. A Rome, à Athènes, à Lacédémone, l'honneur payait seul les services les plus signalés. Une couronne de chêne ou de laurier, une statue, un éloge, était une récompense immense pour une bataille gagnée ou une ville prise.

« Là, un homme qui avait fait une belle action se trouvait suffisamment récompensé par cette action même. Il ne pouvait voir un de ses compatriotes qu'il ne ressentît le plaisir d'être son bienfaiteur ; il comptait le nombre de ses services par celui de ses concitoyens. Tout homme est capable de faire du bien à un homme ; mais c'est ressembler aux dieux que de contribuer au bonheur d'une société entière.

« Or cette noble émulation ne doit-elle point être entièrement éteinte dans le cœur de vos Persans, chez qui les emplois et les dignités ne sont que des attributs de la fantaisie du souverain ? La réputation et la vertu y sont regardées comme imaginaires si elles ne sont accompagnées de la faveur du prince, avec laquelle elles naissent et meurent de même. Un homme qui a pour lui l'estime publique n'est jamais sûr de ne pas être déshonoré demain : le voilà aujourd'hui général d'armée ; peut-être que le prince le va faire son cuisinier, et qu'il ne lui laissera plus espérer d'autre éloge que celui d'avoir fait un bon ragoût[5]. »

De Paris, le 15 *de la lune de Gemmadi* 2, 1715.

LETTRE XC

USBEK AU MÊME, A SMYRNE

De cette passion générale que la nation française a pour la gloire, il s'est formé dans l'esprit des particuliers un certain je ne sais quoi, qu'on appelle *point d'honneur*. C'est proprement le caractère de chaque profession ; mais il est plus marqué chez les gens de guerre, et c'est le point d'honneur par excellence. Il me serait bien difficile de te faire sentir ce que c'est : car nous n'en avons point précisément d'idée.

Autrefois, les Français, surtout les nobles, ne suivaient guère d'autres lois que celles de ce point d'honneur : elles réglaient toute la conduite de leur vie et elles étaient si sévères qu'on ne pouvait sans une peine plus cruelle que la mort, je ne dis pas les enfreindre, mais en éluder la plus petite disposition.

Quand il s'agissait de régler les différends, elles ne prescrivaient guère qu'une manière de décision, qui était le duel, qui tranchait toutes les difficultés [7]. Mais ce qu'il y avait de mal, c'est que souvent le jugement se rendait entre d'autres parties que celles qui y étaient intéressées.

Pour peu qu'un homme fût connu d'un autre, il fallait qu'il entrât dans la dispute, et qu'il payât de sa personne, comme s'il avait été lui-même en colère. Il se sentait toujours honoré d'un tel choix et d'une préférence si flatteuse ; et tel qui n'aurait pas voulu donner quatre pistoles à un homme pour le sauver de la potence, lui et toute sa famille, ne faisait aucune difficulté d'aller risquer pour lui mille fois sa vie.

Cette manière de décider était assez mal imaginée : car, de ce qu'un homme était plus adroit ou plus fort qu'un autre, il ne s'ensuivait pas qu'il eût de meilleures raisons.

Aussi les rois l'ont-ils défendue sous des peines très sévères ; mais c'est en vain : l'honneur, qui veut toujours régner, se révolte, et il ne reconnaît point de lois.

Ainsi les Français sont dans un état bien violent : car les mêmes lois de l'honneur obligent un honnête homme de se venger quand il a été offensé ; mais, d'un autre côté, la justice le punit des plus cruelles peines lorsqu'il se venge. Si l'on suit les lois de l'honneur, on périt sur un échafaud ; si l'on suit celles de la justice, on est banni pour jamais de la société des hommes. Il n'y a donc que cette cruelle alternative, où de mourir, ou d'être indigne de vivre.

De Paris, le 18 *de la lune de Gemmadi* 2, 1715.

LETTRE XCI

USBEK A RUSTAN, A ISPAHAN

Il paraît ici un personnage, travesti en ambassadeur de Perse, qui se joue insolemment des deux plus grands rois du monde. Il apporte au monarque des Français des présents que le nôtre ne saurait donner à un roi d'Irimette ou de Géorgie, et, par sa lâche avarice, il a flétri la majesté des deux empires [6].

Il s'est rendu ridicule devant un peuple qui prétend être le plus poli de l'Europe, et il a fait dire en Occident que le roi des rois ne domine que sur des barbares.

Il a reçu des honneurs qu'il semblait avoir voulu se faire refuser lui-même, et, comme si la cour de France avait eu plus à cœur la grandeur persane que lui, elle l'a fait paraître avec dignité devant un peuple dont il est le mépris [8].

Ne dis point ceci à Ispahan : épargne la tête d'un malheureux. Je ne veux pas que nos ministres le punissent de leur propre imprudence et de l'indigne choix qu'ils ont fait.

De Paris,
le dernier de la lune de Gemmadi 2, 1715.

LETTRE XCII

USBEK A RHÉDI, A VENISE

Le monarque qui a si longtemps régné n'est plus [8]. Il a bien fait parler des gens pendant sa vie ; tout le monde s'est tu à sa mort. Ferme et courageux dans ce dernier moment, il a paru ne céder qu'au destin [6].

Ainsi mourut le grand Chah Abas, après avoir rempli toute la terre de son nom.

Ne crois pas que ce grand événement n'ait fait faire ici que des réflexions morales. Chacun a pensé à ses affaires et à prendre ses avantages dans ce changement. Le roi, arrière-petit-fils du monarque défunt, n'ayant que cinq ans, un prince, son oncle, a été déclaré régent du royaume.

Le feu roi avait fait un testament qui bornait l'autorité du régent. Ce prince habile a été au Parlement, et, y exposant tous les droits de sa naissance, il a fait casser la disposition du monarque, qui, voulant se survivre à lui-même, semblait avoir prétendu régner encore après sa mort.

Les parlements ressemblent à ces ruines que l'on foule aux pieds, mais qui rappellent toujours l'idée de quelque temple fameux par l'ancienne religion des peuples. Ils ne se mêlent guère plus que de rendre la justice, et leur autorité est toujours languissante, à moins que quelque conjoncture imprévue ne vienne lui rendre la force et la vie. Ces grands corps ont suivi le destin des choses humaines : ils ont cédé au temps, qui détruit tout, à la corruption des mœurs, qui a tout affaibli, à l'autorité suprême, qui a tout abattu.

Mais le régent, qui a voulu se rendre agréable au peuple, a paru d'abord respecter cette image de la liberté publique ; et, comme s'il avait pensé à relever de terre le temple et l'idole, il a voulu qu'on les regardât comme l'appui de la monarchie et le fondement de toute autorité légitime.

De Paris, le 4 *de la lune de Rhegeb*, 1715[8].

LETTRE XCIII

USBEK A SON FRÈRE, SANTON AU MONASTÈRE DE CASBIN [5]

Je m'humilie devant toi, sacré Santon, et je me prosterne ; je regarde les vestiges de tes pieds comme la prunelle de mes yeux. Ta sainteté est si grande qu'il semble que tu aies le cœur de notre saint prophète ; tes austérités étonnent le ciel même ; les anges t'ont regardé du sommet de la gloire et ont dit : « Comment est-il encore sur la terre, puisque son esprit est avec nous et vole autour du trône qui est soutenu par les nuées ? »

Et comment ne t'honorerais-je pas, moi qui ai appris de nos docteurs que les dervis, même infidèles, ont toujours un caractère de sainteté, qui les rend respectables aux vrais croyants, et que Dieu s'est choisi, dans tous les coins de la terre, des âmes plus pures que les autres, qu'il a séparées du monde impie, afin que leurs mortifications et leurs prières ferventes suspendissent sa colère prête à tomber sur tant de peuples rebelles ?

Les chrétiens disent des merveilles de leurs premiers santons, qui se réfugièrent à milliers dans les déserts affreux de la Thébaïde et eurent pour chefs Paul, Antoine et Pacôme [3]. Si ce qu'ils en disent est vrai, leurs vies sont aussi pleines de prodiges que celles de nos plus sacrés immaums. Ils passaient quelquefois dix ans entiers sans voir un seul homme, mais ils habitaient la nuit et le jour avec des démons ; ils étaient sans cesse tourmentés par ces esprits malins : ils les trouvaient au lit ; ils les trouvaient à table ; jamais d'asile contre eux. Si tout ceci est vrai, Santon vénérable, il faudrait avouer que personne n'aurait jamais vécu en plus mauvaise compagnie.

Les chrétiens sensés regardent toutes ces histoires comme une allégorie bien naturelle, qui nous peut servir à nous faire sentir le malheur de la condition humaine. En vain cherchons-nous dans le désert un état tranquille : les tentations nous suivent toujours ; nos passions, figurées par les démons, ne nous quittent point encore ; ces monstres du cœur, ces illusions de l'esprit, ces vains fantômes de l'erreur et du mensonge, se montrent toujours à nous pour nous séduire et nous attaquent jusques dans les jeûnes et les cilices, c'est-à-dire jusque dans notre force même.

Pour moi, Santon vénérable, je sais que l'envoyé de Dieu a enchaîné Satan et l'a précipité dans les abîmes : il a purifié la terre, autrefois pleine de son empire, et l'a rendue digne du séjour des anges et des prophètes.

De Paris, le 9 *de la lune de Chahban*, 1715.

LETTRE XCIV

USBEK A RHÉDI, A VENISE

Je n'ai jamais ouï parler du droit public qu'on n'ait commencé par rechercher soigneusement quelle est l'origine des sociétés, ce qui me paraît ridicule. Si les hommes n'en formaient point, s'ils se quittaient et se fuyaient les uns les autres, il faudrait en demander la raison et chercher pourquoi ils se tiennent séparés. Mais ils naissent tous liés les uns aux autres ; un fils est né auprès de son père, et il s'y tient : voilà la société et la cause de la société [4].

Le droit public est plus connu en Europe qu'en Asie ; cependant on peut dire que les passions des princes, la patience des peuples, la flatterie des écrivains, en ont corrompu tous les principes.

Ce droit, tel qu'il est aujourd'hui, est une science qui apprend aux princes jusqu'à quel point ils peuvent violer la justice sans choquer leurs intérêts. Quel dessein, Rhédi, de vouloir, pour endurcir leur conscience, mettre l'iniquité en système, d'en donner des règles, d'en former des principes et d'en tirer des conséquences [4] !

La puissance illimitée de nos sublimes sultans, qui

n'a d'autre règle qu'elle-même, ne produit pas plus de monstres que cet art indigne qui veut faire plier la justice, tout inflexible qu'elle est.

On dirait, Rhédi, qu'il y a deux justices toutes différentes : l'une qui règle les affaires des particuliers, qui règne dans le droit civil ; l'autre qui règle les différends qui surviennent de peuple à peuple, qui tyrannise dans le droit public : comme si le droit public n'était pas lui-même un droit civil, non pas à la vérité d'un pays particulier, mais du monde.

Je t'expliquerai dans une autre lettre mes pensées là-dessus.

De Paris, le premier de la lune de Zilhagé, 1716.

LETTRE XCV

USBEK AU MÊME

Les magistrats doivent rendre la justice de citoyen à citoyen. Chaque peuple la doit rendre lui-même de lui à un autre peuple. Dans cette seconde distribution de justice, on ne peut employer d'autres maximes que dans la première.

De peuple à peuple, il est rarement besoin de tiers pour juger, parce que les sujets de disputes sont presque toujours clairs et faciles à terminer. Les intérêts de deux nations sont ordinairement si séparés qu'il ne faut qu'aimer la justice pour la trouver ; on ne peut guère se prévenir dans sa propre cause.

Il n'en est pas de même des différends qui arrivent entre particuliers. Comme ils vivent en société, leurs intérêts sont si mêlés et si confondus, il y en a de tant de sortes différentes, qu'il est nécessaire qu'un tiers débrouille ce que la cupidité des parties cherche à obscurcir.

Il n'y a que deux sortes de guerre justes : les unes qui se font pour repousser un ennemi qui attaque ; les autres, pour secourir un allié qui est attaqué.

Il n'y aurait point de justice de faire la guerre pour des querelles particulières du prince, à moins que le cas ne fût si grave qu'il méritât la mort du prince ou du peuple qui l'a commis. Ainsi un prince ne peut faire la guerre parce qu'on lui a refusé un honneur qui lui est dû, ou parce qu'on aura eu quelque procédé peu convenable à l'égard de ses ambassadeurs, et autres choses pareilles ; non plus qu'un particulier ne peut tuer celui qui lui refuse la préséance. La raison en est que, comme la déclaration de guerre doit être un acte de justice, dans laquelle il faut toujours que la peine soit proportionnée à la faute, il faut voir si celui à qui on déclare la guerre mérite la mort : car faire la guerre à quelqu'un, c'est vouloir le punir de mort.

Dans le droit public, l'acte de justice le plus sévère, c'est la guerre ; puisqu'elle peut avoir l'effet de détruire la société.

Les représailles sont du second degré. C'est une loi que les tribunaux n'ont pu empêcher d'observer, de mesurer la peine par le crime.

Un troisième acte de justice est de priver un prince des avantages qu'il peut tirer de nous, proportionnant toujours la peine à l'offense.

Le quatrième acte de justice, qui doit être le plus fréquent, est la renonciation à l'alliance du peuple dont on a à se plaindre. Cette peine répond à celle du bannissement, que les tribunaux ont établie pour retrancher les coupables de la société. Ainsi un prince à l'alliance duquel nous renonçons est retranché de notre société et n'est plus un des membres qui la composent.

On ne peut pas faire de plus grand affront à un prince que de renoncer à son alliance, ni lui faire de plus grand honneur que de la contracter. Il n'y a rien parmi les hommes qui leur soit plus glorieux et même plus utile que d'en voir d'autres toujours attentifs à leur conservation.

Mais, pour que l'alliance nous lie, il faut qu'elle soit juste : ainsi une alliance faite entre deux nations pour en opprimer une troisième n'est pas légitime, et on peut la violer sans crime.

Il n'est pas même de l'honneur et de la dignité du prince de s'allier avec un tyran. On dit qu'un monarque d'Égypte fit avertir le roi de Samos de sa cruauté et de sa tyrannie, et le somma de s'en corriger. Comme il ne le fit pas, il lui envoya dire qu'il renonçait à son amitié et à son alliance [2].

La conquête ne donne point un droit par elle-même : lorsque le peuple subsiste, elle est un gage de la paix et de la réparation du tort ; et, si le peuple est détruit ou dispersé, elle est le monument d'une tyrannie.

Les traités de paix sont si sacrés parmi les hommes qu'il semble qu'ils soient la voix de la nature, qui réclame ses droits. Ils sont tous légitimes lorsque les conditions en sont telles que les deux peuples peuvent se conserver ; sans quoi, celle des deux sociétés qui doit périr, privée de sa défense naturelle par la paix, la peut chercher dans la guerre.

Car la nature, qui a établi les différents degrés de force et de faiblesse parmi les hommes, a encore souvent égalé la faiblesse à la force par le désespoir.

Voilà, cher Rhédi, ce que j'appelle le droit public. Voilà le droit des gens, ou plutôt celui de la raison.

De Paris, le 4 *de la lune de Zilhagé*, 1716.

LETTRE XCVI

LE PREMIER EUNUQUE A USBEK, A PARIS

Il est arrivé beaucoup de femmes jaunes du royaume de Visapour [5] ; j'en ai acheté une pour ton frère le gouverneur de Mazendéran [5], qui m'envoya il y a un mois son commandement sublime et cent tomans.

Je me connais en femmes d'autant mieux qu'elles ne me surprennent pas, et qu'en moi les yeux ne sont point troublés par les mouvements du cœur.

Je n'ai jamais vu de beauté si régulière et si parfaite :

ses yeux brillants portent la vie sur son visage et relèvent l'éclat d'une couleur qui pourrait effacer tous les charmes de la Circassie.

Le premier eunuque d'un négociant d'Ispahan la marchandait avec moi ; mais elle se dérobait dédaigneusement à ses regards et semblait chercher les miens, comme si elle avait voulu me dire qu'un vil marchand n'était pas digne d'elle, et qu'elle était destinée à un plus illustre époux.

Je te l'avoue, je sens en moi-même une joie secrète quand je pense aux charmes de cette belle personne ; il me semble que je la vois entrer dans le sérail de ton frère ; je me plais à prévoir l'étonnement de toutes ses femmes : la douleur impérieuse des unes ; l'affliction muette, mais plus douloureuse, des autres ; la consolation maligne de celles qui n'espèrent plus rien ; et l'ambition irritée de celles qui espèrent encore.

Je vais, d'un bout du royaume à l'autre, faire changer tout un sérail de face. Que de passions je vais émouvoir ! Que de craintes et de peines je prépare !

Cependant, dans le trouble du dedans, le dehors ne sera pas moins tranquille : les grandes révolutions seront cachées dans le fond du cœur ; les chagrins seront dévorés et les joies, contenues ; l'obéissance ne sera pas moins exacte, et la règle moins inflexible ; la douceur, toujours contrainte de paraître, sortira du fond même du désespoir.

Nous remarquons que, plus nous avons de femmes sous nos yeux, moins elles nous donnent d'embarras. Une plus grande nécessité de plaire, moins de facilité de s'unir, plus d'exemples de soumission : tout cela leur forme des chaînes. Les unes sont sans cesse attentives sur les démarches des autres ; il semble que, de concert avec nous, elles travaillent à se rendre plus dépendantes ; elles font une partie de notre ouvrage et nous ouvrent les yeux quand nous les fermons. Que dis-je ? Elles irritent sans cesse le maître contre leurs rivales, et elles ne voient pas combien elles se trouvent près de celles qu'on punit.

Mais tout cela, magnifique seigneur, tout cela n'est rien sans la présence du maître. Que pouvons-nous faire avec ce vain fantôme d'une autorité qui ne se communique jamais tout entière ? Nous ne représentons que faiblement la moitié de toi-même : nous ne pouvons que leur montrer une odieuse sévérité. Toi, tu tempères la crainte par les espérances ; plus absolu quand tu caresses, que tu ne l'es quand tu menaces.

Reviens donc, magnifique seigneur, reviens dans ces lieux porter partout les marques de ton empire. Viens adoucir des passions désespérées ; viens ôter tout prétexte de faillir ; viens apaiser l'amour qui murmure, et rendre le devoir même aimable ; viens, enfin, soulager tes fidèles eunuques d'un fardeau qui s'appesantit chaque jour [5].

Du sérail d'Ispahan,
le 8 de la lune de Zilhagé, 1716.

LETTRE XCVII

USBEK A HASSEIN, DERVIS DE LA MONTAGNE DE JARON [5]

Ô toi, sage Dervis, dont l'esprit curieux brille de tant de connaissances, écoute ce que je vais te dire.

Il y a ici des philosophes qui, à la vérité, n'ont point atteint jusqu'au faîte de la sagesse orientale : ils n'ont point été ravis jusqu'au trône lumineux ; ils n'ont ni entendu les paroles ineffables [1] dont les concerts des anges retentissent, ni senti les formidables accès d'une fureur divine ; mais, laissés à eux-mêmes, privés des saintes merveilles, ils suivent dans le silence les traces de la raison humaine.

Tu ne saurais croire jusqu'où ce guide les a conduits. Ils ont débrouillé le chaos et ont expliqué, par une mécanique simple, l'ordre de l'architecture divine. L'auteur de la nature a donné du mouvement à la matière : il n'en a pas fallu davantage pour produire cette prodigieuse variété d'effets que nous voyons dans l'univers.

Que les législateurs ordinaires nous proposent des lois pour régler les sociétés des hommes ; des lois aussi sujettes au changement que l'esprit de ceux qui les proposent, et des peuples qui les observent ! Ceux-ci ne nous parlent que des lois générales, immuables, éternelles, qui s'observent sans aucune exception avec un ordre, une régularité et une promptitude infinie, dans l'immensité des espaces[4].

Et que crois-tu, homme divin, que soient ces lois ? Tu t'imagines peut-être qu'entrant dans le conseil de l'Éternel tu vas être étonné par la sublimité des mystères ; tu renonces par avance à comprendre, tu ne te proposes que d'admirer.

Mais tu changeras bientôt de pensée : elles n'éblouissent point par un faux respect ; leur simplicité les a fait longtemps méconnaître, et ce n'est qu'après bien des réflexions qu'on en a vu toute la fécondité et toute l'étendue.

La première est que tout corps tend à décrire une ligne droite, à moins qu'il ne rencontre quelque obstacle qui l'en détourne ; et la seconde, qui n'en est qu'une suite, c'est que tout corps qui tourne autour d'un centre tend à s'en éloigner, parce que, plus il en est loin, plus la ligne qu'il décrit approche de la ligne droite[4].

Voilà, sublime Dervis, la clef de la nature ; voilà des principes féconds, dont on tire des conséquences à perte de vue.

La connaissance de cinq ou six vérités a rendu leur philosophie pleine de miracles et leur a fait faire presque autant de prodiges et de merveilles que tout ce qu'on nous raconte de nos saints prophètes.

Car, enfin, je suis persuadé qu'il n'y a aucun de nos docteurs qui n'eût été embarrassé si on lui eût dit de peser dans une balance tout l'air qui est autour de la terre, ou de mesurer toute l'eau qui tombe chaque année sur sa surface, et qui n'eût pensé plus de quatre fois avant de dire combien de lieues le son fait dans une heure, quel temps un rayon de lumière emploie à venir du soleil à nous ; combien de toises il y a d'ici à Saturne ; quelle est la courbe selon laquelle un vaisseau doit être taillé pour être le meilleur voilier qu'il soit possible [3].

Peut-être que, si quelque homme divin avait orné les ouvrages de ces philosophes de paroles hautes et sublimes ; s'il y avait mêlé des figures hardies et des allégories mystérieuses : il aurait fait un bel ouvrage, qui n'aurait cédé qu'au saint Alcoran.

Cependant, s'il faut te dire ce que je pense, je ne m'accommode guère du style figuré [1]. Il y a dans notre Alcoran un grand nombre de petites choses qui me paraissent toujours telles, quoiqu'elles soient relevées par la force et la vie de l'expression. Il semble d'abord que les livres inspirés ne sont que les idées divines rendues en langage humain. Au contraire, dans notre Alcoran, on trouve souvent le langage de Dieu et les idées des hommes, comme si, par un admirable caprice, Dieu y avait dicté les paroles, et que l'homme eût fourni les pensées [3].

Tu diras peut-être que je parle trop librement de ce qu'il y a de plus saint parmi nous ; tu croiras que c'est le fruit de l'indépendance où l'on vit dans ce pays. Non, grâce au Ciel, l'esprit n'a pas corrompu le cœur, et, tandis que je vivrai, Hali sera mon prophète.

De Paris, le 10 *de la lune de Chahban*, 1716.

LETTRE XCVIII

USBEK A IBBEN, A SMYRNE

Il n'y a point de pays au monde où la fortune soit si inconstante que dans celui-ci. Il arrive tous les dix ans des révolutions qui précipitent le riche dans la misère et enlèvent le pauvre, avec des ailes rapides, au comble des richesses. Celui-ci est étonné de sa pauvreté ; celui-là l'est de son abondance. Le nouveau riche admire la sagesse de la Providence ; le pauvre, l'aveugle fatalité du destin.

Ceux qui lèvent les tributs nagent au milieu des trésors : parmi eux, il y a peu de Tantales. Ils commencent pourtant ce métier par la dernière misère ; ils sont méprisés comme de la boue pendant qu'ils sont pauvres ; quand ils sont riches, on les estime assez : aussi ne négligent-ils rien pour acquérir de l'estime.

Ils sont à présent dans une situation bien terrible. On vient d'établir une chambre qu'on appelle *de Justice* parce qu'elle va leur ravir tout leur bien[8]. Ils ne peuvent ni détourner ni cacher leurs effets : car on les oblige de les déclarer au juste, sous peine de vie. Ainsi on les fait passer par un défilé bien étroit : je veux dire entre la vie et leur argent. Pour comble d'infortune, il y a un ministre, connu par son esprit, qui les honore de ses plaisanteries et badine sur toutes les délibérations du Conseil[8]... On ne trouve pas tous les jours des ministres disposés à faire rire le peuple, et l'on doit savoir bon gré à celui-ci de l'avoir entrepris.

Le corps des laquais est plus respectable en France qu'ailleurs ; c'est un séminaire de grands seigneurs[7] : il remplit le vide des autres états. Ceux qui le composent prennent la place des grands malheureux, des magistrats ruinés, des gentilshommes tués dans les fureurs de la guerre ; et, quand ils ne peuvent pas suppléer par eux-mêmes, ils relèvent toutes les grandes maisons par le moyen de leurs filles, qui sont comme une espèce de fumier qui engraisse les terres montagneuses et arides.

Je trouve, Ibben, la Providence admirable dans la manière dont elle a distribué les richesses : si elle ne les avait accordées qu'aux gens de bien, on ne les aurait pas assez distinguées de la vertu, et on n'en aurait plus senti tout le néant. Mais, quand on examine qui sont les gens qui en sont les plus chargés, à force de mépriser les riches, on vient enfin à mépriser les richesses.

De Paris, le 26 de la lune de Maharram, 1717.

LETTRE XCIX

RICA A RHÉDI, A VENISE

Je trouve les caprices de la mode, chez les Français, étonnants[5]. Ils ont oublié comment ils étaient habillés cet été ; ils ignorent encore plus comment ils le seront cet hiver. Mais, surtout, on ne saurait croire combien il en coûte à un mari pour mettre sa femme à la mode.

Que me servirait de te faire une description exacte de leur habillement et de leurs parures ? Une mode nouvelle viendrait détruire tout mon ouvrage, comme celui de leurs ouvriers, et, avant que tu eusses reçu ma lettre, tout serait changé.

Une femme qui quitte Paris pour aller passer six mois à la campagne en revient aussi antique que si elle s'y était oubliée trente ans. Le fils méconnaît le portrait de sa mère, tant l'habit avec lequel elle est peinte lui paraît étranger ; il s'imagine que c'est quelque Américaine qui y est représentée, ou que le peintre a voulu exprimer quelqu'une de ses fantaisies.

Quelquefois, les coiffures montent insensiblement, et une révolution les fait descendre tout à coup[4]. Il a été un temps que leur hauteur immense mettait le visage d'une femme au milieu d'elle-même[8]. Dans un autre, c'étaient les pieds qui occupaient cette place : les talons faisaient un piédestal qui les tenait en l'air. Qui pourrait le croire ? Les architectes ont été souvent obligés de hausser, de baisser et d'élargir leurs portes, selon que les parures des femmes exigeaient d'eux ce changement, et les règles de leur art ont été asservies à ces caprices. On voit quelquefois sur un visage une quantité prodigieuse de mouches, et elles disparaissent toutes le lendemain. Autrefois, les femmes avaient de la taille et des dents ; aujourd'hui, il n'en est pas question. Dans cette changeante nation, quoi qu'en disent les mauvais

Voir *Au fil du texte*, p. XIV.

plaisants, les filles se trouvent autrement faites que leurs mères.

Il en est des manières et de la façon de vivre comme des modes : les Français changent de mœurs selon l'âge de leur roi. Le monarque pourrait même parvenir à rendre la nation grave, s'il l'avait entrepris. Le Prince imprime le caractère de son esprit à la Cour ; la Cour, à la Ville ; la Ville, aux provinces. L'âme du souverain est un moule qui donne la forme à toutes les autres [7].

De Paris, le 8 *de la lune de Saphar*, 1717.

LETTRE C

RICA AU MÊME

Je te parlais l'autre jour de l'inconstance prodigieuse des Français sur leurs modes. Cependant il est inconcevable à quel point ils en sont entêtés : ils y rappellent tout ; c'est la règle avec laquelle ils jugent de tout ce qui se fait chez les autres nations : ce qui est étranger leur paraît toujours ridicule. Je t'avoue que je ne saurais guère ajuster cette fureur pour leurs coutumes avec l'inconstance avec laquelle ils en changent tous les jours.

Quand je te dis qu'ils méprisent tout ce qui est étranger, je ne parle que des bagatelles : car, sur les choses importantes, ils semblent s'être méfiés d'eux-mêmes jusqu'à se dégrader. Ils avouent de bon cœur que les autres peuples sont plus sages, pourvu qu'on convienne qu'ils sont mieux vêtus. Ils veulent bien s'assujettir aux lois d'une nation rivale [8], pourvu que les perruquiers français décident en législateurs sur la forme des perruques étrangères. Rien ne leur paraît si beau que de voir le goût de leurs cuisiniers régner du septentrion au midi, et les ordonnances de leurs coiffeuses portées dans toutes les toilettes de l'Europe.

Avec ces nobles avantages, que leur importe que le bon sens leur vienne d'ailleurs et qu'ils aient pris de leurs voisins tout ce qui concerne le gouvernement politique et civil ?

Qui peut penser qu'un royaume, le plus ancien et le plus puissant de l'Europe, soit gouverné, depuis plus de dix siècles, par des lois qui ne sont pas faites pour lui [4] ? Si les Français avaient été conquis, ceci ne serait pas difficile à comprendre ; mais ils sont les conquérants.

Ils ont abandonné les lois anciennes, faites par leurs premiers rois dans les assemblées générales de la nation [4] ; et ce qu'il y a de singulier, c'est que les lois romaines, qu'ils ont prises à la place, étaient en partie faites et en partie rédigées par des empereurs contemporains de leurs législateurs.

Et, afin que l'acquisition fût entière, et que tout le bon sens leur vînt d'ailleurs, ils ont adopté toutes les constitutions des Papes et en ont fait une nouvelle partie de leur droit : nouveau genre de servitude.

Il est vrai que, dans les derniers temps, on a rédigé par écrit quelques statuts des villes et des provinces ; mais ils sont presque tous pris du droit romain.

Cette abondance de lois adoptées et, pour ainsi dire, naturalisées, est si grande qu'elle accable également la justice et les juges. Mais ces volumes de lois ne sont rien en comparaison de cette armée effroyable de glossateurs, de commentateurs, de compilateurs : gens aussi faibles par le peu de justesse de leur esprit qu'ils sont forts par leur nombre prodigieux [8].

Ce n'est pas tout. Ces lois étrangères ont introduit des formalités dont l'excès est la honte de la raison humaine. Il serait assez difficile de décider si la forme s'est rendue plus pernicieuse lorsqu'elle est entrée dans la jurisprudence, ou lorsqu'elle s'est logée dans la médecine ; si elle a fait plus de ravages sous la robe d'un jurisconsulte que sous le large chapeau d'un médecin ; et si, dans l'une, elle a plus ruiné de gens qu'elle n'en a tué dans l'autre.

De Paris, le 12 *de la lune de Saphar*, 1717.

LETTRE CI

USBEK A ***

On parle toujours ici de la Constitution [8]. J'entrai l'autre jour dans une maison où je vis d'abord un gros homme avec un teint vermeil [8], qui disait d'une voix forte : « J'ai donné mon mandement ; je n'irai point répondre à tout ce que vous dites ; mais lisez-le, ce mandement, et vous verrez que j'y ai résolu tous vos doutes. J'ai bien sué pour le faire, dit-il en portant la main sur le front : j'ai eu besoin de toute ma doctrine, et il m'a fallu lire bien des auteurs latins. — Je le crois, dit un homme qui se trouva là : car c'est un bel ouvrage, et je défierais bien ce Jésuite qui vient si souvent vous voir d'en faire un meilleur. — Lisez-le donc, reprit-il, et vous serez plus instruit sur ces matières dans un quart d'heure que si je vous en avais parlé toute la journée. » Voilà comment il évitait d'entrer en conversation et de commettre sa suffisance. Mais, comme il se vit pressé, il fut obligé de sortir de ses retranchements, et il commença à dire théologiquement force sottises, soutenu d'un dervis qui les lui rendait très respectueusement. Quand deux hommes qui étaient là lui niaient quelque principe, il disait d'abord : « Cela est certain : nous l'avons jugé ainsi, et nous sommes des juges infaillibles. — Et comment, lui dis-je alors, êtes-vous des juges infaillibles ? — Ne voyez-vous pas, reprit-il, que le Saint-Esprit nous éclaire ? — Cela est heureux, lui répondis-je : car, de la manière dont vous avez parlé aujourd'hui, je reconnais que vous avez grand besoin d'être éclairé. »

De Paris, le 18 *de la lune de Rebiab* 1, 1717.

LETTRE CII

USBEK A IBBEN, A SMYRNE

Les plus puissants états de l'Europe sont ceux de l'Empereur, des rois de France, d'Espagne et d'Angleterre. L'Italie et une grande partie de l'Allemagne sont partagées en un nombre infini de petits états, dont les princes sont, à proprement parler, les martyrs de la souveraineté. Nos glorieux sultans ont plus de femmes que quelques-uns de ces princes n'ont de sujets. Ceux d'Italie, qui ne sont pas si unis, sont plus à plaindre : leurs états sont ouverts comme des caravansérails, où ils sont obligés de loger les premiers qui viennent ; il faut donc qu'ils s'attachent aux grands princes et leur fassent part de leur frayeur plutôt que de leur amitié.

La plupart des gouvernements d'Europe sont monarchiques, ou plutôt sont ainsi appelés : car je ne sais pas s'il y en a jamais eu véritablement de tels ; au moins est-il difficile qu'ils aient subsisté longtemps dans leur pureté. C'est un état violent, qui dégénère toujours en despotisme ou en république : la puissance ne peut jamais être également partagée entre le peuple et le prince ; l'équilibre est trop difficile à garder. Il faut que le pouvoir diminue d'un côté, pendant qu'il augmente de l'autre ; mais l'avantage est ordinairement du côté du prince, qui est à la tête des armées.

Aussi le pouvoir des rois d'Europe est-il bien grand, et on peut dire qu'ils l'ont tel qu'ils le veulent. Mais ils ne l'exercent point avec tant d'étendue que nos sultans : premièrement, parce qu'ils ne veulent point choquer les mœurs et la religion des peuples ; secondement, parce qu'il n'est pas de leur intérêt de le porter si loin.

Rien ne rapproche plus nos princes de la condition de leurs sujets que cet immense pouvoir qu'ils exercent sur eux ; rien ne les soumet plus aux revers et aux caprices de la fortune.

L'usage où ils sont de faire mourir tous ceux qui leur déplaisent, au moindre signe qu'ils font [5], renverse la proportion qui doit être entre les fautes et les peines, qui est comme l'âme des États et l'harmonie des Empires ; et cette proportion, scrupuleusement gardée par les princes chrétiens, leur donne un avantage infini sur nos sultans.

Un Persan qui, par imprudence ou par malheur, s'est attiré la disgrâce du prince est sûr de mourir : la moindre faute ou le moindre caprice le met dans cette nécessité. Mais s'il avait attenté à la vie de son souverain, s'il avait voulu livrer ses places aux ennemis, il en serait quitte aussi pour perdre la vie. Il ne court donc pas plus de risque dans ce dernier cas que dans le premier.

Aussi, dans la moindre disgrâce, voyant la mort certaine, et ne voyant rien de pis, il se porte naturellement à troubler l'État et à conspirer contre le souverain : seule ressource qui lui reste [8].

Il n'en est pas de même des grands d'Europe, à qui la disgrâce n'ôte rien que la bienveillance et la faveur. Ils se retirent de la Cour et ne songent qu'à jouir d'une vie tranquille et des avantages de leur naissance. Comme on ne les fait guère périr que pour le crime de lèse-majesté, ils craignent d'y tomber, par la considération de ce qu'ils ont à perdre et du peu qu'ils ont à gagner : ce qui fait qu'on voit peu de révoltes et peu de princes qui périssent d'une mort violente.

Si, dans cette autorité illimitée qu'ont nos princes, ils n'apportaient pas tant de précaution pour mettre leur vie en sûreté, ils ne vivraient pas un jour ; et, s'ils n'avaient à leur solde un nombre innombrable de troupes pour tyranniser le reste de leurs sujets, leur empire ne subsisterait pas un mois.

Il n'y a que quatre ou cinq siècles qu'un roi de France prit des gardes, contre l'usage de ce temps-là, pour se garantir des assassins qu'un petit prince d'Asie avait envoyés pour le faire périr [3] : jusque-là, les rois avaient vécu tranquilles au milieu de leurs sujets, comme des pères au milieu de leurs enfants.

Bien loin que les rois de France puissent, de leur propre mouvement, ôter la vie à un de leurs sujets, comme nos sultans, ils portent, au contraire, toujours avec eux la grâce de tous les criminels. Il suffit qu'un homme ait été assez heureux pour voir l'auguste visage de son prince, pour qu'il cesse d'être indigne de vivre. Ces monarques sont comme le soleil, qui porte partout la chaleur et la vie.

De Paris, le 8 *de la lune de Rebiab* 2, 1717.

LETTRE CIII

USBEK AU MÊME

Pour suivre l'idée de ma dernière lettre, voici à peu près ce que me disait, l'autre jour, un Européen assez sensé.

« Le plus mauvais parti que les princes d'Asie aient pu prendre, c'est de se cacher comme ils font. Ils veulent se rendre plus respectables ; mais ils font respecter la royauté, et non pas le roi, et attachent l'esprit des sujets à un certain trône, et non pas à une certaine personne.

« Cette puissance invisible qui gouverne est toujours la même pour le peuple. Quoique dix rois, qu'il ne connaît que de nom, se soient égorgés l'un après l'autre, il ne sent aucune différence ; c'est comme s'il avait été gouverné successivement par des esprits.

« Si le détestable parricide de notre grand roi Henri IV avait porté ce coup sur un roi des Indes [8], maître du sceau royal et d'un trésor immense, qui aurait semblé amassé pour lui, il aurait pris tranquillement les rênes de l'empire sans qu'un seul homme eût pensé à réclamer son roi, sa famille et ses enfants [5].

« On s'étonne de ce qu'il n'y a presque jamais de changement dans les gouvernements des princes d'Orient. D'où vient cela, si ce n'est qu'il est tyrannique et affreux ?

« Les changements ne peuvent être faits que par le prince ou par le peuple. Mais, là, les princes n'ont garde d'en faire, parce que, dans un si haut degré de puissance, ils ont tout ce qu'ils peuvent avoir ; s'ils changeaient quelque chose, ce ne pourrait être qu'à leur préjudice.

« Quant aux sujets, si quelqu'un d'eux forme quelque résolution, il ne saurait l'exécuter sur l'État : il faudrait qu'il contrebalançât tout à coup une puissance redoutable et toujours unique ; le temps lui manque, comme les moyens ; mais il n'a qu'à aller à la source de ce pouvoir, et il ne lui faut qu'un bras et qu'un instant.

« Le meurtrier monte sur le trône, pendant que le monarque en descend, tombe et va expirer à ses pieds.

« Un mécontent, en Europe, songe à entretenir quelque intelligence secrète, à se jeter chez les ennemis, à se saisir de quelque place, à exciter quelques vains murmures parmi les sujets. Un mécontent, en Asie, va droit au prince, étonne, frappe, renverse ; il en efface jusqu'à l'idée : dans un instant, l'esclave et le maître ; dans un instant, usurpateur et légitime.

« Malheureux le roi qui n'a qu'une tête ! Il semble ne réunir sur elle toute sa puissance que pour indiquer au premier ambitieux l'endroit où il la trouvera tout entière. »

De Paris, le 17 *de la lune de Rebiab* 2, 1717.

LETTRE CIV

USBEK AU MÊME

Tous les peuples d'Europe ne sont pas également soumis à leurs princes : par exemple, l'humeur impatiente des Anglais ne laisse guère à leur roi le temps d'appesantir son autorité ; la soumission et l'obéissance sont les vertus dont ils se piquent le moins. Ils disent là-dessus des choses bien extraordinaires. Selon eux, il n'y a qu'un lien qui puisse attacher les hommes, qui est celui de la gratitude : un mari, une femme, un père et un fils ne sont liés entre eux que par l'amour qu'ils se portent, ou par les bienfaits qu'ils se procurent, et ces motifs divers de reconnaissance sont l'origine de tous les royaumes et de toutes les sociétés [4].

Mais, si un prince, bien loin de faire vivre ses sujets heureux, veut les accabler et les détruire, le fondement de l'obéissance cesse : rien ne les lie, rien ne les attache à lui ; et ils rentrent dans leur liberté naturelle. Ils soutiennent que tout pouvoir sans bornes ne saurait être légitime, parce qu'il n'a jamais pu avoir d'origine légitime. Car nous ne pouvons pas, disent-ils, donner à un autre plus de pouvoir sur nous que nous n'en avons nous-mêmes. Or nous n'avons pas sur nous-mêmes un pouvoir sans bornes : par exemple, nous ne pouvons pas nous ôter la vie. Personne n'a donc, concluent-ils, sur la terre un tel pouvoir [4].

Le crime de lèse-majesté n'est autre chose, selon eux, que le crime que le plus faible commet contre le plus fort en lui désobéissant, de quelque manière qu'il lui désobéisse. Aussi le peuple d'Angleterre qui se trouva le plus fort contre un de leurs rois, déclara-t-il que c'était un crime de lèse-majesté à un prince de faire la guerre à ses sujets [3]. Ils ont donc grande raison quand ils disent que le précepte de leur Alcoran qui ordonne de se soumettre aux puissances [1] n'est pas bien difficile à suivre, puisqu'il leur est impossible de ne le pas observer ; d'autant que ce n'est pas au plus vertueux qu'on les oblige de se soumettre, mais à celui qui est le plus fort.

Les Anglais disent qu'un de leurs rois, ayant vaincu et fait prisonnier un prince qui lui disputait la couronne, voulut lui reprocher son infidélité et sa perfidie : « Il n'y a qu'un moment, dit le prince infortuné, qu'il vient d'être décidé lequel de nous deux est le traître. »

Un usurpateur déclare rebelles tous ceux qui n'ont point opprimé la Patrie comme lui, et, croyant qu'il n'y a pas de lois là où il ne voit point de juges, il fait révérer comme des arrêts du Ciel les caprices du hasard et de la fortune.

De Paris, le 20 *de la lune de Rebiab* 2, 1717.

LETTRE CV

RHÉDI A USBEK, A PARIS

Tu m'as beaucoup parlé, dans une de tes lettres, des sciences et des arts cultivés en Occident. Tu me vas regarder comme un barbare ; mais je ne sais si l'utilité que l'on en retire dédommage les hommes du mauvais usage que l'on en fait tous les jours.

J'ai ouï dire que la seule invention des bombes avait ôté la liberté à tous les peuples de l'Europe. Les princes, ne pouvant plus confier la garde des places aux bourgeois, qui, à la première bombe, se seraient rendus, ont eu un prétexte pour entretenir de gros corps de troupes réglées, avec lesquelles ils ont, dans la suite, opprimé leurs sujets.

Tu sais que, depuis l'invention de la poudre, il n'y a plus de places imprenables ; c'est-à-dire, Usbek, qu'il n'y a plus d'asile sur la terre contre l'injustice et la violence.

Je tremble toujours qu'on ne parvienne à la fin à découvrir quelque secret qui fournisse une voie plus abrégée pour faire périr les hommes, détruire les peuples et les nations entières.

Tu as lu les historiens ; fais-y bien attention : presque toutes les monarchies n'ont été fondées que sur l'ignorance des arts et n'ont été détruites que parce qu'on les a trop cultivés. L'ancien empire de Perse peut nous en fournir un exemple domestique.

Il n'y a pas longtemps que je suis en Europe ; mais j'ai ouï parler à des gens sensés des ravages de la chimie : il semble que ce soit un quatrième fléau qui ruine les hommes et les détruit en détail, mais continuellement ; tandis que la guerre, la peste, la famine, les détruisent en gros, mais par intervalles.

Que nous a servi l'invention de la boussole et la découverte de tant de peuples, qu'à nous communiquer leurs maladies, plutôt que leurs richesses ? L'or et l'argent avaient été établis, par une convention générale, pour être le prix de toutes les marchandises et un gage de leur valeur, par la raison que ces métaux étaient rares et inutiles à tout autre usage. Qu'importait-il donc qu'ils devinssent plus communs, et que, pour marquer la valeur d'une denrée, nous eussions deux ou trois signes au lieu d'un ? Cela n'en était que plus incommode.

Mais, d'un autre côté, cette invention a été bien pernicieuse aux pays qui ont été découverts. Les nations entières ont été détruites, et les hommes qui ont échappé à la mort ont été réduits à une servitude si rude que le récit en fait frémir les musulmans [6].

Heureuse l'ignorance des enfants de Mahomet ! Aimable simplicité, si chérie de notre saint Prophète, vous me rappelez toujours la naïveté des anciens temps et la tranquillité qui régnait dans le cœur de nos premiers pères !

De Venise, le 5 de la lune de Rhamazan, 1717.

LETTRE CVI

USBEK A RHÉDI, A VENISE

Ou tu ne penses pas ce que tu dis, ou bien tu fais mieux que tu ne penses. Tu as quitté ta patrie pour t'instruire, et tu méprises toute instruction. Tu viens pour te former dans un pays où l'on cultive les beaux-arts, et tu les regardes comme pernicieux. Te le dirai-je, Rhédi ? Je suis plus d'accord avec toi que tu ne l'es avec toi-même.

As-tu bien réfléchi à l'état barbare et malheureux où nous entraînerait la perte des arts ? Il n'est pas nécessaire de se l'imaginer : on peut le voir. Il y a encore des peuples sur la terre chez lesquels un singe passablement instruit pourrait vivre avec honneur : il s'y trouverait à peu près à la portée des autres habitants ; on ne lui trouverait point l'esprit singulier, ni le caractère bizarre ; il passerait tout comme un autre et serait même distingué par sa gentillesse.

Tu dis que les fondateurs des empires ont presque tous ignoré les arts. Je ne te nie pas que des peuples barbares n'aient pu, comme des torrents impétueux, se répandre sur la terre et couvrir de leurs armées féroces les royaumes les mieux policés. Mais, prends-y garde, ils ont appris les arts ou les ont fait exercer aux peuples vaincus ; sans cela, leur puissance aurait passé comme le bruit du tonnerre et des tempêtes.

Tu crains, dis-tu, que l'on n'invente quelque manière de destruction plus cruelle que celle qui est en usage. Non. Si une si fatale invention venait à se découvrir, elle serait bientôt prohibée par le droit des gens ; et le consentement unanime des nations ensevelirait cette découverte. Il n'est point de l'intérêt des princes de faire des conquêtes par de pareilles voies : ils doivent chercher des sujets, et non pas des terres.

Tu te plains de l'invention de la poudre et des bombes ; tu trouves étrange qu'il n'y ait plus de place imprenable : c'est-à-dire que tu trouves étrange que les guerres soient aujourd'hui terminées plus tôt qu'elles ne l'étaient autrefois.

Tu dois avoir remarqué, en lisant les histoires, que, depuis l'invention de la poudre, les batailles sont beaucoup moins sanglantes qu'elles ne l'étaient, parce qu'il n'y a presque plus de mêlée.

Et quand il se serait trouvé quelque cas particulier où un art aurait été préjudiciable, doit-on pour cela le rejeter ? Penses-tu, Rhédi, que la religion que notre saint Prophète a apportée du Ciel soit pernicieuse parce qu'elle servira un jour à confondre les perfides chrétiens ?

Tu crois que les arts amollissent les peuples et, par

là, sont cause de la chute des empires ? Tu parles de la ruine de celui des anciens Perses, qui fut l'effet de leur mollesse. Mais il s'en faut bien que cet exemple décide, puisque les Grecs, qui les vainquirent tant de fois et les subjuguèrent, cultivaient les arts avec infiniment plus de soin qu'eux.

Quand on dit que les arts rendent les hommes efféminés, on ne parle pas du moins de gens qui s'y appliquent, puisqu'ils ne sont jamais dans l'oisiveté, qui, de tous les vices, est celui qui amollit le plus le courage.

Il n'est donc question que de ceux qui en jouissent. Mais, comme, dans un pays policé, ceux qui jouissent des commodités d'un art sont obligés d'en cultiver un autre, à moins de se voir réduits à une pauvreté honteuse, il suit que l'oisiveté et la mollesse sont incompatibles avec les arts.

Paris est peut-être la ville du monde la plus sensuelle, et où l'on raffine le plus sur les plaisirs ; mais c'est peut-être celle où l'on mène une vie plus dure. Pour qu'un homme vive délicieusement, il faut que cent autres travaillent sans relâche. Une femme s'est mis dans la tête qu'elle devait paraître à une assemblée avec une certaine parure ; il faut que, dès ce moment, cinquante artisans ne dorment plus et n'aient plus le loisir de boire et de manger : elle commande, et elle est obéie plus promptement que ne serait notre monarque, parce que l'intérêt est le plus grand monarque de la terre.

Cette ardeur pour le travail, cette passion de s'enrichir, passe de condition en condition, depuis les artisans jusques aux grands. Personne n'aime à être plus pauvre que celui qu'il vient de voir immédiatement au-dessous de lui. Vous voyez à Paris un homme qui a de quoi vivre jusqu'au jour du jugement, qui travaille sans cesse et court risque d'accourcir ses jours, pour amasser, dit-il, de quoi vivre.

Le même esprit gagne la nation : on n'y voit que travail et qu'industrie. Où est donc ce peuple efféminé dont tu parles tant ?

Je suppose, Rhédi, qu'on ne souffrît dans un

royaume que les arts absolument nécessaires à la culture des terres, qui sont pourtant en grand nombre, et qu'on en bannît tous ceux qui ne servent qu'à la volupté ou à la fantaisie ; je le soutiens : cet état serait un des plus misérables qu'il y eût au monde.

Quand les habitants auraient assez de courage pour se passer de tant de choses qu'ils doivent à leurs besoins, le peuple dépérirait tous les jours, et l'État deviendrait si faible qu'il n'y aurait si petite puissance qui ne pût le conquérir.

Il me serait aisé d'entrer dans un long détail et de te faire voir que les revenus des particuliers cesseraient presque absolument, et, par conséquent, ceux du prince. Il n'y aurait presque plus de relation de facultés entre les citoyens ; on verrait finir cette circulation de richesses et cette progression de revenus qui vient de la dépendance où sont les arts les uns des autres : chaque particulier vivrait de sa terre et n'en retirerait que ce qu'il lui faut précisément pour ne pas mourir de faim. Mais, comme ce n'est pas quelquefois la vingtième partie des revenus d'un état, il faudrait que le nombre des habitants diminuât à proportion, et qu'il n'en restât que la vingtième partie.

Fais bien attention jusqu'où vont les revenus de l'industrie. Un fonds ne produit annuellement à son maître que la vingtième partie de sa valeur ; mais, avec une pistole de couleur, un peintre fera un tableau qui lui en vaudra cinquante. On en peut dire de même des orfèvres, des ouvriers en laine, en soie, et de toutes sortes d'artisans.

De tout ceci, on doit conclure, Rhédi, que, pour qu'un prince soit puissant, il faut que ses sujets vivent dans les délices ; il faut qu'il travaille à leur procurer toutes sortes de superfluités, avec autant d'attention que les nécessités de la vie.

De Paris, le 14 *de la lune de Chalval*, 1717.

LETTRE CVII

RICA A IBBEN, A SMYRNE

J'ai vu le jeune monarque. Sa vie est bien précieuse à ses sujets. Elle ne l'est pas moins à toute l'Europe, par les grands troubles que sa mort pourrait produire [8]. Mais les rois sont comme les dieux, et, pendant qu'ils vivent, on doit les croire immortels. Sa physionomie est majestueuse, mais charmante ; une belle éducation semble concourir avec un heureux naturel et promet déjà un grand prince.

On dit que l'on ne peut jamais connaître le caractère des rois d'Occident jusques à ce qu'ils aient passé par les deux grandes épreuves de leur maîtresse et de leur confesseur. On verra bientôt l'un et l'autre travailler à se saisir de l'esprit de celui-ci, et il se livrera pour cela de grands combats : car, sous un jeune prince, ces deux puissances sont toujours rivales ; mais elles se concilient et réunissent sous un vieux. Sous un jeune prince, le dervis a un rôle bien difficile à soutenir : la force du roi fait sa faiblesse ; mais l'autre triomphe également de sa faiblesse et de sa force.

Lorsque j'arrivai en France, je trouvai le feu roi absolument gouverné par les femmes, et, cependant, dans l'âge où il était, je crois que c'était le monarque de la terre qui en avait le moins besoin. J'entendis un jour une femme qui disait : « Il faut que l'on fasse quelque chose pour ce jeune colonel : sa valeur m'est connue ; j'en parlerai au ministre. » Une autre disait : « Il est surprenant que ce jeune abbé ait été oublié ; il faut qu'il soit évêque : il est homme de naissance, et je pourrais répondre de ses mœurs. » Il ne faut pas pourtant que tu t'imagines que celles qui tenaient ces discours fussent des favorites du prince ; elles ne lui avaient peut-être pas parlé deux fois en leur vie : chose pourtant très facile à faire chez les princes européens.

Mais c'est qu'il n'y a personne qui ait quelque emploi à la Cour, dans Paris ou dans les provinces, qui n'ait une femme par les mains de laquelle passent toutes les grâces et quelquefois les injustices qu'il peut faire. Ces femmes ont toutes des relations les unes avec les autres et forment une espèce de république dont les membres toujours actifs se secourent et se servent mutuellement : c'est comme un nouvel État dans l'État ; et celui qui est à la Cour, à Paris, dans les provinces, qui voit agir des ministres, des magistrats, des prélats, s'il ne connaît les femmes qui les gouvernent, est comme un homme qui voit bien une machine qui joue, mais qui n'en connaît point les ressorts.

Crois-tu, Ibben, qu'une femme s'avise d'être la maîtresse d'un ministre pour coucher avec lui ? Quelle idée ! C'est pour lui présenter cinq ou six placets tous les matins, et la bonté de leur naturel paraît dans l'empressement qu'elles ont de faire du bien à une infinité de gens malheureux qui leur procurent cent mille livres de rente.

On se plaint, en Perse, de ce que le royaume est gouverné par deux ou trois femmes. C'est bien pis en France, où les femmes en général gouvernent, et non seulement prennent en gros, mais même se partagent en détail toute l'autorité.

De Paris, le dernier de la lune de Chalval, 1717.

LETTRE CVIII

USBEK A ***

Il y a une espèce de livres que nous ne connaissons point en Perse, et qui me paraissent ici fort à la mode : ce sont les journaux. La paresse se sent flattée en les lisant : on est ravi de pouvoir parcourir trente volumes en un quart d'heure [8].

Dans la plupart des livres, l'auteur n'a pas fait les compliments ordinaires que les lecteurs sont aux abois :

il les fait entrer à demi morts dans une matière noyée au milieu d'une mer de paroles. Celui-ci veut s'immortaliser par un *in-douze* ; celui-là, par un *in-quarto* ; un autre, qui a de plus belles inclinations, vise à l'*in-folio*. Il faut donc qu'il étende son sujet à proportion ; ce qu'il fait sans pitié, comptant pour rien la peine du pauvre lecteur, qui se tue à réduire ce que l'auteur a pris tant de peine à amplifier.

Je ne sais, ***, quel mérite il y a à faire de pareils ouvrages : j'en ferais bien autant si je voulais ruiner ma santé et un libraire.

Le grand tort qu'ont les journalistes, c'est qu'ils ne parlent que des livres nouveaux ; comme si la vérité était jamais nouvelle. Il me semble que, jusqu'à ce qu'un homme ait lu tous les livres anciens, il n'a aucune raison de leur préférer les nouveaux.

Mais, lorsqu'ils s'imposent la loi de ne parler que des ouvrages encore tout chauds de la forge, ils s'en imposent une autre, qui est d'être très ennuyeux. Ils n'ont garde de critiquer les livres dont ils font les extraits, quelque raison qu'ils en aient ; et, en effet, quel est l'homme assez hardi pour vouloir se faire dix ou douze ennemis tous les mois ?

La plupart des auteurs ressemblent aux poètes, qui souffriront une volée de coups de bâton sans se plaindre ; mais qui, peu jaloux de leurs épaules, le sont si fort de leurs ouvrages qu'ils ne sauraient soutenir la moindre critique. Il faut donc bien se donner de garde de les attaquer par un endroit si sensible, et les journalistes le savent bien. Ils font donc tout le contraire. Ils commencent par louer la matière qui est traitée : première fadeur. De là, ils passent aux louanges de l'auteur ; louanges forcées : car ils ont affaire à des gens qui sont encore en haleine, tout prêts à se faire faire raison et à foudroyer à coups de plume un téméraire journaliste [4].

De Paris, le 5 *de la lune de Zilcadé*, 1718.

LETTRE CIX

RICA A ***

L'Université de Paris est la fille aînée des rois de France et très aînée : car elle a plus de neuf cents ans ; aussi rêve-t-elle quelquefois.

On m'a confié qu'elle eut, il y a quelque temps, un grand démêlé avec quelques docteurs à l'occasion de la lettre *Q*, qu'elle voulait que l'on prononçât comme un *K**. La dispute s'échauffa si fort que quelques-uns furent dépouillés de leurs biens. Il fallut que le Parlement terminât le différend, et il accorda la permission, par un arrêt solennel, à tous les sujets du roi de France de prononcer cette lettre à leur fantaisie. Il faisait beau voir les deux corps de l'Europe les plus respectables occupés à décider du sort d'une lettre de l'alphabet [4].

Il semble, mon cher ***, que les têtes des plus grands hommes s'étrécissent lorsqu'elles sont assemblées, et que, là où il y a plus de sages, il y ait aussi moins de sagesse. Les grands corps s'attachent toujours si fort aux minuties, aux vains usages, que l'essentiel ne va jamais qu'après. J'ai ouï dire qu'un roi d'Aragon** ayant assemblé les états d'Aragon et de Catalogne, les premières séances s'employèrent à décider en quelle langue les délibérations seraient conçues ; la dispute était vive, et les états se seraient rompus mille fois, si l'on n'avait imaginé un expédient, qui était que la demande serait faite en langage catalan et la réponse en aragonais.

De Paris, le 25 *de la lune de Zilhagé*, 1718.

* M : « Il veut parler de la querelle de Ramus. »
** M : « C'était en 1610. »

LETTRE CX

RICA A ***

Le rôle d'une jolie femme est beaucoup plus grave que l'on ne pense : il n'y a rien de plus sérieux que ce qui se passe le matin à sa toilette, au milieu de ses domestiques ; un général d'armée n'emploie pas plus d'attention à placer sa droite ou son corps de réserve, qu'elle en met à poster une mouche, qui peut manquer, mais dont elle espère ou prévoit le succès.

Quelle gêne d'esprit, quelle attention pour concilier sans cesse les intérêts de deux rivaux, pour paraître neutre à tous les deux pendant qu'elle est livrée à l'un et à l'autre, et se rendre médiatrice sur tous les sujets de plainte qu'elle leur donne !

Quelle occupation pour faire succéder et renaître les parties de plaisir et prévenir tous les accidents qui pourraient les rompre !

Avec tout cela, la plus grande peine n'est pas de se divertir ; c'est de le paraître : ennuyez-les tant que vous voudrez, elles vous le pardonneront, pourvu que l'on puisse croire qu'elles se sont réjouies.

Je fus, il y a quelques jours, d'un souper que des femmes firent à la campagne. Dans le chemin, elles disaient sans cesse : « Au moins, il faudra bien nous divertir. »

Nous nous trouvâmes assez mal assortis et, par conséquent, assez sérieux. « Il faut avouer, dit une de ces femmes, que nous nous divertissons bien : il n'y a pas aujourd'hui dans Paris une partie si gaie que la nôtre. » Comme l'ennui me gagnait, une femme me secoua et me dit : « Eh bien ! ne sommes-nous pas de bonne humeur ? — Oui, lui répondis-je en bâillant ; je crois que je crèverai à force de rire. » Cependant la tristesse triomphait toujours des réflexions, et, quant à moi, je me sentis conduit de bâillements en bâillements dans un sommeil léthargique, qui finit tous mes plaisirs.

De Paris, le 11 *de la lune de Maharram*, 1718.

LETTRE CXI

USBEK A ***

Le règne du feu roi a été si long que la fin en avait fait oublier le commencement. C'est aujourd'hui la mode de ne s'occuper que des événements arrivés dans sa minorité, et on ne lit plus que les mémoires de ces temps-là [3].

Voici le discours qu'un des généraux de la ville de Paris prononça dans un conseil de guerre, et j'avoue que je n'y comprends pas grand-chose.

Messieurs, quoique nos troupes aient été repoussées avec perte, je crois qu'il nous sera facile de réparer cet échec. J'ai six couplets de chanson tout prêts à mettre au jour, qui, je m'assure, remettront toutes choses dans l'équilibre. J'ai fait choix de quelques voix très nettes, qui, sortant de la cavité de certaines poitrines très fortes, émouvront merveilleusement le Peuple. Ils sont sur un air qui a fait, jusqu'à présent, un effet tout particulier.

Si cela ne suffit pas, nous ferons paraître une estampe qui fera voir Mazarin pendu.

Par bonheur pour nous, il ne parle pas bien français, et il l'écorche tellement qu'il n'est pas possible que ses affaires ne déclinent. Nous ne manquons pas de faire bien remarquer au Peuple le ton ridicule dont il prononce.

Nous relevâmes, il y a quelques jours, une faute de grammaire si grossière qu'on en fit des farces par tous les carrefours.

J'espère qu'avant qu'il soit huit jours le Peuple fera du nom de Mazarin un mot générique pour expri-

mer toutes les bêtes de somme et celles qui servent à tirer.

Depuis notre défaite, notre musique l'a si furieusement vexé sur le péché originel que, pour ne pas voir ses partisans réduits à la moitié, il a été obligé de renvoyer tous ses pages.*

Ranimez-vous donc ; reprenez courage, et soyez sûrs que nous lui ferons repasser les monts à coups de sifflets[7].

De Paris, le 4 de la lune de Chahban, 1718.

LETTRE CXII

RHÉDI A USBEK, A PARIS

Pendant le séjour que je fais en Europe, je lis les historiens anciens et modernes : je compare tous les temps ; j'ai du plaisir à les voir passer, pour ainsi dire, devant moi, et j'arrête surtout mon esprit à ces grands changements qui ont rendu les âges si différents des âges, et la terre si peu semblable à elle-même.

Tu n'as peut-être pas fait attention à une chose qui cause tous les jours ma surprise. Comment le monde est-il si peu peuplé en comparaison de ce qu'il était autrefois ? Comment la nature a-t-elle pu perdre cette prodigieuse fécondité des premiers temps ? Serait-elle déjà dans sa vieillesse, et tomberait-elle de langueur ?

J'ai resté plus d'un an en Italie, où je n'ai vu que le débris de cette ancienne Italie si fameuse autrefois. Quoique tout le monde habite les villes, elles sont entièrement désertes et dépeuplées : il semble qu'elles ne subsistent encore que pour marquer le lieu où étaient ces cités puissantes dont l'histoire a tant parlé.

Il y a des gens qui prétendent que la seule ville de Rome contenait autrefois plus de peuple qu'un grand royaume de l'Europe n'en a aujourd'hui. Il y a eu tel

* Tare de son origine (italienne), ou péché pédérastique ?

citoyen romain qui avait dix et même vingt mille esclaves, sans compter ceux qui travaillaient dans les maisons de campagne ; et, comme on y comptait quatre ou cinq cent mille citoyens, on ne peut fixer le nombre de ses habitants sans que l'imagination ne se révolte.

Il y avait autrefois dans la Sicile de puissants royaumes et des peuples nombreux, qui en ont disparu depuis : cette île n'a plus rien de considérable que ses volcans.

La Grèce est si déserte qu'elle ne contient pas la centième partie de ses anciens habitants.

L'Espagne, autrefois si remplie, ne fait voir aujourd'hui que des campagnes inhabitées ; et la France n'est rien en comparaison de cette ancienne Gaule dont parle César.

Les pays du Nord sont fort dégarnis, et il s'en faut bien que les peuples y soient, comme autrefois, obligés de se partager et d'envoyer dehors, comme des essaims, des colonies et des nations entières chercher de nouvelles demeures.

La Pologne et la Turquie en Europe n'ont presque plus de peuples.

On ne saurait trouver dans l'Amérique la cinquantième partie des hommes qui y formaient de si grands empires.

L'Asie n'est guère en meilleur état. Cette Asie Mineure, qui contenait tant de puissantes monarchies et un nombre si prodigieux de grandes villes, n'en a plus que deux ou trois. Quant à la grande Asie, celle qui est soumise au Turc n'est pas plus peuplée ; et, pour celle qui est sous la domination de nos rois, si on la compare à l'état florissant où elle était autrefois, on verra qu'elle n'a qu'une petite partie des habitants qui y étaient sans nombre du temps des Xerxès et des Darius.

Quant aux petits états qui sont autour de ces grands empires, ils sont réellement déserts : tels sont les royaumes d'Irimette, de Circassie et de Guriel. Ces princes, avec de vastes états, comptent à peine cinquante mille sujets.

L'Égypte n'a pas moins manqué que les autres pays.

Enfin, je parcours la terre, et je n'y trouve que des délabrements : je crois la voir sortir des ravages de la peste et de la famine.

L'Afrique a toujours été si inconnue qu'on ne peut en parler si précisément que des autres parties du monde ; mais, à ne faire attention qu'aux côtes de la Méditerranée, connues de tout temps, on voit qu'elle a extrêmement déchu de ce qu'elle était sous les Carthaginois et les Romains. Aujourd'hui ses princes sont si faibles que ce sont les plus petites puissances du monde.

Après un calcul aussi exact qu'il peut l'être dans ces sortes de choses, j'ai trouvé qu'il y a à peine sur la terre la dixième partie des hommes qui y étaient dans les anciens temps. Ce qu'il y a d'étonnant, c'est qu'elle se dépeuple tous les jours, et, si cela continue, dans dix siècles elle ne sera qu'un désert.

Voilà, mon cher Usbek, la plus terrible catastrophe qui soit jamais arrivée dans le monde ; mais à peine s'en est-on aperçu, parce qu'elle est arrivée insensiblement et dans le cours d'un grand nombre de siècles ; ce qui marque un vice intérieur, un venin secret et caché, une maladie de langueur qui afflige la nature humaine[4].

De Venise, le 10 *de la lune de Rhegeb*, 1718.

LETTRE CXIII

USBEK A RHÉDI, A VENISE

Le monde, mon cher Rhédi, n'est point incorruptible ; les cieux mêmes ne le sont pas : les astronomes sont des témoins oculaires de leurs changements, qui sont des effets bien naturels du mouvement universel de la matière.

La terre est soumise, comme les autres planètes, aux lois des mouvements ; elle souffre au dedans d'elle un combat perpétuel de ses principes : la mer et le continent semblent être dans une guerre éternelle ; chaque instant produit de nouvelles combinaisons.

Les hommes, dans une demeure si sujette aux changements, sont dans un état aussi incertain : cent mille causes peuvent agir, capables de les détruire et, à plus forte raison, d'augmenter ou de diminuer leur nombre.

Je ne te parlerai pas de ces catastrophes particulières si communes chez les historiens, qui ont détruit des villes et des royaumes entiers ; il y en a de générales, qui ont mis bien des fois le genre humain à deux doigts de sa perte[3].

Les histoires sont pleines de ces pestes universelles qui ont tour à tour désolé l'univers. Elles parlent d'une, entre autres, qui fut si violente qu'elle brûla jusques à la racine des plantes et se fit sentir dans tout le monde connu, jusques à l'empire du Catay* ; un degré de plus de corruption aurait peut-être, dans un seul jour, détruit toute la nature humaine.

Il n'y a pas deux siècles que la plus honteuse de toutes les maladies se fit sentir en Europe, en Asie et en Afrique ; elle fit, dans très peu de temps, des effets prodigieux : c'était fait des hommes si elle avait continué ses progrès avec la même furie. Accablés de maux dès leur naissance, incapables de soutenir le poids des charges de la société, ils auraient péri misérablement.

Qu'aurait-ce été si le venin eût été un peu plus exalté ? Et il le serait devenu sans doute si l'on n'avait été assez heureux pour trouver un remède aussi puissant que celui qu'on a découvert. Peut-être que cette maladie, attaquant les parties de la génération, aurait attaqué la génération même.

Mais pourquoi parler de la destruction qui aurait pu arriver au genre humain ? N'est-elle pas arrivée, en

* De la Chine.

effet, et le Déluge ne le réduisit-il pas à une seule famille ?

Il y a des philosophes qui distinguent deux créations : celle des choses et celle de l'homme. Ils ne peuvent comprendre que la matière et les choses créées n'aient que six mille ans ; que Dieu ait différé pendant toute l'éternité ses ouvrages et n'ait usé que d'hier de sa puissance créatrice. Serait-ce parce qu'il ne l'aurait pas pu, ou parce qu'il ne l'aurait pas voulu [4] ? Mais, s'il ne l'a pas pu dans un temps, il ne l'a pas pu dans l'autre. C'est donc parce qu'il ne l'a pas voulu. Mais, comme il n'y a point de succession dans Dieu, si l'on admet qu'il ait voulu quelque chose une fois, il l'a voulue toujours et dès le commencement [6].

Cependant tous les historiens nous parlent d'un premier père. Ils nous font voir la nature humaine naissante. N'est-il pas naturel de penser qu'Adam fut sauvé d'un malheur commun, comme Noé le fut du Déluge, et que ces grands événements ont été fréquents sur la terre depuis la création du monde ?

Mais toutes les destructions ne sont pas violentes : nous voyons plusieurs parties de la terre se lasser de fournir à la subsistance des hommes. Que savons-nous si la terre entière n'a pas des causes générales, lentes et imperceptibles, de lassitude ?

J'ai été bien aise de te donner ces idées générales avant de répondre plus particulièrement à la lettre sur la diminution des peuples arrivée depuis dix-sept à dix-huit siècles. Je te ferai voir, dans une lettre suivante, qu'indépendamment des causes physiques il y en a de morales qui ont produit cet effet.

De Paris, le 8 *de la lune de Chahban*, 1718.

LETTRE CXIV

USBEK AU MÊME

Tu cherches la raison pourquoi la terre est moins peuplée qu'elle ne l'était autrefois, et, si tu y fais bien attention, tu verras que la grande différence vient de celle qui est arrivée dans les mœurs.

Depuis que la religion chrétienne et la mahométane ont partagé le monde romain, les choses sont bien changées : il s'en faut de beaucoup que ces deux religions soient aussi favorables à la propagation de l'espèce que celle de ces maîtres de l'univers.

Dans cette dernière, la polygamie était défendue ; et, en cela, elle avait un très grand avantage sur la religion mahométane. Le divorce y était permis ; ce qui lui en donnait un autre, non moins considérable, sur la chrétienne.

Je ne trouve rien de si contradictoire que cette pluralité des femmes permises par le saint Alcoran, et l'ordre de les satisfaire donné dans le même livre.

« Voyez vos femmes, dit le Prophète, parce que vous leur êtes nécessaires comme leurs vêtements, et qu'elles vous sont nécessaires comme vos vêtements [5]. » Voilà un précepte qui rend la vie d'un véritable musulman bien laborieuse. Celui qui a les quatre femmes établies par la Loi [5], ou seulement autant de concubines ou d'esclaves, ne doit-il pas être accablé de tant de vêtements ?

« Vos femmes sont vos labourages, dit encore le Prophète. Approchez-vous donc de vos labourages, faites du bien pour vos âmes, et vous le trouverez un jour [5]. »

Je regarde un bon musulman comme un athlète destiné à combattre sans relâche ; mais qui, bientôt faible et accablé de ses premières fatigues, languit dans le champ même de la victoire et se trouve, pour ainsi dire, enseveli sous ses propres triomphes.

La nature agit toujours avec lenteur, et pour ainsi dire, avec épargne : ses opérations ne sont jamais violentes ; jusque dans ses productions, elle veut de la tempérance ; elle ne va jamais qu'avec règle et mesure ; si on la précipite, elle tombe bientôt dans la langueur ; elle emploie toute la force qui lui reste à se conserver, perdant absolument sa vertu productrice et sa puissance générative.

C'est dans cet état de défaillance que nous met toujours ce grand nombre de femmes plus propre à nous épuiser qu'à nous satisfaire. Il est très ordinaire parmi nous de voir un homme dans un sérail prodigieux avec un très petit nombre d'enfants. Ces enfants mêmes sont, la plupart du temps, faibles et malsains et se sentent de la langueur de leur père.

Ce n'est pas tout : ces femmes obligées à une continence forcée ont besoin d'avoir des gens pour les garder, qui ne peuvent être que des eunuques : la religion, la jalousie même ne permettent pas d'en laisser approcher d'autres. Ces gardiens doivent être en grand nombre, soit afin de maintenir la tranquillité au dedans, parmi les guerres que ces femmes se font sans cesse, soit pour empêcher les entreprises du dehors. Ainsi un homme qui a dix femmes ou concubines n'a pas trop d'autant d'eunuques pour les garder. Mais quelle perte pour la société que ce grand nombre d'hommes morts dès leur naissance ! Quelle dépopulation ne doit-il pas s'en suivre !

Les filles esclaves qui sont dans le sérail, pour servir avec les eunuques ce grand nombre de femmes, y vieillissent presque toujours dans une affligeante virginité : elles ne peuvent pas se marier pendant qu'elles y restent, et leurs maîtresses, une fois accoutumées à elles, ne s'en défont presque jamais.

Voilà comment un seul homme occupe à ses plaisirs tant de sujets de l'un et de l'autre sexe, les fait mourir pour l'État, et les rend inutiles à la propagation de l'espèce.

Constantinople et Ispahan sont les capitales des deux

plus grands empires du monde : c'est là que tout doit aboutir, et que les peuples, attirés de mille manières, se rendent de toutes parts. Cependant elles périssent d'elles-mêmes, et elles seraient bientôt détruites, si les souverains n'y faisaient venir, presque à chaque siècle, des nations entières pour les repeupler [5]. J'épuiserai ce sujet dans une autre lettre.

De Paris, le 13 *de la lune de Chahban,* 1718.

LETTRE CXV

USBEK AU MÊME

Les Romains n'avaient pas moins d'esclaves que nous ; ils en avaient même plus ; mais ils en faisaient un meilleur usage.

Bien loin d'empêcher, par des voies forcées, la multiplication de ces esclaves, ils la favorisaient au contraire de tout leur pouvoir : ils les associaient le plus qu'ils pouvaient par des espèces de mariages. Par ce moyen, ils remplissaient leurs maisons de domestiques de tous les sexes, de tous les âges, et l'État d'un peuple innombrable.

Ces enfants, qui faisaient à la longue la richesse d'un maître, naissaient sans nombre autour de lui ; il était seul chargé de leur nourriture et de leur éducation ; les pères, libres de ce fardeau, suivaient uniquement le penchant de la nature et multipliaient sans craindre une trop nombreuse famille.

Je t'ai dit que, parmi nous, tous les esclaves sont occupés à garder nos femmes et à rien de plus ; qu'ils sont, à l'égard de l'État, dans une perpétuelle léthargie ; de manière qu'il faut restreindre à quelques hommes libres, à quelques chefs de famille, la culture des arts et des terres, lesquels même s'y donnent le moins qu'ils peuvent.

Il n'en était pas de même chez les Romains : la République se servait avec un avantage infini de ce peuple d'esclaves. Chacun d'eux avait son pécule, qu'il possédait aux conditions que son maître lui imposait ; avec ce pécule, il travaillait et se tournait du côté où le portait son industrie. Celui-ci faisait valoir la banque, celui-là se donnait au commerce de la mer ; l'un vendait des marchandises en détail ; l'autre s'appliquait à quelque art mécanique ou bien affermait et faisait valoir des terres. Mais il n'y en avait aucun qui ne s'attachât de tout son pouvoir à faire profiter ce pécule, qui lui procurait, en même temps, l'aisance dans la servitude présente et l'espérance d'une liberté future. Cela faisait un peuple laborieux, animait les arts et l'industrie.

Ces esclaves, devenus riches par leurs soins et leur travail, se faisaient affranchir et devenaient citoyens. La République se réparait sans cesse et recevait dans son sein de nouvelles familles, à mesure que les anciennes se détruisaient.

J'aurai peut-être, dans mes lettres suivantes, occasion de te prouver que plus il y a d'hommes dans un état, plus le commerce y fleurit ; je prouverai aussi facilement que plus le commerce y fleurit, plus le nombre des hommes y augmente : ces deux choses s'entraident et se favorisent nécessairement.

Si cela est, combien ce nombre prodigieux d'esclaves, toujours laborieux, devait-il s'accroître et s'augmenter ! L'industrie et l'abondance les faisaient naître, et eux, de leur côté, faisaient naître l'abondance et l'industrie.

De Paris, le 16 *de la lune de Chahban*, 1718.

LETTRE CXVI

USBEK AU MÊME

Nous avons, jusques ici, parlé des pays mahométans et cherché la raison pourquoi ils sont moins peuplés que ceux qui étaient soumis à la domination des Romains.

Examinons à présent ce qui a produit cet effet chez les chrétiens.

Le divorce était permis dans la religion païenne, et il fut défendu aux chrétiens. Ce changement, qui parut d'abord de si petite conséquence, eut insensiblement des suites terribles, et telles qu'on peut à peine les croire.

On ôta non seulement toute la douceur du mariage, mais aussi l'on donna atteinte à sa fin : en voulant resserrer ses nœuds, on les relâcha ; et, au lieu d'unir les cœurs, comme on le prétendait, on les sépara pour jamais.

Dans une action si libre, et où le cœur doit avoir tant de part, on mit la gêne, la nécessité et la fatalité du Destin même. On compta pour rien les dégoûts, les caprices et l'insociabilité des humeurs ; on voulut fixer le cœur, c'est-à-dire ce qu'il y a de plus variable et de plus inconstant dans la nature ; on attacha sans retour et sans espérance des gens accablés l'un de l'autre et presque toujours mal assortis ; et l'on fit comme ces tyrans, qui faisaient lier des hommes vivants à des corps morts.

Rien ne contribuait plus à l'attachement mutuel que la faculté du divorce : un mari et une femme étaient portés à soutenir patiemment les peines domestiques, sachant qu'ils étaient maîtres de les faire finir, et ils gardaient souvent ce pouvoir en mains toute leur vie sans en user, par cette seule considération qu'ils étaient libres de le faire.

Il n'en est pas de même des chrétiens, que leurs peines présentes désespèrent pour l'avenir : ils ne voient dans les désagréments du mariage que leur durée et, pour ainsi dire, leur éternité. De là viennent les dégoûts, les discordes, les mépris, et c'est autant de perdu pour la postérité. A peine a-t-on trois ans de mariage qu'on en néglige l'essentiel ; on passe ensemble trente ans de froideur ; il se forme des séparations intestines aussi fortes et peut-être plus pernicieuses que si elles étaient publiques ; chacun vit et reste de son côté ; et tout cela au préjudice des races futures. Bientôt un homme dégoûté d'une femme éternelle se livrera aux filles de joie : commerce honteux et si contraire à la société, lequel, sans remplir l'objet du mariage, n'en représente tout au plus que les plaisirs.

Si, de deux personnes ainsi liées, il y en a une qui n'est pas propre au dessein de la nature et à la propagation de l'espèce, soit par son tempérament, soit par son âge, elle ensevelit l'autre avec elle et la rend aussi inutile qu'elle l'est elle-même.

Il ne faut donc pas s'étonner si l'on voit chez les chrétiens tant de mariages fournir un si petit nombre de citoyens. Le divorce est aboli ; les mariages mal assortis ne se raccommodent plus ; les femmes ne passent plus, comme chez les Romains, successivement dans les mains de plusieurs maris, qui en tiraient, dans le chemin, le meilleur parti qu'il était possible.

J'ose le dire : si, dans une république comme Lacédémone, où les citoyens étaient sans cesse gênés par des lois singulières et subtiles, et dans laquelle il n'y avait qu'une famille, qui était la République, il avait été établi que les maris changeassent de femmes tous les ans, il en serait né un peuple innombrable.

Il est assez difficile de faire bien comprendre la raison qui a porté les chrétiens à abolir le divorce. Le mariage, chez toutes les nations du monde, est un contrat susceptible de toutes les conventions, et on n'en a dû bannir que celles qui auraient pu en affaiblir l'objet. Mais les chrétiens ne le regardent pas dans ce point de vue ; aussi ont-ils bien de la peine à dire ce que c'est. Ils ne le font pas consister dans le plaisir des sens ; au contraire, comme je te l'ai déjà dit, il semble qu'ils veulent l'en bannir autant qu'ils peuvent ; mais c'est une image, une figure et quelque chose de mystérieux que je ne comprends point.

De Paris, le 19 *de la lune de Chahban,* 1718.

LETTRE CXVII

USBEK AU MÊME

La prohibition du divorce n'est pas la seule cause de la dépopulation des pays chrétiens. Le grand nombre d'eunuques qu'ils ont parmi eux n'en est pas une moins considérable.

Je parle des prêtres et des dervis de l'un et de l'autre sexe, qui se vouent à une continence éternelle : c'est chez les chrétiens la vertu par excellence ; en quoi je ne les comprends pas, ne sachant ce que c'est qu'une vertu dont il ne résulte rien.

Je trouve que leurs docteurs se contredisent manifestement, quand ils disent que le mariage est saint, et que le célibat, qui lui est opposé, l'est encore davantage ; sans compter qu'en fait de préceptes et de dogmes fondamentaux, le bien est toujours le mieux.

Le nombre de gens faisant profession de célibat est prodigieux. Les pères y condamnaient autrefois les enfants dès le berceau ; aujourd'hui ils s'y vouent eux-mêmes dès l'âge de quatorze ans ; ce qui revient à peu près à la même chose.

Ce métier de continence a anéanti plus d'hommes que les pestes et les guerres les plus sanglantes n'ont jamais fait. On voit dans chaque maison religieuse une famille éternelle, où il ne naît personne, et qui s'entretient aux dépens de toutes les autres. Ces maisons sont toujours ouvertes comme autant de gouffres où s'ensevelissent les races futures.

Cette politique est bien différente de celle des Romains, qui établissaient des lois pénales contre ceux qui se refusaient aux lois du mariage et voulaient jouir d'une liberté si contraire à l'utilité publique.

Je ne te parle ici que des pays catholiques. Dans la religion protestante, tout le monde est en droit de faire des enfants ; elle ne souffre ni prêtres ni dervis ; et si, dans l'établissement de cette religion, qui ramenait tout aux premiers temps, ses fondateurs n'avaient été accusés sans cesse d'intempérance, il ne faut pas douter qu'après avoir rendu la pratique du mariage universelle, ils n'en eussent encore adouci le joug et achevé d'ôter toute la barrière qui sépare, en ce point, le Nazaréen et Mahomet.

Mais, quoi qu'il en soit, il est certain que la religion donne aux protestants un avantage infini sur les catholiques.

J'ose le dire : dans l'état présent où est l'Europe, il n'est pas possible que la religion catholique y subsiste cinq cents ans.

Avant l'abaissement de la puissance d'Espagne, les catholiques étaient beaucoup plus forts que les protestants. Ces derniers sont peu à peu parvenus à un équilibre. Les protestants deviendront tous les jours plus riches et plus puissants, et les catholiques, plus faibles.

Les pays protestants doivent être et sont réellement plus peuplés que les catholiques. D'où il suit, premièrement, que les tributs y sont plus considérables, parce qu'ils augmentent à proportion du nombre de ceux qui les payent ; secondement, que les terres y sont mieux cultivées ; enfin, que le commerce y fleurit davantage, parce qu'il y a plus de gens qui ont une fortune à faire, et qu'avec plus de besoins on y a plus de ressources pour les remplir. Quand il n'y a que le nombre de gens suffisants pour la culture des terres, il faut que le commerce périsse et, lorsqu'il n'y a que celui qui est nécessaire pour entretenir le commerce, il faut que la culture des terres manque ; c'est-à-dire : il faut que tous les deux tombent en même temps, parce que l'on ne s'attache jamais à l'un que ce ne soit aux dépens de l'autre.

Quant aux pays catholiques, non seulement la culture des terres y est abandonnée, mais même l'industrie y est pernicieuse : elle ne consiste qu'à apprendre cinq ou six mots d'une langue morte. Dès qu'un homme a cette provision par-devers lui, il ne doit plus s'embarrasser de sa fortune : il trouve dans le cloître une vie tranquille, qui, dans le monde, lui aurait coûté des sueurs et des peines.

Ce n'est pas tout : les dervis ont en leurs mains presque toutes les richesses de l'État ; c'est une société de gens avares, qui prennent toujours et ne rendent jamais ; ils accumulent sans cesse des revenus pour acquérir des capitaux. Tant de richesses tombent, pour ainsi dire, en paralysie : plus de circulation, plus de commerce, plus d'arts, plus de manufactures.

Il n'y a point de prince protestant qui ne lève sur ses peuples beaucoup plus d'impôts que le Pape n'en lève sur ses sujets ; cependant ces derniers sont pauvres, pendant que les autres vivent dans l'opulence. Le commerce ranime tout chez les uns, et le monachisme porte la mort partout chez les autres.

De Paris, le 26 *de la lune de Chahban*, 1718.

LETTRE CXVIII

USBEK AU MÊME

Nous n'avons plus rien à dire de l'Asie et de l'Europe. Passons à l'Afrique. On ne peut guère parler que de ses côtes, parce qu'on ne connaît pas l'intérieur.

Celles de Barbarie, où la religion mahométane est établie, ne sont plus si peuplées qu'elles étaient du temps des Romains, par les raisons que je t'ai déjà dites. Quant aux côtes de Guinée, elles doivent être furieusement dégarnies depuis deux cents ans que les petits rois ou chefs des villages vendent leurs sujets aux princes de l'Europe pour les porter dans leurs colonies en Amérique.

Ce qu'il y a de singulier, c'est que cette Amérique, qui reçoit tous les ans de nouveaux habitants, est elle-même déserte et ne profite point des pertes continuelles de l'Afrique. Ces esclaves, qu'on transporte dans un autre climat, y périssent à milliers, et les travaux des mines, où l'on occupe sans cesse et les naturels du pays et les étrangers, les exhalaisons malignes qui en sortent, le vif-argent, dont il faut faire un continuel usage, les détruisent sans ressource[5].

Il n'y a rien de si extravagant que de faire périr un nombre innombrable d'hommes pour tirer du fond de la terre l'or et l'argent : ces métaux d'eux-mêmes absolument inutiles, et qui ne sont des richesses que parce qu'on les a choisis pour en être les signes.

De Paris,
le dernier de la lune de Chahban, 1718.

LETTRE CXIX

USBEK AU MÊME

La fécondité d'un peuple dépend quelquefois des plus petites circonstances du monde ; de manière qu'il ne faut souvent qu'un nouveau tour dans son imagination pour le rendre beaucoup plus nombreux qu'il n'était.

Les Juifs, toujours exterminés et toujours renaissants, ont réparé leurs pertes et leurs destructions continuelles par cette seule espérance qu'ont parmi eux toutes les familles, d'y voir naître un roi puissant qui sera le maître de la terre.

Les anciens rois de Perse n'avaient tant de milliers de sujets qu'à cause de ce dogme de la religion des mages, que les actes les plus agréables à Dieu que les hommes pussent faire, c'était de faire un enfant, labourer un champ et planter un arbre.

Si la Chine[3] a dans son sein un peuple si prodigieux, cela ne vient que d'une certaine manière de penser : car, comme les enfants regardent leurs pères comme des dieux ; qu'ils les respectent comme tels dès cette vie ; qu'ils les honorent après leur mort par des sacrifices, dans lesquels ils croient que leurs âmes, anéanties dans le Tien*, reprennent une nouvelle vie : chacun est porté à augmenter une famille si soumise dans cette vie et si nécessaire dans l'autre[5].

D'un autre côté, les pays des mahométans deviennent tous les jours déserts à cause d'une opinion, qui, toute sainte qu'elle est, ne laisse pas d'avoir des effets très pernicieux lorsqu'elle est enracinée dans les esprits. Nous nous regardons comme des voyageurs qui ne doivent penser qu'à une autre patrie : les travaux utiles et durables, les soins pour assurer la fortune de nos enfants, les projets qui tendent au-delà d'une vie courte et passagère, nous paraissent quelque chose d'extravagant. Tranquilles pour le présent, sans inquiétude pour l'avenir, nous ne prenons la peine ni de réparer les édifices publics, ni de défricher les terres incultes, ni de cultiver celles qui sont en état de recevoir nos soins : nous vivons dans une insensibilité générale, et nous laissons tout faire à la Providence.

C'est un esprit de vanité qui a établi chez les Européens l'injuste droit d'aînesse, si défavorable à la propagation, en ce qu'il porte l'attention d'un père sur un seul de ses enfants et détourne ses yeux de tous les autres ; en ce qu'il l'oblige, pour rendre solide la fortune d'un seul, de s'opposer à l'établissement de plusieurs ; enfin, en ce qu'il détruit l'égalité des citoyens qui en fait toute l'opulence.

De Paris, le 4 *de la lune de Rhamazan*, 1718.

LETTRE CXX

USBEK AU MÊME

Les pays habités par les Sauvages sont ordinairement peu peuplés, par l'éloignement qu'ils ont presque tous pour le travail et la culture de la terre. Cette malheureuse aversion est si forte que, lorsqu'ils font quelque

* Mot chinois signifiant à peu près « le Ciel ».

imprécation contre quelqu'un de leurs ennemis, ils ne lui souhaitent autre chose que d'être réduit à labourer un champ ; croyant qu'il n'y a que la chasse et la pêche qui soit un exercice noble et digne d'eux.

Mais, comme il y a souvent des années où la chasse et la pêche rendent très peu, ils sont désolés par des famines fréquentes ; sans compter qu'il n'y a pas de pays si abondant en gibier et en poisson qu'il puisse donner la subsistance à un grand peuple parce que les animaux fuient toujours les endroits trop habités.

D'ailleurs, les bourgades de Sauvages, au nombre de deux ou trois cents habitants, détachées les unes des autres, ayant des intérêts aussi séparés que ceux de deux empires, ne peuvent pas se soutenir, parce qu'elles n'ont pas la ressource des grands états, dont toutes les parties se répondent et se secourent mutuellement.

Il y a chez les Sauvages une autre coutume qui n'est pas moins pernicieuse que la première : c'est la cruelle habitude où sont les femmes de se faire avorter, afin que leur grossesse ne les rende pas désagréables à leurs maris [5].

Il y a ici des lois terribles contre ce désordre ; elles vont jusques à la fureur. Toute fille qui n'a point été déclarer sa grossesse au magistrat est punie de mort si son fruit périt ; la pudeur et la honte, les accidents mêmes ne l'excusent pas.

De Paris, le 9 *de la lune de Rhamazan*, 1718.

LETTRE CXXI

USBEK AU MÊME

L'effet ordinaire des colonies est d'affaiblir les pays d'où on les tire, sans peupler ceux où on les envoie.

Il faut que les hommes restent où ils sont : il y a des maladies qui viennent de ce qu'on change un bon air contre un mauvais ; d'autres qui viennent précisément de ce qu'on en change.

L'air se charge, comme les plantes, des particules de la terre de chaque pays. Il agit tellement sur nous que notre tempérament en est fixé. Lorsque nous sommes transportés dans un autre pays, nous devenons malades. Les liquides étant accoutumés à une certaine consistance, les solides, à une certaine disposition, tous les deux, à un certain degré de mouvement, n'en peuvent plus souffrir d'autres, et ils résistent à un nouveau pli.

Quand un pays est désert, c'est un préjugé de quelque vice particulier dans la nature du terrain ou du climat. Ainsi, quand on ôte les hommes d'un ciel heureux pour les envoyer dans un tel pays, on fait précisément le contraire de ce qu'on se propose.

Les Romains savaient cela par expérience : ils reléguaient tous les criminels en Sardaigne, et ils y faisaient passer des Juifs. Il fallut se consoler de leur perte : chose que le mépris qu'ils avaient pour ces misérables rendait très facile.

Le grand Chah Abas, voulant ôter aux Turcs le moyen d'entretenir de grosses armées sur les frontières, transporta presque tous les Arméniens hors de leur pays et en envoya plus de vingt mille familles dans la province de Guilan, qui périrent presque toutes en très peu de temps[5].

Tous les transports de peuple faits à Constantinople n'ont jamais réussi[5]. Ce nombre prodigieux de Nègres dont nous avons parlé n'a point rempli l'Amérique.

Depuis la destruction des Juifs sous Adrien, la Palestine est sans habitants.

Il faut donc avouer que les grandes destructions sont presque irréparables, parce qu'un peuple qui manque à un certain point reste dans le même état ; et si, par hasard, il se rétablit, il faut des siècles pour cela.

Que si, dans un état de défaillance, la moindre des circonstances dont je t'ai parlé vient à concourir, non seulement il ne se répare pas, mais il dépérit tous les jours et tend à son anéantissement.

L'expulsion des Maures d'Espagne se fait encore

sentir comme le premier jour : bien loin que ce vide se remplisse, il devient tous les jours plus grand [5].

Depuis la dévastation de l'Amérique, les Espagnols qui ont pris la place de ses anciens habitants n'ont pu la repeupler ; au contraire, par une fatalité que je ferais mieux de nommer une justice divine, les destructeurs se détruisent eux-mêmes et se consument tous les jours.

Les princes ne doivent donc point songer à repeupler de grands pays par des colonies. Je ne dis pas qu'elles ne réussissent quelquefois : il y a des climats si heureux que l'espèce s'y multiplie toujours : témoin ces îles qui ont été peuplées par des malades que quelques vaisseaux y avaient abandonnés, et qui y recouvraient aussitôt la santé*.

Mais, quand ces colonies réussiraient, au lieu d'augmenter la puissance, elles ne feraient que la partager, à moins qu'elles n'eussent très peu d'étendue, comme sont celles que l'on envoie pour occuper quelque place pour le commerce.

Les Carthaginois avaient, comme les Espagnols, découvert l'Amérique ou, au moins, de grandes îles dans lesquelles ils faisaient un commerce prodigieux ; mais, quand ils virent le nombre de leurs habitants diminuer, cette sage république défendit à ses sujets ce commerce et cette navigation.

J'ose le dire : au lieu de faire passer les Espagnols dans les Indes, il faudrait faire passer les Indiens et les métis en Espagne ; il faudrait rendre à cette monarchie tous ses peuples dispersés : et, si la moitié seulement de ces grandes colonies se conservait, l'Espagne deviendrait la puissance de l'Europe la plus redoutable.

On peut comparer les empires à un arbre dont les branches trop étendues ôtent tout le suc du tronc et ne servent qu'à faire de l'ombrage.

Rien n'est plus propre à corriger les princes de la fureur des conquêtes lointaines que l'exemple des Portugais et des Espagnols.

* M : « L'auteur parle peut-être de l'île de Bourbon [5]. »

Ces deux nations, ayant conquis avec une rapidité inconcevable des royaumes immenses, plus étonnées de leurs victoires que les peuples vaincus de leur défaite, songèrent aux moyens de les conserver ; et prirent, chacune pour cela, une voie différente.

Les Espagnols, désespérant de retenir les nations vaincues dans la fidélité, prirent le parti de les exterminer et d'y envoyer d'Espagne des peuples fidèles. Jamais dessein horrible ne fut plus ponctuellement exécuté. On vit un peuple aussi nombreux que tous ceux de l'Europe ensemble disparaître de la terre à l'arrivée de ces barbares, qui semblèrent, en découvrant les Indes, n'avoir pensé qu'à découvrir aux hommes quel était le dernier période* de la cruauté.

Par cette barbarie, ils conservèrent ce pays sous leur domination. Juge par là combien les conquêtes sont funestes, puisque les effets en sont tels : car enfin, ce remède affreux était unique. Comment auraient-ils pu retenir tant de millions d'hommes dans l'obéissance ? Comment soutenir une guerre civile de si loin ? Que seraient-ils devenus, s'ils avaient donné le temps à ces peuples de revenir de l'admiration où ils étaient de l'arrivée de ces nouveaux Dieux et de la crainte de leurs foudres ?

Quant aux Portugais, ils prirent une voie tout opposée : ils n'employèrent pas les cruautés. Aussi furent-ils bientôt chassés de tous les pays qu'ils avaient découverts. Les Hollandais favorisèrent la rébellion de ces peuples et en profitèrent.

Quel prince envierait le sort de ces conquérants ? Qui voudrait de ces conquêtes à ces conditions ? Les uns en furent aussitôt chassés ; les autres en firent des déserts et rendirent leur propre pays un désert encore.

C'est le destin des héros de se ruiner à conquérir des pays qu'ils perdent soudain, ou à soumettre des nations qu'ils sont obligés eux-mêmes de détruire : comme cet

* Le degré le plus élevé.

insensé qui se consumait à acheter des statues qu'il jetait dans la mer et des glaces qu'il brisait aussitôt.

De Paris, le 18 *de la lune de Rhamazan*, 1718.

LETTRE CXXII

USBEK AU MÊME

La douceur du gouvernement contribue merveilleusement à la propagation de l'espèce. Toutes les républiques en sont une preuve constante, et, plus que toutes, la Suisse et la Hollande, qui sont les deux plus mauvais pays de l'Europe, si l'on considère la nature du terrain, et qui cependant sont les plus peuplés.

Rien n'attire plus les étrangers que la liberté et l'opulence, qui la suit toujours : l'une se fait rechercher par elle-même, et nous sommes conduits par nos besoins dans les pays où l'on trouve l'autre.

L'espèce se multiplie dans un pays où l'abondance fournit aux enfants, sans rien diminuer de la subsistance des pères.

L'égalité même des citoyens, qui produit ordinairement de l'égalité dans les fortunes, porte l'abondance et la vie dans toutes les parties du corps politique et la répand partout.

Il n'en est pas de même des pays soumis au pouvoir arbitraire : le prince, les courtisans et quelques particuliers possèdent toutes les richesses pendant que tous les autres gémissent dans une pauvreté extrême.

Si un homme est mal à son aise, et qu'il sente qu'il fera des enfants plus pauvres que lui, il ne se mariera pas ; ou, s'il se marie, il craindra d'avoir un trop grand nombre d'enfants, qui pourraient achever de déranger sa fortune, et qui descendraient de la condition de leur père.

J'avoue que le rustique ou paysan, étant une fois marié, peuplera indifféremment, soit qu'il soit riche, soit qu'il soit pauvre ; cette considération ne le touche pas : il a toujours un héritage sûr à laisser à ses enfants, qui est son hoyau, et rien ne l'empêche de suivre aveuglément l'instinct de la nature.

Mais à quoi sert dans un état ce nombre d'enfants qui languissent dans la misère ? Ils périssent presque tous à mesure qu'ils naissent ; ils ne prospèrent jamais ; faibles et débiles, ils meurent en détail de mille manières tandis qu'ils sont emportés en gros par les fréquentes maladies populaires que la misère et la mauvaise nourriture produisent toujours ; ceux qui en échappent atteignent l'âge viril sans en avoir la force et languissent tout le reste de leur vie.

Les hommes sont comme les plantes, qui ne croissent jamais heureusement si elles ne sont bien cultivées : chez les peuples misérables, l'espèce perd et même quelquefois dégénère.

La France peut fournir un grand exemple de tout ceci. Dans les guerres passées, la crainte où étaient tous les enfants de famille d'être enrôlés dans la milice les obligeait de se marier, et cela dans un âge trop tendre et dans le sein de la pauvreté. De tant de mariages, il naissait bien des enfants, que l'on cherche encore en France, et que la misère, la famine et les maladies en ont fait disparaître.

Que si, dans un ciel aussi heureux, dans un royaume aussi policé que la France, on fait de pareilles remarques, que sera-ce dans les autres états ?

De Paris, le 23 *de la lune de Rhamazan*, 1718.

LETTRE CXXIII

USBEK AU MOLLAK MÉHÉMET-ALI, GARDIEN DES TROIS TOMBEAUX, A COM

Que nous servent les jeûnes des immaums et les cilices des mollaks ? La main de Dieu s'est deux fois appesantie sur les enfants de la Loi : le soleil s'obscurcit et semble n'éclairer plus que leurs défaites ; leurs armées s'assemblent, et elles sont dissipées comme la poussière.

L'Empire des Osmanlins est ébranlé par les deux plus grands échecs qu'il ait jamais reçus : un moufti chrétien ne le soutient qu'avec peine ; le grand vizir d'Allemagne est le fléau de Dieu, envoyé pour châtier les sectateurs d'Omar ; il porte partout la colère du Ciel irrité contre leur rébellion et leur perfidie[8].

Esprit sacré des immaums, tu pleures nuit et jour sur les enfants du Prophète que le détestable Omar a dévoyés ; tes entrailles s'émeuvent à la vue de leurs malheurs, tu désires leur conversion, et non pas leur perte ; tu voudrais les voir réunis sous l'étendard d'Hali par les larmes des Saints, et non pas dispersés dans les montagnes et dans les déserts par la terreur des Infidèles.

De Paris, le premier de la lune de Chalval, 1718.

LETTRE CXXIV

USBEK A RHÉDI, A VENISE

Quel peut être le motif de ces libéralités immenses que les princes versent sur leurs courtisans ? Veulent-ils se les attacher ? Ils leur sont déjà acquis autant qu'ils peuvent l'être ; et, d'ailleurs, s'ils acquièrent quelques-uns de leurs sujets en les achetant, il faut bien, par la même raison, qu'ils en perdent une infinité d'autres en les appauvrissant.

Quand je pense à la situation des princes, toujours entourés d'hommes avides et insatiables, je ne puis que les plaindre, et je les plains encore davantage lorsqu'ils n'ont pas la force de résister à des demandes toujours onéreuses à ceux qui ne demandent rien.

Je n'entends jamais parler de leurs libéralités, des grâces et des pensions qu'ils accordent, que je ne me livre à mille réflexions : une foule d'idées se présente à mon esprit ; il me semble que j'entends publier cette ordonnance :

« Le courage infatigable de quelques-uns de nos sujets à nous demander des pensions ayant exercé sans relâche notre magnificence royale, nous avons enfin cédé à la multitude des requêtes, qu'ils nous ont présentées, lesquelles ont fait jusqu'ici la plus grande sollicitude du Trône. Ils nous ont représenté qu'ils n'ont point manqué, depuis notre avènement à la couronne, de se trouver à notre lever ; que nous les avons toujours vus sur notre passage immobiles comme des bornes ; et qu'ils se sont extrêmement élevés pour regarder, sur les épaules les plus hautes, Notre Sérénité. Nous avons même reçu plusieurs requêtes de la part de quelques personnes du beau sexe, qui nous ont supplié de faire attention qu'il est notoire qu'elles sont d'un entretien très difficile ; quelques-unes même, très surannées, nous ont prié, branlant la tête, de faire attention qu'elles ont fait l'ornement de la cour des rois nos prédécesseurs, et que, si les généraux de leurs armées ont rendu l'État redoutable par leurs faits militaires, elles n'ont point rendu la cour moins célèbre par leurs intrigues. Ainsi, désirant traiter les suppliants avec bonté et leur accorder toutes leurs prières nous avons ordonné ce qui suit :

Que tout laboureur ayant cinq enfants retranchera journellement la cinquième partie du pain qu'il leur donne. Enjoignons aux pères de famille de faire la diminution, sur chacun d'eux, aussi juste que faire se pourra.

Défendons expressément à tous ceux qui s'appliquent à la culture de leurs héritages, ou qui les ont donnés à titre de ferme, d'y faire aucune réparation, de quelque espèce qu'elle soit.

Ordonnons que toutes personnes qui s'exercent à des travaux vils et mécaniques, lesquelles n'ont jamais été au lever de Notre Majesté, n'achètent désormais d'habits à eux, à leurs femmes et à leurs enfants, que de quatre ans en quatre ans ; leur interdisons, en outre, très étroitement ces petites réjouissances qu'ils avaient coutume de faire dans leurs familles les principales fêtes de l'année.

Et, d'autant que nous demeurons avertis que la plupart des bourgeois de nos bonnes villes sont entièrement occupés à pourvoir à l'établissement de leurs filles, lesquelles ne se sont rendues recommandables dans notre état que par une triste et ennuyeuse modestie, nous ordonnons qu'ils attendront à les marier jusqu'à ce qu'ayant atteint l'âge limité par les ordonnances elles viennent à les y contraindre. Défendons à nos magistrats de pourvoir à l'éducation de leurs enfants. »

De Paris, le premier de la lune de Chalval, 1718.

LETTRE CXXV

RICA A ***

On est bien embarrassé, dans toutes les religions, quand il s'agit de donner une idée des plaisirs qui sont destinés à ceux qui ont bien vécu. On épouvante facilement les méchants par une longue suite de peines dont on les menace ; mais, pour les gens vertueux, on ne sait que leur promettre. Il semble que la nature des plaisirs soit d'être d'une courte durée ; l'imagination a peine à en représenter d'autres.

J'ai vu des descriptions du Paradis capables d'y faire renoncer tous les gens de bon sens : les uns font jouer sans cesse de la flûte ces ombres heureuses ; d'autres les condamnent au supplice de se promener éternellement ; d'autres, enfin, qui les font rêver là-haut aux maîtresses d'ici-bas, n'ont pas cru que cent millions d'années fussent un terme assez long pour leur ôter le goût de ces inquiétudes amoureuses.

Je me souviens à ce propos d'une histoire que j'ai ouï raconter à un homme qui avait été dans le pays du Mogol ; elle fait voir que les prêtres indiens ne sont pas moins stériles que les autres dans les idées qu'ils ont des plaisirs du Paradis.

Une femme qui venait de perdre son mari vint en cérémonie chez le Gouverneur de la ville lui demander la permission de se brûler ; mais, comme dans les pays soumis aux mahométans, on abolit tant qu'on peut cette cruelle coutume, il la refusa absolument [5].

Lorsqu'elle vit ses prières impuissantes, elle se jeta dans un furieux emportement. « Voyez, disait-elle, comme on est gêné ! Il ne sera seulement pas permis à une pauvre femme de se brûler quand elle en a envie ! A-t-on jamais vu rien de pareil ? Ma mère, ma tante, mes sœurs, se sont brûlées ; et, quand je vais demander permission à ce maudit gouverneur, il se fâche et se met à crier comme un enragé. »

Il se trouva là, par hasard, un jeune bonze. « Homme infidèle, dit le gouverneur, est-ce toi qui as mis cette fureur dans l'esprit de cette femme ? — Non, dit-il, je ne lui ai jamais parlé. Mais, si elle m'en croit, elle consommera son sacrifice : elle fera une action agréable au Dieu Brama. Aussi en sera-t-elle récompensée : car elle retrouvera dans l'autre monde son mari, et elle recommencera avec lui un second mariage. — Que dites-vous ? dit la femme surprise. Je retrouverai mon mari ? Ah ! je ne me brûle pas. Il était jaloux, chagrin et, d'ailleurs, si vieux que, si le Dieu Brama n'a point fait sur lui quelque réforme, sûrement il n'a pas besoin de moi. Me brûler pour lui ?... Pas seulement le bout du doigt pour le retirer du fond des Enfers. Deux vieux bonzes qui me séduisaient, et qui savaient de quelle manière je vivais avec lui, n'avaient garde de me tout dire. Mais, si le Dieu Brama n'a que ce présent à me faire, je renonce à cette béatitude. Monsieur le Gouverneur, je me fais mahométane. Et pour vous, dit-elle en regardant le bonze, vous pouvez, si vous voulez, aller dire à mon mari que je me porte fort bien. »

De Paris, le 2 *de la lune de Chalval*, 1718.

LETTRE CXXVI

RICA A USBEK, A ***

Je t'attends ici demain ; cependant je t'envoie tes lettres d'Ispahan. Les miennes portent que l'ambassadeur du Grand Mogol a reçu ordre de sortir du royaume. On ajoute qu'on a fait arrêter le prince, oncle du roi, qui est chargé de son éducation ; qu'on l'a fait conduire dans un château, où il est très étroitement gardé, et qu'on l'a privé de tous ses honneurs. Je suis touché du sort de ce prince, et je le plains [8].

Je te l'avoue, Usbek, je n'ai jamais vu couler les larmes de personne sans en être attendri : je sens de l'humanité pour les malheureux, comme s'il n'y avait qu'eux qui fussent hommes, et les grands mêmes, pour lesquels je trouve dans mon cœur de la dureté quand ils sont élevés, je les aime sitôt qu'ils tombent.

En effet, qu'ont-ils à faire, dans la prospérité, d'une inutile tendresse ? Elle approche trop de l'égalité ; ils aiment bien mieux du respect, qui ne demande point de retour. Mais sitôt qu'ils sont déchus de leur grandeur, il n'y a que nos plaintes qui puissent leur en rappeler l'idée.

Je trouve quelque chose de bien naïf et même de bien grand dans les paroles d'un prince qui, près de tomber entre les mains de ses ennemis, voyant ses courtisans autour de lui qui pleuraient : « Je sens, leur dit-il, à vos larmes, que je suis encore votre roi [2] ».

De Paris, le 3 *de la lune de Chalval*, 1718.

LETTRE CXXVII

RICA A IBBEN, A SMYRNE

Tu as ouï parler mille fois du fameux roi de Suède. Il assiégeait une place dans un royaume qu'on nomme *la Norvège* ; comme il visitait la tranchée, seul avec un ingénieur, il a reçu un coup dans la tête, dont il est mort. On a fait sur-le-champ arrêter son premier ministre ; les États se sont assemblés et l'ont condamné à perdre la tête.

Il était accusé d'un grand crime : c'était d'avoir calomnié la nation et de lui avoir fait perdre la confiance de son roi ; forfait qui, selon moi, mérite mille morts [8].

Car, enfin, si c'est une mauvaise action de noircir dans l'esprit du prince le dernier de ses sujets, qu'est-ce lorsque l'on noircit la nation entière, et qu'on lui ôte la bienveillance de celui que la Providence a établi pour faire son bonheur ?

Je voudrais que les hommes parlassent aux rois comme les Anges parlent à notre saint Prophète.

Tu sais que, dans les banquets sacrés où le Seigneur des Seigneurs descend du plus sublime trône du monde pour se communiquer à ses esclaves, je me suis fait une loi sévère de captiver une langue indocile. On ne m'a jamais vu abandonner une seule parole qui pût être amère au dernier de ses sujets. Quand il m'a fallu cesser d'être sobre, je n'ai point cessé d'être honnête homme, et, dans cette épreuve de notre fidélité, j'ai risqué ma vie, et jamais ma vertu.

Je ne sais comment il arrive qu'il n'y a presque jamais de prince si méchant que son ministre ne le soit encore davantage. S'il fait quelque action mauvaise, elle a presque toujours été suggérée ; de manière que l'ambition des princes n'est jamais si dangereuse que la bassesse d'âme de ses conseillers. Mais comprends-tu qu'un homme qui n'est que d'hier dans le ministère, qui peut-être n'y sera pas demain, puisse devenir dans un moment l'ennemi de lui-même, de sa famille, de sa patrie et du peuple qui naîtra à jamais de celui qu'il va faire opprimer ?

Un prince a des passions ; le ministre les remue. C'est de ce côté-là qu'il dirige son ministère ; il n'a point d'autre but, ni n'en veut connaître. Les courtisans le séduisent par leurs louanges, et lui le flatte plus dangereusement par ses conseils, par les desseins qu'il lui inspire, et par les maximes qu'il lui propose.

De Paris, le 25 de la lune de Saphar, 1719[8].

LETTRE CXXVIII

RICA A USBEK, A ***

Je passais l'autre jour sur le Pont-Neuf avec un de mes amis ; il rencontra un homme de sa connaissance qu'il me dit être un géomètre, et il n'y avait rien qui n'y parût : car il était dans une rêverie profonde. Il fallut que mon ami le tirât longtemps par la manche et le secouât pour le faire descendre jusques à lui, tant il était occupé d'une courbe, qui le tourmentait peut-être depuis plus de huit jours. Ils se firent tous deux beaucoup d'honnêtetés et s'apprirent réciproquement quelques nouvelles littéraires. Ces discours les menèrent jusque sur la porte d'un café, où j'entrai avec eux.

Je remarquai que notre géomètre y fut reçu de tout le monde avec empressement, et que les garçons du café en faisaient beaucoup plus de cas que de deux mousquetaires qui étaient dans un coin. Pour lui, il parut qu'il se trouvait dans un lieu agréable : car il dérida un peu son visage et se mit à rire comme s'il n'avait pas eu la moindre teinture de géométrie.

Cependant son esprit régulier toisait tout ce qui se disait dans la conversation. Il ressemblait à celui qui, dans un jardin, coupait avec son épée la tête des fleurs qui s'élevaient au-dessus des autres[2] : martyr de sa justesse, il était offensé d'une saillie comme une vue délicate est offensée par une lumière trop vive. Rien pour lui n'était indifférent, pourvu qu'il fût vrai. Aussi sa conversation était-elle singulière. Il était arrivé ce jour-là de la campagne avec un homme qui avait vu un château superbe et des jardins magnifiques, et il n'avait vu, lui, qu'un bâtiment de soixante pieds de long sur trente-cinq de large et un bosquet barlong* de dix arpents. Il aurait fort souhaité que les règles de la perspective eussent été tellement observées que les allées des avenues eussent paru partout de même largeur, et il aurait donné pour cela une méthode infaillible. Il parut fort satisfait d'un cadran qu'il y avait démêlé, d'une structure fort singulière, et il s'échauffa fort contre un savant qui était auprès de moi, qui malheureusement lui demanda si ce cadran marquait les heures babyloniennes. Un nouvelliste parla du bombardement du château de Fontarabie[3] : et il nous donna soudain les propriétés de la ligne que les bombes avaient décrite en l'air, et, charmé de savoir cela, il voulut en ignorer entièrement le succès. Un homme se plaignait d'avoir été ruiné l'hiver auparavant par une inondation. « Ce que vous me dites là m'est fort agréable, dit alors le géomètre : je vois que je ne me suis pas trompé dans l'observation que j'ai faite, et qu'il est au moins tombé sur la terre deux pouces d'eau plus que l'année passée. »

Un moment après, il sortit, et nous le suivîmes. Comme il allait assez vite, et qu'il négligeait de regarder devant lui, il fut rencontré directement par un autre homme. Ils se choquèrent rudement, et de ce coup ils rejaillirent, chacun de leur côté, en raison réciproque de leur vitesse et de leurs masses[4]. Quand ils furent un peu revenus de leur étourdissement, cet homme, portant la main sur son front, dit au géomètre : « Je suis bien aise que vous m'ayez heurté, car j'ai une grande nouvelle à vous apprendre : je viens de donner Horace

* D'une longueur mal proportionnée.

au public. — Comment ! dit le géomètre, il y a deux mille ans qu'il y est. — Vous ne m'entendez pas, reprit l'autre : c'est une traduction de cet ancien auteur que je viens de mettre au jour ; il y a vingt ans que je m'occupe à faire des traductions. — Quoi ! Monsieur, dit le géomètre, il y a vingt ans que vous ne pensez pas ? Vous parlez pour les autres, et ils pensent pour vous ? — Monsieur, dit le savant, croyez-vous que je n'aie pas rendu un grand service au public, de lui rendre la lecture des bons auteurs familière ? — Je ne dis pas tout à fait cela : j'estime autant qu'un autre les sublimes génies que vous travestissez. Mais vous ne leur ressemblerez point : car, si vous traduisez toujours, on ne vous traduira jamais. Les traductions sont comme ces monnaies de cuivre qui ont bien la même valeur qu'une pièce d'or, et même sont d'un plus grand usage pour le peuple ; mais elles sont toujours faibles et de mauvais aloi[3]. Vous voulez, dites-vous, faire renaître parmi nous ces illustres morts, et j'avoue que vous leur donnez bien un corps ; mais vous ne leur rendez pas la vie : il y manque toujours un esprit pour les animer. Que ne vous appliquez-vous plutôt à la recherche de tant de belles vérités qu'un calcul facile nous fait découvrir tous les jours ? »

Après ce petit conseil, ils se séparèrent, je crois, très mécontents l'un de l'autre.

De Paris, le dernier de la lune de Rebiab 2, 1719.

LETTRE CXXIX

USBEK A RHÉDI, A VENISE

La plupart des législateurs ont été des hommes bornés, que le hasard a mis à la tête des autres, et qui n'ont presque consulté que leurs préjugés et leurs fantaisies.

Il semble qu'ils aient méconnu la grandeur et la dignité même de leur ouvrage : ils se sont amusés à faire des institutions puériles, avec lesquelles ils se sont à la vérité conformés aux petits esprits, mais décrédités auprès des gens de bon sens.

Ils se sont jetés dans des détails inutiles ; ils ont donné dans les cas particuliers, ce qui marque un génie étroit qui ne voit les choses que par parties et n'embrasse rien d'une vue générale.

Quelques-uns ont affecté de se servir d'une autre langue que la vulgaire : chose absurde pour un faiseur de lois. Comment peut-on les observer, si elles ne sont pas connues ?

Ils ont souvent aboli sans nécessité celles qu'ils ont trouvées établies ; c'est-à-dire qu'ils ont jeté les peuples dans les désordres inséparables des changements.

Il est vrai que, par une bizarrerie qui vient plutôt de la nature que de l'esprit des hommes, il est quelquefois nécessaire de changer certaines lois. Mais le cas est rare, et, lorsqu'il arrive, il n'y faut toucher que d'une main tremblante : on y doit observer tant de solennités et apporter tant de précautions que le peuple en conclut naturellement que les lois sont bien saintes, puisqu'il faut tant de formalités pour les abroger.

Souvent ils les ont faites trop subtiles et ont suivi des idées logiciennes plutôt que l'équité naturelle. Dans la suite, elles ont été trouvées trop dures, et, par un esprit d'équité, on a cru devoir s'en écarter ; mais ce remède était un nouveau mal. Quelles que soient les lois, il faut toujours les suivre et les regarder comme la conscience publique, à laquelle celle des particuliers doit se conformer toujours.

Il faut pourtant avouer que quelques-uns d'entre eux ont eu une attention qui marque beaucoup de sagesse : c'est qu'ils ont donné aux pères une grande autorité sur leurs enfants. Rien ne soulage plus les magistrats ; rien ne dégarnit plus les tribunaux ; rien, enfin, ne répand plus de tranquillité dans un état, où les mœurs font toujours de meilleurs citoyens que les lois.

C'est, de toutes les puissances, celle dont on abuse le moins ; c'est la plus sacrée de toutes les magistratures ; c'est la seule qui ne dépend pas des conventions, et qui les a même précédées [4].

On remarque que, dans les pays où l'on met dans les mains paternelles plus de récompenses et de punitions, les familles sont mieux réglées : les pères sont l'image du Créateur de l'univers, qui, quoiqu'il puisse conduire les hommes par son amour, ne laisse pas de se les attacher encore par les motifs de l'espérance et de la crainte.

Je ne finirai pas cette lettre sans te faire remarquer la bizarrerie de l'esprit des Français. On dit qu'ils ont retenu des lois romaines un nombre infini de choses inutiles et même pis, et ils n'ont pas pris d'elles la puissance paternelle, qu'elles ont établie comme la première autorité légitime.

De Paris, le 4 *de la lune de Gemmadi* 2, 1719.

LETTRE CXXX

RICA A ***

Je te parlerai dans cette lettre d'une certaine nation qu'on appelle *les Nouvellistes* [7], qui s'assemble dans un jardin magnifique, où leur oisiveté est toujours occupée. Ils sont très inutiles à l'État, et leurs discours de cinquante ans n'ont pas un effet différent de celui qu'aurait pu produire un silence aussi long. Cependant ils se croient considérables, parce qu'ils s'entretiennent de projets magnifiques et traitent de grands intérêts [6].

La base de leurs conversations est une curiosité frivole et ridicule : il n'y a point de cabinet si mystérieux qu'ils ne prétendent pénétrer ; ils ne sauraient consentir à ignorer quelque chose ; ils savent combien notre auguste sultan a de femmes, combien il fait d'enfants toutes les années ; et, quoiqu'ils ne fassent aucune dépense en espions, ils sont instruits des mesures qu'il prend pour humilier l'empereur des Turcs et des Mogols.

A peine ont-ils épuisé le présent qu'ils se précipitent dans l'avenir, et, marchant au-devant de la Providence, ils la préviennent sur toutes les démarches des hommes. Ils conduisent un général par la main, et, après l'avoir loué de mille sottises qu'il n'a pas faites, ils lui en préparent mille autres qu'il ne fera pas.

Ils font voler les armées comme les grues et tomber les murailles comme des cartons ; ils ont des ponts sur toutes les rivières, des routes secrètes dans toutes les montagnes, des magasins immenses dans les sables brûlants ; il ne leur manque que le bon sens.

Il y a un homme avec qui je loge, qui reçut cette lettre d'un nouvelliste. Comme elle m'a paru singulière, je la gardai. La voici :

MONSIEUR,

Je me trompe rarement dans mes conjectures sur les affaires du temps.

Le 1er *janvier* 1711, *je prédis que l'empereur Joseph mourrait dans le cours de l'année. Il est vrai que, comme il se portait fort bien, je crus que je me ferais moquer de moi si je m'expliquais d'une manière bien claire : ce qui fit que je me servis de termes un peu énigmatiques ; mais les gens qui savent raisonner m'entendirent bien. Le* 17 *avril de la même année, il mourut de la petite vérole.*

Dès que la guerre fut déclarée entre l'Empereur et les Turcs, j'allai chercher nos messieurs dans tous les coins des Tuileries ; je les assemblai près du bassin et leur prédis qu'on ferait le siège de Belgrade, et qu'il serait pris. J'ai été assez heureux pour que ma prédiction ait été accomplie. Il est vrai que, vers le milieu du siège, je pariai cent pistoles qu'il serait pris le 18 *août ; il ne fut pris que le lendemain. Peut-on perdre à si beau jeu ?*

Lorsque je vis que la flotte d'Espagne débarquait en Sardaigne, je jugeai qu'elle en ferait la conquête ; je le dis, et cela se trouva vrai. Enflé de ce succès, j'ajou-

tai que cette flotte victorieuse irait débarquer à Final, pour faire la conquête du Milanais. Comme je trouvai de la résistance à faire recevoir cette idée, je voulus la soutenir glorieusement : je pariai cinquante pistoles, et je les perdis encore, car ce diable d'Alberoni, malgré la foi des traités, envoya sa flotte en Sicile et trompa tout à la fois deux grands politiques, le duc de Savoie et moi[8].

Tout cela, Monsieur, me déroute si fort que j'ai résolu de prédire toujours et de ne parier jamais. Autrefois nous ne connaissions point aux Tuileries l'usage des paris, et feu M. le comte de L... [8] *ne les souffrait guère. Mais, depuis qu'une troupe de petits-maîtres s'est mêlée parmi nous, nous ne savons plus où nous en sommes : à peine ouvrons-nous la bouche pour dire une nouvelle, qu'un de ces jeunes gens propose de parier contre.*

L'autre jour, comme j'ouvrais mon manuscrit et accommodais mes lunettes sur mon nez, un de ces fanfarons, saisissant justement l'intervalle du premier mot au second, me dit : « Je parie cent pistoles que non. » Je fis semblant de n'avoir pas fait d'attention à cette extravagance, et, reprenant la parole d'une voix plus forte, je dis : « M. le Maréchal de... ayant appris... — Cela est faux, me dit-il. Vous avez des nouvelles extravagantes, il n'y a pas le sens commun à tout cela. »

Je vous prie, Monsieur, de me faire le plaisir de me prêter trente pistoles : car je vous avoue que ces paris m'ont fort dérangé. Je vous envoie la copie de deux lettres que j'ai écrites au ministre.

Je suis, etc.

Lettres d'un nouvelliste au ministre.

MONSEIGNEUR,

Je suis le sujet le plus zélé que le Roi ait jamais eu. C'est moi qui obligeai un de mes amis d'exécuter le projet que j'avais formé d'un livre pour démontrer que

Louis le Grand était le plus grand de tous les princes qui ont mérité le nom de Grand. *Je travaille depuis longtemps à un autre ouvrage qui fera encore plus d'honneur à notre nation, si Votre Grandeur veut m'accorder un privilège : mon dessein est de prouver que, depuis le commencement de la monarchie, les Français n'ont jamais été battus, et que ce que les historiens ont dit jusqu'ici de nos désavantages sont de véritables impostures. Je suis obligé de les redresser en bien des occasions, et j'ose me flatter que je brille surtout dans la critique.*

Je suis, Monseigneur, etc.

MONSEIGNEUR,

Depuis la perte que nous avons faite de M. le comte de L..., nous vous supplions d'avoir la bonté de nous permettre d'élire un président. Le désordre se met dans nos conférences, et les affaires d'État n'y sont pas traitées avec la même discussion que par le passé : nos jeunes gens vivent absolument sans égard pour les anciens et, entre eux, sans discipline ; c'est le véritable conseil de Roboam, où les jeunes imposent aux vieillards[1]. *Nous avons beau leur représenter que nous étions paisibles possesseurs des Tuileries vingt ans avant qu'ils fussent au monde ; je crois qu'ils nous en chasseront à la fin, et qu'obligés de quitter ces lieux où nous avons tant de fois évoqué les ombres de nos héros français, il faudra que nous allions tenir nos conférences au Jardin du Roi* ou dans quelque lieu plus écarté.*

Je suis, etc.

De Paris, le 7 *de la lune de Gemmadi* 2, 1719.

* L'actuel Jardin des Plantes.

LETTRE CXXXI

RHÉDI A RICA, A PARIS

Une des choses qui a le plus exercé ma curiosité en arrivant en Europe, c'est l'histoire et l'origine des républiques. Tu sais que la plupart des Asiatiques n'ont pas seulement d'idée de cette sorte de gouvernement, et que l'imagination ne les a pas servis jusques à leur faire comprendre qu'il puisse y en avoir sur la terre d'autre que le despotique [5].

Les premiers gouvernements que nous connaissons étaient monarchiques : ce ne fut que par hasard et par la succession des siècles que les républiques se formèrent.

La Grèce ayant été abîmée par un déluge, de nouveaux habitants vinrent la peupler. Elle tira presque toutes ses colonies d'Égypte et des contrées de l'Asie les plus voisines, et, comme ces pays étaient gouvernés par des rois, les peuples qui en sortirent furent gouvernés de même. Mais, la tyrannie de ces princes devenant trop pesante, on secoua le joug, et du débris de tant de royaumes s'élevèrent ces républiques qui firent si fort fleurir la Grèce, seule polie, au milieu des Barbares.

L'amour de la liberté, la haine des rois, conserva longtemps la Grèce dans l'indépendance et étendit au loin le gouvernement républicain. Les villes grecques trouvèrent des alliés dans l'Asie Mineure ; elles y envoyèrent des colonies aussi libres qu'elles, qui leur servirent de remparts contre les entreprises des rois de Perse. Ce n'est pas tout : la Grèce peupla l'Italie ; l'Italie, l'Espagne, et peut-être les Gaules. On sait que cette grande Hespérie, si fameuse chez les Anciens, était au commencement la Grèce, que ses voisins regardaient comme un séjour de félicité. Les Grecs, qui ne trouvaient point chez eux ce pays heureux, l'allèrent chercher en Italie ; ceux de l'Italie, en Espagne ; ceux d'Espagne, dans la Bétique ou le Portugal : de manière que toutes ces régions portèrent ce nom chez les Anciens. Ces colonies grecques apportèrent avec elles un esprit de liberté qu'elles avaient pris dans ce doux pays. Ainsi on ne voit guère, dans ces temps reculés, de monarchies dans l'Italie, l'Espagne, les Gaules. Tu verras bientôt que les peuples du Nord et d'Allemagne n'étaient pas moins libres ; et, si l'on trouve des vestiges de quelque royauté parmi eux, c'est qu'on a pris pour des rois les chefs des armées ou des républiques.

Tout ceci se passait en Europe ; car, pour l'Asie et l'Afrique, elles ont toujours été accablées sous le despotisme, si vous en exceptez quelques villes de l'Asie Mineure dont nous avons parlé, et la république de Carthage en Afrique.

Le monde fut partagé entre deux puissantes républiques : celle de Rome et celle de Carthage. Il n'y a rien de si connu que les commencements de la République romaine, et rien qui le soit si peu que l'origine de celle de Carthage. On ignore absolument la suite des princes africains depuis Didon, et comment ils perdirent leur puissance. C'eût été un grand bonheur pour le monde que l'agrandissement prodigieux de la République romaine, s'il n'y avait pas eu cette différence injuste entre les citoyens romains et les peuples vaincus ; si l'on avait donné aux gouverneurs des provinces une autorité moins grande ; si les lois si saintes pour empêcher leur tyrannie avaient été observées ; et s'ils ne s'étaient pas servis, pour les faire taire, des mêmes trésors que leur injustice avait amassés.

César opprima la République romaine, et la soumit à un pouvoir arbitraire.

L'Europe gémit longtemps sous un gouvernement militaire et violent, et la douceur romaine fut changée en une cruelle oppression.

Cependant une infinité de nations inconnues sortirent du Nord, se répandirent comme des torrents dans les provinces romaines, et, trouvant autant de facilité à faire des conquêtes qu'à exercer leurs pirateries, elles démembrèrent l'Empire et fondèrent des royaumes. Ces peuples étaient libres, et ils bornaient si fort l'autorité de leurs rois qu'ils n'étaient proprement que des chefs ou des généraux. Ainsi ces royaumes, quoique fondés par la force, ne sentirent point le joug du vainqueur. Lorsque les peuples d'Asie, comme les Turcs et les Tartares, firent des conquêtes, soumis à la volonté d'un seul, ils ne songèrent qu'à lui donner de nouveaux sujets et à établir par les armes son autorité violente. Mais les peuples du Nord, libres dans leurs pays, s'emparant des provinces romaines, ne donnèrent point à leurs chefs une grande autorité. Quelques-uns même de ces peuples, comme les Vandales en Afrique, les Goths en Espagne, déposaient leurs rois dès qu'ils n'en étaient pas satisfaits [2], et, chez les autres, l'autorité du prince était bornée de mille manières différentes : un grand nombre de seigneurs la partageaient avec lui ; les guerres n'étaient entreprises que de leur consentement ; les dépouilles étaient partagées entre le chef et les soldats ; aucun impôt en faveur du prince ; les lois étaient faites dans les assemblées de la nation. Voilà le principe fondamental de tous ces états qui se formèrent des débris de l'Empire romain.

De Venise, le 20 *de la lune de Rhegeb*, 1719.

LETTRE CXXXII

RICA A ***

Je fus, il y a cinq ou six mois, dans un café ; j'y remarquai un gentilhomme assez bien mis qui se faisait écouter : il parlait du plaisir qu'il y avait de vivre à Paris ; il déplorait sa situation d'être obligé d'aller languir dans la province. « J'ai, dit-il, quinze mille livres de rente en fonds de terre, et je me croirais plus heureux si j'avais le quart de ce bien-là en argent et en effets portables partout. J'ai beau presser mes fermiers et les accabler de frais de justice, je ne fais que les rendre plus insolvables ; je n'ai jamais pu voir cent pistoles à la fois. Si je devais dix mille francs, on me ferait saisir toutes mes terres, et je serais à l'hôpital. »

Je sortis sans avoir fait grande attention à tout ce discours ; mais, me trouvant hier dans ce quartier, j'entrai dans la même maison, et j'y vis un homme grave, d'un visage pâle et allongé, qui, au milieu de cinq ou six discoureurs, paraissait morne et pensif jusques à ce que, prenant brusquement la parole : « Oui, Messieurs, dit-il, en haussant la voix, je suis ruiné ; je n'ai plus de quoi vivre ; car j'ai actuellement chez moi deux cent mille livres en billets de banque et cent mille écus d'argent. Je me trouve dans une situation affreuse : je me suis cru riche, et me voilà à l'hôpital. Au moins, si j'avais seulement une petite terre où je pusse me retirer, je serais sûr d'avoir de quoi vivre ; mais je n'ai pas grand comme ce chapeau de fonds de terre[8]. »

Je tournai par hasard la tête d'un autre côté, et je vis un autre homme qui faisait des grimaces de possédé. « A qui se fier désormais ? s'écriait-il. Il y a un traître que je croyais si fort de mes amis que je lui avais prêté mon argent ; et il me l'a rendu. Quelle perfidie horrible ! Il a beau faire : dans mon esprit, il sera toujours déshonoré. »

Tout près de là était un homme très mal vêtu, qui, élevant les yeux au ciel, disait : « Dieu bénisse les projets de nos ministres ! Puissé-je voir les actions à deux mille, et tous les laquais de Paris plus riches que leurs maîtres ! » J'eus la curiosité de demander son nom. « C'est un homme extrêmement pauvre, me dit-on ; aussi a-t-il un pauvre métier : il est généalogiste, et il espère que son art rendra si les fortunes continuent, et que tous ces nouveaux riches auront besoin de lui pour reformer leur nom, décrasser leurs ancêtres et orner leurs carrosses. Il s'imagine qu'il va faire autant de gens de qualité qu'il voudra, et il tressaille de joie de voir multiplier ses pratiques. »

Enfin je vis entrer un vieillard pâle et sec, que je

reconnus pour nouvelliste avant qu'il se fût assis. Il n'était pas du nombre de ceux qui ont une assurance victorieuse contre tous les revers et présagent toujours les victoires et les trophées ; c'était, au contraire, un de ces trembleurs qui n'ont que des nouvelles tristes[7]. « Les affaires vont bien mal du côté d'Espagne, dit-il : nous n'avons point de cavalerie sur la frontière, et il est à craindre que le prince Pio, qui en a un gros corps, ne fasse contribuer tout le Languedoc[8]. »

Il y avait vis-à-vis de moi un philosophe assez mal en ordre, qui prenait le nouvelliste en pitié et haussait les épaules à mesure que l'autre haussait la voix. Je m'approchai de lui, et il me dit à l'oreille : « Vous voyez que ce fat nous entretient, il y a une heure, de sa frayeur pour le Languedoc, et moi, j'aperçus hier au soir une tache dans le soleil, qui, si elle augmentait, pourrait faire tomber toute la nature en engourdissement, et je n'ai pas dit un seul mot. »

De Paris, le 17 *de la lune de Rhamazan*, 1719.

LETTRE CXXXIII

RICA A ***

J'allai l'autre jour voir une grande bibliothèque dans un couvent de dervis, qui en sont comme les dépositaires, mais qui sont obligés d'y laisser entrer tout le monde à certaines heures[8].

En entrant je vis un homme grave qui se promenait au milieu d'un nombre innombrable de volumes qui l'entouraient. J'allai à lui et le priai de me dire quels étaient quelques-uns de ces livres que je voyais mieux reliés que les autres. « Monsieur, me dit-il, j'habite ici une terre étrangère : je n'y connais personne. Bien des gens font de pareilles questions ; mais vous voyez bien que je n'irai pas lire tous ces livres pour les satisfaire. J'ai mon bibliothécaire qui vous donnera satisfaction : car il s'occupe nuit et jour à déchiffrer tout ce que vous voyez là ; c'est un homme qui n'est bon à rien, et qui nous est très à charge, parce qu'il ne travaille point pour le couvent. Mais j'entends l'heure du réfectoire qui sonne. Ceux qui, comme moi, sont à la tête d'une communauté, doivent être les premiers à tous les exercices. » En disant cela, le moine me poussa dehors, ferma la porte, et comme s'il eût volé, disparut à mes yeux.

De Paris, le 21 *de la lune de Rhamazan*, 1719.

LETTRE CXXXIV

RICA AU MÊME

Je retournai le lendemain à cette bibliothèque, où je trouvai tout un autre homme que celui que j'avais vu la première fois : son air était simple ; sa physionomie, spirituelle ; et son abord, très affable. Dès que je lui eus fait connaître ma curiosité, il se mit en devoir de la satisfaire et même, en qualité d'étranger, de m'instruire.

« Mon père, lui dis-je, quels sont ces gros volumes qui tiennent tout ce côté de bibliothèque ?

— Ce sont, me dit-il, les interprètes de l'Écriture.

— Il y en a un grand nombre ! lui repartis-je. Il faut que l'Écriture fût bien obscure autrefois et bien claire à présent. Reste-t-il encore quelques doutes ? Peut-il y avoir des points contestés ? — S'il y en a, bon Dieu ! s'il y en a ! me répondit-il. Il y en a presque autant que de lignes. — Oui ? lui dis-je. Et qu'ont donc fait tous ces auteurs ? — Ces auteurs, me repartit-il, n'ont point cherché dans l'Écriture ce qu'il faut croire, mais ce qu'ils croient eux-mêmes ; ils ne l'ont point regardée comme un livre où étaient contenus les dogmes qu'ils devaient recevoir, mais comme un ouvrage qui pourrait donner de l'autorité à leurs propres idées. C'est pour cela qu'ils en ont corrompu tous les sens et ont donné la torture à tous les passages. C'est un pays où les hommes de toutes les sectes font des descentes et vont comme au pillage ; c'est un champ de bataille où les nations ennemies qui se rencontrent livrent bien des combats, où l'on s'attaque, où l'on s'escarmouche de bien des manières.

« Tout près de là, voyez les livres ascétiques ou de dévotion ; ensuite, les livres de morale, bien plus utiles ; ceux de théologie, doublement inintelligibles, et par la matière qui y est traitée, et par la manière de la traiter ; les ouvrages des mystiques, c'est-à-dire des dévots qui ont le cœur tendre. — Ah ! mon Père, lui dis-je, un moment. N'allez pas si vite. Parlez-moi de ces mystiques. — Monsieur, me dit-il, la dévotion échauffe un cœur disposé à la tendresse et lui fait envoyer des esprits au cerveau, qui l'échauffent de même : d'où naissent les extases et les ravissements. Cet état est le délire de la dévotion. Souvent il se perfectionne ou plutôt dégénère en Quiétisme : vous savez qu'un quiétiste n'est autre chose qu'un homme fou, dévot et libertin.

« Voyez les casuistes, qui mettent au jour les secrets de la nuit [3], qui forment dans leur imagination tous les monstres que le démon d'Amour peut produire, les rassemblent, les comparent et en font l'objet éternel de leurs pensées : heureux si le cœur ne se met pas de la partie et ne devient pas même complice de tant d'égarements si naïvement décrits et si nûment peints !

« Vous voyez, Monsieur, que je pense librement, et que je vous dis tout ce que je pense. Je suis naturellement naïf et plus encore avec vous qui êtes un étranger, qui voulez savoir les choses, et les savoir telles qu'elles sont. Si je voulais, je ne vous parlerais de tout ceci qu'avec admiration, je vous dirais sans cesse : « Cela est divin, cela est respectable ; il y a du merveilleux. » Et il en arriverait de deux choses l'une, ou que je vous tromperais, ou que je me déshonorerais dans votre esprit. »

Nous en restâmes là ; une affaire qui survint au

dervis rompit notre conversation jusques au lendemain.

De Paris, le 23 *de la lune de Rhamazan*, 1719.

LETTRE CXXXV

RICA AU MÊME

Je revins à l'heure marquée, et mon homme me mena précisément à l'endroit où nous nous étions quittés : « Voici, me dit-il, les grammairiens, les glossateurs et les commentateurs. — Mon Père, lui dis-je, tous ces gens-là ne peuvent-ils pas se dispenser d'avoir du bon sens ? — Oui, dit-il ; ils le peuvent, et même il n'y paraît pas : leurs ouvrages n'en sont pas plus mauvais ; ce qui est très commode pour eux. — Cela est vrai, lui dis-je, et je connais bien des philosophes qui feraient bien de s'appliquer à ces sortes de sciences. »

« Voilà, poursuivit-il, les orateurs, qui ont le talent de persuader indépendamment des raisons, et les géomètres, qui obligent un homme malgré lui d'être persuadé et le convainquent avec tyrannie.

« Voici les livres de métaphysique, qui traitent de si grands intérêts, et dans lesquels l'infini se rencontre partout ; les livres de physique, qui ne trouvent pas plus de merveilleux dans l'économie du vaste univers que dans la machine la plus simple de nos artisans ; les livres de médecine, ces monuments de la fragilité de la nature et de la puissance de l'art, qui font trembler quand ils traitent des maladies même les plus légères, tant ils nous rendent la mort présente, mais qui nous mettent dans une sécurité entière quand ils parlent de la vertu des remèdes, comme si nous étions devenus immortels.

« Tout près de là, sont les livres d'anatomie, qui contiennent bien moins la description des parties du corps humain que les noms barbares qu'on leur a donnés : chose qui ne guérit ni le malade de son mal, ni le médecin de son ignorance.

« Voici la chimie, qui habite tantôt l'hôpital et tantôt les petites-maisons*, comme des demeures qui lui sont également propres.

« Voici les livres de science, ou plutôt d'ignorance occulte ; tels sont ceux qui contiennent quelque espèce de diablerie : exécrables, selon la plupart des gens, pitoyables, selon moi. Tels sont encore les livres d'astrologie judiciaire. — Que dites-vous, mon Père ? Les livres d'astrologie judiciaire ! repartis-je avec feu. Et ce sont ceux dont nous faisons le plus de cas en Perse ; ils règlent toutes les actions de notre vie, et nous déterminent dans toutes nos entreprises. Les astrologues sont proprement nos directeurs ; ils font plus : ils entrent dans le gouvernement de l'État. — Si cela est, me dit-il, vous vivez sous un joug bien plus dur que celui de la raison. Voilà le plus étrange de tous les empires. Je plains bien une famille, et encore plus une nation, qui se laisse si fort dominer par les planètes. — Nous nous servons, lui repartis-je, de l'astrologie comme vous vous servez de l'algèbre. Chaque nation a sa science, selon laquelle elle règle sa politique ; tous les astrologues ensemble n'ont jamais fait tant de sottises en notre Perse qu'un seul de vos algébristes en a fait ici[8]. Croyez-vous que le concours fortuit des astres ne soit pas une règle aussi sûre que les beaux raisonnements de votre faiseur de système ? Si l'on comptait les voix là-dessus en France et en Perse, ce serait un beau sujet de triomphe pour l'astrologie ; vous verriez les calculateurs bien humiliés. Quel accablant corollaire n'en pourrait-on pas tirer contre eux ? »

Notre dispute fut interrompue, et il fallut nous quitter.

De Paris, le 26 *de la lune de Rhamazan*, 1719.

* Hôpital des fous.

LETTRE CXXXVI

RICA AU MÊME

Dans l'entrevue suivante, mon savant me mena dans un cabinet particulier. « Voici les livres d'histoire moderne, me dit-il. Voyez premièrement les historiens de l'Église et des Papes, livres que je lis pour m'édifier, et qui font en moi souvent un effet tout contraire.

« Là, ce sont ceux qui ont écrit de la décadence du formidable Empire romain, qui s'était formé du débris de tant de monarchies, et sur la chute duquel il s'en forma aussi tant de nouvelles. Un nombre infini de peuples barbares, aussi inconnus que les pays qu'ils habitaient, parurent tout à coup, l'inondèrent, le ravagèrent, le dépecèrent, et fondèrent tous les royaumes que vous voyez à présent en Europe[4]. Ces peuples n'étaient point proprement barbares, puisqu'ils étaient libres ; mais ils le sont devenus depuis que, soumis pour la plupart à une puissance absolue, ils ont perdu cette douce liberté si conforme à la raison, à l'humanité et à la nature.

« Vous voyez ici les historiens de l'Empire d'Allemagne, qui n'est qu'une ombre du premier Empire, mais qui est, je crois, la seule puissance qui soit sur la terre que la division n'a point affaiblie ; la seule, je crois encore, qui se fortifie à mesure de ses pertes et qui, lente à profiter des succès, devient indomptable par ses défaites.

« Voici les historiens de France, où l'on voit d'abord la puissance des rois se former, mourir deux fois, renaître de même, languir ensuite pendant plusieurs siècles ; mais, prenant insensiblement des forces, accrue de toutes parts, monter à son dernier période : semblable à des fleuves qui, dans leur course, perdent leurs eaux ou se cachent sous terre ; puis, reparaissant de nouveau, grossis par les rivières qui s'y jettent, entraînent avec rapidité tout ce qui s'oppose à leur passage.

« Là, vous voyez la nation espagnole sortir de quelques montagnes ; les princes mahométans subjugués aussi insensiblement qu'ils avaient rapidement conquis ; tant de royaumes réunis dans une vaste monarchie, qui devint presque la seule : jusqu'à ce qu'accablée de sa propre grandeur et de sa fausse opulence, elle perdit sa force et sa réputation même et ne conserva que l'orgueil de sa première puissance.

« Ce sont ici les historiens d'Angleterre, où l'on voit la liberté sortir sans cesse des feux de la discorde et de la sédition ; le prince toujours chancelant sur un trône inébranlable ; une nation impatiente, sage dans sa fureur même, et qui, maîtresse de la mer (chose inouïe jusqu'alors), mêle le commerce avec l'empire [3].

« Tout près de là sont les historiens de cette autre reine de la mer, la république de Hollande, si respectée en Europe et si formidable en Asie, où ses négociants voient tant de rois prosternés devant eux.

« Les historiens d'Italie vous représentent une nation autrefois maîtresse du monde, aujourd'hui esclave de toutes les autres [3] ; ses princes divisés et faibles, et sans autre attribut de souveraineté qu'une vaine politique.

« Voilà les historiens des républiques : de la Suisse, qui est l'image de la liberté ; de Venise, qui n'a de ressources qu'en son économie ; et de Gênes, qui n'est superbe que par ses bâtiments.

« Voici ceux du Nord et, entre autres, de la Pologne, qui use si mal de sa liberté et du droit qu'elle a d'élire ses rois, qu'il semble qu'elle veuille consoler par là les peuples ses voisins, qui ont perdu l'un et l'autre [3]. »

Là-dessus nous nous séparâmes jusques au lendemain.

De Paris, le 2 *de la lune de Chalval*, 1719.

LETTRE CXXXVII

RICA AU MÊME

Le lendemain, il me mena dans un autre cabinet. « Ce sont ici les poètes, me dit-il, c'est-à-dire ces auteurs dont le métier est de mettre des entraves au bon sens et d'accabler la raison sous les agréments, comme on ensevelissait autrefois les femmes sous leurs ornements et leurs parures. Vous les connaissez ; ils ne sont pas rares chez les Orientaux, où le soleil, plus ardent, semble échauffer les imaginations mêmes.

« Voilà les poèmes épiques. — Eh ! qu'est-ce que les poèmes épiques ? — En vérité, me dit-il, je n'en sais rien ; les connaisseurs disent qu'on n'en a jamais fait que deux, et que les autres qu'on donne sous ce nom ne le sont point [3] ; c'est aussi ce que je ne sais pas. Ils disent de plus qu'il est impossible d'en faire de nouveaux, et cela est encore plus surprenant [8].

« Voici les poètes dramatiques, qui, selon moi, sont les poètes par excellence et les maîtres des passions. Il y en a de deux sortes : les comiques, qui nous remuent si doucement, et les tragiques, qui nous troublent et nous agitent avec tant de violence.

« Voici les lyriques, que je méprise autant que j'estime les autres, et qui font de leur art une harmonieuse extravagance.

« On voit ensuite les auteurs des idylles et des églogues, qui plaisent même aux gens de Cour par l'idée qu'ils leur donnent d'une certaine tranquillité qu'ils n'ont pas, et qu'ils leur montrent dans la condition des bergers [3].

« De tous les auteurs que nous avons vus, voici les plus dangereux : ce sont ceux qui aiguisent les épigrammes, qui sont de petites flèches déliées qui font une plaie profonde et inaccessible aux remèdes.

« Vous voyez ici les romans, dont les auteurs sont

des espèces de poètes et qui outrent également le langage de l'esprit et celui du cœur : ils passent leur vie à chercher la nature et la manquent toujours, et leurs héros y sont aussi étrangers que les dragons ailés et les hippocentaures. »

« J'ai vu, lui dis-je, quelques-uns de vos romans, et, si vous voyiez les nôtres, vous en seriez encore plus choqué. Ils sont aussi peu naturels et, d'ailleurs, extrêmement gênés par nos mœurs : il faut dix années de passion avant qu'un amant ait pu voir seulement le visage de sa maîtresse. Cependant les auteurs sont forcés de faire passer les lecteurs dans ces ennuyeux préliminaires. Or il est impossible que les incidents soient variés. On recourt à un artifice pire que le mal même qu'on veut guérir : c'est aux prodiges. Je suis sûr que vous ne trouverez pas bon qu'une magicienne fasse sortir une armée de dessous terre, qu'un héros, lui seul, en détruise une de cent mille hommes. Cependant voilà nos romans. Ces aventures froides et souvent répétées nous font languir, et ces prodiges extravagants nous révoltent [8]. »

De Paris, le 6 de la lune de Chalval, 1719.

LETTRE CXXXVIII

RICA A IBBEN, A SMYRNE

Les ministres se succèdent et se détruisent ici comme les saisons : depuis trois ans, j'ai vu changer quatre fois de système sur les finances [8]. On lève aujourd'hui les tributs, en Turquie et en Perse, comme les levaient les fondateurs de ces empires ; il s'en faut bien qu'il en soit ici de même. Il est vrai que nous n'y mettons pas tant d'esprit que les Occidentaux : nous croyons qu'il n'y a pas plus de différence entre l'administration des revenus du prince et celle des biens d'un particulier, qu'il y en a entre compter cent mille tomans ou en compter cent. Mais il y a ici bien plus de finesse et de mystère. Il faut que de grands génies travaillent nuit et jour, qu'ils enfantent sans cesse et avec douleur de nouveaux projets ; qu'ils écoutent les avis d'une infinité de gens qui travaillent pour eux sans en être priés, qu'ils se retirent et vivent dans le fond d'un cabinet impénétrable aux grands et sacré aux petits, qu'ils aient toujours la tête remplie de secrets importants, de desseins miraculeux, de systèmes nouveaux, et qu'absorbés dans les méditations, ils soient privés de l'usage de la parole et quelquefois même de celui de la politesse.

Dès que le feu roi eut fermé les yeux, on pensa à établir une nouvelle administration. On sentait qu'on était mal, mais on ne savait comment faire pour être mieux. On ne s'était pas bien trouvé de l'autorité sans bornes des ministres précédents ; on la voulut partager. On créa pour cet effet six ou sept conseils, et ce ministère est peut-être celui de tous qui a gouverné la France avec plus de sens. La durée en fut courte, aussi bien que celle du bien qu'il produisit.

La France, à la mort du feu roi, était un corps accablé de mille maux. N*** prit le fer à la main, retrancha les chairs inutiles, et appliqua quelques remèdes topiques. Mais il restait toujours un vice intérieur à guérir. Un étranger est venu, qui a entrepris cette cure. Après bien des remèdes violents, il a cru lui avoir rendu son embonpoint, et il l'a seulement rendue bouffie.

Tous ceux qui étaient riches il y a six mois sont à présent dans la pauvreté, et ceux qui n'avaient pas de pain regorgent de richesses. Jamais ces deux extrémités ne se sont touchées de si près. L'étranger a tourné l'État comme un fripier tourne un habit : il fait paraître dessus ce qui était dessous ; et, ce qui était dessus, il le met à l'envers. Quelles fortunes inespérées, incroyables même à ceux qui les ont faites ! Dieu ne tire pas plus rapidement les hommes du néant. Que de valets servis par leurs camarades et peut-être demain par leurs maîtres !

Tout ceci produit souvent des choses bizarres. Les laquais qui avaient fait fortune sous le règne passé vantent aujourd'hui leur naissance ; ils rendent à ceux qui viennent de quitter leur livrée dans une certaine rue[8], tout le mépris qu'on avait pour eux il y a six mois ; ils crient de toute leur force : « La noblesse est ruinée ! Quel désordre dans l'État ! Quelle confusion dans les rangs ! On ne voit que des inconnus faire fortune ! » Je te promets que ceux-ci prendront bien leur revanche sur ceux qui viendront après eux, et que, dans trente ans, ces gens de qualité feront bien du bruit.

De Paris, le premier de la lune de Zilcadé, 1720.

LETTRE CXXXIX

RICA AU MÊME

Voici un grand exemple de la tendresse conjugale, non seulement dans une femme, mais dans une reine. La reine de Suède, voulant à toute force associer le prince son époux à la couronne, pour aplanir toutes les difficultés, a envoyé aux États une déclaration par laquelle elle se désiste de la régence au cas qu'il soit élu.

Il y a soixante et quelques années qu'une autre reine, nommée *Christine,* abdiqua la couronne pour se donner tout entière à la philosophie. Je ne sais lequel de ces deux exemples nous devons admirer davantage.

Quoique j'approuve assez que chacun se tienne ferme dans le poste où la nature l'a mis, et que je ne puisse louer la faiblesse de ceux qui, se trouvant au-dessous de leur état, le quittent comme par une espèce de désertion, je suis cependant frappé de la grandeur d'âme de ces deux princesses et de voir l'esprit de l'une et le cœur de l'autre supérieurs à leur fortune. Christine a songé à connaître dans le temps que les autres ne songent qu'à jouir, et l'autre ne veut jouir que pour mettre tout son bonheur entre les mains de son auguste époux.

De Paris, le 27 de la lune de Maharram, 1720[8].

LETTRE CXL

RICA A USBEK, A ***

Le parlement de Paris vient d'être relégué dans une petite ville qu'on appelle *Pontoise*. Le Conseil lui a envoyé enregistrer ou approuver une déclaration qui le déshonore, et il l'a enregistrée d'une manière qui déshonore le Conseil.

On menace d'un pareil traitement quelques parlements du royaume.

Ces compagnies sont toujours odieuses : elles n'approchent des rois que pour leur dire de tristes vérités, et, pendant qu'une foule de courtisans leur représentent sans cesse un peuple heureux sous leur gouvernement, elles viennent démentir la flatterie, et apporter aux pieds du trône les gémissements et les larmes dont elles sont dépositaires.

C'est un pesant fardeau, mon cher Usbek, que celui de la vérité, lorsqu'il faut la porter jusques aux princes. Ils doivent bien penser que ceux qui s'y déterminent y sont contraints, et qu'ils ne se résoudraient jamais à faire des démarches si tristes et si affligeantes pour ceux qui les font, s'ils n'y étaient forcés par leur devoir, leur respect, et même leur amour.

De Paris, le 21 *de la lune de Gemmadi* 1, 1720 [8].

LETTRE CXLI

RICA AU MÊME

J'irai te voir sur la fin de la semaine. Que les jours couleront agréablement avec toi !

Je fus présenté, il y a quelques jours, à une dame de la Cour qui avait quelque envie de voir ma figure étrangère. Je la trouvai belle, digne des regards de notre monarque et d'un rang auguste dans le lieu sacré où son cœur repose.

Elle me fit mille questions sur les mœurs des Persans, et sur la manière de vivre des Persanes. Il me parut que la vie du sérail n'était pas de son goût, et qu'elle trouvait de la répugnance à voir un homme partagé entre dix ou douze femmes. Elle ne put voir sans envie le bonheur de l'un et sans pitié la condition des autres. Comme elle aime la lecture, surtout celle des poètes et des romans, elle souhaita que je lui parlasse des nôtres. Ce que je lui en dis redoubla sa curiosité ; elle me pria de lui faire traduire un fragment de quelques-uns de ceux que j'ai apportés. Je le fis et je lui envoyai quelques jours après un conte persan. Peut-être seras-tu bien aise de le voir travesti.

Du temps de Cheik-Ali-khan, il y avait en Perse une femme nommée *Zulema* : elle savait par cœur tout le saint Alcoran ; il n'y avait point de dervis qui entendît mieux qu'elle les traditions des saints prophètes ; les docteurs arabes n'avaient rien de si mystérieux qu'elle n'en comprît tous les sens ; et elle joignait à tant de connaissances un certain caractère d'esprit enjoué qui laissait à peine deviner si elle voulait amuser ceux à qui elle parlait, ou les instruire.

Un jour qu'elle était avec ses compagnes dans une des salles du sérail, une d'elles lui demanda ce qu'elle pensait de l'autre vie, et si elle ajoutait foi à cette ancienne tradition de nos docteurs, que le Paradis n'est fait que pour les hommes [5].

C'est le sentiment commun, leur dit-elle ; il n'y a rien que l'on n'ait fait pour dégrader notre sexe. Il y a même une nation répandue par toute la Perse, qu'on appelle la *Nation Juive,* qui soutient, par l'autorité de ses livres sacrés, que nous n'avons point d'âme.

Ces opinions si injurieuses n'ont d'autre origine que l'orgueil des hommes, qui veulent porter leur supériorité au-delà même de leur vie et ne pensent pas que, dans le Grand Jour, toutes les créatures paraîtront devant Dieu comme le néant, sans qu'il y ait entre elles de prérogatives que celles que la vertu y aura mises.

Dieu ne se bornera point dans ses récompenses ; et comme les hommes qui auront vécu et bien usé de l'empire qu'ils ont ici-bas sur nous, seront dans un paradis plein de beautés célestes et ravissantes, et telles que, si un mortel les avait vues, il se donnerait aussitôt la mort dans l'impatience d'en jouir, aussi les femmes vertueuses iront dans un lieu de délices, où elles seront enivrées d'un torrent de voluptés avec des hommes divins qui leur seront soumis : chacune d'elles aura un sérail dans lequel ils seront enfermés, et des eunuques encore plus fidèles que les nôtres, pour les garder.

J'ai lu, ajouta-t-elle, dans un livre arabe, qu'un homme nommé *Ibrahim* était d'une jalousie insupportable. Il avait douze femmes extrêmement belles, qu'il traitait d'une manière très dure ; il ne se fiait plus à ses eunuques ni aux murs de son sérail ; il les tenait presque toujours sous la clef, enfermées dans leur chambre, sans qu'elles pussent se voir ni se parler : car il était même jaloux d'une amitié innocente. Toutes ses actions prenaient la teinture de sa brutalité naturelle ; jamais une douce parole ne sortit de sa bouche, et jamais il ne fit le moindre signe qui n'ajoutât quelque chose à la rigueur de leur esclavage.

Un jour qu'il les avait toutes assemblées dans une salle de son sérail, une d'entre elles, plus hardie que les autres, lui reprocha son mauvais naturel. « Quand on cherche si fort les moyens de se faire craindre, lui dit-elle, on trouve toujours auparavant ceux de se faire haïr. Nous sommes si malheureuses que nous ne pouvons nous empêcher de désirer un changement. D'autres, à ma place, souhaiteraient votre mort, je ne souhaite que la mienne ; et, ne pouvant espérer d'être séparée de vous que par là, il me sera encore bien doux d'en être séparée. » Ce discours, qui aurait dû le toucher, le fit entrer dans une furieuse colère ; il tira son poignard et le lui plongea dans le sein. « Mes chères compagnes, dit-elle d'une voix mourante, si le Ciel a pitié de ma vertu, vous serez vengées. » A ces mots, elle quitta cette vie infortunée pour aller dans le séjour des délices où les femmes qui ont bien vécu jouissent d'un bonheur qui se renouvelle toujours.

D'abord elle vit une prairie riante, dont la verdure était relevée par les peintures des fleurs les plus vives ; un ruisseau, dont les eaux étaient plus pures que le cristal, y faisait un nombre infini de détours. Elle entra ensuite dans des bocages charmants, dont le silence n'était interrompu que par le doux chant des oiseaux. De magnifiques jardins se présentèrent ensuite : la nature les avait ornés avec sa simplicité et toute sa magnificence. Elle trouva enfin un palais superbe, préparé pour elle et rempli d'hommes célestes destinés à ses plaisirs.

Deux d'entre eux se présentèrent aussitôt pour la déshabiller ; d'autres la mirent dans le bain et la parfumèrent des plus délicieuses essences. On lui donna ensuite des habits infiniment plus riches que les siens. Après quoi, on la mena dans une grande salle, où elle trouva un feu fait avec des bois odoriférants et une table couverte des mets les plus exquis. Tout semblait concourir au ravissement de ses sens : elle entendait, d'un côté, une musique d'autant plus divine qu'elle était plus tendre ; de l'autre, elle ne voyait que des danses de ces hommes divins, uniquement occupés à lui plaire. Cependant tant de plaisirs ne devaient servir qu'à la conduire insensiblement à des plaisirs plus grands. On la mena dans sa chambre, et, après l'avoir encore une fois déshabillée, on la porta dans un lit superbe, où deux hommes d'une beauté charmante la reçurent dans leurs bras. C'est pour lors qu'elle fut enivrée, et que ses ravissements passèrent même ses désirs. « Je suis toute hors de moi, leur disait-elle ; je croirais mourir, si je n'étais sûre de mon immortalité. C'en est trop ; laissez-moi : je succombe sous la violence des plaisirs [7]. Oui, vous rendez un peu le calme à mes sens, je commence à respirer et à revenir à moi-même. D'où vient que l'on a ôté les flambeaux ? Que ne puis-je à présent considérer votre beauté divine ? Que ne puis-je voir ?... Mais pourquoi voir ? Vous me faites rentrer dans mes premiers transports. O Dieux ! que ces ténèbres sont aimables ! Quoi ! je serai immortelle et immortelle avec vous ? Je serai ?... Non, je vous demande grâce : car je vois bien que vous êtes gens à n'en demander jamais. »

Après plusieurs commandements réitérés, elle fut obéie ; mais elle ne le fut que lorsqu'elle voulut l'être bien sérieusement. Elle se reposa languissamment et s'endormit dans leurs bras. Deux moments de sommeil réparèrent sa lassitude ; elle reçut deux baisers qui l'enflammèrent soudain et lui firent ouvrir les yeux. « Je suis inquiète, dit-elle : je crains que vous ne m'aimiez plus. » C'était un doute dans lequel elle ne voulait pas rester longtemps ; aussi eut-elle avec eux tous les éclaircissements qu'elle pouvait désirer. « Je suis désabusée, s'écria-t-elle. Pardon, pardon ! Je suis sûre de vous. Vous ne me dites rien, mais vous prouvez mieux que tout ce que vous me pourriez dire. Oui, oui ! je vous le confesse : on n'a jamais tant aimé. Mais quoi ! vous vous disputez tous deux l'honneur de me persuader ? Ah ! si vous vous disputez, si vous joignez l'ambition au plaisir de ma défaite, je suis perdue : vous serez tous deux vainqueurs ; il n'y aura que moi de vaincue ; mais je vous vendrai bien cher la victoire. »

Tout ceci ne fut interrompu que par le jour. Ses fidèles et aimables domestiques entrèrent dans sa chambre, et firent lever ces deux jeunes hommes, que deux vieillards ramenèrent dans les lieux où ils étaient gardés pour ses plaisirs. Elle se leva ensuite et parut d'abord à cette cour idolâtre dans les charmes d'un déshabillé simple et ensuite couverte des plus somptueux ornements. Cette nuit l'avait embellie : elle avait donné de la vie à son teint et de l'expression à ses grâces. Ce ne fut pendant tout le jour que danses, que concerts, que festins, que jeux, que promenades, et l'on remarquait qu'Anaïs se dérobait de temps en temps et volait vers ses deux jeunes héros. Après quelques précieux instants d'entrevue, elle revenait vers la troupe qu'elle avait quittée, toujours avec un visage plus serein. Enfin, sur le soir, on la perdit tout à fait : elle alla s'enfermer dans le sérail, où elle voulait, disait-elle, faire connaissance avec ces captifs immortels qui devaient à jamais vivre avec elle. Elle visita donc les appartements de ces lieux les plus reculés et les plus charmants, où elle compta cinquante esclaves d'une beauté miraculeuse ; elle erra toute la nuit de chambre en chambre, recevant partout des hommages toujours différents et toujours les mêmes.

Voilà comment l'immortelle Anaïs passait sa vie, tantôt dans des plaisirs éclatants, tantôt dans des plaisirs solitaires ; admirée d'une troupe brillante, ou bien aimée d'un amant éperdu. Souvent elle quittait le palais enchanté pour aller dans une grotte champêtre ; les fleurs semblaient naître sous ses pas, et les jeux se présentaient en foule au-devant d'elle.

Il y avait plus de huit jours qu'elle était dans cette demeure heureuse, que, toujours hors d'elle-même, elle n'avait pas fait une seule réflexion : elle avait joui de son bonheur sans le connaître et sans avoir eu un seul de ces moments tranquilles où l'âme se rend, pour ainsi dire, compte à elle-même et s'écoute dans le silence des passions.

Les bienheureux ont des plaisirs si vifs qu'ils peuvent rarement jouir de cette liberté d'esprit. C'est pour cela qu'attachés invinciblement aux objets présents ils perdent entièrement la mémoire des choses passées et n'ont plus aucun souci de ce qu'ils ont connu ou aimé dans l'autre vie.

Mais Anaïs, dont l'esprit était vraiment philosophe, avait passé presque toute sa vie à méditer ; elle avait poussé ses réflexions beaucoup plus loin qu'on n'aurait dû l'attendre d'une femme laissée à elle-même. La retraite austère que son mari lui avait fait garder ne lui avait laissé que cet avantage. C'est cette force d'esprit qui lui avait fait mépriser la crainte, dont ses compagnes étaient frappées, et la mort, qui devait être la fin de ses peines et le commencement de sa félicité.

Ainsi elle sortit peu à peu de l'ivresse des plaisirs et s'enferma seule dans un appartement de son palais. Elle se laissa aller à des réflexions bien douces sur sa condition passée et sur sa félicité présente ; elle ne put s'empêcher de s'attendrir sur le malheur de ses compagnes : on est sensible à des tourments que l'on a partagés. Anaïs ne se tint pas dans les simples bornes de la compassion : plus tendre envers ces infortunées, elle se sentit portée à les secourir.

Elle donna ordre à un de ces jeunes hommes qui étaient auprès d'elle, de prendre la figure de son mari [5], d'aller dans son sérail, de s'en rendre maître, de l'en chasser, et d'y rester à sa place jusqu'à ce qu'elle le rappelât.

L'exécution fut prompte : il fendit les airs, arriva à la porte du sérail d'Ibrahim, qui n'y était pas. Il frappe ; tout lui est ouvert : les eunuques tombent à ses pieds ; il vole vers les appartements où les femmes d'Ibrahim étaient enfermées : il avait, en passant, pris les clefs dans la poche de ce jaloux, à qui il s'était rendu invisible. Il entre et les surprend d'abord par son air doux et affable, et, bientôt après, il les surprend davantage par ses empressements et par la rapidité de ses entreprises. Toutes eurent leur part de l'étonnement, et elles l'auraient pris pour un songe s'il y eût eu moins de réalité.

Pendant que ces nouvelles scènes se jouent dans le sérail, Ibrahim heurte, se nomme, tempête et crie. Après avoir essuyé bien des difficultés, il entre et jette les eunuques dans un désordre extrême. Il marche à grands pas ; mais il recule en arrière et tombe comme des nues quand il voit le faux Ibrahim, sa véritable image, dans toutes les libertés d'un maître. Il crie au secours : il veut que les eunuques lui aident à tuer cet imposteur ; mais il n'est pas obéi. Il n'a plus qu'une bien faible ressource : c'est de s'en rapporter au jugement de ses femmes. Dans une heure, le faux Ibrahim avait séduit tous ses juges. L'autre est chassé et traîné indignement hors du sérail, et il aurait reçu la mort mille fois si son rival n'avait ordonné qu'on lui sauvât la vie. Enfin le nouvel Ibrahim, resté maître du champ de bataille, se montra de plus en plus digne d'un tel choix et se signala par des miracles jusqu'alors inconnus.

« Vous ne ressemblez pas à Ibrahim, disaient ces femmes. — Dites, dites plutôt que cet imposteur ne me ressemble pas, disait le triomphant Ibrahim. Comment faut-il faire pour être votre époux, si ce que je fais ne suffit pas ? — Ah ! nous n'avons garde de douter, dirent les femmes. Si vous n'êtes pas Ibrahim, il nous suffit que vous ayez si bien mérité de l'être ; vous êtes plus Ibrahim en un jour qu'il ne l'a été dans le cours de dix années. — Vous me promettez donc, reprit-il, que vous vous déclarerez en ma faveur contre cet imposteur ? — N'en doutez pas, dirent-elles d'une commune voix : nous vous jurons une fidélité éternelle ; nous n'avons été que trop longtemps abusées : le traître ne soupçonnait point notre vertu ; il ne soupçonnait que sa faiblesse. Nous voyons bien que les hommes ne sont point faits comme lui ; c'est à vous sans doute qu'ils ressemblent. Si vous saviez combien vous nous le faites haïr ! — Ah ! je vous donnerai souvent de nouveaux sujets de haine, reprit le faux Ibrahim : vous ne connaissez point encore tout le tort qu'il vous a fait. — Nous jugeons de son injustice par la grandeur de votre vengeance, reprirent-elles. — Oui, vous avez raison, dit l'homme divin : j'ai mesuré l'expiation au crime ; je suis bien aise que vous soyez contentes de ma manière de punir. — Mais, dirent ces femmes, si cet imposteur revient, que ferons-nous ? — Il lui serait, je crois, difficile de vous tromper, répondit-il ; dans la place que j'occupe auprès de vous, on ne se soutient guère par la ruse, et, d'ailleurs, je l'enverrai si loin, que vous n'entendrez plus parler de lui. Pour lors, je prendrai sur moi le soin de votre bonheur : je ne serai point jaloux ; je saurai m'assurer de vous sans vous gêner ; j'ai assez bonne opinion de mon mérite pour croire que vous me serez fidèles. Si vous n'étiez pas vertueuses avec moi, avec qui le seriez-vous ? »

Cette conversation dura longtemps entre lui et ces femmes, qui, plus frappées de la différence des deux Ibrahim que de leur ressemblance, ne songeaient pas même à se faire éclaircir de tant de merveilles. Enfin le mari désespéré revint encore les troubler : il trouva toute sa maison dans la joie et ses femmes plus incrédules que jamais. La place n'était pas tenable pour un jaloux : il sortit furieux, et un instant après le faux Ibrahim le suivit, le prit, le transporta dans les airs, et le laissa à deux mille lieues de là.

Ô Dieux ! dans quelle désolation se trouvèrent ces femmes dans l'absence de leur cher Ibrahim ! Déjà leurs eunuques avaient repris leur sévérité naturelle ; toute la maison était en larmes ; elles s'imaginaient quelquefois que tout ce qui leur était arrivé n'était qu'un songe ; elles se regardaient toutes les unes les autres et se rappelaient les moindres circonstances de ces étranges aventures. Enfin le céleste Ibrahim revint, toujours plus aimable ; il leur parut que son voyage n'avait pas été pénible. Le nouveau maître prit une conduite si opposée à celle de l'autre qu'elle surprit tous les voisins. Il congédia les eunuques, rendit sa maison accessible à tout le monde ; il ne voulut pas même souffrir que ses femmes se voilassent. C'était une chose singulière de les voir dans les festins parmi des hommes aussi libres qu'eux. Ibrahim crut avec raison que les coutumes du pays n'étaient pas faites pour des citoyens comme lui. Cependant il ne se refusait aucune dépense ; il dissipa avec une immense profusion les biens du jaloux, qui, de retour trois ans après des pays lointains où il avait été transporté, ne trouva plus que ses femmes et trente-six enfants.

De Paris, le 26 *de la lune de Gemmadi*, 1720.

LETTRE CXLII

RICA A USBEK, A ***

Voici une lettre que je reçus hier d'un savant [8] ; elle te paraîtra singulière :

MONSIEUR,

Il y a six mois que j'ai recueilli la succession d'un oncle très riche, qui m'a laissé cinq ou six cent mille livres et une maison superbement meublée. Il y a plaisir d'avoir du bien, lorsqu'on en sait faire un bon usage. Je n'ai point d'ambition ni de goût pour les plaisirs : je suis presque toujours enfermé dans un cabinet, où je mène la vie d'un savant ; c'est dans ce lieu que l'on trouve un curieux amateur de la vénérable antiquité.

Lorsque mon oncle eut fermé les yeux, j'aurais fort souhaité de le faire enterrer avec les cérémonies observées par les anciens Grecs et Romains ; mais je n'avais pour lors ni lacrymatoires, ni urnes, ni lampes antiques.

Mais depuis je me suis bien pourvu de ces précieuses raretés. Il y a quelques jours que je vendis ma vaisselle d'argent pour acheter une lampe de terre qui avait servi à un philosophe stoïcien. Je me suis défait de toutes les glaces dont mon oncle avait couvert presque tous les murs de ses appartements, pour avoir un petit miroir, un peu fêlé, qui fut autrefois à l'usage de Virgile : je suis charmé d'y voir ma figure représentée au lieu de celle du Cygne de Mantoue. Ce n'est pas tout : j'ai acheté cent louis d'or cinq ou six pièces d'une monnaie de cuivre qui avait cours il y a deux mille ans. Je ne sache pas avoir à présent dans ma maison un seul meuble qui n'ait été fait avant la décadence de l'Empire. J'ai un petit cabinet de manuscrits fort précieux et fort chers. Quoique je me tue la vue à les lire, j'aime beaucoup mieux m'en servir que des exemplaires imprimés, *qui ne sont pas si corrects, et que tout le monde a entre les mains. Quoique je ne sorte presque jamais, je ne laisse pas d'avoir une passion démesurée de connaître tous les anciens chemins qui étaient du temps des Romains. Il y en a un qui est près de chez moi, qu'un proconsul des Gaules fit faire, il y a environ douze cents ans ; lorsque je vais à ma maison de campagne, je ne manque jamais d'y passer, quoiqu'il soit très incommode, et qu'il m'allonge de plus d'une lieue. Mais ce qui me fait enrager, c'est qu'on y a mis des poteaux de bois de distance en distance pour marquer l'éloignement des villes voisines : je suis désespéré de voir ces misérables indices, au lieu des colonnes milliaires qui y étaient autrefois ; je ne doute pas que je ne les fasse rétablir par mes héritiers, et que je ne les engage à cette dépense par mon testament. Si vous avez, Monsieur, quelque manuscrit persan, vous me ferez plaisir de m'en accommoder ; je vous le paierai tout ce que vous voudrez, et je vous donnerai par-dessus le marché quelques ouvrages de ma façon, par lesquels vous verrez que je ne suis point un membre inutile de la République des Lettres. Vous y remarquerez entre autres une dissertation où je fais voir que la couronne dont on se servait autrefois dans les triomphes était de chêne, et non pas de laurier. Vous en admirerez une autre où je prouve, par de doctes conjectures tirées des plus graves auteurs grecs, que Cambyse fut blessé à la jambe gauche, et non pas à la droite ; une autre où je démontre qu'un petit front était une beauté très recherchée par les Romains. Je vous enverrai encore un volume in-quarto, en forme d'explication d'un vers du sixième livre de l'*Énéide *de Virgile. Vous ne recevrez tout ceci que dans quelques jours ; et, quant à présent, je me contente de vous envoyer ce fragment d'un ancien mythologiste grec qui n'avait point paru jusques ici, et que j'ai découvert dans la poussière d'une bibliothèque. Je vous quitte pour une affaire importante que j'ai sur les bras : il s'agit de restituer un beau passage de Pline le Natura-*

liste, que les copistes du cinquième siècle ont étrangement défiguré.

Je suis, etc.

Fragment d'un ancien mythologiste [4]

Dans une île près des Orcades, il naquit un enfant qui avait pour père Éole, dieu des Vents, et pour mère une nymphe de Calédonie[8]. On dit de lui qu'il apprit tout seul à compter avec ses doigts, et que, dès l'âge de quatre ans, il distinguait si parfaitement les métaux que, sa mère ayant voulu lui donner une bague de laiton au lieu d'une d'or, il reconnut la tromperie et la jeta par terre.

Dès qu'il fut grand, son père lui apprit le secret d'enfermer les vents dans des outres, qu'il vendait ensuite à tous les voyageurs. Mais, comme la marchandise n'était pas fort prisée dans son pays, il le quitta et se mit à courir le monde en compagnie de l'aveugle dieu du Hasard.

Il apprit dans ses voyages que, dans la Bétique, l'or reluisait de toutes parts ; cela fit qu'il y précipita ses pas. Il y fut fort mal reçu de Saturne, qui régnait pour lors. Mais ce dieu ayant quitté la terre, il s'avisa d'aller dans tous les carrefours, où il criait sans cesse d'une voix rauque : « Peuples de Bétique, vous croyez être riches parce que vous avez de l'or et de l'argent. Votre erreur me fait pitié. Croyez-moi, quittez le pays des vils métaux ; venez dans l'Empire de l'Imagination ; et je vous promets des richesses qui vous étonneront vous-mêmes. » Aussitôt il ouvrit une grande partie des outres qu'il avait apportées, et il distribua de sa marchandise à qui en voulut.

Le lendemain, il revint dans les mêmes carrefours, et il s'écria : « Peuples de Bétique, voulez-vous être riches ? Imaginez-vous que je le suis beaucoup, et que vous l'êtes beaucoup aussi ; mettez-vous tous les matins dans l'esprit que votre fortune a doublé pendant la nuit ; levez-vous ensuite ; et, si vous avez des créan-

ciers, allez les payer de ce que vous aurez imaginé, et dites-leur d'imaginer à leur tour. »

Il reparut quelques jours après, et il parla ainsi : « Peuples de Bétique, je vois bien que votre imagination n'est pas si vive que les premiers jours. Laissez-vous conduire à la mienne. Je mettrai tous les matins devant vos yeux un écriteau qui sera pour vous la source des richesses ; vous n'y verrez que quatre paroles, mais elles seront bien significatives : car elles régleront la dot de vos femmes, la légitime de vos enfants, le nombre de vos domestiques. Et quant à vous, dit-il à ceux de la troupe qui étaient le plus près de lui, quant à vous, mes chers enfants (je puis vous appeler de ce nom : car vous avez reçu de moi une seconde naissance), mon écriteau décidera de la magnificence de vos équipages, de la somptuosité de vos festins, du nombre et de la pension de vos maîtresses. »

A quelques jours de là, il arriva dans le carrefour tout essoufflé, et, transporté de colère, il s'écria : « Peuples de Bétique, je vous avais conseillé d'imaginer, et je vois que vous ne le faites pas. Eh bien ! à présent, je vous l'ordonne. » Là-dessus il les quitta brusquement ; mais la réflexion le rappela sur ses pas. « J'apprends que quelques-uns de vous sont assez détestables pour conserver leur or et leur argent. Encore passe pour l'argent ; mais pour de l'or... pour de l'or... Ah ! cela me met dans une indignation... Je jure, par mes outres sacrées, que, s'ils ne viennent pas me l'apporter, je les punirai sévèrement. » Puis il ajouta d'un air tout à fait persuasif : « Croyez-vous que ce soit pour garder ces misérables métaux que je vous les demande ? Une marque de ma candeur, c'est que, lorsque vous me les apportâtes, il y a quelques jours, je vous en rendis sur-le-champ la moitié. »

Le lendemain, on l'aperçut de loin, et on le vit s'insinuer avec une voix douce et flatteuse : « Peuples de Bétique, j'apprends que vous avez une partie de vos trésors dans les pays étrangers. Je vous prie, faites-les-

moi venir : vous me ferez plaisir, et je vous en aurai une reconnaissance éternelle. »

Le fils d'Éole parlait à des gens qui n'avaient pas grande envie de rire ; ils ne purent pourtant s'en empêcher : ce qui fit qu'il s'en retourna bien confus. Mais, reprenant courage, il hasarda encore une petite prière : « Je sais que vous avez des pierres précieuses. Au nom de Jupiter, défaites-vous-en ! rien ne vous appauvrit comme ces sortes de choses. Défaites-vous-en, vous dis-je. Si vous ne le pouvez pas par vous-mêmes, je vous donnerai des hommes d'affaires excellents. Que de richesses vont couler chez vous, si vous faites ce que je vous conseille ! Oui, je vous promets tout ce qu'il y a de plus pur dans mes outres. »

Enfin, il monta sur un tréteau, et, prenant une voix assurée, il dit : « Peuples de Bétique, j'ai comparé l'heureux état dans lequel vous êtes, avec celui où je vous trouvai lorsque j'arrivai ici : je vous vois le plus riche peuple de la terre ; mais, pour achever votre fortune, souffrez que je vous ôte la moitié de vos biens. » A ces mots, d'une aile légère, le fils d'Éole disparut et laissa ses auditeurs dans une consternation inexprimable ; ce qui fit qu'il revint le lendemain, et parla ainsi : « Je m'aperçus hier que mon discours vous déplut extrêmement. Eh bien ! prenez que je ne vous aie rien dit. Il est vrai, la moitié, c'est trop ; il n'y a qu'à prendre d'autres expédients pour arriver au but que je me suis proposé : assemblons nos richesses dans un même endroit ; nous le pouvons facilement : car elles ne tiennent pas un gros volume. » Aussitôt il en disparut les trois quarts[8].

De Paris,
le 9 de la lune de Chahban, 1720.

LETTRE CXLIII

RICA A NATHANAËL LÉVI, MÉDECIN JUIF, A LIVOURNE [6]

Tu me demandes ce que je pense de la vertu des amulettes et de la puissance des talismans. Pourquoi t'adresses-tu à moi ? Tu es juif, et je suis mahométan ; c'est-à-dire que nous sommes tous deux bien crédules.

Je porte toujours sur moi plus de deux mille passages du saint Alcoran ; j'attache à mes bras un petit paquet où sont écrits les noms de plus de deux cents dervis ; ceux d'Ali, de Fatmé et de tous les Purs, sont cachés en plus de vingt endroits de mes habits [5].

Cependant je ne désapprouve point ceux qui rejettent cette vertu que l'on attribue à de certaines paroles : il nous est bien plus difficile de répondre à leurs raisonnements qu'à eux de répondre à nos expériences.

Je porte tous ces chiffons sacrés par une longue habitude, pour me conformer à une pratique universelle ; je crois que, s'ils n'ont pas plus de vertu que les bagues et les autres ornements dont on se pare, ils n'en ont pas moins. Mais, toi, tu mets toute ta confiance sur quelques lettres mystérieuses, et, sans cette sauvegarde, tu serais dans un effroi continuel.

Les hommes sont bien malheureux ! ils flottent sans cesse entre de fausses espérances et des craintes ridicules, et, au lieu de s'appuyer sur la raison, ils se font des monstres qui les intimident, ou des fantômes qui les séduisent.

Quel effet veux-tu que produise l'arrangement de certaines lettres ? Quel effet veux-tu que leur dérangement puisse troubler ? Quelle relation ont-elles avec les vents, pour apaiser les tempêtes ; avec la poudre à canon, pour en vaincre l'effort ; avec ce que les médecins appellent l'*humeur peccante* et la *cause morbifique* des maladies, pour les guérir ?

Ce qu'il y a d'extraordinaire, c'est que ceux qui fatiguent leur raison pour lui faire rapporter de certains événements à des vertus occultes n'ont pas un moindre effort à faire pour s'empêcher d'en voir la véritable cause.

Tu me diras que de certains prestiges ont fait gagner une bataille ; et, moi, je te dirai qu'il faut que tu t'aveugles pour ne pas trouver dans la situation du terrain, dans le nombre ou dans le courage des soldats, dans l'expérience des capitaines, des causes suffisantes pour produire cet effet dont tu veux ignorer la cause.

Je te passe pour un moment qu'il y ait des prestiges. Passe-moi à mon tour, pour un moment, qu'il n'y en ait point : car cela n'est pas impossible. Ce que tu m'accordes n'empêche pas que les deux armées ne puissent se battre. Veux-tu que, dans ce cas-là, aucune des deux ne puisse remporter la victoire ? Crois-tu que leur sort restera incertain jusques à ce qu'une puissance invisible vienne le déterminer ; que tous les coups seront perdus, toute la prudence, vaine, et tout le courage, inutile ? Penses-tu que la mort, dans ces occasions, rendue présente de mille manières, ne puisse pas produire dans les esprits ces terreurs paniques que tu as tant de peine à expliquer ? Veux-tu que, dans une armée de cent mille hommes, il ne puisse pas y avoir un seul homme timide ? Crois-tu que le découragement de celui-ci ne puisse pas produire le découragement d'un autre ; que le second, qui quitte un troisième, ne lui fasse pas bientôt abandonner un quatrième ? Il n'en faut pas davantage pour que le désespoir de vaincre saisisse soudain toute une armée et la saisisse d'autant plus facilement qu'elle se trouve plus nombreuse.

Tout le monde sait et tout le monde sent que les hommes, comme toutes les créatures qui tendent à conserver leur être, aiment passionnément la vie. On sait cela en général, et on cherche pourquoi, dans une certaine occasion particulière, ils ont craint de la perdre !

Quoique les livres sacrés de toutes les nations soient remplis de ces terreurs paniques ou surnaturelles, je n'imagine rien de si frivole, parce que, pour s'assurer qu'un effet qui peut être produit par cent mille causes naturelles est surnaturel, il faut avoir auparavant examiné si aucune de ces causes n'a agi ; ce qui est impossible.

Je ne t'en dirai pas davantage, Nathanaël ; il me semble que la matière ne mérite pas d'être si sérieusement traitée.

De Paris, le 20 *de la lune de Chahban*, 1720.

P.-S. — Comme je finissais, j'ai entendu crier dans la rue une lettre d'un médecin de province à un médecin de Paris (car ici toutes les bagatelles s'impriment, se publient, et s'achètent) ; j'ai cru que je ferais bien de te l'envoyer, parce qu'elle a du rapport à notre sujet.

LETTRE D'UN MÉDECIN DE PROVINCE A UN MÉDECIN DE PARIS

Il y avait dans notre ville un malade qui ne dormait point depuis trente-cinq jours. Son médecin lui ordonna l'opium ; mais il ne pouvait se résoudre à le prendre, et il avait la coupe à la main qu'il était plus indéterminé que jamais. Enfin il dit à son médecin : « Monsieur, je vous demande seulement quartier jusqu'à demain : je connais un homme qui n'exerce pas la médecine, mais qui a chez lui un nombre innombrable de remèdes contre l'insomnie. Souffrez que je l'envoie quérir, et, si je ne dors pas cette nuit, je vous promets que je reviendrai à vous. » Le médecin congédié, le malade fit fermer les rideaux, et dit à un petit laquais : « Tiens, va-t'en chez M. Anis et dis-lui qu'il vienne me parler. » M. Anis arrive. « Mon cher monsieur Anis, je me meurs : je ne puis dormir. N'auriez-vous point dans votre boutique la C. du G.* *ou bien quelque livre*

* Probablement *La Connaissance du Globe*, titre approximatif d'un ouvrage géographique de P. Du Val (1677).

de dévotion, composé par un R. P. J.*, *que vous n'ayez pu vendre ? Car souvent les remèdes les plus gardés sont les meilleurs. — Monsieur, dit le libraire, j'ai chez moi la* Cour sainte, *du père Caussin*[3], *en six volumes, à votre service ; je vais vous l'envoyer ; je souhaite que vous vous en trouviez bien. Si vous voulez les œuvres du révérend père Rodriguez*[3], *jésuite espagnol, ne vous en faites pas faute. Mais, croyez-moi, tenons-nous-en au père Caussin ; j'espère, avec l'aide de Dieu, qu'une période du père Caussin vous fera autant d'effet qu'un feuillet tout entier de la* C. du G. » *Là-dessus M. Anis sortit et courut chercher le remède à sa boutique. La* Cour sainte *arrive ; on en secoue la poudre ; le fils du malade, jeune écolier, commence à la lire. Il en sentit le premier l'effet : à la seconde page, il ne prononçait plus que d'une voix mal articulée, et déjà toute la compagnie se sentait affaiblie. Un instant après, tout ronfla, excepté le malade, qui, après avoir été longtemps éprouvé, s'assoupit à la fin.*

Le médecin arrive de grand matin : « Eh bien ! a-t-on pris mon opium ? » On ne lui répond rien : la femme, la fille, le petit garçon, tous transportés de joie, lui montrent le père Caussin. Il demande ce que c'est. On lui dit : « Vive le père Caussin ! Il faut l'envoyer relier. Qui l'eût dit ? Qui l'eût cru ? C'est un miracle ! Tenez, Monsieur, voyez donc le père Caussin ; c'est ce volume-là qui a fait dormir mon père. » Et là-dessus on lui expliqua la chose comme elle s'était passée.

Le médecin était un homme subtil, rempli des mystères de la Cabale et de la puissance des paroles et des esprits. Cela le frappa, et, après plusieurs réflexions, il résolut de changer absolument sa pratique. « Voilà un fait bien singulier, dit-il. Je tiens une expérience ; il faut la pousser plus loin. Et pourquoi un esprit ne pourrait-il pas transmettre à son ouvrage les mêmes qualités qu'il a lui-même ? Ne le voyons-nous pas tous

* Un révérend père jésuite.

les jours ? Au moins cela vaut-il bien la peine de l'essayer. Je suis las des apothicaires : leurs sirops, leurs juleps* et toutes les drogues galéniques ruinent les malades et leur santé. Changeons de méthode ; éprouvons la vertu des esprits. » Sur cette idée, il dressa une nouvelle pharmacie, comme vous allez voir par la description que je vous vais faire des principaux remèdes qu'il mit en pratique :

Ptisane purgative.

« *Prenez trois feuilles de la* Logique *d'Aristote en grec, deux feuilles d'un traité de théologie scolastique le plus aigu (comme, par exemple, du subtil Scot), quatre de Paracelse, une d'Avicenne, six d'Averroès, trois de Porphyre, autant de Plotin, autant de Jamblique. Faites infuser le tout pendant vingt-quatre heures, et prenez-en quatre prises par jour.* »

Purgatif plus violent.

« *Prenez dix A... du C... concernant la B... et la C... des I...*** ; faites-les distiller au bain-marie ; mortifiez une goutte de l'humeur âcre et piquante qui en viendra dans un verre d'eau commune ; avalez le tout avec confiance.* »

Vomitif.

« *Prenez six harangues, une douzaine d'oraisons funèbres indifféremment (prenant garde pourtant de ne point se servir de celles de M. de N***), un recueil de nouveaux opéras, cinquante romans, trente mémoires nouveaux ; mettez le tout dans un matras**** ;*

* Potions.

** Dix arrêts du Conseil concernant la Banque et la Compagnie des Indes.

*** Monsieur de Nîmes = Fléchier, auteur de célèbres oraisons funèbres.

**** Récipient contenant un produit chimique.

laissez-le en digestion pendant deux jours, puis, faites-le distiller au feu de sable. »

« *Et, si tout cela ne suffit pas :*

Autre plus puissant.

« *Prenez une feuille de papier marbré qui ait servi à couvrir un recueil de pièces des J. F.* * *; faites-le infuser l'espace de trois minutes ; faites chauffer une cuillerée de cette infusion ; et avalez. »*

Remède très simple pour guérir de l'asthme.

« *Lisez tous les ouvrages du révérend père Maimbourg*[3], *ci-devant jésuite, prenant garde de ne vous arrêter qu'à la fin de chaque période, et vous sentirez la faculté de respirer vous revenir peu à peu, sans qu'il soit besoin de réitérer le remède. »*

Pour préserver de la gale, grattelle, tigne, farcin des chevaux.

« *Prenez trois catégories d'Aristote, deux degrés métaphysiques, une distinction, six vers de Chapelain, une phrase tirée des lettres de M. l'abbé de Saint-Cyran ; écrivez le tout sur un morceau de papier, que vous plierez, attacherez à un ruban, et porterez au col. »*

Miraculum chymicum de violenta fermentatione cum fumo, igne et flamma

« *Misce Quesnellianam infusionem, cum infusione Lallemaniana*[8] *; fiat fermentatio cum magna vi, impetu et tonitru, acidis pugnantibus et invicem penetrantibus alcalinos sales ; fiet evaporatio ardentium spirituum. Pone liquorem fermentatum in alambico : nihil inde extrahes et nihil invenies nisi caput mortuum. »*

* Jeux Floraux.

Lenitivum.

« *Recipe Molinae anodyni chartas duas ; Escobaris relaxativi paginas sex ; Vasquii emollientis folium unum ; infunde in aquae communis lib. iiij. Ad consumptionem dimidiae partis colentur et exprimantur ; et in expressione dissolve Bauni detersivi et Tamburini*[7] *abluentis folia iij.*

« *Fiat clister.* »

In chlorosim, quam vulgus « pallidos colores » aut « febrim amatoriam » appellat.

« *Recipe Aretini*[7] *figuras quatuor ; R. Thomae Sanchii, De Matrimonio*[3], *folia ij. Infundantur in aquae communis libras quinque.* »

« *Fiat ptisana aperiens.* »

Voilà les drogues que notre médecin mit en pratique avec un succès imaginable. Il ne voulait pas (disait-il), pour ne pas ruiner ses malades, employer des remèdes rares, et qui ne se trouvent presque point ; comme, par exemple, une épître dédicatoire qui n'ait fait bâiller personne ; une préface trop courte ; un mandement fait par un évêque ; et l'ouvrage d'un janséniste méprisé par un janséniste ou bien admiré par un jésuite. Il disait que ces sortes de remèdes ne sont propres qu'à entretenir la charlatanerie, contre laquelle il avait une antipathie insurmontable.

LETTRE CXLIV

RICA A USBEK

Je trouvai, il y a quelques jours, dans une maison de campagne où j'étais allé, deux savants qui ont ici une grande célébrité. Leur caractère me parut admirable. La conversation du premier, bien appréciée, se réduisait à ceci : « Ce que j'ai dit est vrai, parce que je l'ai dit. » La conversation du second portait sur autre chose : « Ce que je n'ai pas dit n'est pas vrai, parce que je ne l'ai pas dit. »

J'aimais assez le premier : car qu'un homme soit opiniâtre, cela ne me fait absolument rien ; mais qu'il soit impertinent, cela me fait beaucoup. Le premier défend ses opinions ; c'est son bien. Le second attaque les opinions des autres, et c'est le bien de tout le monde.

Oh ! mon cher Usbek, que la vanité sert mal ceux qui en ont une dose plus forte que celle qui est nécessaire pour la conservation de la nature ! Ces gens-là veulent être admirés à force de déplaire. Ils cherchent à être supérieurs, et ils ne sont pas seulement égaux.

Hommes modestes, venez que je vous embrasse : vous faites la douceur et le charme de la vie. Vous croyez que vous n'avez rien, et, moi, je vous dis que vous avez tout. Vous pensez que vous n'humiliez personne, et vous humiliez tout le monde. Et, quand je vous compare dans mon idée avec ces hommes absolus que je vois partout, je les précipite de leur tribunal, et je les mets à vos pieds.

De Paris,
le 22 de la lune de Chahban, 1720.

LETTRE CXLV

USBEK A ***

Un homme d'esprit est ordinairement difficile dans les sociétés ; il choisit peu de personnes ; il s'ennuie avec tout le grand nombre de gens qu'il lui plaît appeler mauvaise compagnie ; il est impossible qu'il ne fasse un peu sentir son dégoût. Autant d'ennemis !

Sûr de plaire quand il voudra, il néglige très souvent de le faire.

Il est porté à la critique, parce qu'il voit plus de choses qu'un autre et les sent mieux.

Il ruine presque toujours sa fortune, parce que son

esprit lui fournit pour cela un plus grand nombre de moyens.

Il échoue dans ses entreprises parce qu'il hasarde beaucoup. Sa vue, qui se porte toujours loin, lui fait voir des objets qui sont à de trop grandes distances. Sans compter que, dans la naissance d'un projet, il est moins frappé des difficultés, qui viennent de la chose, que des remèdes qui sont de lui, et qu'il tire de son propre fonds.

Il néglige les menus détails, dont dépend cependant la réussite de presque toutes les grandes affaires.

L'homme médiocre, au contraire, cherche à tirer parti de tout : il sent bien qu'il n'a rien à perdre en négligences.

L'approbation universelle est plus ordinairement pour l'homme médiocre. On est charmé de donner à celui-ci ; on est enchanté d'ôter à celui-là. Pendant que l'envie fond sur l'un, et qu'on ne lui pardonne rien, on supplée tout en faveur de l'autre : la vanité se déclare pour lui.

Mais, si un homme d'esprit a tant de désavantages, que dirons-nous de la dure condition des savants ?

Je n'y pense jamais que je ne me rappelle une lettre d'un d'eux à un de ses amis. La voici :

Monsieur,

Je suis un homme qui m'occupe, toutes les nuits, à regarder avec des lunettes de trente pieds, ces grands corps qui roulent sur nos têtes ; et, quand je veux me délasser, je prends mes petits microscopes, et j'observe un ciron ou une mite.

Je ne suis point riche, et je n'ai qu'une seule chambre ; je n'ose même y faire du feu, parce que j'y tiens mon thermomètre, et que la chaleur étrangère le ferait hausser. L'hiver dernier, je pensai mourir de froid, et, quoique mon thermomètre, qui était au plus bas degré, m'avertît que mes mains allaient se geler, je ne me dérangeai point, et j'ai la consolation d'être instruit exactement des changements de temps les plus insensibles de toute l'année passée.

Je me communique fort peu, et, de tous les gens que je vois, je n'en connais aucun. Mais il y a un homme à Stockholm, un autre à Leipsick, un autre à Londres, que je n'ai jamais vus, et que je ne verrai sans doute jamais, avec lesquels j'entretiens une correspondance si exacte, que je ne laisse pas passer un courrier sans leur écrire.

Mais, quoique je ne connaisse personne dans mon quartier, je suis dans une si mauvaise réputation, que je serai, à la fin, obligé de le quitter. Il y a cinq ans que je fus rudement insulté par une des mes voisines pour avoir fait la dissection d'un chien qu'elle prétendait lui appartenir. La femme d'un boucher, qui se trouva là, se mit de la partie, et, pendant que celle-là m'accablait d'injures, celle-ci m'assommait à coups de pierres, conjointement avec le docteur..., qui était avec moi, et qui reçut un coup terrible sur l'os frontal et occipital, dont le siège de sa raison fut très ébranlé.

Depuis ce temps-là, dès qu'il s'écarte quelque chien au bout de la rue, il est aussitôt décidé qu'il a passé par mes mains. Une bonne bourgeoise qui en avait perdu un petit, qu'elle aimait, disait-elle, plus que ses enfants, vint l'autre jour s'évanouir dans ma chambre, et, ne le trouvant pas, elle me cita devant le magistrat. Je crois que je ne serai jamais délivré de la malice importune de ces femmes, qui, avec leurs voix glapissantes, m'étourdissent sans cesse de l'oraison funèbre de tous les automates qui sont morts depuis dix ans.

Je suis, etc.

Tous les savants étaient autrefois accusés de magie. Je n'en suis point étonné. Chacun disait en lui-même : « J'ai porté les talents naturels aussi loin qu'ils peuvent aller ; cependant un certain savant a des avantages sur moi : il faut bien qu'il y ait là quelque diablerie. »

A présent que ces sortes d'accusation sont tombées dans le décri, on a pris un autre tour, et un savant ne saurait guère éviter le reproche d'irréligion ou d'hérésie. Il a beau être absous par le peuple : la plaie est faite ; elle ne se fermera jamais bien. C'est toujours pour lui un endroit malade. Un adversaire viendra, trente ans après, lui dire modestement : « A Dieu ne plaise que je dise que ce dont on vous accuse soit vrai ! Mais vous avez été obligé de vous défendre. » C'est ainsi qu'on tourne contre lui sa justification même.

S'il écrit quelque histoire, et qu'il ait de la noblesse dans l'esprit et quelque droiture dans le cœur, on lui suscite mille persécutions. On ira contre lui soulever le magistrat sur un fait qui s'est passé il y a mille ans, et on voudra que sa plume soit captive, si elle n'est pas vénale.

Plus heureux cependant que ces hommes lâches qui abandonnent leur foi pour une médiocre pension ; qui, à prendre toutes leurs impostures en détail, ne les vendent pas seulement une obole, qui renversent la constitution de l'Empire, diminuent les droits d'une puissance, augmentent ceux d'une autre, donnent aux princes, ôtent aux peuples, font revivre des droits surannés, flattent les passions qui sont en crédit de leur temps, et les vices qui sont sur le trône ; imposant à la postérité d'autant plus indignement qu'elle a moins de moyens de détruire leur témoignage.

Mais ce n'est point assez pour un auteur d'avoir essuyé toutes ces insultes ; ce n'est point assez pour lui d'avoir été dans une inquiétude continuelle sur le succès de son ouvrage. Il voit le jour enfin, cet ouvrage qui lui a tant coûté : il lui attire des querelles de toutes parts. Et comment les éviter ? Il avait un sentiment ; il l'a soutenu par ses écrits ; il ne savait pas qu'un homme, à deux cents lieues de lui, avait dit tout le contraire. Voilà cependant la guerre qui se déclare.

Encore s'il pouvait espérer d'obtenir quelque considération ! Non. Il n'est tout au plus estimé que de ceux qui se sont appliqués au même genre de science que lui.

Un philosophe a un mépris souverain pour un homme qui a la tête chargée de faits, et il est, à son tour, regardé comme un visionnaire par celui qui a une bonne mémoire.

Quant à ceux qui font profession d'une orgueilleuse ignorance, ils voudraient que tout le genre humain fût enseveli dans l'oubli où ils seront eux-mêmes.

Un homme à qui il manque un talent se dédommage en le méprisant : il ôte cet obstacle qu'il rencontrait entre le mérite et lui, et, par là, se trouve au niveau de celui dont il redoute les travaux.

Enfin, il faut joindre à une réputation équivoque la privation des plaisirs et la perte de la santé.

De Paris, le 22 *de la lune de Chahban*, 1720.

LETTRE CXLVI

USBEK A RHÉDI, A VENISE

Il y a longtemps que l'on a dit que la bonne foi était l'âme d'un grand ministère.

Un particulier peut jouir de l'obscurité où il se trouve : il ne se décrédite que devant quelques gens ; il se tient couvert devant les autres ; mais un ministre qui manque à la probité a autant de témoins, autant de juges, qu'il y a de gens qu'il gouverne.

Oserai-je le dire ? Le plus grand mal que fait un ministre sans probité n'est pas de desservir son prince et de ruiner son peuple ; il y en a un autre, à mon avis, mille fois plus dangereux : c'est le mauvais exemple qu'il donne.

Tu sais que j'ai longtemps voyagé dans les Indes. J'y ai vu une nation, naturellement généreuse, pervertie en un instant, depuis le dernier de ses sujets jusqu'aux plus grands, par le mauvais exemple d'un ministre. J'y ai vu tout un peuple, chez qui la générosité, la probité, la candeur et la bonne foi ont passé de tous temps pour les qualités naturelles, devenir tout à coup le dernier des peuples ; le mal se communiquer et n'épargner pas même les membres les plus sains ; les hommes les plus vertueux faire des choses indignes et violer les premiers principes de la justice, sur ce vain prétexte qu'on la leur avait violée.

Ils appelaient des lois odieuses en garantie des actions les plus lâches et nommaient *nécessité* l'injustice et la perfidie.

J'ai vu la foi des contrats bannie, les plus saintes conventions anéanties, toutes les lois des familles renversées. J'ai vu des débiteurs avares, fiers d'une insolente pauvreté, instruments indignes de la fureur des lois et de la rigueur des temps, feindre un paiement au lieu de le faire, et porter le couteau dans le sein de leurs bienfaiteurs.

J'en ai vu d'autres, plus indignes encore, acheter presque pour rien ou plutôt ramasser de terre des feuilles de chêne pour les mettre à la place de la substance des veuves et des orphelins.

J'ai vu naître soudain, dans tous les cœurs, une soif insatiable des richesses. J'ai vu se former en un moment une détestable conjuration de s'enrichir, non par un honnête travail et une généreuse industrie, mais par la ruine du prince, de l'État et des concitoyens.

J'ai vu un honnête citoyen, dans ces temps malheureux, ne se coucher qu'en disant : « J'ai ruiné une famille aujourd'hui ; j'en ruinerai une autre demain. »

« Je vais, disait un autre, avec un homme noir qui porte une écritoire à la main et un fer pointu à l'oreille, assassiner tous ceux à qui j'ai de l'obligation. »

Un autre disait : « Je vois que j'accommode mes affaires. Il est vrai que, lorsque j'allai, il y a trois jours, faire un certain paiement, je laissai toute une famille en larmes, que je dissipai la dot de deux honnêtes filles, que j'ôtai l'éducation à un petit garçon. Le père en mourra de douleur, la mère périt de tristesse ; mais je n'ai fait que ce qui est permis par la loi. »

Quel plus grand crime que celui que commet un ministre lorsqu'il corrompt les mœurs de toute une nation, dégrade les âmes les plus généreuses, ternit l'éclat des dignités, obscurcit la vertu même, et confond la plus haute naissance dans le mépris universel.

Que dira la postérité lorsqu'il lui faudra rougir de la honte de ses pères ? Que dira le peuple naissant lorsqu'il comparera le fer de ses aïeux avec l'or de ceux à qui il doit immédiatement le jour ? Je ne doute pas que les nobles ne retranchent de leurs quartiers un indigne degré de noblesse, qui les déshonore, et ne laissent la génération présente dans l'affreux néant où elle s'est mise[8].

De Paris, le 11 *de la lune de Rhamazan*, 1720.

LETTRE CXLVII

LE GRAND EUNUQUE A USBEK, A PARIS

Les choses sont venues à un état qui ne se peut plus soutenir : tes femmes se sont imaginé que ton départ leur laissait une impunité entière ; il se passe ici des choses horribles. Je tremble moi-même au cruel récit que je vais te faire.

Zélis, allant il y a quelques jours à la Mosquée, laissa tomber son voile et parut presque à visage découvert devant tout le peuple.

J'ai trouvé Zachi couchée avec une de ses esclaves : chose si défendue par les lois du sérail[5].

J'ai surpris, par le plus grand hasard du monde, une lettre que je t'envoie ; je n'ai jamais pu découvrir à qui elle était adressée.

Hier au soir, un jeune garçon fut trouvé dans le jardin du sérail, et il se sauva par-dessus les murailles.

Ajoute à cela ce qui n'est pas parvenu à ma connaissance : car sûrement tu es trahi. J'attends tes ordres, et jusques à l'heureux moment que je les recevrai, je vais être dans une situation mortelle. Mais, si tu ne mets toutes ces femmes à ma discrétion, je ne te réponds d'aucune d'elles, et j'aurai tous les jours des nouvelles aussi tristes à te mander.

Du sérail d'Ispahan,
le premier de la lune de Rhegeb, 1717.

LETTRE CXLVIII

USBEK AU PREMIER EUNUQUE,
AU SÉRAIL D'ISPAHAN

Recevez par cette lettre un pouvoir sans bornes sur tout le sérail : commandez avec autant d'autorité que moi-même. Que la crainte et la terreur marchent avec vous ; courez d'appartements en appartements porter les punitions et les châtiments. Que tout vive dans la consternation ; que tout fonde en larmes devant vous. Interrogez tout le sérail ; commencez par les esclaves. N'épargnez pas mon amour : que tout subisse votre tribunal redoutable. Mettez au jour les secrets les plus cachés. Purifiez ce lieu infâme, et faites-y rentrer la vertu bannie : car, dès ce moment, je mets sur votre tête les moindres fautes qui se commettront. Je soupçonne Zélis d'être celle à qui la lettre que vous avez surprise s'adressait. Examinez cela avec des yeux de lynx.

*De ***, le* 11 *de la lune de Zilhagé,* 1718.

LETTRE CXLIX

NARSIT A USBEK, A PARIS

Le grand eunuque vient de mourir, magnifique Seigneur. Comme je suis le plus vieux de tes esclaves, j'ai pris sa place jusques à ce que tu aies fait connaître sur qui tu veux jeter les yeux.

Deux jours après sa mort, on m'apporta une de tes lettres qui lui était adressée ; je me suis bien gardé de l'ouvrir : je l'ai enveloppée avec respect et l'ai serrée jusques à ce que tu m'aies fait connaître tes sacrées volontés.

Hier un esclave vint, au milieu de la nuit, me dire qu'il avait trouvé un jeune homme dans le sérail. Je me levai, j'examinai la chose, et je trouvai que c'était une vision.

Je te baise les pieds, sublime Seigneur, et je te prie de compter sur mon zèle, mon expérience et ma vieillesse.

Du sérail d'Ispahan,
le 5 de la lune de Gemmadi 1, 1718.

LETTRE CL

USBEK A NARSIT, AU SÉRAIL D'ISPAHAN

Malheureux que vous êtes ! vous avez dans vos mains des lettres qui contiennent des ordres prompts et violents ; le moindre retardement peut me désespérer, et vous demeurez tranquille sous un vain prétexte !

Il se passe des choses horribles : j'ai peut-être la moitié de mes esclaves qui méritent la mort. Je vous envoie la lettre que le premier eunuque m'écrivit là-dessus avant de mourir. Si vous aviez ouvert le paquet qui lui est adressé, vous y auriez trouvé des ordres sanglants. Lisez-les donc, ces ordres, et vous périrez si vous ne les exécutez pas.

*De ***, le 25 de la lune de Chalval*, 1718.

LETTRE CLI

SOLIM A USBEK, A PARIS

Si je gardais plus longtemps le silence, je serais aussi coupable que tous ces criminels que tu as dans le sérail.

J'étais le confident du grand eunuque, le plus fidèle de tes esclaves. Lorsqu'il se vit près de sa fin, il me fit appeler et me dit ces paroles : « Je me meurs ; mais le seul chagrin que j'ai en quittant la vie, c'est que mes derniers regards ont trouvé les femmes de mon maître criminelles. Le Ciel puisse le garantir de tous les malheurs que je prévois ! Puisse, après ma mort, mon ombre menaçante venir avertir ces perfides de leur devoir et les intimider encore ! Voilà les clefs de ces redoutables lieux. Va les porter au plus vieux des noirs. Mais si, après ma mort, il manque de vigilance, songe à en avertir ton maître. » En achevant ces mots, il expira dans mes bras.

Je sais ce qu'il t'écrivit quelque temps avant sa mort, sur la conduite de tes femmes : il y a dans le sérail une lettre qui aurait porté la terreur avec elle, si elle avait été ouverte. Celle que tu as écrite depuis a été surprise à trois lieues d'ici. Je ne sais ce que c'est : tout se tourne malheureusement.

Cependant tes femmes ne gardent plus aucune retenue : depuis la mort du grand eunuque, il semble que tout leur soit permis. La seule Roxane est restée dans le devoir et conserve de la modestie. On voit les mœurs se corrompre tous les jours. On ne trouve plus sur le visage de tes femmes cette vertu mâle et sévère qui y régnait autrefois : une joie nouvelle, répandue en ces lieux, est un témoignage infaillible, selon moi, de quelque satisfaction nouvelle ; dans les plus petites choses, je remarque des libertés jusqu'alors inconnues. Il règne même parmi tes esclaves une certaine indolence pour leur devoir et pour l'observation des règles, qui me surprend : ils n'ont plus ce zèle ardent pour ton service qui semblait animer tout le sérail.

Tes femmes ont été huit jours à la campagne, à une de tes maisons les plus abandonnées. On dit que l'esclave qui en a soin a été gagné, et qu'un jour avant qu'elles arrivassent, il avait fait cacher deux hommes dans un réduit de pierre qui est dans la muraille de la principale chambre, d'où ils sortaient le soir lorsque nous étions retirés. Le vieux eunuque qui est à présent à notre tête est un imbécile, à qui l'on fait croire tout ce qu'on veut.

Je suis agité d'une colère vengeresse contre tant de perfidies, et, si le Ciel voulait, pour le bien de ton service, que tu me jugeasses capable de gouverner, je te promets que, si tes femmes n'étaient pas vertueuses, au moins elles seraient fidèles.

Du sérail d'Ispahan,
le 6 de la lune de Rebiab 1, 1719.

LETTRE CLII

NARSIT A USBEK, A PARIS

Roxane et Zélis ont souhaité d'aller à la campagne ; je n'ai pas cru devoir le leur refuser. Heureux Usbek ! tu as des femmes fidèles et des esclaves vigilants : je commande en des lieux où la vertu semble s'être choisi un asile. Compte qu'il ne s'y passera rien que tes yeux ne puissent soutenir.

Il est arrivé un malheur qui me met en grande peine. Quelques marchands arméniens, nouvellement arrivés à Ispahan, avaient apporté une de tes lettres pour moi ; j'ai envoyé un esclave pour la chercher ; il a été volé à son retour, et la lettre est perdue. Écris-moi donc promptement : car je m'imagine que, dans ce changement, tu dois avoir des choses de conséquence à me mander.

Du sérail de Fatmé,
le 6 de la lune de Rebiab 1, 1719.

LETTRE CLIII

USBEK A SOLIM, AU SÉRAIL D'ISPAHAN

Je te mets le fer à la main. Je te confie ce que j'ai à présent dans le monde de plus cher, qui est ma vengeance. Entre dans ce nouvel emploi ; mais n'y porte ni cœur ni pitié. J'écris à mes femmes de t'obéir aveuglément. Dans la confusion de tant de crimes, elles tomberont devant tes regards. Il faut que je te doive mon bonheur et mon repos. Rends-moi mon sérail comme je l'ai laissé ; mais commence par l'expier. Extermine les coupables, et fais trembler ceux qui se proposaient de le devenir. Que ne peux-tu pas espérer de ton maître pour des services si signalés ? Il ne tiendra qu'à toi de te mettre au-dessus de ta condition même et de toutes les récompenses que tu as jamais désirées.

De Paris, le 4 *de la lune de Chahban*, 1719.

LETTRE CLIV

USBEK A SES FEMMES, AU SÉRAIL D'ISPAHAN

Puisse cette lettre être comme la foudre qui tombe au milieu des éclairs et des tempêtes ! Solim est votre premier eunuque, non pas pour vous garder, mais pour vous punir. Que tout le sérail s'abaisse devant lui ! Il doit juger vos actions passées, et, pour l'avenir, il vous fera vivre sous un joug si rigoureux que vous regretterez votre liberté, si vous ne regrettez pas votre vertu.

De Paris, le 4 *de la lune de Chahban*, 1719.

LETTRE CLV

USBEK A NESSIR, A ISPAHAN

Heureux celui qui, connaissant le prix d'une vie douce et tranquille, repose son cœur au milieu de sa famille et ne connaît d'autre terre que celle qui lui a donné le jour !

Je vis dans un climat barbare, présent à tout ce qui m'importune, absent de tout ce qui m'intéresse. Une tristesse sombre me saisit ; je tombe dans un accablement affreux : il me semble que je m'anéantis, et je ne me retrouve moi-même que lorsqu'une sombre jalousie vient s'allumer et enfanter dans mon âme la crainte, les soupçons, la haine et les regrets.

Tu me connais, Nessir : tu as toujours vu dans mon cœur comme dans le tien. Je te ferais pitié si tu savais mon état déplorable. J'attends quelquefois six mois entiers des nouvelles du sérail ; je compte tous les instants qui s'écoulent ; mon impatience me les allonge toujours ; et, lorsque celui qui a été tant attendu est près d'arriver, il se fait dans mon cœur une révolution soudaine : ma main tremble d'ouvrir une lettre fatale. Cette inquiétude qui me désespérait, je la trouve l'état le plus heureux où je puisse être, et je crains d'en sortir par un coup plus cruel pour moi que mille morts.

Mais, quelque raison que j'ai eue de sortir de ma patrie, quoique je doive ma vie à ma retraite, je ne puis plus, Nessir, rester dans cet affreux exil. Eh ! ne mourrais-je pas tout de même en proie à mes chagrins ? J'ai pressé mille fois Rica de quitter cette terre étrangère ; mais il s'oppose à toutes mes résolutions : il m'attache ici par mille prétextes ; il semble qu'il ait oublié sa patrie, ou plutôt il semble qu'il m'ait oublié moi-même, tant il est insensible à mes déplaisirs.

Malheureux que je suis ! je souhaite de revoir ma patrie, peut-être pour devenir plus malheureux encore ! Eh ! qu'y ferai-je ? Je vais rapporter ma tête à mes ennemis. Ce n'est pas tout : j'entrerai dans le sérail ; il faut que j'y demande compte du temps funeste de mon absence. Et si j'y trouve des coupables, que deviendrai-je ? Et si la seule idée m'accable de si loin, que sera-ce lorsque ma présence la rendra plus vive ? Que sera-ce s'il faut que je voie, s'il faut que j'entende ce que je n'ose imaginer sans frémir ? Que sera-ce, enfin, s'il faut que des châtiments que je prononcerai moi-même soient des marques éternelles de ma confusion et de mon désespoir ?

J'irai m'enfermer dans des murs plus terribles pour moi que pour les femmes qui y sont gardées. J'y porterai tous mes soupçons ; leurs empressements ne m'en déroberont rien ; dans mon lit, dans leurs bras, je ne jouirai que de mes inquiétudes ; dans un temps si peu propre aux réflexions, ma jalousie trouvera à en faire. Rebut indigne de la nature humaine, esclaves vils dont le cœur a été fermé pour jamais à tous les sentiments de l'amour, vous ne gémiriez plus sur votre condition si vous connaissiez le malheur de la mienne.

De Paris, le 4 *de la lune de Chahban*, 1719.

LETTRE CLVI

ROXANE A USBEK, A PARIS

L'horreur, la nuit et l'épouvante règnent dans le sérail : un deuil affreux l'environne. Un tigre y exerce à chaque instant toute sa rage : il a mis dans les supplices deux eunuques blancs qui n'ont avoué que leur innocence ; il a vendu une partie de nos esclaves et nous a obligées de changer entre nous celles qui nous restaient. Zachi et Zélis ont reçu dans leur chambre, dans l'obscurité de la nuit, un traitement indigne : le sacrilège n'a pas craint de porter sur elles ses viles mains. Il nous tient enfermées chacune dans notre appartement, et quoique nous y soyons seules, il nous fait vivre sous le voile. Il ne nous est plus permis de nous parler ; ce serait un crime de nous écrire ; nous n'avons plus rien de libre que les pleurs.

Une troupe de nouveaux eunuques est entrée dans le sérail, où ils nous assiègent nuit et jour : notre sommeil est sans cesse interrompu par leurs méfiances feintes ou véritables. Ce qui me console, c'est que tout ceci ne durera pas longtemps, et que ces peines finiront avec ma vie. Elle ne sera pas longue, cruel Usbek ! je ne te donnerai pas le temps de faire cesser tous ces outrages.

Du sérail d'Ispahan,
le 2 *de la lune de Maharram*, 1720.

LETTRE CLVII

ZACHI A USBEK, A PARIS

Ô Ciel ! un barbare m'a outragée jusque dans la manière de me punir. Il m'a infligé ce châtiment qui commence par alarmer la pudeur ; ce châtiment qui met dans l'humiliation extrême ; ce châtiment qui ramène, pour ainsi dire, à l'enfance.

Mon âme, d'abord anéantie sous la honte, reprenait le sentiment d'elle-même et commençait à s'indigner, lorsque mes cris firent retentir les voûtes de mes appartements. On m'entendit demander grâce au plus vil de tous les humains et tenter sa pitié à mesure qu'il était plus inexorable.

Depuis ce temps, son âme insolente et servile s'est élevée sur la mienne. Sa présence, ses regards, ses paroles, tous les malheurs viennent m'accabler. Quand je suis seule, j'ai du moins la consolation de verser des larmes ; mais, lorsqu'il s'offre à ma vue, la fureur me saisit, je la trouve impuissante, et je tombe dans le désespoir.

Le tigre ose me dire que tu es l'auteur de toutes ces barbaries. Il voudrait m'ôter mon amour et profaner jusques aux sentiments de mon cœur. Quand il me prononce le nom de celui que j'aime, je ne sais plus me plaindre, et je ne puis plus que mourir.

J'ai soutenu ton absence, et j'ai conservé mon amour par la force de mon amour. Les nuits, les jours, les moments, tout a été pour toi. J'étais superbe de mon amour même, et le tien me faisait respecter ici. Mais, à présent... Non ; je ne puis plus soutenir l'humiliation où je suis descendue. Si je suis innocente, reviens pour m'aimer. Reviens, si je suis coupable, pour que j'expire à tes pieds.

Du sérail d'Ispahan,
le 2 de la lune de Maharram, 1720.

LETTRE CLVIII

ZÉLIS A USBEK, A PARIS

A mille lieues de moi, vous me jugez coupable ; à mille lieues de moi, vous me punissez.

Qu'un eunuque barbare porte sur moi ses viles mains, il agit par votre ordre. C'est le tyran qui m'outrage, et non pas celui qui exerce la tyrannie.

Vous pouvez, à votre fantaisie, redoubler vos mauvais traitements. Mon cœur est tranquille depuis qu'il ne peut plus vous aimer.

Votre âme se dégrade, et vous devenez cruel. Soyez sûr que vous n'êtes point heureux.

Adieu.

Du sérail d'Ispahan,
le 2 de la lune de Maharram, 1720.

LETTRE CLIX

SOLIM A USBEK, A PARIS

Je me plains, magnifique Seigneur, et je te plains : jamais serviteur fidèle n'est descendu dans l'affreux désespoir où je suis. Voici tes malheurs et les miens. Je ne t'en écris qu'en tremblant.

Je jure, par tous les prophètes du Ciel, que, depuis que tu m'as confié tes femmes, j'ai veillé nuit et jour sur elles ; que je n'ai jamais suspendu un moment le cours de mes inquiétudes. J'ai commencé mon ministère par les châtiments, et je les ai suspendus sans sortir de mon austérité naturelle.

Mais que te dis-je ? Pourquoi te vanter ici une fidélité qui t'a été inutile ? Oublie tous mes services passés ; regarde-moi comme un traître ; et punis-moi de tous les crimes que je n'ai pas pu empêcher.

Roxane, la superbe Roxane ! O Ciel ! à qui se fier désormais ? Tu soupçonnais Zélis, et tu avais pour Roxane une sécurité entière. Mais sa vertu farouche était une cruelle imposture : c'était le voile de sa perfidie. Je l'ai surprise dans les bras d'un jeune homme, qui, dès qu'il s'est vu découvert, est venu sur moi. Il m'a donné deux coups de poignard. Les eunuques, accourus au bruit, l'ont entouré. Il s'est défendu longtemps, en a blessé plusieurs ; il voulait même rentrer dans la chambre, pour mourir, disait-il, aux yeux de Roxane. Mais enfin, il a cédé au nombre, et il est tombé à nos pieds.

Je ne sais si j'attendrai, sublime Seigneur, tes ordres sévères : tu as mis ta vengeance en mes mains ; je ne dois pas la faire languir.

Du sérail d'Ispahan,
le 8 *de la lune de Rebiab* 1, 1720.

LETTRE CLX

SOLIM A USBEK, A PARIS

J'ai pris mon parti : tous les malheurs vont disparaître ; je vais punir.

Je sens déjà une joie secrète ; mon âme et la tienne vont s'apaiser : nous allons exterminer le crime, et l'innocence va pâlir.

Ô vous, qui semblez n'être faites que pour ignorer tous vos sens et être indignées de vos désirs mêmes, éternelles victimes de la honte et de la pudeur, que ne puis-je vous faire entrer à grands flots dans ce sérail malheureux, pour vous voir étonnées de tout le sang que j'y vais répandre !

Du sérail d'Ispahan,
le 8 *de la lune de Rebiab* 1, 1720.

LETTRE CLXI

ROXANE A USBEK, A PARIS ◆●

Oui, je t'ai trompé ; j'ai séduit tes eunuques, je me suis jouée de ta jalousie, et j'ai su, de ton affreux sérail, faire un lieu de délices et de plaisirs.

Je vais mourir : le poison va couler dans mes veines. Car que ferais-je ici, puisque le seul homme qui me retenait à la vie n'est plus ? Je meurs ; mais mon ombre s'envole bien accompagnée ; je viens d'envoyer devant moi ces gardiens sacrilèges qui ont répandu le plus beau sang du monde.

Comment as-tu pensé que je fusse assez crédule pour m'imaginer que je ne fusse dans le monde que pour adorer tes caprices ? Que, pendant que tu te permets tout, tu eusses le droit d'affliger tous mes désirs ? Non ! J'ai pu vivre dans la servitude, mais j'ai toujours été libre : j'ai réformé tes lois sur celles de la nature, et mon esprit s'est toujours tenu dans l'indépendance.

Tu devrais me rendre grâces encore du sacrifice que je t'ai fait : de ce que je me suis abaissée jusqu'à te paraître fidèle ; de ce que j'ai lâchement gardé dans mon cœur ce que j'aurais dû faire paraître à toute la terre ; enfin, de ce que j'ai profané la vertu, en souffrant qu'on appelât de ce nom ma soumission à tes fantaisies.

Tu étais étonné de ne point trouver en moi les transports de l'amour. Si tu m'avais bien connue, tu y aurais trouvé toute la violence de la haine.

Mais tu as eu longtemps l'avantage de croire qu'un cœur comme le mien t'était soumis. Nous étions tous deux heureux : tu me croyais trompée, et je te trompais.

Ce langage, sans doute, te paraît nouveau. Serait-il possible qu'après t'avoir accablé de douleurs, je te for-

●◆ Voir *Au fil du texte*, p. XIII.

çasse encore d'admirer mon courage ? Mais c'en est fait : le poison me consume ; ma force m'abandonne ; la plume me tombe des mains ; je sens affaiblir jusqu'à ma haine ; je me meurs.

Du sérail d'Ispahan,
le 8 *de la lune de Rebiab* 1, 1720.

FIN
des
Lettres persanes

LES CLÉS DE L'ŒUVRE

I - AU FIL DU TEXTE

II - DOSSIER HISTORIQUE ET LITTÉRAIRE

Pour approfondir votre lecture, LIRE vous propose une sélection commentée :

- de morceaux « classiques » devenus incontournables, signalés par ●◆ (droit au but).
- d'extraits représentatifs de l'œuvre, signalés par ○◆ (en flânant).

AU FIL DU TEXTE

Par Sophie Ratto,
PRAG à l'université de Paris III.

AU FIL DU TEXTE

I - DÉCOUVRIR

La phrase clé

« Le roi de France est le plus puissant prince de l'Europe. Il n'a point de mines d'or comme le roi d'Espagne, son voisin ; mais il a plus de richesses que lui, parce qu'il les tire de la vanité de ses sujets, plus inépuisable que les mines. On lui a vu entreprendre ou soutenir de grandes guerres, n'ayant d'autres fonds que des titres d'honneur à vendre, et, par un prodige de l'orgueil humain, ses troupes se trouvaient payées, ses places, munies, et ses flottes, équipées. »

Rica à Ibben, à Smyrne, Lettre XXIV.

• **LA DATE**

Dès 1717, Montesquieu, magistrat sans vocation réelle, cherche à communiquer ses idées sur la politique et la société par un ouvrage qui puisse avoir un grand retentissement sans pour autant utiliser une forme aride ou ennuyeuse. Ce sera le roman par lettres, dont Montesquieu est fier de s'affirmer le précurseur.

En 1721, il fait paraître un écrit anonyme, publié à Amsterdam : les *Lettres persanes*. L'impertinence du texte choque quelques intellectuels, dont le cardinal de Fleury. Cependant, le succès est tel que Montesquieu doit accepter plus ou moins officieusement de reconnaître la paternité de l'œuvre, en dépit de ses déclarations dans la courte introduction : « C'est à condition que je ne serai pas connu ; car, si l'on vient à savoir mon nom, dès ce moment, je me tais. » En 1722, il s'installe à Paris, et, avec la réputation de bel esprit que lui ont valu les *Lettres persanes*, il fréquente la Cour et les salons. Ce qui n'empêcha pas que les *Lettres* soient interdites par le cardinal Dubois.

En 1754, Montesquieu décide la réédition des *Lettres persanes*, et il avoue la paternité de l'œuvre officiellement pour la première fois. Cette édition comporte onze lettres nouvelles, et elle est précédée de *Quelques réflexions sur les Lettres persanes*. Montesquieu va mourir peu après cette deuxième édition, en 1755.

• LE TITRE

Le titre insiste sur la couleur exotique, très à la mode au XVIIIe siècle ; depuis le XVIIe, en effet, le public français était friand de « turqueries » ; Montesquieu va en quelque sorte se livrer à l'exploitation d'une veine qui plaît au public, et qui flatte la vision d'un Orient partiellement fantasmé : qui dit Orient dit exotisme, sensualité, voire licence...

D'autre part, on assiste dans les *Lettres persanes* à une sorte d'inversion du voyage de découverte de l'époque : c'est l'Orient qui découvre l'Occident, et Montesquieu invite son lecteur à poser sur sa propre civilisation, sur son propre monde le regard critique, extérieur, voire documenté qui aurait été le sien en voyage à l'étranger.

Si l'auteur affirme quelques années après la parution de l'œuvre : « On ne le regarda pas comme un ouvrage sérieux : il ne l'était pas... », une telle affirmation n'a pas empêché de voir dès la première parution que sous l'humour du regard porté par des Persans sur la société française se dissimulait une réflexion beaucoup plus profonde qu'on ne pourrait le croire à première vue, appuyée sur une documentation approfondie (voir le dossier historique et littéraire, p. 340) et que le fait de faire parler des « Persans » permettait de donner la parole aux philosophes.

Montesquieu devait d'autre part se glorifier, dans *Quelques réflexions sur les Lettres persanes*, d'être à l'origine du roman épistolaire français, et on ne peut nier que la forme par lettres ne donne vie et humour à des considérations qui, exprimées sérieusement, eussent été plus arides et moins plaisantes.

• COMPOSITION

Le point de vue de l'auteur

Le pacte de lecture

Montesquieu reprend le thème du regard porté par un voyageur étranger, si possible naïf, qu'avaient déjà utilisé Montaigne avec ses Cannibales (*Essais*, I, 31, publiés en 1580), et Jean-Paul Marana avec *L'Espion du grand seigneur* – ouvrage publié en 1684, et qui avait connu un grand succès et des rééditions nombreuses.

Le procédé est raffiné par la multiplicité du regard : Usbek n'est pas le seul à donner son opinion, et ses critiques politiques et philosophiques se voient complétées par le style plus ironique et plus drôle de Rica. Les regards se veulent innocents, naïfs et toujours prêts à s'étonner et à s'émerveiller. Durkheim et d'autres sociologues y verront la préfiguration de leur science, et la première occurrence de leurs efforts de précision et de définition. La perte, fût-elle factice, des réflexes culturels de la vie en société permet de prendre du recul par rapport à ce qui est tellement quotidien et intégré qu'il en semble inné et naturel.

Montesquieu a-t-il jamais voulu que son lecteur change le monde ? Probablement pas, et c'est la notion de prise de conscience et de nécessité de la relativisation – sans sombrer dans les excès qui caractérisent le mouvement libertin – qui s'impose ici ; par un passage incessant entre des notions importantes et graves (le roi, la liberté, le droit...) et des apparences plus frivoles (les caprices de la mode, l'agitation parisienne...), Montesquieu pose le problème des enjeux de la civilisation, de son aspect factice, et, au-delà, de l'universalité de la raison dans la gestion des affaires sociales.

Les objectifs d'écriture

Montesquieu préfigure l'esprit sociologique. Et, comme toute démarche sociologique, la sienne commence par un refus et par une ironie ; il va dire dans les *Lettres persanes* ce que le social n'est pas avant que de dire ce qu'il est et doit être – mouvement positif de la connaissance développé dans *L'Esprit des Lois*.

Montesquieu développe l'idée que la connaissance des sociétés est affaire de science et non de croyance : ce n'est pas le hasard qui gouverne les sociétés humaines (cf. *Considérations sur les causes de la grandeur et de la décadence des Romains*). On trouve dans son œuvre à la fois une affirmation de l'idée d'évolution des sociétés humaines et de relativisme historique, de même que la rupture d'avec l'idée d'un ordre naturel des sociétés (que l'on trouvait par exemple chez Aristote) comme d'avec celle d'absence d'ordre, d'arbitraire total.

Il tient d'autre part à insister sur la nécessaire interdépendance des phénomènes sociaux : toute société humaine forme un tout cohérent et il faut beaucoup de doigté pour la réformer. Il insiste sur la pluralité des causes à l'origine du contrôle social (« le gouvernement des hommes ») : le climat, la religion, les maximes du gouvernement, les exemples des choses passées, les mœurs, les manières : « d'où il se forme un esprit général qui en résulte ».

Le fil directeur de sa pensée est le spectacle de la diversité du monde. Idée qui passera ensuite par l'ethnologie (qui oppose complexité et indépendance des cultures au rationalisme universel de la volonté personnelle), avant de revenir à la sociologie qui, au XIXe siècle (cf. Marx ou Auguste Comte), raisonnera d'abord en termes évolutionnistes, occupée qu'elle sera à penser l'accélération historique des sociétés occidentales. Ce n'est qu'avec Durkheim que la logique comparatiste va revenir sur le devant de la scène. Cette démarche de Montesquieu s'inscrit pour sa part dans la tendance universaliste et cosmopolite du XVIIIe siècle.

On trouve dans les objectifs premiers de Montesquieu une série de ruptures intellectuelles : refus du providentialisme (selon lui, l'évolution de l'Empire romain s'explique par des causes physiques et morales et non pas par les desseins de Dieu) mais aussi souci de ne pas sombrer dans le relativisme que les libertins déduisaient de l'observation de la diversité des institutions humaines.

Pour poser la question de la légitimité du bien social (Le « doux commerce »), Montesquieu se voit contraint de mettre au point une « méthode des science sociales » (réunir des faits, proposer un système, interpréter...). Il s'oppose – et c'est une des leçons des *Lettres persanes* – au monisme causal et à la construction d'un système clos qui rendrait compte intégralement de la réalité humaine. Pour lui, il n'existe pas de causalité en dernière instance mais des causes multiples et enchevêtrées, dont l'influence varie selon les pays et notamment suivant la plus ou moins grande complexité des sociétés.

Selon Auguste Comte, Montesquieu fut le premier à traiter la science politique comme une science des faits et non des dogmes, et à affirmer qu'il existe des déterminismes sociaux. Il est aussi le premier à avoir manifesté une volonté systématique de rompre avec les préjugés.

Structure de l'œuvre

À la première lecture, on peut être désorienté par le désordre apparent des cent soixante et une lettres ; si l'on étudie l'ensemble avec attention, on s'aperçoit que la structure a été longuement et minutieusement pensée par Montesquieu. Cette structure s'organise non pas linéairement, mais selon trois fils conducteurs : la chronologie, le roman du harem, et la réflexion philosophique et politique.

La chronologie est d'autant plus difficile à suivre qu'elle emprunte ses éléments à deux calendriers. Les noms des mois sont les noms persans du calendrier rapporté par Chardin dans le *Voyage en Perse et aux Indes orientales* mais Montesquieu situe ces mois exotiques, non pas dans le calendrier musulman, qui débute le 16 juillet 622, mais dans le calendrier chrétien, en sorte, probablement, que le lecteur ne se sente pas trop perdu. L'exotisme ne doit pas empêcher la réflexion…

Situer exactement la chronologie des voyages et la durée des absences n'est cependant pas chose aisée : Montesquieu a pris soin de faire en sorte que des lettres s'entrecroisent, que d'autres arrivent en retard – ressort romanesque qui provoquera des drames au sérail. Mais le lecteur attentif peut reconstituer les échanges ; le genre épistolaire avait d'ailleurs la faveur du public habitué à ce genre d'exercice depuis la marquise de Sévigné.

Par ailleurs, le dessein « sociologique » de Montesquieu excluait l'incohérence et l'invraisemblance : l'itinéraire d'Usbek peut être reconstitué (voir page 361), de même que la durée de son absence et celle de son voyage : il est parti en mars 1711, a mis un peu plus de treize mois pour parcourir la distance Ispahan-Paris, et décide de rentrer en novembre 1720.

Le roman du harem permet au lecteur de dégager une unité de sens d'autant plus aisément que l'attention est attirée par l'orientalisme et par la sensualité de cette partie de l'œuvre. C'est la part la plus « romanesque » et la plus exotique, la seule qui fasse intervenir les liens affectifs ; ce roman occupe quarante lettres, nombreuses au début, puis s'effaçant derrière l'observation ethnologique à laquelle se livre Usbek pour réapparaître dans le contexte dramatique de la fin : le désordre du harem et l'incapacité des eunuques, la révolte des femmes et la mort de Roxane.

L'érotisme est évoqué et non développé, les lettres allusives et pudiques des eunuques privant le public parisien des passages coquins auxquels il s'attendait. Le roman de harem est un piège : à la fois il répond à une attente du public, mais il détourne cette attente ; il n'est pas là pour l'exotisme ou pour l'amusement du lecteur, mais pour aider à sa réflexion. Usbek, le Persan sociologue, est un tyran, qui perd son pouvoir, y compris l'emprise implacable qu'il exerçait sur ses femmes, en quittant Ispahan.

La valeur de dénonciation du roman, en dépit de l'orientalisme et de l'humour, n'en demeure pas moins un réquisitoire contre le despotisme, la tyrannie et l'intolérance.

On trouve plusieurs tonalités dans les lettres : on peut trouver des lettres pleines d'humour et d'insolence – ce sont souvent celles du jeune Rica –, qui dénoncent la légèreté, la vanité de l'aspect extérieur du jeu social, de la comédie des salons et de la société brillante. Ces lettres sont nombreuses, et touchent la société, la religion, l'économie…

Les lettres politiques sont en général de la main d'Usbek : tyran dont les mots dénoncent une autre tyrannie. La comparaison de plusieurs formes de gouvernement (la France, l'Angleterre, les petites républiques de Hollande et de Suisse…) donne au lecteur l'occasion de s'élever au-dessus du particulier pour parvenir à une réflexion d'ensemble sur le pouvoir, le rôle du prince, la liberté.

Les lettres philosophiques abordent les thèmes chers à la philosophie des Lumières : le bonheur de l'homme (qu'est-il, que peut-il être, à quelles conditions ?), l'harmonie de l'homme avec la nature, le bonheur est-il compatible avec le progrès économique ? Que doit être la religion ?

La démarche de Montesquieu suppose la finesse d'esprit du lecteur, la reconstitution de la cohérence au-delà du morcellement apparent du genre épistolaire.

II - LIRE

Pour approfondir votre lecture, LIRE *vous propose une sélection commentée :*

- *de morceaux « classiques » devenus incontournables, signalés par ➻ (droit au but).*
- *d'extraits représentatifs de l'œuvre, signalés par ➾ (en flânant).*

➻ 1 - ***L'histoire des troglodytes*** lettres XI à XIV.	pp. 39-48

Montesquieu choisit de décrire l'évolution d'une société par le biais d'un mythe plutôt que d'un récit à proprement parler historique : il s'efforce d'en tirer des leçons : de cet âge d'or que la civilisation détériore puis anéantit, il déduit une sévère critique de l'égoïsme, et souligne le rapprochement pour lui vital qui doit unir vertu et démocratie…

À l'origine, la société des troglodytes était une société rurale fondée sur la collectivité patriarcale, l'amour du prochain et la générosité, une forme d'âge d'or : les hommes n'avaient qu'à suivre les conseils que leur dicte la nature pour vivre dans la paix et dans l'harmonie, dans une forme d'émulation vers le bien. On peut noter au passage une réfutation des thèses de Hobbes sur « l'état de guerre de tous contre tous ».

L'évolution vers la civilisation trouble le fonctionnement de cette société, avec l'apparition de valeurs comme la richesse, l'ambition, qui provoquent chez l'homme la perte de son innocence.

Mais les troglodytes décident d'accepter d'eux-mêmes un roi, parce qu'ils sont devenus trop nombreux : l'état « démocratique » esquissé par Montesquieu ne semble convenir qu'aux petits groupes, et la monarchie – forme de gouvernement nécessaire pour gérer le grand nombre – apparaît comme la possibilité la plus opportune pour imposer des lois qui puissent tenir lieu de vertu ; la royauté est en quelque sorte un moindre mal face à l'anarchie et à la violence.

2 - ***Paris, le roi et le pape*** de « Paris est aussi grand qu'Ispahan… » à « … le chemin du Paradis ? ».	lettre XXIV pp. 60-62

C'est Rica, le plus jeune et le plus porté à l'ironie, qui offre au lecteur un portrait sans concession de Paris et de ses habitants ; à l'admiration pour le caractère monumental de la ville se mêle une exaspération, voisine de celle que l'on trouvait déjà chez Boileau, voire chez Juvénal face aux embarras et aux nuisances de la cité. Moins philosophe et plus satirique qu'Usbek, Rica, l'étranger à Paris, dépeint avec un humour consommé et une naïveté voulue ce qui fait la capitale : ses désagréments quotidiens et le maître du jeu social : le roi.

Le roi, Louis XIV, un vieux monarque accroché à son pouvoir absolu, est présenté comme incohérent : à la fois avare et dépensier. Plus grave, il génère l'uniformité : « l'âme du souverain est un moule qui donne forme à tous les autres », comme le dira la lettre XCIX (p. 184). Ce roi est l'illustration des propos que Montesquieu tiendra dans *L'Esprit des lois* : « Le gouvernement monarchique suppose des prééminences, des rangs, et même une noblesse d'origine. » L'envie de ses sujets d'accéder aux honneurs fait de ce roi un magicien qui trouve tout l'argent qu'il veut.

Le roi, comme le pape, pratique une politique fondée sur le faux-semblant et sur l'illusion. Le second n'est pas impliqué directement dans la vie parisienne, mais le dogme chrétien et la façon dont il est pratiqué ont de quoi surprendre. Le manque de connaissance de Rica sur la religion chrétienne souligne l'incohérence non pas de la foi individuelle, mais de l'institution Église et de la puissance politique que détient le pape.

3 - ***Comment peut-on être persan ?*** lettre XXX en entier.	pp. 72-73

« Il faut avouer qu'il a bien l'air persan » ; qui, à Paris, pouvait se vanter d'avoir vu un Persan ? L'homme s'affirme avant tout ce que son apparence affirme qu'il est – ou ce que l'on dit qu'il est. À une époque où l'orientalisme a beaucoup de succès, un Persan ne pouvait qu'attirer l'attention, et nous retrouvons ici les traits caractéristiques du style que Montesquieu prête à Rica : des narrations brèves, des phrases courtes donnant une impression de rapidité et d'accumulation presque comique.

Dès lors que Rica adopte un costume occidental, il cesse de retenir l'attention ; preuve que, ce qui compte, c'est l'idée que l'on se fait de ce qui est intéressant. Être persan, c'est se conformer à l'apparence d'un modèle fantasmé d'exotisme, c'est avoir des vêtements sortant de l'ordinaire… C'est s'affirmer autre physiquement sous la superficialité des regards qui s'arrêtent au paraître.

« Comment peut-on être persan ? » est, selon l'expression de Jean Goldzink, la « formule emblématique de l'œuvre » ; elle met bien en valeur la problématique qui sous-tend cette lettre, et bien d'autres, de la différence dans le jeu social de l'être et du paraître.

4 - *La mort de Roxane*
lettre CLXI en entier. pp. 293-294

L'épisode « ethnologique » d'Usbek s'achève dans le drame : sa favorite, l'épouse dont il était si sûr, Roxane, s'avère être une traîtresse. La datation des lettres défie la vraisemblance et seuls les problèmes de réception de courrier peuvent justifier le fait qu'Usbek n'ait pas réagi avant aux avertissements de ses eunuques. Cette dernière lettre signe à la fois la fin du cycle oriental et la fin du cycle occidental : la démarche d'Usbek semble bien s'achever par un échec. La dernière lettre revêt bien sûr une signification particulière : Usbek, le sociologue, l'observateur imparfait de la vie parisienne, n'est caractérisé par Roxane que comme un tyran, dont l'ouverture d'esprit ne fut que rhétorique, ou du moins, jamais perceptible par ses femmes. La liberté que s'attribue Roxane dans la mort signe l'échec de la philosophie d'Usbek, qui ne fut tolérant qu'en paroles.

« La seule Roxane est restée dans le devoir » disait la lettre V, elle est la favorite, mais sa mort équivaut à une dénonciation de la cruauté des eunuques, de la tyrannie de son maître, et à la proclamation qu'elle seule parmi les femmes a su garder son indépendance de pensée et répondre à la tyrannie par l'hypocrisie.

Face à la pensée, au courage et à la détermination, le sérail en tant qu'organisation totalitaire est aussi dépourvu d'avenir que la monarchie absolue de Louis XIV.

La sensualité n'est que suggérée.

5 - ***Lettre du harem***
lettre III en entier. | pp. 27-28

Il s'agit d'une lettre d'une des épouses d'Usbek, Zachi, qui évoque avec nostalgie la sensualité du harem et l'érotisme des jeux qu'exigeait d'elle son maître. Zachi représente plus qu'une individualité, un type de femme : la femme-enfant. À aucun moment, elle ne remet en compte la soumission naturelle de la femme à l'homme, et les impératifs de la vie au harem.

Usbek apparaît dès le début tyrannique plus qu'amoureux, et désireux d'exiger toujours plus de ses épouses plutôt qu'amoureux de leur beauté.

6 - ***Sur le problème de la justice***
de « J'ai souvent recherché quel était le gouvernement… » à « … ceux qui la souffrent ». | lettre LXXX pp. 156-158

La critique de la justice part, dans cette lettre, de la constatation objective des faits ; elle est traitée de manière sérieuse, philosophique, sans ironie : quelle doit être la part des lois dans le meilleur gouvernement possible, celui qui est le plus conforme à la raison ?

Les châtiments, pour Montesquieu, sont opérants au moins autant par l'effet qu'ils ont sur l'imagination que par l'effet qu'ils ont sur le corps ; d'où la nécessité d'une grande souplesse et d'une grande variété des lois.

7 - ***Pittoresque de la mode vue par un Persan***
lettre XCIX en entier. | pp. 184-185

Cette lettre est en quelque sorte emblématique de la superficialité de la vie sociale dans ce qu'elle a de plus matériel : les vêtements. La description tourne aisément à la caricature, avec un usage constant de l'exagération – « le fils méconnaît le portrait de la mère… » – et une lourde insistance sur le coût de ce genre de fantaisie, et son illogisme, son arbitraire. Rica pousse l'ironie jusqu'au ridicule en subordonnant l'architecture et la hauteur des portes aux coiffures féminines, les parures se voient douées d'une vie propre – et capricieuse : les coiffures montent insensiblement, et une révolution les fait descendre tout à coup.

Au-delà de la dénonciation de la vanité des apparences sociales, on retrouve l'idée que, sous un gouvernement totalitaire, on assiste à une uniformisation des comportements et des hommes.

• LES THÈMES CLÉS

Le roman de harem

L'Orient est à la mode, et les quarante lettres qui forment la correspondance d'Usbek avec son harem permettent une peinture haute en couleur du sérail : les femmes, belles, jeunes, mais frustrées et privées de toute forme de liberté offrent en quelque sorte au lecteur occidental une peinture du sort des femmes en Perse – et un contraste marqué avec la Parisienne.

Entre l'époux et les épouses, les échanges sont rares et manquent de chaleur : Usbek est un tyran sans partage et sans concession, la femme se ressent comme par nature soumise à l'homme et les seuls sentiments causés par l'absence d'Usbek relèvent plus de la frustration que du désespoir. C'est la personne qui fait le système : l'absence du tyran fait que l'ordre s'écroule. Le despotisme d'un homme qui exerce en philosophe sa raison loin de son harem porte en lui son échec ; selon la très belle formule de Jean Goldzink, « philosophe et tyran, il finit par terroriser des femmes qu'il méprise par l'intermédiaire d'esclaves qu'il abhorre ».

Pour le lecteur cultivé, la chute était annoncée dans le nom même de la favorite, Roxane, qui ne pouvait qu'évoquer l'héroïne de Racine.

L'esclavage domestique dans lequel Usbek tient ses femmes et ses proches n'est que l'image de l'esclavage réel et politique et l'analogie est frappante entre la réclusion des épouses et le manque de liberté du peuple en France et plus généralement dans l'Europe du XVIIIe siècle.

La satire des mœurs et des institutions

« Y a-t-il un livre où l'on aît traité le gouvernement et la religion avec moins de ménagement ? » demandait Voltaire dès 1733. Montesquieu dans les *Lettres persanes*, et en dépit de la légèreté de la forme, réclame le droit d'avoir un regard extérieur et critique sur son propre pays ; et de pratiquer l'ironie pour amener à une prise de conscience. Le point le plus évident est l'apparence de la vie sociale : la nature a disparu, ses valeurs aussi, tout est spectacle, et la vie sociale apparaît comme un jeu ; le recul de Montesquieu accentue encore l'aspect artificiel des mœurs des Parisiens au XVIIIe siècle.

Le progrès a causé essentiellement une corruption généralisée face à laquelle Montesquieu semble sans optimisme, allusion aux désordres causés par l'épisode Law.

Mais dans un tel contexte, il faut avant tout séduire ; la mode est inconstante, les faveurs aussi ; pour conserver une place, il faut se livrer à une course sans fin et ne pas se laisser distancer par les usages. Mais ces obligations sont dictées par des gens que ne soutiennent même pas un véritable savoir ou de véritables qualités. Sous la plume de Rica, tout le monde est incompétent, juristes, intellectuels… Partout, ce ne sont que faux-semblants, que faux savoirs.

Les femmes occidentales – grand objet de comparaison avec les femmes orientales – sont condamnées à être toujours jeunes, jolies et à la mode ; sinon, elles perdent leur place dans un jeu social essentiel.

Dans ce jeu généralisé, le roi paraît littéralement comme « le grand illusionniste ».

La satire de la royauté

À la fin du règne de Louis XIV, Montesquieu espère beaucoup voir également la fin de l'absolutisme, et sa déception paraît de façon très perceptible dans les *Lettres persanes*. Le parlement, en particulier, n'a pas acquis le pouvoir que Montesquieu souhaitait (lettres CXXXVIII et CXL) ; un régent a succédé à un roi.

L'ambition, le fait que chacun veuille participer à la mascarade alimente le système absolutiste ; Louis XIV, les monarques en général ne peuvent exercer un tel pouvoir que parce qu'ils trouvent toujours des complaisants pour se prêter au jeu, par intérêt, par habitude, ou pour faire comme tout le monde et être intégré au jeu social.

L'économie s'en mêle : l'échec retentissant du système de Law accroît le pessimisme. (Law avait misé sur les bénéfices de la compagnie perpétuelle des Indes, fondée en 1719, et émis dès 1718 du papier monnaie gagé sur l'or. La spéculation qui s'en était suivie avait provoqué une baisse de la valeur des dividendes, puis un effondrement du taux des actions. Law avait dû s'enfuir, et les actionnaires n'avaient été que fort mal indemnisés par l'État.)

La royauté telle qu'elle existe est sans avenir : « Jugée par son passé, la monarchie absolue de Louis XIV l'est aussi par son devenir possible : une société misérable et asservie comme peut l'être celle de l'empire des Osmalins, sujette aux soubresauts d'une histoire plus apparente que réelle et menacée de finitude comme il advint à Rome (lettre CXXXVI). Ce qui condamne l'absolutisme, ce sont, tout autant qu'un humanitarisme qu'il serait vain de nier, la crainte d'un nivellement social, d'une oppression généralisée, et la menace d'un anéantissement qu'il prépare et précipite » (Jean-Marie Goulemot, « Questions sur la signification politique des *Lettres persanes* », in *Approches des Lumières*).

L'idée de nature

Montesquieu affirme que les attitudes artificielles de la vie en société sont la vision déformée de façons de faire plus naturelles ; aussi les termes de « naturel » et de « normal » reviennent-ils régulièrement dans les *Lettres persanes*, critère de détermination entre ce qui est « raisonnablement social » et ce qui est absurdité et convention. « Nous n'avons point l'esprit porté à ces établissements singuliers et bizarres : nous cherchons toujours la nature dans nos coutumes simples et nos manières naïves », dit Rica en décrivant le fonctionnement de l'Académie française.

Montesquieu affirme que derrière les variations sociales se cachent des valeurs purement humaines et par-là universelles ; l'homme doit prendre conscience de sa petitesse face à la nature, face au monde ; il doit prendre conscience que seule sa pensée peut l'élever au-dessus de sa condition, sa pensée, mais aussi des valeurs morales comme le sens de la justice que Montesquieu, contrairement à Hobbes, croit inné en l'homme. L'attirance que l'homme éprouve pour la justice et l'équité est un sentiment naturel.

L'idée de la nature joue chez Montesquieu le même rôle que l'idée de raison : abandonner l'une comme l'autre, c'est se livrer au fanatisme, à l'intolérance. Le mythe des troglodytes est là pour le prouver.

III - POURSUIVRE

• LECTURES CROISÉES

• On ne saurait trop conseiller la lecture de *L'Esprit des lois* (1748), ou au moins des quelques extraits suivants qui permettent de constater la filiation entre les deux ouvrages.

« J'ai d'abord examiné les hommes, et j'ai cru que, dans cette infinie diversité des lois et des mœurs, ils n'étaient pas uniquement conduits par la fantaisie. J'ai posé les principes, et j'ai vu les cas particuliers s'y plier comme d'eux-mêmes ; les histoires de toutes les nations n'en être que les suites ; et chaque loi particulière liée avec une autre loi, ou dépendre d'une autre plus générale. »

« Plusieurs choses gouvernent les hommes : le climat, la religion, les lois, les maximes du gouvernement, les exemples des choses passées, les mœurs, les manières ; d'où il se forme un esprit général qui en résulte.

À mesure que, dans chaque nation, une des causes agit avec plus de force, les autres lui cèdent d'autant. La nature et le climat dominent presque seuls sur les sauvages ; les manières gouvernent les Chinois ; les lois tyrannisent le Japon ; les mœurs donnaient autrefois le ton dans Lacédémone ; les maximes du gouvernement et les mœurs anciennes le donnaient dans Rome. »

« La loi, en général, est la raison humaine, en tant qu'elle gouverne tous les peuples de la terre ; et les lois politiques et civiles de chaque nation ne doivent être que les cas particuliers où s'applique cette raison humaine.

Elles doivent être tellement propres au peuple pour lequel elles sont faites, que c'est un très grand hasard si celles d'une nation peuvent convenir à une autre. [...]

Elles doivent être relatives au physique du pays ; au climat glacé, brûlant ou tempéré ; à la qualité du terrain, à la situation, à sa grandeur, au genre de vie des peuples, laboureurs, chasseurs ou pasteurs ; elles doivent se rapporter au degré de liberté que la constitution peut souffrir ; à la religion des habitants, à leurs inclinations, à leurs richesses, à leur nombre, à leur commerce, à leurs mœurs, à leurs manières. Enfin elles ont des rapports entre elles ; elles en ont avec leur origine, avec l'objet du législateur, avec l'ordre des choses sur lesquelles elles sont établies. C'est dans toutes ces vues qu'il faut les considérer.

Il y a trois espèces de gouvernement : le républicain, le monarchique et le despotique. [...] Le gouvernement républicain est celui où le peuple en corps, ou seulement une partie du peuple, a la souveraine puissance ; le monarchique, celui où un seul gouverne, mais par des lois fixes et établies ; au lieu que dans le despotique, un seul, sans loi et sans règle, entraîne tout par sa volonté et ses caprices. [...]

Il ne faut pas beaucoup de probité pour qu'un gouvernement monarchique ou un gouvernement despotique se maintienne ou se soutienne. La force des lois dans l'un, le bras du prince toujours levé dans l'autre, règlent ou contiennent tout. Mais, dans un État populaire, il faut un ressort de plus, qui est la vertu. [...]

Lorsque cette vertu cesse, l'ambition entre dans les cœurs qui peuvent la recevoir, et l'avarice entre dans tous. Les désirs changent d'objet : ce qu'on aimait, on ne l'aime plus ; on était libre avec des lois, on veut être libre contre elles ; chaque citoyen est comme un esclave échappé de la maison de son maître ; ce qui était maxime, on l'appelle rigueur ; ce qui était règle, on l'appelle gêne ; ce qui était attention, on l'appelle crainte. C'est la frugalité qui est l'avarice, et non pas le désir d'avoir. Autrefois le bien des particuliers faisait le trésor public ; mais pour lors, le trésor public devient le patrimoine des particuliers. La république est une dépouille ; et sa force n'est plus que le pouvoir de quelques citoyens et la licence de tous. [...]

Dans les monarchies, la politique peut faire de grandes choses avec le moins de vertu qu'elle peut ; comme, dans les plus belles machines, l'art emploie aussi peu de mouvements, de forces et de roues qu'il est possible.

L'État subsiste indépendamment de l'amour pour la patrie, du désir de la vraie gloire, du renoncement à soi-même, du sacrifice de ses plus chers intérêts, et de toutes ces vertus héroïques que nous trouvons dans les anciens, et dont nous avons seulement entendu parler.

Les lois y tiennent la place de toutes ces vertus, dont on n'a aucun besoin ; l'État vous en dispense : une action qui se fait sans bruit, y est en quelque façon sans conséquence. [...]

Ainsi, dans les monarchies bien réglées, tout le monde sera à peu près bon citoyen, et on trouvera rarement quelqu'un qui soit homme de bien ; car, pour être homme de bien, il faut avoir l'intention de l'être, et aimer l'État moins pour soi que pour lui-même. [...]

S'il manque un ressort, il [le gouvernement monarchique] en a un autre : l'honneur [qui] peut inspirer les plus belles actions ; il peut, joint à la force des lois, conduire au but du gouvernement, comme la vertu même.

L'ambition est pernicieuse dans une république. Elle a de bons effets dans la monarchie ; elle donne la vie à ce gouvernement ; et on y a cet avantage qu'elle n'y est pas dangereuse, parce qu'elle y peut être sans cesse réprimée.

Vous diriez qu'il en est comme du système de l'univers, où il y a une force qui éloigne sans cesse du centre tous les corps, et une force de pesanteur qui les y ramène. L'honneur fait mouvoir toutes les parties du corps politique ; il les lie par son action même ; et il se trouve que chacun va au bien commun, croyant aller à ses intérêts particuliers. [...]

Comme il faut de la vertu dans une république, et dans une monarchie, de l'honneur, il faut de la crainte dans un gouvernement despotique : pour la vertu, elle n'y est point nécessaire, et l'honneur y serait dangereux.

Un gouvernement modéré peut, tant qu'il veut, et sans péril, relâcher ses ressorts. Il se maintient par les lois et par sa force même. Mais lorsque dans le gouvernement despotique, le prince cesse un moment de lever le bras ; quand il ne peut pas anéantir à l'instant ceux qui ont les premières places, tout est perdu : car le ressort du gouvernement, qui est la crainte, n'y étant plus, le peuple n'a plus de protecteur. »

« Ce n'est pas la fortune qui domine le monde : on peut le demander aux Romains, qui eurent une suite continuelle de prospérités quand ils se gouvernèrent sur un certain plan, et une suite ininterrompue de revers lorsqu'ils se conduisirent sur un autre. Il y a des causes générales, soit morales, soit physiques, qui agissent dans chaque monarchie, l'élèvent, la maintiennent ou la précipitent ; tous les accidents sont soumis à ces causes ; et, si le hasard d'une bataille, c'est-à-dire une cause particulière, a ruiné un État, il y avait une cause générale qui faisait que cet État devait périr par une seule bataille : en un mot, l'allure principale entraîne avec elle tous les accidents particuliers » (Montesquieu, *Considérations sur les causes de la grandeur des Romains et de leur décadence*, chap. XVIII, 1734).

• Les « embarras de Paris », vus par Boileau, *Satire VI.*

« En quelque endroit que j'aille, il faut fendre la presse
D'un peuple d'importuns qui fourmillent sans cesse.
L'un me heurte d'un ais, dont je suis tout froissé,
Je vois d'un autre coup mon chapeau renversé ;
Là, d'un enterrement la funèbre ordonnance,
D'un pas lugubre et lent vers l'église s'avance ;
Et plus loin les laquais, l'un l'autre s'agaçant,
Font aboyer les chiens et jurer les passants.
Des paveurs, en ce lieu, me bouchent le passage ;
Là je trouve une croix de funeste présage,
Et des couvreurs, perchés au toit d'une maison,
En font pleuvoir l'ardoise et la tuile à foison.
Là sur une charrette une poutre branlante,
Vient menaçant de loin la foule qu'elle augmente ;
Six chevaux, attelés à ce fardeau pesant,
Ont peine à l'émouvoir sur le pavé glissant ;
D'un carrosse, en tournant, il accroche une roue,
Et du choc le renverse en un grand tas de boue,
Quand un autre à l'instant s'efforçant de passer
Dans le même embarras se vient embarrasser.
Vingt carrosses bientôt arrivant à la file
Y sont en moins de rien suivis de plus de mille. [...] »

• Les « Cannibales » de Montaigne

« Trois d'entre eux, ignorans combien coutera un jour à leur repos et à leur bon heur la connoisance des corruptions de deçà [...] furent à Roüan, du temps que feu le Roy Charles neufième y estoit. Le Roy parla à eux long temps ; on leur fit voir nostre façon, nostre pompe, la forme d'une belle ville. Après cela quelqu'un en demanda leur avis, et voulut sçavoir d'eux ce qu'ils y avoient trouvé de plus admirable : ils répondirent trois choses, d'où j'ai perdu la troisième et j'en suis bien marry ; mais j'en ai encore deux en la mémoire. Ils dirent qu'ils trouvoient en premier lieu fort estrange que tant de grands hommes, portant barbe, forts et armez, qui estoient autour du Roy se soub-missent à obéir à un enfant [1] [...] secondement qu'ils avoyent aperçu qu'il y avoit parmi nous des hommes pleins et gorgez de commoditez, et que leurs moitiez estoient mendians à leurs portes, descharnés de faim et de pauvreté. »

1. Charles IX avait alors douze ans.

• **PISTES DE RECHERCHES**

Pour approfondir la lecture de l'œuvre

– Le personnage de Rica.
– Le personnage d'Usbek.
– Les femmes du harem : peut-on établir une typologie ?
– La vision de Paris dans les *Lettres persanes*.
– La vision d'Ispahan dans les *Lettres persanes*.
– L'exotisme dans les *Lettres persanes*.
– Montesquieu écrit dans ses *Quelques réflexions sur les Lettres persanes* : « Rien n'a plu davantage dans les *Lettres persanes*, que d'y trouver sans y penser une sorte de roman. » Pensez-vous que le texte de Montesquieu mérite l'appellation de roman ? Comment caractériser les *Lettres persanes* dans l'histoire littéraire ?
– Analysez l'ironie des *Lettres persanes* en vous appuyant sur cette citation de Pierre Nardin (*La Recette stylistique des « Lettres persanes »*) : « Elle affleure soit sous la forme du trait, de la pointe qui jaillit ou saille ici ou là, de la chute où le paragraphe pirouette, soit sous le vêtement d'une phrase d'une plus savante complexité, dans l'embarras feint de laquelle le lecteur aiguisera lui-même son esprit. »
– Que demande Montesquieu à son lecteur ?
– La notion de raison chez Montesquieu : est-elle « la chose du monde la mieux partagée » ?
– Comparez le despotisme d'Usbek et celui du roi de France.
– La religion dans les *Lettres persanes*.
– Commentez la phrase suivante : « En inventant ces Persans qui viennent à Paris, Montesquieu force tous les Parisiens à voir leur ville et leur vie comme ils auraient vu Ispahan et la vie des Persans » (Roger Caillois, Préface aux *Œuvres complètes* de Montesquieu, Gallimard, La Pléiade, 1964).
– Ces propos de Bourdieu vous paraissent-ils s'appliquer à la lecture des *Lettres persanes* ? « La sociologie dévoile la "self-deception", le mensonge à soi-même collectivement entretenu et encouragé qui, en toute société, est au fondement des valeurs les plus sacrées et, par-là, de toute l'existence sociale. Elle enseigne, avec Marcel Mauss, que "la société se paie toujours elle-même de la fausse monnaie de son rêve". »

Pour mieux en comprendre le contexte

– Les turqueries du XVIIe siècle.
– L'image de l'Orient du XVIIe au XVIIIe siècle : de la domination à l'exotisme.

– Le roman épistolaire en France.
– « Mes *Lettres persanes* apprirent à faire des romans en lettres » écrit Montesquieu (*Pensées* II, 474). Pensez-vous que l'influence des *Lettres persanes* ait été à ce point déterminante sur les romans épistolaires qui ont suivi ?
– Dans quelle mesure Montesquieu préfigure-t-il la révolution française ?
– La notion de cosmopolitisme en France au XVIIIe siècle.
– La séparation des pouvoirs.
– La notion de causalité au XVIIIe siècle.
– Montesquieu contre les libertins : la théorie du relativisme.

• **PARCOURS CRITIQUE**

« Montesquieu fait ses début en science expérimentale. C'est par cette voie qu'il se verra conduit à sa problématique propre, l'analyse des institutions juridico-politiques. Il pose, en tant que juriste, la même question que Newton avait posée en tant que physicien : loin de se contenter des lois empiriquement connues du cosmos politique, il veut réduire la diversité de ces lois à un petit nombre de principes déterminés » (Ernst Cassirer, *La Philosophie des Lumières*, 1932).

« Il [Montesquieu] a admirablement compris en effet que la nature des sociétés n'est pas moins consistante et inébranlable que celle de l'homme, et qu'il n'est pas plus facile de faire passer les peuples que les êtres vivants d'une espèce à une autre » (Émile Durkheim, *Montesquieu et Rousseau précurseurs de la sociologie*, trad. fr. 1966).

« [Il y a une révolution sociologique] dans la démarche de l'esprit qui consiste à se feindre étranger à la société où l'on vit, à la regarder du dehors comme si on la voyait pour la première fois. [...] Il s'agit d'oser considérer comme extraordinaires et difficiles à entendre ces institutions, ces habitudes, ces mœurs auxquelles on est si bien accoutumé dès sa naissance et qu'on respecte si fort et si spontanément qu'on n'imagine pas la plupart du temps qu'elles pourraient être autrement » (Pierre Bourdieu, *La Leçon sur la leçon*, 1982).

« Une société apparemment n'est pas faite pour se réfléchir : d'autant plus vigoureuse qu'elle dispose de moins de miroirs et de moins d'occasions de s'étonner de soi. [...] En inventant ces Persans qui viennent à Paris, Montesquieu force tous les Parisiens à voir leur ville et leur vie comme ils auraient vu Ispahan et la vie des Persans. Il y a quelque chose de si diabolique et de si subversif dans cette opération que les sociologues eux-mêmes, pour qui elle constitue cependant une sorte de devoir d'état, se gardent de la renouveler » (Roger Caillois, *Préface aux* Œuvres complètes *de Montesquieu, op. cit.*).

« Quand les Persans iront dans Paris, demandant le pourquoi de chaque coutume et de chaque rite, l'important ne sera pas la réponse à ce pourquoi mais le fait tout simple que l'on puisse demander pourquoi. Et cette simple question dévoile instantanément l'absurdité des croyances et des rites, qui ne subsistaient que parce qu'on ne s'était jamais avisé d'en demander le pourquoi. Il y a un : Comment peut-on être français ? qui répond implicitement au Comment peut-on être persan ? » (Jean Starobinski, *Montesquieu par lui-même*, Le Seuil, 1957, pp. 61-63).

• UN LIVRE / UN FILM

Jean Rouch a produit des *Lettres persanes* une adaptation très libre : *Petit à petit*, 1970.

DOSSIER HISTORIQUE ET LITTÉRAIRE

A — TEXTES ANNEXES

On a retrouvé, dans les papiers de Montesquieu, divers matériaux manifestement liés aux Lettres persanes, *lettres, fragments de lettres, variantes, ainsi que des cahiers de correction, dont font état les éditions savantes, mais qui, représentant justement ce que l'auteur n'a pas retenu ou les mutilations qu'il a fait subir à son texte pour des raisons contingentes, n'ont d'intérêt que pour les spécialistes. En revanche, il est précieux de connaître la représentation critique que Montesquieu se faisait de son propre ouvrage. Elle apparaît non seulement dans les « Quelques réflexions sur les* Lettres persanes *», mais encore dans quatre morceaux, probablement rédigés dans la même intention apologétique entre l'attaque violente, quoique tardive, de son livre par l'abbé Gaultier en 1751 et la réédition qu'il en donna en 1754. Ils sont donnés ici sous le titre « Autres réflexions sur les* Lettres persanes *».*

D'autre part, Montesquieu rédigea lui-même une table des matières où il donne pour chaque lettre les noms de son destinateur et de son destinataire, et, en quelques mots, une idée de son contenu. Elle est reproduite ici sous le titre « Table des Matières I », car, en 1758, ses deux éditeurs firent suivre le texte d'une autre table des matières, par ordre alphabétique, qui est d'une grande utilité comme Index nominum et rerum, *et que nous reprenons ici sous le titre « Table des Matières II ». Dans les deux cas, la pagination a été actualisée et correspond à cette édition-ci.*

AUTRES RÉFLEXIONS SUR LES *LETTRES PERSANES*

LETTRES PERSANES

Lorsque cet ouvrage parut, on ne le regarda pas comme un ouvrage sérieux : il ne l'était pas. On pardonna deux ou trois témérités en faveur d'une conscience qui était toute à découvert, qui portait la critique sur tout et le venin sur rien. Tout lecteur se rendit témoignage à lui-même. Il ne se souvint que de sa gaieté. L'on se fâchait autrefois comme on se fâche aujourd'hui ; mais on savait mieux autrefois quand il fallait se fâcher.

APOLOGIE DES LETTRES PERSANES

On ne peut guère imputer aux *Lettres persanes* les choses que l'on a prétendu y choquer la religion.

Ces choses ne s'y trouvent jamais liées avec l'idée d'examen, mais avec l'idée de singularité ; jamais avec l'idée de critique, mais avec l'idée d'extraordinaire.

C'était un Persan qui parlait, et qui devait être frappé de tout ce qu'il voyait et de tout ce qu'il entendait.

Dans ce cas, quand il parle de religion, il n'en doit pas paraître plus instruit que des autres choses, comme des usages et des manières de la nation, qu'il ne regarde point comme bonnes ou mauvaises, mais comme merveilleuses.

Comme il trouve bizarres nos coutumes, il trouve quelquefois de la singularité dans de certaines choses de nos dogmes, parce qu'il les ignore, et il les explique mal, parce qu'il ne connaît rien de ce qui les lie, et de la chaîne où ils tiennent.

Il est vrai qu'il y a quelque indiscrétion à avoir touché ces matières, puisque l'on n'est pas aussi sûr de ce que peuvent penser les autres que de ce qu'on pense soi-même.

Voiture a de la plaisanterie, et il n'a pas de gaieté. Montaigne a de la gaieté et point de plaisanterie. Rabelais et le *Roman comique* sont admirables pour la gaieté. Fontenelle n'a pas plus de gaieté que Voiture. Molière est admirable dans l'une et l'autre qualité, et les *Lettres provinciales* aussi. J'ose dire que les *Lettres persanes* sont riantes et ont de la gaieté, et qu'elles ont plu par là.

Autrefois le style épistolaire était entre les mains des pédants, qui écrivaient en latin. Balzac prit le style épistolaire et la manière d'écrire des lettres de ces gens-là. Voiture en dégoûta, et, comme il avait l'esprit fin, il y mit de la finesse et une certaine affectation, qui se trouve toujours dans le passage de la pédanterie à l'air et au ton du monde. M. de Fontenelle, presque contemporain de ces gens-là, mêla la finesse de Voiture, un peu de son affectation, avec plus de connaissances et de lumières, et plus de philosophie. On ne connaissait point encore Mme de Sévigné. Mes *Lettres persanes* apprirent à faire des romans en lettres.

TABLE DES MATIÈRES I

Pages

TABLE DES MATIÈRES II

B

C

E

F

G

I

J

L

M

N

O

Q

R

S

T

B — LA BIBLIOTHÈQUE DU PHILOSOPHE

« Lorsque cet ouvrage parut, écrit Montesquieu plusieurs années après la publication de ses *Lettres persanes*, on ne le regarda pas comme un ouvrage sérieux : il ne l'était pas [...]. » Ouvrage léger, en effet, où la convention romanesque, la fiction épistolaire et l'alacrité de la satire visent à divertir plus qu'à enseigner, les *Lettres persanes* n'en sont pas moins nourries d'une érudition prodigieuse. A quelques erreurs près, tous les éléments allégués sont solidement appuyés sur une documentation scrupuleuse, que l'auteur a puisée — ou vérifiée — dans sa riche bibliothèque du château de La Brède, dont on possède le *Catalogue*, et dont il fait décrire à peu près le classement à Rica dans les lettres 134 à 137. Sans entrer dans les détails — que les érudits discutent encore aujourd'hui —, cette rubrique du Dossier rassemble les principaux appuis de cette documentation, qui ont le double avantage de dessiner les contours de la bibliothèque d'un « philosophe » au seuil des Lumières, et de montrer que, quoique répondant à un projet différent, les *Lettres persanes* manifestent bien déjà une attitude d'esprit devant le savoir universel que devait conserver et cultiver le futur auteur de *L'Esprit des lois* : sans chercher à définir systématiquement cette « philosophie » dont il est en son siècle le principal pionnier, il pense très tôt et écrit quelque part qu'elle doit « avoir des rapports avec tout ». Qu'on en juge.

1) *La Bible*

Pour l'ancien élève des Oratoriens de Juilly, et malgré les innovations non négligeables que ceux-ci ont commencé d'apporter à la tradition de l'enseignement jésuite, la base de la culture livresque reste bien sûr essentiellement nourrie de la Bible et des Anciens. Mais le tour d'esprit de l'auteur des *Lettres persanes* et le relais qu'il fait de sa parole à des héros qui, justement, quoique cultivés, se trouvent ne pas partager ce qui apparaissait alors comme le fonds commun de toute l'humanité et n'était en fait que l'un de ses secteurs — judéo-gréco-latin —, l'amènent à traiter ce secteur avec une distance qui confine souvent à l'irrespect. Qu'ont-elles à envier aux superstitions des peuplades les plus arriérées, ces interdictions de manger tel ou tel animal réputé impur, comme le lapin ou le lièvre, ainsi condamnés dans le Lévitique (l. 46) ? La médecine moderne ne reconnaît-elle pas comme fort incertaines ces preuves de la virginité dont le Deutéronome « fait dépendre l'innocence ou la condamnation de toutes les filles » (l. 71) ? Et n'est-il pas bien complaisant pour les pouvoirs établis et lâchement favorable à l'autorité irrationnelle du plus fort, ce précepte ordonnant « de se soumettre aux puissances » qu'on trouve dans l'Épître de saint Paul aux Romains (l. 104) ? Quand le texte sacré est allégué sans ironie, c'est précisément lorsqu'il contrevient à ses propres principes de hiérarchie et d'autorité, comme dans l'exemple, jugé scandaleux par le nouvelliste vaniteux, de Roboam dédaignant le conseil des vieillards pour se fier à celui des jeunes gens de sa génération, dans le Ier livre des Rois (l. 130). Le plus souvent, c'est le « style figuré », dénoncé par Usbek lui-même dans l'Alcoran (l. 97), qui est relevé aussi dans la Bible, comme fort suspect d'enflure et de mensonge « sublime » : ainsi de ce conquérant (Alexandre) qui « avait fait taire toute la terre », comme il est dit au Ier livre des Macchabées (l. 44), de ces gens qui « ravissent le Ciel » dont parle l'évangile de Matthieu (l. 57), ou de ces « paroles ineffables » qu'on entend au troisième ciel, selon la deuxième Épître aux Corinthiens de saint Paul (l. 97).

2) *Les Anciens*

La même irrévérence se retrouve parfois dans la référence aux grands noms de l'Antiquité gréco-latine. A propos des Troglodytes, Montesquieu contredit explicitement Hérodote qui, dans ses *Histoires*, les faisait s'exprimer par des sifflements, comme des chauves-souris : « ils ne sifflaient point », affirme-t-il, et l'on sait jusqu'à quel degré de réflexion et de civilisation il mènera ensuite leur histoire mythique (l. 11). C'est aussi le géographe romain du Ier siècle après J.-C., Pomponius Mela *(De Orbis situ)* qui est ici démenti, cependant que la prétérition permet ailleurs d'utiliser sans l'approuver ce qu'il disait de la soumission « barbare » des « Sauromates » (= Sarmates, peuple des bords de la mer Noire) à leurs femmes (l. 38). Mais, suivant la tradition, Montesquieu utilise surtout le fonds ancien comme un inépuisable réservoir d'*exempla* : à Pline l'Ancien (*Histoire naturelle*, Ier siècle après J.-C.) il emprunte celui du peintre grec Zeuxis qui fit un portrait d'Hélène (et non d'Aphrodite) d'après cinq modèles (l. 69) ; à Diodore de Sicile (*Bibliothèque historique*, Ier siècle avant J.-C.) celui du roi d'Égypte Amasis, qui somma par lettre Polycrate de Samos de renoncer à sa tyrannie (l. 95) ; à Quinte-Curce (*De Gestis Alexandri*, Ier siècle après J.-C.) un mot du roi Darius, vaincu à Arbèles, à ses derniers fidèles (l. 126) ; à Tite-Live (*Histoire romaine*, Ier siècle avant J.-C.) l'anecdote du roi Tarquin le Superbe coupant symboliquement la tête des fleurs plus élevées que les autres (l. 128) ; à Procope (*Guerre des Goths, Guerre des Vandales*, VIe siècle après J.-C.) l'habitude qu'avaient les Goths d'Espagne et les Vandales d'Afrique de déposer les rois dont ils n'étaient pas satisfaits (l. 131). Enfin Cicéron (*De Officiis, De Legibus*, Ier siècle avant J.-C.) lui offre des schémas de réflexion politique opposés à ceux, qu'il combat sans cesse, de Machiavel et de Hobbes : la hiérarchie des trois ordres de devoirs, dans le cadre de la famille, de la cité, de l'humanité (l. 10), et la doctrine stoïcienne de la loi naturelle (l. 83).

3) *Moralistes, savants, historiens, critiques*

C'est pourtant chez les Modernes que Montesquieu va puiser l'essentiel de son information. Tout lui est bon dans cette impressionnante masse d'auteurs dont il a traversé les œuvres, qu'il utilise, critique, confronte avec une intelligence et une liberté magistrales. Sur de délicates questions de mœurs, il se réfère, par exemple, à Poullain de La Barre dont l'ouvrage, *De l'égalité des deux sexes* (1673), était tellement en avance sur les mentalités du XVIIe siècle qu'il n'avait pas fait en son temps le scandale qu'on en pouvait attendre (l. 38) ; ou à Charles Ancillon, qui avait fait paraître en 1707 un *Traité des eunuques* abordant sous les aspects physiologique, juridique et moral une question qui permet à Montesquieu d'étoffer le personnage de l'eunuque, que son intrigue lui suggère de mettre en scène sous différents angles : celui de sa sexualité et de son possible mariage en est évidemment un paradoxal et problématique (l. 53). Il s'intéresse à la géographie au point de présenter à l'Académie de Bordeaux le projet d'une *Histoire de la terre ancienne et moderne*, et tire de Thomas Burnet (*Telluris theoria sacra originem et mutationes generales orbis nostri complectens*, 1681) l'idée des nombreux changements « catastrophiques » subis par le Globe, ainsi que celle de la « double création » qui permet de reculer presque à l'infini l'origine de la matière, sinon celle de l'homme (l. 113). On sait cet académicien actif très ouvert aux questions de science et de technique, et on le voit se renseigner tant sur la construction navale dans Dassié (*L'Architecture navale*, 1695) que sur l'astronomie dans Halley (*Catalogue*, 1679), ou sur l'étude physique de l'atmosphère dans Mariotte (*Discours de la nature de l'air*, 1679) (l. 97). Alors que son grand contemporain Voltaire s'apprête à transformer profondément le récit historique, Montesquieu puise chez les historiens l'ample matière d'une information et d'une réflexion critique : histoire de la France médiévale avec Baudot de Juilly (*Histoire de Philippe-Auguste*, 1702) (l. 102), ou de la Fronde avec Guy Joly (*Mémoires*, 1718) (l. 111) ; histoire des pays européens avec Clarendon (*Histoire de la rébellion et des guerres civiles d'Angleterre*, 1704-1709) (lettres 104 et 136), Guichardin (*Histoire d'Italie*, 1658) (l. 136), La Bizardière (*Histoire des diètes de Pologne pour les élections des rois*, 1697) (l. 136) ; histoire de l'Orient avec Dujarric (*Histoire des Indes orientales*, 1610) (l. 119) ; histoire religieuse avec l'abbé de Choisy (*Histoire ecclésiastique*, 1703) pour les cénobites de la Thébaïde (l. 93), Escobar (*Theologia moralis*, 1644) et Sanchez (*Disputationes de matrimonio*, 1637), voire Caussin (*La Cour sainte, ou Institution chrétienne des grands*, 1625) et Rodriguez (*Pratique de la perfection et des vertus*, 1636), ou encore Vasquez, Bauny, Tamburini, pour les fondements de la casuistique (lettres 134 et 143) ; à moins qu'il n'y cherche que de pures têtes de Turc, comme le père Maimbourg (*Histoire des Croisades*, 1675) au style ampoulé (l. 143). Sur les questions d'esthétique et de critique littéraire, il connaît, dans la perspective ouverte par Spinoza et Richard Simon à propos des textes sacrés, les travaux de Valentin

Faydit (*Remarques sur Virgile et Homère et sur le style poétique de l'Écriture sainte*, 1705) (l. 97) ; il a suivi de près les derniers soubresauts de la querelle des Anciens et des Modernes, en particulier, sur le problème de la traduction, les interventions de Houdar de La Motte (*Discours sur Homère*, 1714), de Mme Dacier (*Des causes de la corruption du goût*, 1714) (l. 137), de l'abbé Du Bos (*Réflexions critiques sur la poésie et la peinture*, 1719) (l. 128), et, bien entendu, celles de Fontenelle, par exemple sur l'explication du succès des idylles pastorales par l'idée de « tranquillité » qu'elles apportent (*Discours sur la nature de l'églogue*, 1688) (l. 137). Au-delà des questions d'esthétique, Fontenelle, qu'il a rencontré souvent dans les salons, est pour lui une référence constante, qu'il s'agisse de l'apologie des réformes de Pierre le Grand (*Éloge de Leibniz*, 1715) (l. 51), de l'anthropomorphisme des représentations de la Divinité, manifesté par la boutade sur le dieu des triangles, à trois côtés (l. 59), ou de l'explication « sensualiste » de la notion religieuse de souillure (l. 17) ; et il nous introduit ici au corpus proprement philosophique de son information livresque.

4) *Philosophes juristes, politiques, ou métaphysiciens*

Du côté de la philosophie du droit, Montesquieu s'informe auprès de Claude de Ferrière (*Institutes du droit français [...]*, 1687) et le contredit sur l'équivalence du droit romain et du droit naturel (l. 100) ; il oppose à Grotius (*Le Droit de la guerre et de la paix*, 1625) une conception anticontractualiste du droit (l. 94) ; il emprunte à Puffendorf (*Introduction à l'histoire des principaux royaumes et États de l'Europe*, 1710, et *De statu Germanici imperii*, 1708) sa vision de l'évolution du droit européen à partir de l'Empire romain (l. 136). Pour les questions de population (= démographie), de fiscalité et d'organisation administrative, il consulte Vossius (*Variarum observationum liber*), Vauban (*La Dîme royale*, 1707), Boisguillebert (*Le Détail de la France*, 1695, et *Dissertation sur la nature des richesses*, 1707) (l. 112), et peut-être aussi les manuscrits de Boulainvilliers (*État de la France*, 1727), dont il épouse un temps la thèse « féodale » et avec qui il regrette que le droit romain l'ait emporté sur celui, beaucoup plus libéral, des Francs (l. 100). En matière de philosophie politique, il s'élève de toutes ses forces et en toute occasion contre les théories de Hobbes (*Éléments de la loi naturelle et politique*, 1639, et *Léviathan*, 1651), qui opposent l'état social à l'état de nature (lettres 14, 83, 94 et 129), et contre celles de Machiavel (*Le Prince*, 1513) qui met « l'iniquité en système » et qu'il connaît à travers l'*Apologie pour Machiavelle* dédiée en 1640 à Richelieu par le chanoine Machon (l. 94). Contre eux, il va chercher des alliés, au premier rang desquels Fénelon, dont la Bétique (*Les Aventures de Télémaque*, 1699) sert de modèle à la description de la phase heureuse de l'histoire des Troglodytes (lettres 12, 13 et 14) et au « fragment d'un ancien mythologiste » où le « fils d'Éole » (= le financier John Law) vient semer le désordre et la ruine (l. 142). Il en appelle aussi à ceux des philosophes qui ont défendu, de façons diverses, le principe de la loi naturelle : Malebranche (*Traité de morale*, 1683) sur l'identité de la justice pour Dieu et pour l'homme (l. 83), et (*Méditations chrétiennes*, 1680) sur l'immutabilité des lois naturelles (l. 97) ; Leibniz (*Essais de Théodicée*, 1710) sur la justice comme « rapport de convenance » (l. 83) et sur la conciliation de la prescience divine avec la liberté humaine (l. 69) ; Shaftesbury surtout (*Lettre sur l'enthousiasme*, 1708) sur la nécessité, s'il y a un Dieu, qu'il soit juste (l. 83), (*Recherche sur le mérite et la vertu*, 1699) sur le fait que les hommes sont naturellement justes et vertueux (l. 10), (*Essay on the Freedom of Wit and Humour*, 1709) sur la liaison étroite entre le lien familial et le lien social (lettres 94 et 104). Enfin, s'il s'inscrit dans la ligne de Spinoza (*Tractatus theologico-politicus*, 1670) dans sa critique de l'anthropomorphisme divin (l. 59) ou celle du zèle « fanatique » de saint Ambroise condamnant Théodose (l. 61), et (*L'Éthique*, 1677) dans son apologie du suicide comme droit d'un homme qui n'est qu'une modification de la matière (l. 76), ou dans sa croyance en la coéternité du monde et de Dieu (l. 113), il ne fait guère confiance à Descartes (*Principes de la philosophie*, 1647) que pour les lois de sa mécanique, que les travaux de Newton ne lui ont pas encore permis de critiquer : matière et mouvement, force centrifuge considérée comme conséquence de la priorité naturelle de la ligne droite (lettres 97 et 128) ; mais il regrette qu'il n'ait pas appliqué à la théologie le doute qu'il a su exercer en philosophie (l. 66) et qu'il ait accordé à la Divinité une perfection inconciliable de tous ses attributs (l. 69).

Il faut préciser que, s'il a accès aux ouvrages de ces philosophes, il est aussi un lecteur familier de leurs vulgarisateurs et commentateurs, dans les écrits périodiques. Il lit régulièrement les *Mémoires de Trévoux*, l'*Histoire des ouvrages des savants* de Basnage de Beauval, le *Journal littéraire de La Haye*, la *Bibliothèque anglaise* de Michel de La Roche, ainsi que la *Gazette de France*, la *Gazette de Hollande* et la *Gazette d'Amsterdam* (l. 108) ; c'est ainsi qu'il s'inspire de la *Bibliothèque universelle* de Jean Le Clerc pour approuver la désobéissance des sujets envers un prince qui les accable injustement (l. 104), et, à maintes reprises, de Pierre Bayle (*Nouvelles de la République des Lettres*, 1684-1687, et *Dictionnaire historique et critique*, 1695-1697) : à propos de la *Polygamie triomphante* du luthérien Johann Leiser (l. 35), de la joie qui parut dès sa naissance sur le visage de Zoroastre, détail que Montesquieu applique facétieusement à Mahomet (l. 39), de la responsabilité douteuse d'Adam au moment de la faute originelle (l. 69), des avantages de la multiplicité des religions dans un État, qui assure l'équilibre de leur tolérance mutuelle (l. 85), du pouvoir qu'ont les rois de provoquer d'un mot une « révolution », dans la mode ou ailleurs (l. 99), de la querelle déclenchée à la Sorbonne par Ramus en 1551 sur la prononciation du « Q » comme un « K » (l. 109).

5) *Voyageurs et informateurs sur les contrées lointaines*

Le sujet qu'il a choisi permet à Montesquieu de s'installer au lieu même où la pensée philosophique, en ce début du XVIIIe siècle, trouve son principal aliment et l'occasion de son évolution décisive vers l'anthropologie : celui du voyage, de la découverte de civilisations éloignées et diverses, de la confrontation de leurs différences et de l'évaluation du système que chacune d'elles constitue, en rapport avec ses traditions historiques et religieuses, les conditions « climatiques » de sa vie politique, économique, sociale, l'échelle de ses valeurs éthiques et esthétiques. C'est donc aussi à toute la littérature du voyage lointain que nous le voyons puiser une foule de renseignements et recueillir tantôt des idées profondes et des exemples puissants, tantôt de petits faits pittoresques ou cocasses. Sur le monde ibérique, par exemple, si proche et si différent, et où ces Espagnols et ces Portugais qui ont poussé leurs conquêtes dans le monde entier n'ont pas encore découvert des parties de leur propre pays : Montesquieu trouve la description d'une de ces parties, les gorges sauvages des Batuecas, dans Tomas Gonzalez de Manuel (*Verdadera relación y manifesto apologético de la antiquedad de las Batuecas y su descubrimiento*, 1693) (l. 78) ; avec aussi ses personnages hauts en couleur, comme ce Jean de Castro qui donna « une de ses moustaches » en garantie d'un emprunt fait aux habitants de Goa : l'anecdote vient de Freire de Andrada (*Vida de Joam de Castro*, 1651) (l. 78) ; mais la grande source d'information sur l'Espagne est Mme d'Aulnoy (*Relation du voyage d'Espagne*, 1681). Montesquieu y trouve des récits pittoresques, comme celui du vœu que fit une femme, très zélée mais mal avertie, au roi d'Espagne de le voir accéder au trône de Naples, et il le transpose en Turquie (l. 44) ; il tire aussi de cet ouvrage des descriptions caractéristiques de la fierté, un peu ridicule à nos yeux, des Espagnols : leur mépris de tous les autres peuples, le souci de la pureté de leur race, leur répugnance pour le travail, l'honneur qu'ils affichent non seulement par le port de la « grande épée », mais aussi de la guitare, voire des lunettes et des moustaches, la honte qu'éprouvent les femmes à laisser voir leurs pieds, la fureur de l'amour et le danger des maladies vénériennes qui l'accompagne (l. 78). Il complète ce témoignage par celui de l'abbé de Vayrac (*État présent de l'Espagne*, 1718), en particulier sur le tragique dépeuplement du pays par l'expulsion des Maures et des Juifs, et par l'émigration coloniale (l. 121). Sur la réalité coloniale en Amérique du Sud, justement, Amédée Frézier (*Relation du voyage de la mer du Sud*, 1716) montre que, depuis Las Casas (*Histoire admirable des horribles insolences, cruautés et tyrannies exercées par les Espagnols ès Indes occidentales [...]*, 1552), les choses n'ont pas beaucoup changé : Montesquieu en retient la violence des préjugés raciaux (l. 78) et les ravages que cause dans la population indigène employée dans les mines d'or l'utilisation dangereuse du « vif-argent » (= le mercure) (l. 118).

Pour passer, comme Montesquieu le fait autour de la lettre centrale (l. 80), de l'extrême Ouest (l. 78) à l'extrême Est (l. 81), sur la Russie, il a lu Olearius (*Voyage en Moscovie, Tartarie et Perse*, 1666), où il a trouvé à la fois la légende du goût que les femmes russes ont d'être battues et son démenti, et aussi l'interdiction faite aux « Moscovites » de voyager à l'étranger (l. 51). Sur les Indes orientales, Thomas Herbert a publié une *Relation du voyage de Perse et des Indes* (1663), où Montesquieu a pu lire l'anecdote du héraut qui crie à tous les princes de la terre d'aller dîner, après que le

Grand Khan a dîné (l. 44) ; Bernier, dans ses *Voyages* illustrés (1709), a comparé la grandeur de Paris à celle de Delhi, comme Rica à celle d'Ispahan (l. 24) ; il a aussi raconté la fête de la pesée du Grand Mogol (l. 40) et l'obligation faite aux femmes indiennes qui veulent se brûler sur le bûcher de leur mari mort d'en demander la permission au gouverneur mahométan (l. 125). Sur la Chine, dont on sait l'importance qu'elle a prise dans les débats philosophiques depuis la querelle des « cérémonies », Montesquieu, qui a rencontré en 1713 à Paris un jeune Chinois converti, Arcadio Hoang, a pu apprendre de lui bien des particularités. Il a pu vérifier dans Kircher (*China Illustrata*, 1670) ou le père Couplet (*Confucius Sinarum philosophus*, 1687) le caractère religieux du culte rendu aux parents et aux ancêtres, qu'il met d'emblée en relation avec la démographie chinoise (l. 119) ; il s'est aussi arrêté sur un trait de mœurs curieux, fourni par Juan Palafox y Mendoza (*Histoire de la conquête de la Chine par les Tartares*, 1670) et par le voyageur Dampier (*Nouveaux Voyages autour du monde*, 1698), mais déjà indiqué par Alvaro Semedo (*Histoire universelle de la Chine*, 1667) et par le père Martini, qui fut missionnaire en Chine et qui ajouta à cet ouvrage une *Histoire de la guerre des Tartares contre la Chine* : l'attachement des Chinois à leurs cheveux, qui alla jusqu'à provoquer leur révolte générale lorsque l'empereur tartare Xunchi voulut les leur faire couper ; Montesquieu, qui fait servir l'anecdote à la satire anticléricale, semble y avoir ajouté les ongles pour le plaisir d'un coup de griffe supplémentaire (l. 61). L'Afrique aussi est présente, avec, empruntée à Froger (*Relation d'un voyage aux côtes d'Afrique*, 1698), la scène du roi nègre, « plus vain encore que misérable », qui veut savoir si l'on parle beaucoup de lui en France (l. 44) et, trouvées dans Étienne de Flacourt (*Histoire de la grande île de Madagascar*, 1658), les indications concernant les femmes sauvages qui se font avorter « afin que leur grossesse ne les rende pas désagréables à leurs maris » (l. 120), ou sur l'exceptionnelle salubrité de l'île Bourbon (= la Réunion) (l. 121).

Malgré l'intérêt porté, on le voit, à toutes les parties du monde connu, c'est principalement les pays de civilisation musulmane qu'à travers ses Persans Montesquieu s'attache à décrire, à comprendre, à interroger. La source générale est Hermannus Dalmata (*Machumetis Saracenorum principis doctrina*, 1550), d'où sont tirés le long entretien dans lequel Mahomet explique au juif converti « Abdias Ibesalon »

(= Abd Allah ben Salam) les raisons qui font le porc « immonde » (l. 18) et les légendes sur les « signes éclatants » qui auraient accompagné la naissance du Prophète (l. 39). Montesquieu consulte le texte même du Coran dans la traduction qu'en a donnée Du Ryer (1685) et y trouve la poétique formule désignant, à l'aurore, le moment de commencer le jeûne, celui où l'on distingue « le filet blanc d'avec le filet noir » (l. 16), l'idée du « degré » d'avantage qu'ont les hommes sur les femmes (l. 38), la condamnation expresse du vin et des jeux de hasard (l. 56), la comparaison de la nécessité mutuelle des époux et des épouses à celle des vêtements, la métaphore du « labourage » pour désigner la femme, et le nombre idéal de quatre épouses (l. 114). Sur l'Empire ottoman, il a lu le célèbre adaptateur des *Mille et Une Nuits* (1704), Antoine Galland (*La Mort du sultan Osman*, 1678) (lettres 80 et 103) ; Pitton de Tournefort (*Relation d'un voyage au Levant*, 1718) lui a fourni des preuves de la décadence de cet empire (l. 19), une explication de la beauté des femmes turques par leur sobriété (l. 34), et l'occasion d'une plaisanterie sur le non-respect, par les « dervis », des trois vœux qu'ils prononcent, à l'instar de leurs collègues, les moines chrétiens (l. 57) ; mais il puise surtout dans Ricaut (*Histoire de l'état présent de l'Empire ottoman*, 1670), à propos du personnage de l'eunuque : est-il encore un homme ? (l. 7), possibilité pourtant de goûter avec les femmes « une sorte de volupté » (l. 53), laideur des eunuques noirs (l. 20) ; à propos aussi du mauvais état de l'empire, dû aux exactions des bachas, à l'affaiblissement des arts, de l'agriculture et de l'art militaire (l. 19) ; à propos encore de l'aversion des Turcs pour Venise, due à l'absence d'eau douce dans cette ville (lettres 31 et 75). De Ricaut viennent enfin l'image, chère aux Turcs, des Juifs montés sur les Persans et les menant « au grand trot en Enfer » (l. 35), les considérations sur la fragilité de la faveur du prince en Orient (l. 89), la connaissance de l'organisation des ordres religieux dans l'islam (l. 93), celle du dépeuplement des grandes capitales, Constantinople et Ispahan (lettres 114 et 121).

En ce qui concerne plus précisément la Perse, Montesquieu a trouvé dans la traduction par Pétis de La Croix des *Mille et Un Jours* (1710) l'histoire du faux Ibrahim (l. 141), et dans Thomas Hyde (*Historia religionis veterum Persarum*, 1700) tout ce qu'il sait des Guèbres (peuple ancien de la Perse, célèbre par ses bonnes mœurs), de leur législateur Zoroastre, de leur livre sacré, le *Zend-Avesta*, et de leurs rois « Gustaspe » (= Gushtasp) et « l'Hohoraspe » (= Lohrasp) (l. 67) ; mais il tient l'essentiel de son information de Tavernier (*Voyages en Turquie, en Perse et aux Indes*, 1676) et de Chardin (*Voyages en Perse*, 1686-1711). Au premier il emprunte des précisions d'itinéraire, d'Ispahan à Tauris (l. 1), de Tauris à Erivan et à Erzeron (l. 6), de Tocat à Smyrne (l. 19) et de Smyrne à Livourne (l. 23) ; des détails de la vie intérieure du harem, sur les eunuques blancs et noirs (l. 20), sur le « courouc », annoncé par un eunuque crieur, pour écarter les curieux du cortège des femmes (l. 47), sur les pays d'origine de la plupart des jeunes filles, Golconda et Visapour (= Bedjapur) (l. 96), la Circassie (l. 79), sur le cérémonial du mariage (l. 70) ; des éléments d'histoire enfin, comme la prise de « Candahor » (= Kandahar) au Grand Mogol par les Persans en 1649 (l. 55), la conversion forcée des Arméniens, au XVIIe siècle, par shah Soliman (l. 85), et leur déportation dans le Guilan par shah Abbas (l. 121). Avec le second, c'est plus de soixante-dix rapprochements qu'on a pu faire ; ils touchent quarante-quatre lettres, et il est bien sûr impossible de les détailler tous ici. Ils portent surtout sur les lieux : Com (= Qom), ville sainte où se trouvent les tombeaux de Fathmé et de deux grands rois (lettres 1 et 16), Ispahan (lettres 3 et 47, mais là, Montesquieu cherche à dramatiser le passage de la rivière, fort commode sur l'un des trois ponts !), Tauris (l. 35), le Mazendéran (l. 96) ; les noms : Gemchid, nom d'un roi mythique (l. 35), Jaron, nom d'une ville et d'une montagne (l. 97), dont Montesquieu fait aussi un nom d'homme (lettres 15 et 22) ; l'organisation du harem, la condition des femmes et celle des eunuques (lettres 2, 4, 7, 9, 15, 20, 22, 26, 47, 55, 62, 64, 79, 96 et 147) ; la politique d'absolutisme despotique (lettres 102 et 131) ; les mœurs : dégoût du voyage (l. 1), absence de modes (l. 99), goût de l'astrologie (l. 135), des talismans et amulettes (l. 143) ; la religion : division en chiites et sunnites (l. 6), souillure du contact avec les chrétiens (lettres 15 et 16), tolérance (l. 29), représentation du Paradis (lettres 24 et 141) ; les arts enfin : imitation stylistique de l'*Éloge de Hali* du poète Al-Hasan ben al-Khasib (IIIe siècle de l'Hégire), qu'avait traduit Chardin, allusion aux « scènes muettes » du théâtre persan (l. 28). Avec l'usage qu'on le voit faire de Chardin, il est donc possible d'évaluer à la fois l'attention vigilante du lecteur Montesquieu et le goût avec lequel il parsème son texte, sans jamais peser ni poser, des éléments choisis de cette énorme documentation. Il n'est guère pris en défaut qu'une fois, lorsqu'il parle des sept prières journalières, alors que Chardin, à juste titre, n'en comptait que cinq (l. 35) ; mais l'erreur n'est probablement pas tout à fait involontaire, qui rapproche un peu plus les « dervis » des moines, soumis, eux, aux huit offices de la liturgie journalière : matines, laudes, prime, tierce, sexte, none, vêpres et complies. En faveur de ce qu'ils offraient au satirique, celui-ci leur en a fait grâce d'un !

6) *Modèles de l'étranger visiteur*

Montesquieu n'a pas inventé la fiction du visiteur étranger par les yeux et avec les mots duquel sont observées et jugées les manières françaises d'agir, de penser et de parler. Avec ses prédécesseurs dans cette fiction, il se rencontre sur un certain nombre de points, qu'il évoque cependant, en général, avec plus de légèreté qu'eux. De Cotolendi (*Lettre écrite par un Sicilien à un de ses amis*, 1692, parue dans les *Saint-Evremoniana* en 1710) on peut rapprocher telles caractéristiques générales des mœurs françaises : la curiosité à l'égard des étrangers (l. 30), la conduite officieuse et galante des directeurs de conscience (l. 48), la complaisance des maris (l. 55) ; mais surtout de très précises particularités de la vie parisienne : son mouvement incessant (l. 24), l'adresse et l'importunité des aveugles mendiants (l. 32), la cherté du vin (l. 33), la présence d'originaux de toute sorte, alchimistes, maîtres de langues, marchandes accortes (l. 58). A Dufresny (*Amusements sérieux et comiques*, 1699) il reprend l'argument de quelques « sketches » hauts en couleur : celui de l'inconnu qui se fait expliquer la nature et la fonction de chacun des membres d'un « cercle » qu'il observe (l. 48), celui de l'égalisation soudaine et déraisonnable des conditions dans l'exercice du jeu (l. 56), celui du « décisionnaire » universel « content de lui » (l. 72), celui du contraste impressionnant, rencontré au Palais de Justice, entre l'agrément « riant » des marchandes et la sévérité « lugubre » des hommes de loi (l. 86), celui enfin de cette « nation » de nouvellistes qui hante les Tuileries, importune à force de faire l'importante et de prétendre que chacun profite de ses informations exclusives (l. 130). Comme J.-F. Bernard (*Réflexions morales, satiriques et comiques sur les mœurs de notre siècle*, 1711 et 1716), il feint de vouloir à la fois respecter le « langage asiatique » et le corriger de ses exagérations « sublimes » (Introduction) ; il soumet son Persan à la contre-épreuve du changement de costume qui fait d'un coup tomber tout l'intérêt qu'il suscitait (l. 30) ; il évoque la mode récente des « cafés » et de « l'esprit » qu'on y trouve (l. 36) ; il exploite la sensation que provoqua à Paris et à Versailles l'ambassade tumultueuse de Mehemet Riza Beg en 1715 (l. 91). Après J. Bonnet (*Lettre écrite à Musala sur les mœurs et la religion des Français*, 1716), il insiste sur l'exceptionnelle durée du règne de Louis XIV (l. 37), et orchestre le « grand événement » de sa mort (l. 92). Mais c'est surtout du modèle offert par J.-P. Marana (*L'Espion du Grand Seigneur*, dit « L'Espion turc », 1684) qu'il s'inspire, et d'abord pour la conception d'ensemble de l'œuvre : même idée de « joindre de la philosophie, de la politique, de la morale à un roman » et de se retrancher derrière le point de vue mahométan (« Quelques réflexions... ») ; même désir affiché de ne pas louer lui-même son propre projet (Introduction) ; même intérêt pour la « Moscovie » et pour la légende — que Montesquieu, lui, savait fausse — selon laquelle les femmes russes aiment à être battues (l. 51) ; même ironie aussi envers l'Espagne, son goût de la rodomontade, le prestige qu'on y acquiert à porter des lunettes, l'orgueil d'un pays qui voit le soleil se lever et se coucher (l. 78), et surtout même indignation devant la brutalité de la colonisation espagnole (l. 105) ; accord sur de grands principes philosophiques « encore mal partagés », comme la priorité de l'honnêteté civique sur la foi religieuse pour assurer son salut (l. 46), l'illusion de se représenter la divinité de manière anthropomorphique (l. 59), ou la quasi-éternité du monde (l. 113). A ses Persans Montesquieu donne souvent le même type de connaissance de leur monde oriental que Marana à ses Turcs : ils croient que Mahomet « vint au monde circoncis » (l. 39) ; ils déplorent le schisme qui sépare les musulmans en chiites, sectateurs de « Hali » (= Ali, gendre du Prophète), et sunnites, fidèles à la *Sunna* et à « Abubeker » (= Abou Bekr) (l. 60) ; ils savent les chevaliers de Malte redoutables pour les flottes ottomanes (l. 19) ; ils opposent à la prise de Bagdad aux Persans par les Turcs en 1638 celle de Kandahar aux Indiens par les Persans en 1649 (l. 55) ; ils se souviennent de l'assassinat du sultan Osman II et de son remplacement par l'inattendu Mustapha, en 1622 (l. 80) ; ils entretiennent enfin des rapports de prosélytisme avec des juifs convertis à l'islam (l. 39), ou de discussion à propos de superstition avec des juifs non convertis (l. 143). C'est encore le même type d'étonnement que Marana et Montesquieu font éprouver à leurs héros devant les réalités occidentales : impressions de la vie courante comme la grandeur de Paris, la taille de ses immeubles, le tumulte de ses rues et l'agitation de ses habitants (l. 24), la curiosité qu'y éveillent les étrangers (l. 30), l'activité étrange et dérisoire de gens qui s'adonnent à l'alchimie et cherchent fébrilement le secret de la pierre philosophale (l. 45) ; prestige miraculeux du roi, « grand magicien » qui possède le secret de remplir à coup sûr son trésor et le pouvoir de guérir les malades en les touchant (l. 24) ; pratiques religieuses stupéfiantes, comme de manger du pain qui n'est pas du pain (l. 24), douteuses, comme les raffinements spécieux du discours des casuistes, « moyens violents » d'une vérité probablement fragile (l. 57), hypocrites, comme de continuer d'encenser comme une « idole » un pontife romain que les princes temporels ne craignent absolument plus (l. 29), voire franchement cyniques, comme de déclarer criminels devant le tribunal de l'Inquisition surtout des gens riches, à qui l'on peut ainsi confisquer leurs biens (l. 29). Enfin, comme l'Espion turc, les Persans de Montesquieu se livrent à des comparaisons entre les mœurs de leur pays et celles du pays qu'ils découvrent, qui les laissent d'ailleurs le plus souvent dans l'indécision : le vin, permis en Occident, est-il ou non préférable aux breuvages euphorisants dont usent les Orientaux (l. 33) ? La tyrannie exercée par les hommes sur les femmes là-bas est-elle plus sage, en fait, et plus fondée, en droit, que la liberté dont elles jouissent ici (l. 38) ?

7) *Écrivains*

A côté de tous ces ouvrages « spécialisés », l'auteur des *Lettres persanes* n'omet pas de faire entendre aussi la voix des plus grands écrivains, parmi lesquels il est en train de prendre place : le Pascal des *Provinciales* dans les propos d'un casuiste (l. 57), ou la liste des grands noms de cette tradition (l. 143), le Boileau de la *Satire VI* sur « les embarras de Paris » (l. 24), le Molière de *L'École des femmes*, à propos de la complaisance des maris (l. 55), le La Fontaine de *L'Âne et le petit chien*, sur l'Espagnol non enrhumé qui « ne saurait passer pour galant » (l. 78), et celui des *Amours de Psyché et de Cupidon* quand Anaïs veut « considérer » la « beauté divine » de ses amants (l. 141), le Racine de *Bajazet*, v. 524 : « Rentre dans le néant dont je t'ai fait sortir » (l. 2), et pour le nom même de « Roxane » (l. 20), le Retz des *Mémoires*, tout récemment publiés, à qui il fait prononcer un discours de frondeur (l. 111), le Lesage de *Turcaret* à propos des « fermiers » (= collecteurs d'impôts) enrichis, et celui de *Gil Blas* qui décrivait aussi un à un les habitués d'un salon (l. 48). L'audace érotique d'un Nicolas Chorier (*Aloysia Sigea*, fin XVIIe siècle) inspire la formulation des émois amoureux de la comblée Anaïs (l. 141), et la célèbre pornographie de l'Arétin (XVIe siècle), qui ravira Diderot, voisine facétieusement avec les ouvrages de casuistique religieuse (l. 143). Cervantès est au cœur de la lettre sur l'Espagne, puisque « le seul de leurs livres qui soit bon... » désigne évidemment le *Don Quichotte* (l. 78). Mais le plus présent est, bien sûr, La Bruyère, dont Montesquieu prend pour ainsi dire le relais comme moraliste satirique : critique des « directeurs » (de conscience) trop « officieux » auprès des dames (l. 48), des vaniteux de toute sorte (l. 50), de la passion du jeu (l. 56), des compilateurs (l. 66), des caprices de la mode (l. 99) ; souci qu'ont les femmes, comme Lise, de « reculer vers la jeunesse » (l. 52), les beaux esprits, comme Cydias, de faire soutenir leur réputation par un faire-valoir (l. 54), les « décisionnaires », comme Arrias, de se faire écouter sur tout (l. 72), les grands de la finance, comme Sosie, Sylvain ou Périandre, de faire oublier leur origine servile (l. 98), les nouvellistes, comme Démophile et Basilide, de manifester leur importance (l. 130) et de se spécialiser dans « l'assurance victorieuse » ou au contraire dans les « nouvelles tristes » (l. 132). Ici encore, on trouve à la fois, dans les *Lettres persanes*, la trace d'une continuité et celle d'une rupture. Continuité : lorsqu'il fait porter à Usbek un jugement sur la pratique du jeu en Occident (l. 56), Montesquieu semble accomplir le dessein de La Bruyère et suivre ses suggestions ; celui-ci n'écrivait-il pas : « C'est peut-être l'une de ces choses qui nous rendent barbares à l'autre partie du monde et que les Orientaux qui viennent jusqu'à nous remportent sur leurs tablettes » ? Rupture : alors que La Bruyère ne voyait dans le duel que l'une des manifestations du « triomphe de la mode », Montesquieu explique, en historien, en sociologue et en juriste, l'origine de cette pratique (l. 90), sur laquelle il fondera plus tard un chapitre très important de L'*Esprit des lois.*

8) *La bibliothèque vivante : le grand livre de l'actualité*

La transposition d'éléments empruntés à l'actualité a sans doute été pour beaucoup dans l'immense succès qui fut fait à l'ouvrage en 1721. Nous n'avons certes pas besoin de les reconnaître tous pour saisir la portée d'un livre qui n'épuise pas ses significations au petit jeu des « clefs ». Quelques repères ne sont pas inutiles pourtant, pour apprécier l'ancrage d'une grande pensée, destinée à l'universalité, sur la participation intense du penseur au monde dans lequel il vivait. Identification de certains personnages d'abord : l'alchimiste exalté pourrait bien être Jean Boudin, dont Saint-Simon nous a aussi laissé un portrait (l. 45), et l'homme à bonnes fortunes, qui « ne vaut pas grand-chose », le duc de Richelieu, ami de Voltaire, qui défraya la chronique par ses frasques galantes (l. 48) ; l'auteur du dictionnaire « bâtard » qui étouffa celui de l'Académie « presque dans sa naissance » est Furetière, et Fontenelle est peut-être visé dans telle allusion à « la fureur du panégyrique » (l. 73) ; le ministre facétieux qui « badine sur toutes les délibérations du Conseil » est le duc de Noailles, président du Conseil des Finances de 1715 à 1718 (l. 98), et l'idée de la nécessaire simplification du droit français, dont la complexité « accable également la justice et les juges », est celle du chancelier d'Aguesseau (l. 100) ; le « gros homme avec un teint vermeil », si fier de son « mandement », est le futur cardinal Fleury, qui a en effet écrit un mandement contre la bulle *Unigenitus* en 1714, et qui vient, en 1717, de prendre en charge le préceptorat de Louis XV (l. 101) ; s'il n'est pas impossible de reconnaître John Law derrière le ministre suédois Görtz, accusé d'avoir été pour Charles XII un mauvais conseiller financier (l. 127), il est tout à fait certain qu'il est cet « algébriste » capable de « tant de sottises » (l. 135), et encore, bien sûr, le « fils d'Éole » et d'« une nymphe de Calédonie » (= Écosse), qui change l'or en vent (l. 142) ; « M. le comte de L*** », auquel se réfère le nouvelliste, est Joachim de Lionne, mort en 1716, et l'un des pionniers de la grande presse moderne (l. 130) ; enfin, le « curieux amateur de la vénérable antiquité » pourrait être le comte de Caylus, qui étonna le XVIIIe siècle par sa manie, rare alors, d'« antiquaire » (l. 142).

Actualité de la vie parisienne : la mode récente du « café » qui « donne de l'esprit à ceux qui en prennent », et surtout la vogue du Procope au début du siècle (l. 36) ; la construction des Invalides, commencée en 1675 et qui ne devait s'achever qu'en 1735 (l. 84) ; la grande extension des journaux, qui permettent de « parcourir trente volumes en un quart d'heure », et dont Montesquieu pressent tous les dangers (l. 108) ; l'ouverture au public de plusieurs bibliothèques ecclésiastiques, comme celle de l'abbaye de Saint-Victor en 1707 (l. 133) ; la reprise de la querelle des Anciens et des Modernes, dans laquelle Montesquieu prend nettement parti en ridiculisant ceux qui « disent qu'on n'a jamais fait que deux » poèmes épiques (ceux d'Homère) et « qu'il est impossible d'en faire de nouveaux » (l. 137) ; la mode romanesque des « prodiges extravagants » qu'après les traductions par A. Galland des *Mille et Une Nuits* et par Pétis de La Croix des *Mille et Un Jours*, Gueulette, Montcrif et l'abbé Bignon étaient en train d'exploiter jusqu'au ridicule (l. 137). Montesquieu évoque parfois ces réalités contemporaines avec gravité, quand il décrit par exemple la décomposition morale provoquée par l'expérience du système de Law, qui a plongé « la génération présente » dans un « affreux néant », au cœur duquel il semble vouloir nous faire signe : « Que dira la postérité [...] ? » (l. 146) ; mais, le plus souvent, le ton léger est celui d'un jeune homme apte à s'emparer du moindre fait divers pour faire ressortir la cocasserie piquante du quotidien : le procès pour impuissance intenté en 1714 par la marquise de Gesvres contre son mari, et qui donna lieu à une enquête appropriée et « flétrissante » (l. 86) ; les excentricités de l'envoyé extraordinaire de Perse, Mehemet Riza Beg, en visite à Paris en 1715 (l. 91) ; ou la soudaine « révolution » qui fit s'écrouler en 1714 les hautes coiffures des femmes mises à la mode à la fin du siècle précédent par Mlle de Fontanges (l. 99).

Grande actualité internationale : la « nation entière, chassée de son pays » est celle des prêtres catholiques irlandais qui s'étaient réfugiés en France pour échapper à la persécution religieuse après la « Glorious Revolution » de 1688 en Angleterre (l. 36) ; le « grand vizir d'Allemagne », « envoyé pour châtier les sectateurs d'Omar » est l'empereur Charles VI, pour qui le prince Eugène remporta sur les Turcs, en 1716 et 1717, les victoires de Tamesvar et de Belgrade (l. 123), cependant qu'Alberoni, Premier ministre d'Espagne, en profitait pour prendre la Sicile au duc de Savoie Victor-Amédée II (l. 130). Actualité aussi de la politique française, avec le coup de gong que fit retentir la mort de Louis XIV, la cassation de son testament et le rétablissement, par le Régent, des droits des parlements (l. 92), après une fin de règne affligeante, sous le faste (l. 37) ; les intrigues du roi d'Espagne, du duc du Maine, des Orléans, tous prétendants au trône de France en cas de disparition du jeune Louis XV, dont la santé était fragile (l. 107) ; les débats autour de la « Constitution » (= la bulle *Unigenitus*) qui, à travers le père Quesnel, violemment pris à partie dès 1704 par le jésuite Lallemant (l. 143), condamnait définitivement le jansénisme, appelant à sa répression comme hérésie, et dont l'enregistrement au Parlement ne s'était pas fait, en 1714, sans contestations, prolongées jusqu'en 1717 (l. 101) ; l'inquiétude créée par le renversement des alliances que pratiqua Dubois en 1717, et qui semblait assujettir la France « aux lois d'une nation rivale » (= l'Angleterre) (l. 100) ; la cahotique histoire financière de la Régence enfin, qui, après avoir changé « quatre fois de système sur les finances » (= polysynodie, Noailles, d'Argenson, Law), aboutit, « dans une certaine rue » (= la rue Quincampoix) (l. 138), à la catastrophe du printemps de 1720 (l. 142).

La subtilité du contrepoint selon lequel Montesquieu inscrit ces références à l'actualité dans le cadre fictionnel de la correspondance de ses héros persans se manifeste par certaines « erreurs » de datation, écarts signifiants qui lui permettent de faire des *Lettres persanes* autre chose qu'une chronique et de mobiliser l'esprit de son lecteur sur un autre objet que celui de l'historien ou du satirique. C'est ainsi qu'il antidate en 1710 la « Constitution » de 1713 (l. 24), en février 1713 la querelle sur Homère qui ne commença qu'à la fin de l'année (l. 36), en 1713 le voyage du tsar Pierre à Paris, de 1717 (l. 51), en 1715 l'expulsion de l'Académie de l'abbé de Saint-Pierre, de 1718 (l. 73), en 1717 la révolte de Mir-Weiss contre le shah de Perse (l. 102) et celle qui remplaça le Grand Mogol par un enfant, toutes deux en 1719 (l. 103), au 3 décembre 1718 la découverte de la conspiration de Cellamare contre le Régent, du 9 décembre, et l'arrestation du duc du Maine, fils bâtard de Louis XIV, du 29 décembre 1718 (l. 126), au 17 novembre 1719 l'effondrement du système de Law, qui ne commença à chanceler qu'en janvier-février 1720 (l. 132) ; qu'il postdate au contraire en 1717 la création de la Chambre de justice contre les prévaricateurs, du 14 mars 1716 (l. 98), et en 1718 le système des « libéralités » royales, antérieur à 1715 (l. 124). En revanche, certains faits retentissent immédiatement dans son texte : il évoque le 4 septembre 1715 la mort de Louis XIV, qui eut lieu trois jours avant (l. 92), en avril 1719 la punition du ministre suédois Görtz, qui s'était produite en mars (l. 127), le 30 juin 1719 la reddition de Fontarabie au maréchal de Berwick, du 18 juin (l. 128), et en novembre 1719 la menace d'invasion du Languedoc par le prince Pio de Savoie, que fit effectivement craindre cette défaite dans les mois qui la suivirent (l. 132), le 27 mars 1720 l'abdication de la reine Ulrique de Suède, qui avait eu lieu trois jours avant (l. 139), et le 21 juillet 1720 l'exil du Parlement à Pontoise, qui datait de la veille (l. 140) !

Proche de la fin du livre, cette accommodation presque parfaite de l'instrument d'optique est symbolique de l'accomplissement de son projet : après la tragédie du sérail qui anéantit somptueusement l'univers fictionnel dans lequel il était entré, le lecteur des *Lettres persanes* se retrouve de plain-pied avec le monde réel. Celui de 1720. Celui de 1721. Le nôtre.

C — TEMPORALITÉ ET SPATIALITÉ

(Repères réalistes de la fiction)

Après avoir un moment hésité sur la manière dont il indiquerait, à la fin de chaque lettre, la date de son envoi, Montesquieu a choisi, à partir du jour de notre calendrier qu'il entendait désigner, de le transcrire avec la seule modification — ficelle et clin d'œil pour le vraisemblable et la couleur exotique — du nom du mois. C'était au prix de quelques à-peu-près, car les mois persans, lunaires, ne comptent pas le même nombre de jours que les nôtres, et l'année persane commence en mars (d'où le millésime « 1711 » des lettres 20, 21 et 22, de janvier 1712 : Montesquieu normalisera ensuite ce décalage et fera commencer les années au mois de janvier).

Tableau de concordance des mois persans :

Maharram	=	mars
Saphar	=	avril
Rebiab 1	=	mai
Rebiab 2	=	juin
Gemmadi 1	=	juillet
Gemmadi 2	=	août
Rhegeb	=	septembre
Chahban	=	octobre
Rhamazan	=	novembre
Chalval	=	décembre
Zilcadé	=	janvier
Zilhagé	=	février

Le départ des voyageurs d'Ispahan a eu lieu le 19 mars (Maharram) 1711 ; leur arrivée à Paris au début de mai (Rebiab 1) 1712. La dernière lettre envoyée de Paris, au moment de la catastrophe financière du système de Law, est du 11 novembre (Rhamazan) 1720. Le voyage a donc duré plus de treize mois, et le séjour à Paris huit ans et demi. Les quinze dernières lettres marquent une remontée dans le temps. Le courrier mettant entre cinq mois et demi et six mois et demi entre Paris et Ispahan, Usbek avait dû recevoir la lettre 147 entre l'envoi de la lettre 111 et celui de la lettre 112, mais Montesquieu a préféré regrouper à la fin, pour un dénouement haletant, tout ce qui concerne les désordres graves et l'écroulement du sérail.

Le problème demeure — ou plutôt l'équivoque délibérée — du véritable terme chronologique du roman : l'envoi de la lettre 146 (11 novembre 1720), où Usbek nous laisse devant un « affreux néant » public, ou la réception de la lettre 161 (entre le 20 octobre et le 20 novembre 1720), où Roxane lui fait contempler l'étendue de son désastre privé. On peut même aller jusqu'à imaginer une concomitance symbolique entre ces deux moments.

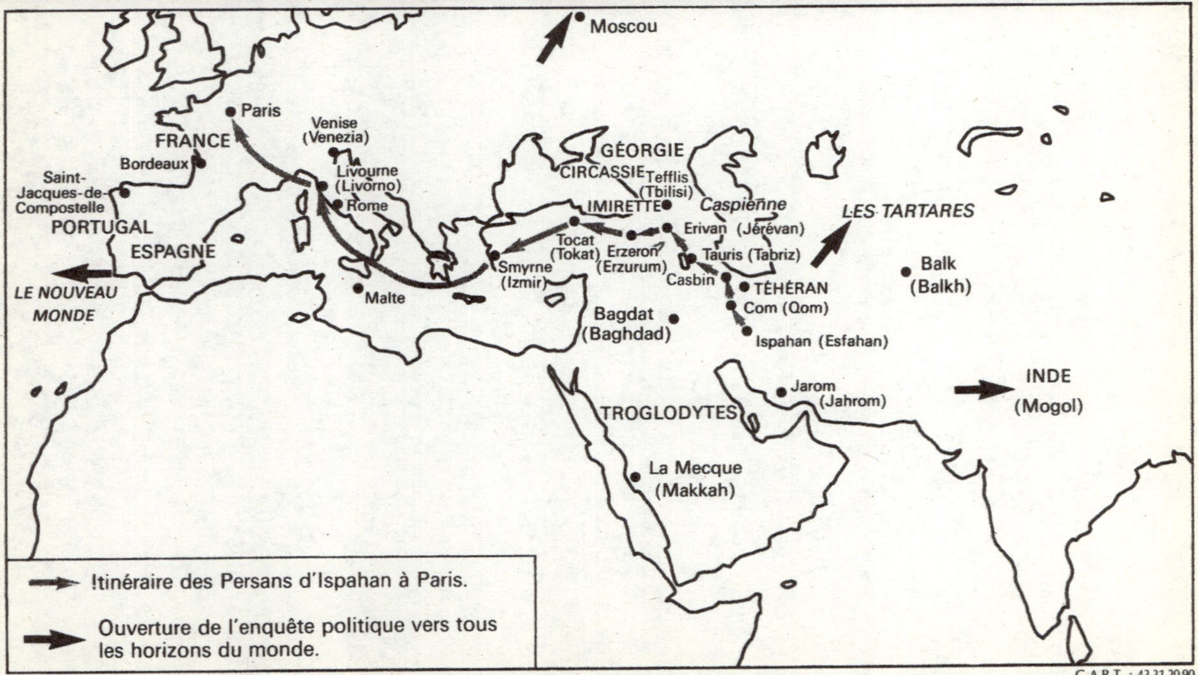

C.A.R.T. : 43.31.20.90

D — MONTESQUIEU RÉVOLUTIONNAIRE ?

Outre qu'on n'écrit jamais l'histoire à l'envers, il est bien certain que le parlementaire Montesquieu n'avait aucunement l'intention de lancer un manifeste qui, de près ou de loin, dût préparer ce que la fin de son siècle a fait éclater dans l'histoire sous le nom de « révolution ». A cette lumière pourtant, nombre de commentateurs n'ont pas hésité à établir, entre l'écriture du livre et l'aventure de la société française, des rapports, sinon de causalité factuelle, du moins de profonde logique poétique.

• MARIVAUX fait état d'un pressentiment légèrement inquiet :

> « Dans tout cela, je ne vois qu'un homme de beaucoup d'esprit qui badine, mais qui ne songe pas assez qu'en se jouant, il engage un peu trop la gravité respectable de ces matières. »

• MICHELET inclut ce « grand » texte dans la grande « légende » dont il s'est fait l'aède :

> « Dans ce livre si fort, léger en apparence, d'une gaieté habile et profondément calculée, il a montré comme les doux, au besoin, sont terribles, et les timides, hardis. C'est un esprit serein, mondain, ce semble, et pacifique, qui fait en se jouant voler, briller le glaive, accomplit, en riant, la radicale exécution, l'extermination du passé. [...] Le singulier, c'est que l'élan de la révolution soit parti justement d'un esprit pacifique, plus lumineux qu'ardent, et surtout conciliateur. Tel semblait Montesquieu [...] et tel il redevint après son grand livre révolutionnaire. [...] L'œuvre est moins merveilleuse encore que le secret, la patience, qui la préparent,

ce recueillement redoutable du solitaire en pleine foule. Grande leçon ! Qu'ils apprennent de là, les prisonniers qui se croient impuissants, combien la prison sert, comme en prison le fer devient acier ! Qu'ils apprennent, les hésitants, les maladroits, à affiler la lame ! Jamais main plus légère. L'Orient lui apprit à jouer du damas. En badinant, il décapite un monde. »

• Paul HAZARD analyse le travail de sape par où commencent les grandes démolitions :

« Le voile de révérence se déchirait, et derrière le voile, il n'y avait qu'illogisme et absurdité. Ce travail, les Persans l'accomplissaient avec un mélange si savamment dosé d'habileté et de naturel, avec tant de gaieté et de gaminerie, avec une volonté de bravade si décidée qu'on était pris au jeu et qu'on se mettait inconsciemment de la partie. Bien sot qui ne serait pas devenu leur complice... Comme s'ils avaient si prestement, si poliment détruit la maison que le propriétaire lui-même les eût félicités en leur disant merci. »

• Paul VALÉRY suggère que la prise de conscience ne peut qu'être suivie d'effet :

« Entrer chez les gens pour déconcerter leurs idées, leur faire la surprise d'être surpris de ce qu'ils font, de ce qu'ils pensent, et qu'ils n'ont jamais conçu différent, c'est, au moyen de l'ingénuité feinte ou réelle, donner à ressentir toute la relativité d'une civilisation, d'une confiance habituelle dans l'ordre établi... C'est aussi prophétiser le retour à quelque désordre ; et même faire un peu plus que de le prédire. »

• Jean STAROBINSKI va chercher le symbole du côté du sérail :

« [...] dans l'état-sérail, l'appareil de police et de propagande assure une cohésion et un ordre qui menacent à tout moment de s'évanouir. A quoi s'ajoutent les risques évidents que court le maître suprême si l'ancienneté (ce grand principe des administrations) confère le pouvoir à un ministre-eunuque « imbécile » : l'exemple, à la fin des *Lettres persanes*, en est offert par le faible et crédule Narsit, qui laisse s'aggraver le désordre. Solim, trop tard investi d'autorité, ne parviendra qu'à exaspérer la révolte par son déchaînement sadique : une situation s'est créée où aucune mesure, partant des fonctionnaires-eunuques, ne peut plus parer au désastre ; toutes les solutions sont mauvaises : la révolution est devenue inévitable. Telle est la démonstration politique, insinuée à travers le drame romanesque, et proposée comme une métaphore hyperbolique du danger qui menace la France. Le domaine érotique sert de lieu d'expérience imaginaire pour une théorie généralisée du pouvoir. »

Deux de ces lecteurs avertis désignent nommément la « révolution », que les autres se contentent de connoter de diverses façons. Il peut être intéressant de repérer dans le texte même des *Lettres persanes* les occurrences de ce terme et de son champ sémantique. Elles sont au nombre de neuf, dont cinq se situent pendant cette année 1717, où naît sans doute, dans l'esprit de Montesquieu, le projet du livre, où, dans l'histoire de France, bascule la politique du Régent, et où, dans la fiction orientale, la catastrophe devient inévitable au sérail d'Usbek :

— à la lettre 80 (mai 1715), où est montré le mécanisme de son déclenchement au sein du despotisme ;
— à la lettre 96 (février 1716), où elle désigne le trouble intérieur, contenu par la répression, dans le cœur des femmes ;
— à la lettre 98 (mars 1717), où elle renvoie aux alternatives de la fortune ;
— à la lettre 99 (avril 1717), où elle s'applique ironiquement aux caprices de la mode ;
— à la lettre 103 (juin 1717), où, sans être nommée, elle rôde autour de la personne du prince et menace... sa tête ;
— à la lettre 104 (juin 1717), où s'analyse le grand modèle de ce temps-là : la (double) révolution anglaise ;
— à la lettre 111 (octobre 1717), où est évoquée cette Fronde qui précéda tout juste le grand règne ;
— à la lettre 155 (octobre 1719), où, par une prémonition intérieure, Usbek anticipe sur la catastrophe qui menace son sérail, à Ispahan ;
— à la lettre 161 (mai 1720), où elle explose, avec toutes ses horreurs et toute sa grandeur.

Il semble que l'objectif de Montesquieu soit plutôt d'*éviter* la révolution :

— parce qu'elle n'a aucune positivité fondatrice (l. 80), qu'elle est soumise aux caprices, comme une mode

(l. 99), qu'elle est démagogique et boulevardière (l. 111), inquiétante et déstabilisatrice (l. 155), puis sanglante et suicidaire (l. 161) ;

— en ne lui offrant pas l'occasion de sa naissance (l. 96), en ne la permettant pas dans la répartition des fortunes (l. 98), en unissant le prince et le peuple par un lien qui leur ouvre une meilleure voie pour le changement (l. 103), et en légitimant le plus possible le pouvoir (l. 104).

E — REPÈRES CHRONOLOGIQUES

Ces repères concernent essentiellement la vie et l'œuvre de Montesquieu, le contexte historique, politique et religieux, les événements divers, français et internationaux, auxquels fait allusion le texte des *Lettres persanes*, et la production littéraire et philosophique qui est directement en rapport avec la genèse de cet ouvrage.

1661 Grave affaire de préséance entre les ambassadeurs d'Espagne et de France à Londres. Louis XIV exige et obtient des excuses (l. 95).

1674 Naissance de Philippe, fils de Monsieur, frère du roi, qui deviendra régent en 1715.

1675 Début de la construction des Invalides (l. 84).

1679 Louis XIV renouvelle par un édit l'application de la peine de mort aux duellistes (l. 90).

1681 Bossuet fixe, dans son *Discours sur l'Histoire universelle,* une conception déjà désuète de l'histoire du monde.

1682 Pierre Bayle, dans les *Pensées sur la comète,* en appelle au témoignage des étrangers pour mettre en lumière la corruption des mœurs européennes.

1683 Malebranche : *Traité de Morale.*

1684 Furetière fait paraître son *Dictionnaire,* interdit en 1685, puis republié à La Haye en 1690 (l. 73).
J.-P. Marana publie *L'Espion du Grand Seigneur,* dit « L'Espion turc », chronique politique de la chrétienté depuis 1637 par un musulman en mission d'espionnage.
P. Bayle fait paraître périodiquement, jusqu'en 1687, ses *Nouvelles de la République des Lettres.*

1685 Révocation de l'Édit de Nantes : deux cent mille protestants quittent la France (l. 85).
André Du Ryer donne à La Haye une traduction française du Coran.
Vossius et Bayle posent le problème de la dépopulation de l'Europe, qui sera repris par Fénelon, Vauban, Boisguillebert, Boulainvilliers (lettres 112 à 122).

1686 Fontenelle : *Entretiens sur la pluralité des mondes.*

1687 Chardin publie ses *Voyages en Perse,* et Fontenelle l'*Histoire des Oracles.*

1688 « Glorious Revolution » : Jacques II Stuart est chassé du trône d'Angleterre et remplacé par Guillaume d'Orange (l. 104). Chassés d'Irlande, les prêtres catholiques se réfugient en France (l. 36). Ouverture du café Procope, à Paris (l. 36).
Fontenelle : *Discours sur la nature de l'églogue* (l. 137).
La Bruyère : 1re édition des *Caractères.*

1689 18 janvier : Charles Louis de Secondat, fils du seigneur de Montesquieu, d'une famille de parlementaires, naît à La Brède, en Bordelais.

1691 Dans la 6e édition de ses *Caractères,* La Bruyère fait juger la folie du jeu par les voyageurs orientaux.
Cotolendi rédige sa *Lettre écrite par un Sicilien à un de ses amis*, qui sera publiée en 1700, dans les *Saint-Evremoniana.*

1694 François Marie Arouet naît à Paris.
Première édition du *Dictionnaire de l'Académie française* (l. 73).
Fénelon : *Lettre à Louis XIV.*
Saint-Simon commence ses *Mémoires.*

1695 Boisguillebert : *Détail de la France sous le règne de Louis XIV*.

1696 Regnard : *Le Joueur*, comédie.

1697 Malebranche : *Traité de l'amour de Dieu.*
Ch. Perrault : *Contes de ma mère l'Oye.*

1699 Fénelon : *Les Aventures de Télémaque.* Condamnation définitive à Rome du courant quiétiste que soutenait Fénelon (l. 134).
Dans ses *Amusements sérieux et comiques*, Dufresny promène un Siamois dans le Paris de la fin du siècle.

1700 L'*Essai sur l'entendement humain* de John Locke (1690) est traduit en français.
Montesquieu entre au collège oratorien de Juilly.

1702 Dans son *Dictionnaire historique et critique* (art. « Japon »), P. Bayle reprend l'idée du jugement porté sur l'Europe par un étranger.

1703 Mort de Saint-Évremond.

1704 Lesage commence à publier *Le Diable boiteux.*
Antoine Galland publie sa traduction des *Mille et Une Nuits*, qui lance une mode « extravagante » où se multiplient toutes sortes d'imitations, voire de pastiches (l. 137).
Avec sa *Politique tirée de l'Écriture sainte*, Bossuet clôt une époque, cependant que J. Locke en ouvre une autre, avec ses *Lettres sur la Tolérance.*

1707 Boisguillebert : *Dissertation sur la nature des richesses.*
Dans *La Dîme royale*, entre autres problèmes (administratifs et fiscaux), Vauban pose celui du célibat ecclésiastique, qui sera repris par Boulainvilliers, Saint-Simon, Belesbat... (l. 117).
Crébillon fait jouer sa tragédie *Atrée et Thyeste.*
Ouverture au public de la bibliothèque Saint-Victor, à Paris. Elle sera suivie de celles de Sainte-Geneviève, de Saint-Germain-des-Prés, de l'Oratoire rue Saint-Honoré (lettres 133 à 137).
Denis Papin construit le premier bateau à vapeur.

1708 Regnard : *Le Légataire universel*, comédie.
Montesquieu est reçu avocat au Parlement de Bordeaux.

1709 Lesage : *Turcaret* et Dufresny : *La Joueuse*, comédies de mœurs (l. 56).
Montesquieu fait un long séjour à Paris (jusqu'en 1713). Il y rencontre un Chinois converti, Arcadio Hoang (lettres 30 et 119).

1710 Naissance de Louis, fils du duc de Bourgogne, futur Louis XV.
Leibniz : *Essais de Théodicée.*
L'*Essay on the Freedom of Wit and Humour* de l'Anglais Shaftesbury est traduit en français.
Pétis de La Croix publie sa traduction des *Mille et Un Jours*, alimentant la mode des « contes persans » (l. 137).
Mme de Lambert ouvre son salon.

1711 Avec la mort de Boileau, c'est un âge qui s'achève.
Dans ses *Réflexions morales, satiriques et comiques sur les mœurs de notre siècle*, J.-F. Bernard fait voyager en Europe un Persan qui veut vérifier et approfondir ses croyances.
Addison fait, dans son journal *The Spectator*, traduit en français en 1716, le récit d'une visite de rois hindous à Londres.

1712 Jean-Jacques Rousseau naît à Genève : c'est un âge qui commence.
Marivaux écrit son premier roman, *Les Effets surprenants de la sympathie.*

1713 Montesquieu perd son père.
Par la *bulle Unigenitus*, le pape Clément XI condamne définitivement le jansénisme (lettres 24 et 101).
Abbé de Saint-Pierre : *Projet pour rendre la paix perpétuelle en Europe.*
Robert Challe : *Les Illustres Françaises*, nouvelles.
Shaftesbury meurt. Montesquieu sera un lecteur attentif de ses œuvres.
Mme Dacier : *Des causes de la corruption du goût.*
Houdar de La Motte : *Réflexions sur la critique.*
A propos de la traduction d'Homère, ces deux écri-

vains relancent la querelle des Anciens et des Modernes, qui s'achèvera en 1716 (lettres 36 et 137).
Diderot naît à Langres.
Fahrenheit invente le thermomètre à mercure.

1714 Montesquieu est reçu conseiller au parlement de Bordeaux.
Les traités d'Utrecht et de Rastadt mettent fin à la longue guerre (dix ans) de Succession d'Espagne.
Fénelon : *Lettre à l'Académie*.
La mode des « fontanges », très hautes coiffures des dames, en vogue depuis la fin du XVIIe siècle, s'écroule (l. 99).
Procès scandaleux pour impuissance du marquis de Gesvres (l. 86).
Visite officielle de Mehemet Riza Beg, « ambassadeur » de Perse à Paris. Incidents et doutes sur son authenticité (l. 91).

1715 1er septembre : mort de Louis XIV. Cassation de son testament et régence de Philippe d'Orléans, qui restitue au Parlement son droit de remontrance (l. 92).
Le duc de Noailles, qui préside le conseil des Finances jusqu'en 1718, est célèbre pour son goût de la plaisanterie (l. 98).
Lesage commence à publier *Gil Blas*.
Dans son *Éloge de Leibniz*, Fontenelle fait grand cas des projets civilisateurs du tsar Pierre le Grand (l. 51).

1716 Marié l'année précédente avec Jeanne de Lartigue, Montesquieu a un premier fils, Jean-Baptiste. Élu à l'Académie de Bordeaux, il y prononce sa première production connue : *Dissertation sur la politique des Romains dans la religion*. Il succède à son oncle dans la charge de président à mortier au parlement de Bordeaux.
Le Régent crée une chambre de justice pour faire rendre des comptes aux financiers prévaricateurs frauduleusement enrichis à la fin du règne précédent (l. 98).
Premières victoires du prince Eugène contre les Turcs (prise de Tamesvar), malgré le soutien que leur accorde le cardinal Alberoni, Premier ministre d'Espagne, qui en profite pour prendre la Sardaigne et la Sicile, à la Savoie (lettres 123 et 130).

Dans sa *Lettre écrite à Musala, sur les mœurs et la religion des Français*, J. Bonnet confronte un philosophe persan à la réalité française contemporaine.
Mort du comte Joachim de Lionne, un des créateurs du grand reportage, qui, ayant des correspondants un peu partout dans le monde, alimentait les « nouvellistes » de toutes sortes d'informations (l. 130).

1717 De janvier à mars, Montesquieu séjourne à Paris. En novembre, il fait le discours de rentrée à l'Académie de Bordeaux : « Essai sur la différence des génies ». Jusqu'en 1734, il réalisera une série de travaux académiques, « Sur les causes de l'écho », « Sur le gui, sur la mousse des chênes... », « Sur les glandes rénales », « Sur les causes de la pesanteur », « Sur la cause de la transparence des corps », « Dissertation sur le mouvement », « Traité des Devoirs », « De la considération et de la réputation », « Sur les motifs qui doivent nous encourager dans les sciences », « Description de deux fontaines de Hongrie », « Sur les mines d'Allemagne », « Sobriété des habitants de Rome », « Sur la formation et le progrès des idées » (l. 97). Il fonde un prix d'Anatomie (l. 145).
Par le traité de La Haye, Dubois, ministre du Régent, renverse les alliances, et constitue contre l'Espagne la Quadruple Alliance (avec l'Angleterre, la Hollande et l'Autriche) (l. 100).
Les Turcs perdent Belgrade (l. 123).
Voyage de Pierre, tsar de Russie, à Paris (l. 51).
Le cardinal Fleury prend en charge le préceptorat de Louis XV (l. 101).
Le Régent impose silence aux querelles soulevées par l'enregistrement de la bulle *Unigenitus* (l. 101).
Publication posthume des *Mémoires* du cardinal de Retz (l. 111).

1718 Mort de Charles XII, roi de Suède (l. 127).
Démission du duc de Noailles, remplacé aux Finances par René d'Argenson (l. 138). Fin du système polysynodique dans la politique du Régent (l. 138).
Mise en place du « système » économico-boursier de Law.
En décembre, la conspiration de Cellamare, ambas-

sadeur d'Espagne, contre le Régent est découverte, et le duc du Maine arrêté (l. 126).
Affaire de l'abbé de Saint-Pierre à l'Académie (expulsion) (l. 73).
Voltaire remporte, avec *Œdipe*, son premier grand succès au théâtre.

1719 Montesquieu publie, dans *Le Nouveau Mercure*, le « Projet d'une histoire physique de la terre ancienne et moderne » (il s'agit pour lui d'un appel d'informations aux savants de tous les pays), puis un « Essai d'observations d'histoire naturelle » (l. 113).
Révolte chez le Grand Mogol, assassiné et remplacé par un enfant (l. 103).
Révolte de Mir-Weiss contre le shah de Perse (l. 102).
Exécution, en Suède, de l'ex-ministre de Charles XII, Görtz (l. 127).
A Fontarabie, les troupes françaises se rendent au maréchal de Berwick : menace d'invasion du Languedoc par les Espagnols (lettres 128 et 132).
Hausse vertigineuse des actions du Mississippi, à Paris (l. 132).
Abbé Du Bos : *Réflexions critiques sur la poésie et la peinture.*

1720 Abdication d'Ulrique, reine de Suède, en faveur de son époux, Frédéric de Hesse-Cassel (l. 139).
La France signe la paix avec l'Espagne.
Entre janvier et juin, débâcle du système de Law et scènes tragiques rue Quincampoix (lettres 132, 135, 138, 142 et 146).
20 juillet : exil du Parlement à Pontoise (l. 140).
Le comte de Caylus, qui a trois ans de plus que Montesquieu, se rend célèbre par sa passion des antiquités (l. 142).
Marivaux donne sa première pièce : *Arlequin poli par l'amour.*
Ouverture du Club de l'Entresol.

1721 Les *Lettres persanes* sont publiées, sans nom d'auteur, chez Pierre Marteau à Cologne. Désormais, Montesquieu partagera son temps entre Paris, où il fait de longs séjours et fréquente les salons (de Mme de Prie,

de Mme de Lambert, de l'Entresol), et son château de La Brède, où il s'occupe de ses vignes, gère ses affaires, et s'acquitte de sa charge au parlement de Bordeaux.
Avènement de Pierre le Grand.
Mort d'Antoine Watteau.

1723 Montesquieu écrit la *Lettre de Xénocrate à Phérès* où il trace un portrait du Régent Philippe d'Orléans, qui vient de mourir.

1725 Montesquieu publie un roman galant, *Le Temple de Gnide*, qu'il présente comme un poème en prose, « traduit » du grec.
Giambattista Vico : *La Scienza nuova.*

1726 Montesquieu vend sa charge de président à mortier. Il écrit le *Dialogue de Sylla et d'Eucrate.*

1728 Montesquieu est élu à l'Académie française. Jusqu'en 1731, il voyage dans toute l'Europe, et reste longtemps en Angleterre où il est présenté à la reine Caroline, reçu à la Royal Society, et initié à la franc-maçonnerie.

1734 *Considérations sur les causes de la grandeur des Romains et de leur décadence.* Montesquieu se consacre désormais à son « livre sur les lois ».

1742 Il rédige *Arsace et Isménie*, « histoire orientale », qui ne sera publiée qu'en 1754.

1748 *De l'esprit des lois.* Montesquieu est aussitôt attaqué, en particulier comme « déiste ».

1750 Il publie une *Défense de l'Esprit des lois.*

1751 Le janséniste J.-B. Gaultier fait paraître *Les Lettres persanes convaincues d'impiété*, et le protestant Angliviel de La Beaumelle une *Suite de la Défense de l'Esprit des lois.*

1753 Montesquieu rédige l'article « Goût » pour *l'Encyclopédie* (t. VII, 1757).

1754 Dans le contexte de toute la polémique provoquée par *L'Esprit des lois*, Montesquieu donne une nouvelle édition, augmentée, de ses *Lettres persanes*, et fait paraître, dans *Le Mercure*, « Lysimaque ».

1755 10 février : Montesquieu meurt, à Paris. Seul de tous les « philosophes », Diderot assiste à son enterrement à Saint-Sulpice.

1758 Édition, par son fils et l'avocat Richer, des *Œuvres* de Montesquieu, en 3 vol.

1892 Des *Mélanges inédits* de Montesquieu paraissent chez Gounoulhou à Bordeaux, dont une « Histoire véritable », conte philosophique « oriental », ouvrage de jeunesse remanié par Montesquieu en 1731.

1899 Des *Pensées et fragments inédits* de Montesquieu paraissent chez Gounoulhou, à Bordeaux.

1950-55 Édition des *Œuvres complètes*, sous la direction d'André Masson, à Paris, chez Nagel, 3 tomes en un vol., comprenant en particulier un texte encore inédit, « Essai touchant les lois naturelles et la distinction du juste et de l'injuste », peut-être antérieur aux *Lettres persanes*, ainsi que les « Pensées » et une partie de la Correspondance.

[illegible] quatrième [illegible] à Paris. [illegible]
[illegible] Histoire [illegible]
[illegible]

[illegible] par [illegible] Recherches [illegible]
[illegible]

[illegible] Montesquieu [illegible]
[illegible] Histoire
[illegible]
[illegible] par [illegible]

[illegible]
[illegible]

[illegible] sous la direction
[illegible] à Paris [illegible]
[illegible]
[illegible]
[illegible]
[illegible]
[illegible]

F — BIBLIOGRAPHIE PRATIQUE

I — Éditions des *Lettres persanes*

1721 : édition originale, Cologne, P. Marteau, 2 vol.
1754 : édition revue et augmentée par l'auteur, Cologne, P. Marteau.
1758 : dans les *Œuvres* de Montesquieu, éd. MM. de Secondat et Richer, Amsterdam et Leipzig, Arkstée et Merkus, 3 vol.
1897 : édition critique par H. Barckhausen, Paris, Imprimerie nationale (rééd. Hachette, 1913 ; Droz, 1932).
1929 : édition critique par E. Carcassonne, Paris, Belles Lettres, 2 vol.
1954 : édition critique par A. Adam, Genève, Droz ; Lille, Giard (rééd. 1965).
1960 : édition critique par P. Vernière, Paris, Garnier (rééd. 1975).
1973 : édition J. Starobinski, Paris, Gallimard, Folio.
1987 : édition L. Versini, Paris, Imprimerie nationale.

II — Sur Montesquieu

ALTHUSSER L., *Montesquieu, la politique et l'histoire*, Paris, PUF, 1959.
BENREKASSA G., *Montesquieu, la liberté et l'histoire*, Paris, Le Livre de Poche, 1987.
EHRARD J., *Politique de Montesquieu*, Paris, A. Colin, 1965.
GASCAR P., *Montesquieu*, Paris, Flammarion, 1989.

GEFFRIAUD-ROSSO J., *Montesquieu et la féminité*, Pisa, Libr. Goliardica ; Paris, Nizet, 1977.

ROSSO C., *Montesquieu moraliste, des lois au bonheur*, Paris, Ducros-Nizet, 1971.

SHACKLETON R., *Montesquieu, une biographie critique*, trad. fr. de J. Loiseau, Grenoble, Presses Universitaires, 1977.

STAROBINSKI J., *Montesquieu par lui-même*, Paris, Seuil, 1953 (rééd. 1967).

Montesquieu et la Révolution, 1689-1789-1989, Dix-Huitième Siècle, n° 21, 1989.

III — Sur les structures, cadres, lieux, objets, styles

CHARDIN J., *Voyages en Perse*, textes choisis et annotés par Cl. Gaudon, Paris, 10/18, 1965.

DUFRÉNOY M.-L., *L'Orient romanesque en France*, Montréal, Beauchemin, 1946 (voir t. I, pp. 155-168).

ÉTIEMBLE, *L'Orient philosophique au XVIIIe siècle*, Paris, Cours de Sorbonne, 1957-1958, 2 vol.

GOULEMOT J.-M., *Discours, histoire et révolutions*, Paris, 10/18, 1975.

GROSRICHARD A., *Structure du sérail. La fiction du despotisme asiatique dans l'Occident classique*, Paris, Seuil, 1979.

LAUFER R., *Style rococo, style des Lumières*, Paris, J. Corti, 1963 (voir pp. 51-72).

MARTINO P., *L'Orient dans la littérature française*, Paris, Hachette, 1906 (voir pp. 284-297).

ROUSSET J., *Forme et signification*, Paris, J. Corti, 1962 (voir pp. 65- 108).

TAVERNIER J.-B., *Voyages en Perse*, Évreux, Cercle du Bibliophile, 1970.

IV — Analyses, commentaires, critiques des *Lettres persanes*

BENREKASSA G., « Montesquieu et le roman comme genre littéraire », *Roman et Lumières au XVIIIe siècle*, Paris, 1970 (pp. 27-37).

CRISAFULLI A., « L'Observateur oriental avant les *Lettres persanes* », *Lettres romanes*, 1954 (pp. 91-113).

EHRARD J., « La signification politique des *Lettres persanes* », *Études sur Montesquieu*, Paris, Minard, Archives des Lettres modernes 116, 1969 (pp. 33-50).

GAULTIER J.-B. Abbé, *Les Lettres persanes convaincues d'impiété*, Paris, 1751.

GOLDZINK J., *La Politique dans les Lettres persanes : théâtre de l'idéologie, scène de la fiction*, Cahiers de l'ENS Fontenay-Saint-Cloud, mars 1988.

GOULEMOT J.-M., « Quelques questions sur la signification politique des *Lettres persanes* », *Mélanges J. Fabre*, Paris, Klincksieck, 1974 (pp. 213-224).

KEMPF R., « Les *Lettres persanes* ou le corps absent », *Sur le corps romanesque*, Paris, 1968 (pp. 9-22).

LAUFER R., « La Réussite romanesque et la signification des *Lettres persanes* », *Revue d'Histoire littéraire de la France*, 1961 (pp. 188-203).

MELANI N., « La structure des *Lettres persanes* », Instituto universitario orientale, sezione romanza, *Annali*, n° 1, Naples, 1968 (pp. 39-94).

MERCIER R., « Le Roman dans les *Lettres persanes* : structure et signification », *Revue des Sciences humaines*, 1962 (pp. 345-356).

MICHELET J., *Histoire de France au XVIIIe siècle*, tomes 17 à 19 des *Œuvres de J. Michelet*, Paris, Lemerre, 1885-1886 (voir t. 17, « La Régence », pp. 423-438, et t. 18, « Louis XV », pp. 402-413).

TESTUD P., « Les *Lettres persanes*, roman épistolaire », *Revue d'Histoire littéraire de la France*, 1966 (pp. 642-656).

VALÉRY P., « Préface aux *Lettres persanes* » (1930), in *Variété*, repris dans *Œuvres*, Paris, Gallimard, Pléiade, 1962, t. I (pp. 509-517).

VARTANIAN A., « Eroticism and politics in the *Lettres persanes* », *Romanic Review*, 1969 (pp. 23-33).

G — FILMOGRAPHIE

Dans la lignée de l'esprit de Montesquieu :
Petit à petit, film de Jean Rouch, FR, 1970.

[illegible] A. [illegible] great [illegible] power [illegible] (pp. 91-110).
[illegible] du [illegible] [illegible] Paris [illegible] 1960 (pp. 12-20).
[illegible] D., [illegible] paradis artificiels [illegible]. Paris, 1964.
[illegible] Paris, 1958.
[illegible] M., [illegible] de la synthèse [illegible] 1954 (pp. 21-23).
[illegible] la [illegible] Paris [illegible].
[illegible] de l'intoxication des [illegible] 1967 (pp. [illegible]).
[illegible]
[illegible] 1962 (pp. [illegible]).
[illegible] 1961, [illegible] pp. 427-433 [illegible] 437-473).
[illegible] Les [illegible] (pp. [illegible]).
[illegible] Paris [illegible] 1924 [illegible] Paris [illegible] (pp. [illegible]).
[illegible] A. [illegible] 1960 (pp. 12-[illegible]).

FILMOGRAPHIE

[illegible] drogue [illegible]
[illegible] 1970.

TABLE DES MATIÈRES

Faites de nouvelles découvertes sur **www.pocket.fr**

- Des 1ers chapitres à télécharger
- Les dernières parutions
- Toute l'actualité des auteurs
- Des jeux-concours

POCKET

Il y a toujours un **Pocket** à découvrir

Imprimé en France par

CPI

BUSSIÈRE

à Saint-Amand-Montrond (Cher)
en juillet 2012

POCKET – 12, avenue d'Italie – 75627 Paris Cedex 13

N° d'impression : 122048
Dépôt légal : juillet 1998
Suite du premier tirage : juillet 2012
S19698/03

Notes

Notes

Notes